中國小說論壇

【第三辑】

《中国小说论坛》编辑部 | 编

Chinese Fiction Forum

山东人民出版社·济南
国家一级出版社 全国百佳图书出版单位

图书在版编目（CIP）数据

中国小说论坛. 第三辑 /《中国小说论坛》编辑部编 .— 济南：山东人民出版社, 2022.1

ISBN 978-7-209-13447-7

Ⅰ. ①中… Ⅱ. ①中… Ⅲ. ①小说评论－世界－文集 Ⅳ. ①I106.4-53

中国版本图书馆CIP数据核字（2021）第164691号

中国小说论坛（第三辑）

ZHONGGUO XIAOSHUO LUNTAN（DISANJI）

《中国小说论坛》编辑部　编

主管单位　山东出版传媒股份有限公司
出版发行　山东人民出版社
出 版 人　胡长青
社　　址　济南市市中区舜耕路517号
邮　　编　250003
电　　话　总编室（0531）82098914
　　　　　市场部（0531）82098027
网　　址　http://www.sd-book.com.cn
印　　装　东营华泰印务有限公司
经　　销　新华书店

规　　格　16开（185mm×260mm）
印　　张　16.75
字　　数　289千字
版　　次　2022年1月第1版
印　　次　2022年1月第1次
ISBN　978-7-209-13447-7
定　　价　46.00元
　　　　　如有印装质量问题，请与出版社推广部联系调换。

《中国小说论坛》

山东大学文学院主办

目 录

关于《红楼梦书录》作者“一粟”是谁

杜泽逊

樊君庆彦告余：《中国小说论坛》拟介绍《红楼梦书录》，关于作者“一粟”，有不同说法。吴新雷推荐此书只说主编朱南铣（详见朱锡勋《著名红学家朱南铣》）；徐迺翔《中国现代文学作者笔名录》介绍周绍良云：“周绍良（？—）安徽建德（今东至）人。一粟。”认为“一粟”为周绍良笔名；郭豫适在接受钟明奇采访时说：“一粟是周绍良、朱南铣先生的笔名。”（《文艺研究》2009年第5期）认为是两人合称。众说纷纭，现在无法下定论。又发来《中华读书报》2017年刊载的冀勤所写《说说笔名、化名的那些往事，缅怀周绍良先生》一文，说她曾当面问周绍良，“一粟”是不是他的笔名，而周绍良回答不是，是朱南铣的。冀勤问到《红楼梦资料》，周绍良说朱南铣搞这书时请他看过，周绍良只提出了点意见。

余知“一粟”为周绍良、朱南铣二人，在1995年前后，时在北大参加《四库全书存目丛书》编纂工作，张忱石先生亲口相告，张忱石与周绍良先生很熟。后购周绍良《细说红楼》，其中最后一篇是周绍良《〈红楼梦〉研究论集·后记》，周绍良《〈红楼梦〉研究论集》是1983年6月山西人民出版社出版的，《细说红楼》大部分篇目取自这本《论集》。周先生在《论集·后记》明确交代：“过去我和朱南铣同志交往是密切的，他的学问湛深，见解颇高，对《红楼梦》的研究我们经常在一起切磋，我从他那里得益不少。我们共同编辑了《红楼梦书录》和《古典文学研究资料汇编·〈红楼梦〉卷》，这本小册子里也保存了我们合作的两篇文章。”郭豫适先生在钟明奇的访谈中也说“一粟”是周绍良、朱南铣的合用笔名，且他与《红楼梦书录》作者写过信，提出修改建议。而周绍良在中华书局出版增订本后即赠他一本，并来信说：“承示各节，在第二版时已有所改正。”显然周绍良是作者口气。周绍良去世后，中国红楼梦学会、《红楼梦学刊》编辑委员会有唁函长文，明确：“尤其是他与朱南铣先生合著（笔名‘一粟’）的《红楼梦书录》《古典文学研究资料汇编·红楼梦卷》一直是《红楼梦》研究者与爱好者的必备之作。”均足以证明“一粟”即周绍良、朱南铣二人合用笔名，二书是二人合作之书。至于冀勤回忆中周绍良先生的回答，乃是老辈高风，归功于亡友，未可信以为实也。

2021年8月15日

论孙楷第的宋元话本小说研究

刘相雨

内容摘要：孙楷第考证了宋代“说话”的家数、表演形式以及“说话”“词话”的概念等问题，探讨了宋元话本小说在章回小说史上的地位和影响，提出了《水浒传》旧本为词话本的新观点。孙楷第以乾嘉汉学治经的方法来研究小说，善于从词语、故事的本源进行挖掘，解决了宋元话本小说领域长期存在的一些难题。他的研究以传统的目录学、版本学为基础，逐渐深入到对古代通俗小说发展规律的探讨。孙楷第的研究道路和研究方法深受北师大诸位老师的影响。

关键词：孙楷第　宋元话本　目录学　词话

孙楷第（1898—1986），字子书，河北沧县王寺镇人，古典文学研究家。孙楷第1922年到北平师范大学国文系读书，1928年毕业后留校，担任钱玄同教授的助教；1931年，他调到北平图书馆任编辑、写经组组长，同时兼任北平师范大学、私立辅仁大学、北京大学等校的讲师，1945年至1952年任北京大学、燕京大学教授。1953年，北京大学成立了文学研究所，孙楷第就成为文学研究所的专职研究人员，直到去世。近年来，学术界对于孙楷第的研究逐渐增多[①]，但是专门论述他的宋元话本小

本文系国家社会科学基金项目“文化交融背景下宋元话本小说研究范式的嬗变（1901—2016）”（项目编号：17BZW104）的阶段性成果。

作者简介：刘相雨，曲阜师范大学文学院教授、博士生导师，主要从事明清文学研究。

① 中华书局2009年计划重出孙楷第先生的文集，但是到了2018年11月还没有出齐，仅出版了《沧州集》（2009年）、《沧州后集》（2009年）和《中国通俗小说书目》（外二种）（2018年）、《小说旁证》（2018年），计划中的《戏曲小说书录解题　元曲家考略》《也是园古今杂剧考》《曲录新编》（转下页注）

说研究的论文很少①。本文主要探讨孙楷第在宋元话本小说研究方面的成就及其在学术史上的地位和影响。

一、孙楷第在宋元话本小说研究方面的主要成就

孙楷第对于宋元话本的研究，主要集中在《宋朝说话人的家数问题》（1930年）、《说话考》（1934年）、《词话考》（1934年）、《三国志平话与三国志通俗演义》（1934年）、《水浒传旧本考——由明新安刊大涤余人序本百回本水浒传推测旧本水浒传》（1941年）等论文中。在《中国通俗小说书目》（1933年）、《戏曲小说书录解题》（1990年）、《小说旁证》（2000年）等著作中，也有一部分涉及宋元话本小说。孙楷第的宋元话本小说的研究成就，主要表现在以下方面：

（一）对宋代“说话”的家数问题进行了探讨

宋代的“说话”到底包括哪几家，学者们聚讼纷纭。其实，学者们所依据的材料大体相同，主要有《东京梦华录》《都城纪胜》《西湖老人繁胜录》《梦粱录》《武林旧事》等，但是这些材料对宋代“说话”情况的记载有细微的差异，学者们对这些材料的解释也见仁见智，因此形成各种不同的说法。鲁迅在《中国小说史略》中主要引用了《梦粱录》中的资料，对于“说话”到底是哪四家，未做明确说明；到了《中国小说的历史的变迁》中，鲁迅才将其明确为讲史、说经诨经、小说、合生四家。郑振铎在《插图本中国文学史》中采纳了鲁迅的意见，但是并未具体论述分类的理由和原因。

孙楷第在《宋朝说话人的家数问题》中，详细列举了《梦粱录》《都城纪胜》《东京梦华录》《武林旧事》中的相关记载，并进行了比较，认为“《都城纪胜》《梦粱录》，以说话统摄小说、说经、讲史、合生诸目，是极有意思的，并非偶然”，而

（接上页注）等尚未出版。另外，陈洪主编《民国中国小说史著集成》（南开大学出版社2014年）第二卷收录有孙楷第《小说史》，为孙楷第在北京师范大学讲授小说史课程的讲义。

① 笔者2018年11月11日在中国知网大总库搜索篇名中有“孙楷第”的文章，仅能搜到29篇；搜索篇名中有“孙楷第”和“话本”两词的文章，则没有搜到。这29篇文章，大多数是孙楷第生前的朋友、学生所写。南开大学王飞的博士学位论文《孙楷第小说学研究》（2010年）收录的资料比较全面。

"商谜如后来之灯谜，其性质与说话本不相近，在《都城纪胜》《梦粱录》或以其无类可归，姑附于说话之后，不入四家。但其性质或类合生，或以商谜附合生后与合生同为第四类，亦未可知"，因此，他认为"说话四家"为：小说，说经，讲史书，合生、商谜[①]。对于前三家，学术界几乎是没有分歧的，分歧在于"合生"是否是第四家以及"商谜"能否算作"说话"伎艺。赵景深认为"合生和商谜都不能算作说话。即就性质说，商谜就是猜谜，只能算作一种游戏"，"合生既是唱的，不是说的，当然不是说话"，他认为"说话四家"应该是小说、说经（附说参请）、讲史、说诨话为四家。[②]王古鲁、李啸仓也均认为合生、商谜不是南宋的"说话四家"。[③]虽然孙楷第的观点没有得到学术界的普遍认可，但是启发了人们对这一问题的认识和理解。[④]

（二）对于"小说"和"合生"的表演形式进行了考证

宋代的"说话"是一种即时性的口头表演艺术，由于研究资料的缺乏，我们对于其具体的表演形式则不甚清楚。孙楷第根据"小说，一名银字儿"的记载，引用了《新唐书·礼乐志》《宋史·乐志》等史书中关于"银字"的相关记载，又引用了白居易、杜牧、李宣古等人诗歌中出现的"银字"[⑤]，还引用了清人戴长庚《律话·银字管考》、徐养源《管色考·银字中管》的考证，认为"说话第一类之小说，既以银字儿命名，必与音乐有关。大概说唱时以银字管和之。银字外也许还有其他乐器，可惜现在不能详考"[⑥]。宋代的"小说"在表演时，是否有乐器的伴奏或者演

---

① 如无特殊说明，本文所引为孙楷第：《沧州集》，中华书局2009年版，第61页。

② 赵景深：《南宋说话人四家》，《宇宙风（乙刊）》1940年第29期，第12—16页。

③ 王古鲁认为说话四家为：银字儿（烟粉、灵怪、传奇、说公案），说铁骑儿，说经、说参请，讲史书，前两者总称小说。见王古鲁：《南宋说话人四家的分法》，《中国文化研究汇刊》1948年第8卷，第139—142页；李啸仓认为说话四家为：银字儿（烟粉、灵怪、传奇），说公案、说铁骑儿，说经、说参请、说诨经，讲史书，见李啸仓：《宋元伎艺杂考》，上杂出版社1953年版，第86页。

④ 王齐洲认为宋代的"说话"四家是仿照经、史、子、集的分类，是要涵盖南宋已有的全部讲唱伎艺，每一种解说都是举例式的而非穷尽式的。见王齐洲：《宋代"说话"家数再探》，傅承洲主编：《中国古代小说考论》，中国社会科学出版社2017年版，第41—54页。

⑤ 郑振铎在《插图本中国文学史》第三十九章《话本的产生》中，也提到了上述材料，不过比较简略，二人对此问题的研究，不知谁更早。

⑥ 孙楷第：《沧州集》，中华书局2009年版，第63页。

唱的成分，曾经引起学者们的争议。叶德均赞同孙楷第的观点，“至于讲唱文学更不能离开音乐和歌唱而独立存在。如宋代说话的小说又名‘银字儿’，是因讲唱时用银字笙、银字觱篥乐器配合歌唱而得名”[①]。李啸仓认为宋代“小说”家在表演的过程中，是不用银字管的；但是“小说”家在表演开始之前，可能使用“哀艳腔调”的银字管来吸引周围的观众，同时也是为了表示所演说的内容与说公案、说铁骑儿不同[②]。笔者认为，宋代的“小说”家在表演的过程中，可能是有乐器伴奏的，并且有演唱的成分。

对于“合生”的表演形式，孙楷第引用了《新唐书·武平一传》、张齐贤《洛阳搢绅旧闻记》、洪迈《夷坚志》等材料，认为“大概合生以二人演奏。有时舞蹈歌唱，铺陈事实人物；有时指物题咏，滑稽含讽。舞蹈歌唱，则近杂剧；铺陈事实人物，则近说话；指物题咏，滑稽含讽，则与商谜之因题咏而射物者，其以风雅为游戏亦同。所以，我假设合生是介乎杂剧、说书与商谜之间的东西”[③]。孙楷第关于合生的论述，比同时代的其他人更加合理，更加详细。[④]

（三）对于“说话”“词话”的概念和来源进行了考证

孙楷第在《说话考》中引用了隋代侯白的《启颜录》、唐代郭湜的《高力士外传》、唐代元稹的《酬白学士诗》等材料[⑤]，认为“说话”一词“乃隋唐以来习语，不始于宋”。他认为“话”有“排调假谲意”，“凡事之属于传说不尽可信，或寓言譬况以资戏谑者，谓之话”。他还引用了苏轼《东坡志林》、洪迈《夷坚志》、董解元《西厢记》、王明清《挥麈录余话》、岳珂《桯史》等资料，指出这些材料中的

---

① 叶德均：《宋元明讲唱文学》，上杂出版社1953年版，第6页。

② 李啸仓：《释银字儿》，见《宋元伎艺杂考》，上杂出版社1953年版，第95—107页。

③ 孙楷第：《沧州集》，中华书局2009年版，第65页。

④ 劼刚：《合生》（读书杂记）认为《全唐文》卷二六八《武平一谏大飨用倡优媟狎书》中“合生”反映的是当时戏剧的情形，见《小说月报》1923年第14卷第4期。傅惜华：《北京大学文学院小说史补充讲义》认为合生“实为一种即景生情而最敏捷之题咏歌词，绝非一种戏剧”（见李啸仓《合生考》所引）；李啸仓认为合生“有如今日杂爨中之单人相声而微有不同”，“近于唐宋之滑稽戏——即所谓杂剧者是也”，他认为宋代的合生没有舞蹈而有歌词，并且非说话四家之一。见李啸仓：《合生考》，《中国留日同学会季刊》1943年第4期，第50页。

⑤ 该文发表时的题目为“小说专名考释”，包括《说话考》和《词话考》两部分，发表于《师大月刊》1934年第10期，第115—126页。

“话”“小话”都是指的“事”或“故事”，因此，他认为“说话谓讲故事。说话亦可迳作故事解”[①]。笔者认为，如果照此推论，“话本”就应该是故事的本子，这与后来日本学者增田涉的研究结论有相似之处。增田涉于1965年发表了《论“话本”一词的定义》[②]，认为“话本”只能作“故事”解，根本没有“说话（人）的底本”的意思，后来在中国学术界引起了热烈的讨论。可见在增田涉论述这一问题之前，孙楷第早就已经谈到了这一问题，只是在当时没有引起学者们的重视。

孙楷第在《词话考》中认为“词话”一词，始见于《元史·刑法志》，在关汉卿的杂剧《救风尘》第三折中亦曾出现过；明代人开始较频繁地使用“词话”一词，但是所指的对象则有较大的差异，“有目宋人小说为词话者”“有目时行小说唱本为词话者”“有目戏文副末开场语为词话者”……在此基础上，他认为“元之词话”即宋之“说话”，“是故同一演唱故事杂伎，在唐谓之‘俗讲’，在宋谓之‘说话’，又谓之‘平（评）话’，自元以来谓之‘词话’，今谓之‘说书’，亦有云‘评话’者”[③]。

在孙楷第之前，中国古代小说的研究虽然已经取得了初步的成就，但是人们的文体概念并不清晰，存在着不少的误解之处。王国维在《宋椠〈大唐三藏取经诗话〉跋》（1915年）认为“诗话”的得名“以其中有诗有话故得此名。其有词有话者则谓之词话”，并认为“词话”“诗话”都是宋人“说话”中的一种[④]，但是王国维此语仅为推测，现存的关于宋代“说话”伎艺的资料中，并没有诗话、词话的相关记载。缪荃孙在《京本通俗小说跋》（1915年）中认为“宋人词话，即章回小说”，“而宋人词话标题，‘词’字乃‘评’字之讹耳”。缪荃孙认为“词话”一词是错的，应该是“评话”，“词话”就是章回小说，这说明缪荃孙已经不知道“词话”的含义，想当然地认为“词话”是“评话”。[⑤]胡适1921年在《〈水浒传〉后考》中认为“词话的词大概是平话一类的书词”，“多是说书的引子”。[⑥]胡适认为“词话”是说书

---

① 孙楷第：《沧州集》，中华书局2009年版，第67—70页。

② 该文原刊于日本《人文研究》十六卷五号，汉语译文载在中国台湾静宜文理学院编《中国古代小说研究专集》第三集，联经出版事业有限公司1981年出版。

③ 孙楷第：《沧州集》，中华书局2009年版，第72、74页。

④ 王国维著，赵万里校辑：《观堂别集》卷三，中华书局1959年影印，第11页。

⑤ 《古本小说集成》编委会编：《京本通俗小说》，上海古籍出版社1994年影印，第221—222页。

⑥ 胡适：《胡适文存》卷三，黄山书社1996年版，第415页。

的引子，也是猜测之词。孙楷第从“词话”的“源”与“流”的不同角度进行考察，认为“词话”源于唐代的俗讲，宋代称为“说话”，元代称为“词话”，基本上弄清楚了词话的概念，廓清了长期以来人们对于“词话”的错误认识。当然，从今天的观点来看，孙楷第的考证仍然有一些不准确的地方。例如，现代学者们认为，元代的“词话”来源于宋代“说话”伎艺中的“小说”，元代的“平话”来源于宋代“说话”伎艺中的“讲史”。也就是说，“词话”只是宋代“小说”伎艺发展到元代的产物，与宋代“讲史”等其他伎艺没有太大的关系。

（四）论述了《元刊平话五种》与后世章回小说的关系

《元刊平话五种》1926年在日本内阁文库被发现，1928年10月张元济访问日本时，曾借内阁文库此书，影印了其中的《三国志平话》[①]，但是直到1931年9月孙楷第去日本访书之前，其他四种平话尚未影印出来。孙楷第说“《三国志平话》，已由商务印书馆就日本东京帝大影印本缩印，今为易见之书”，而其他的四种“去岁闻沪上某社已设法照出，托商务印书馆承印。渴望甚切，久未出书”[②]。郑振铎1931年9月在《北斗》第1卷第1期，发表了《论元刊全相平话五种》，对该书内容进行了详细的介绍。

孙楷第1934年发表了《三国志平话与三国志传通俗演义》，他将《三国志平话》与元明杂剧，与《三国志传通俗演义》的相关情节，列表进行了比较，他认为“《志传》中所有的重要节目，《平话》也有。不过，《志传》比《平话》细密，虽然袭取《平话》中的故事，而参考书史，加以润色。所以大改旧观，成了一部有价值的讲史书”，“《志传》对于《平话》，一是加细，二是删订，三是增补。故事在《平话》中之仅具雏形者则充实之，易以实际的叙述”。[③]孙楷第对于《三国志平话》的研究，不再是直观的、印象式的评价，而是建立在具体扎实的材料基础上，因此其结论也更加可靠。

孙楷第在《日本东京所见中国书目提要》中对《新刊全相平话武王伐纣书》记载

---

① 关于该书的流传情况，可参看罗书华、苗怀明等著：《中国小说戏曲的发现》第五章“宋元讲史话本”，人民文学出版社2009年版，第54页。

② 孙楷第：《日本东京所见中国书目提要》，国立北平图书馆、中国大辞典编纂处1932年出版，第3页。

③ 孙楷第：《沧州集》，中华书局2009年版，第82、83页。

详细，他认为“此书为明之《封神演义》祖本，在小说之源流上，最为重要”，“虽寥寥三卷，不过当今《封神传》十分之一，而今本全书规模，已具于此书”，“然因此本吾人始得知《封神传》之最初形式，其重要实与《三国平话》相埒”。[①]后来赵景深将两书的主要情节进行了比较，认为“《封神演义》从开头直到第三十回，除哪吒出世的第十二、三、四回外，几乎完全根据《平话》来扩大改编。从第三十一回起，便放开手写去，完全弃掉《平话》，专写神怪的部分了；中间只把《烹费仲》和《伯夷叔齐谏武王》插在里面，这两小节算是《平话》里所有的。作者直写到第八十七回孟津会师，方才想到《平话》上还有材料不曾用进去，这才再用《平话》里的材料”[②]。赵景深的研究，进一步证实了孙楷第的研究结论，他的研究比孙楷第更加细密。而赵景深将两书情节加以对比研究的方式，也应该是受到了孙楷第的启发或影响。

（五）提出了《水浒传》旧本为词话本的新观点

孙楷第先生在1941年发表的《〈水浒传〉旧本考——由明新安刊大涤余人序本百回本水浒传推测旧本水浒传》中[③]，认为“旧本《水浒传》应为词话”，是由元时书会所编，并且“《水浒》本子，自宋金至元末，为词话时期。自明中叶以还迄于明季，为说散本通俗演义时期”[④]。其重要证据即在新安刊本第四十八回中宋江征讨祝家庄时，有“独龙山前独龙冈，独龙冈上祝家庄……”等一大段诗赞，认为这是词话本“刊落未净者”。孙楷第的这一推测得到学术界大部分学者的肯定。如叶德均认为“从元末到明嘉靖以前的《水浒传》，应是全部为韵散夹用的词话本”[⑤]，他还补充了嘉靖刊本第五十一回中“龙虎山中走煞罡，英雄豪杰起多方……”一段诗赞为例证。赵景深则举了钱希言的《戏瑕》中“词话每本头上，有请客一段，权做过德胜利市头回。此政是宋人借此形彼，无中生有妙处……”一段，以及周亮工《书影》、杨定见《水浒发凡》等材料，得出结论说“文徵明是正德、嘉靖间人，钱希言是隆

---

① 孙楷第：《日本东京所见中国书目提要》，国立北平图书馆、中国大辞典编纂处1932年出版，第4—5页。

② 赵景深：《〈武王伐纣平话〉与〈封神演义〉》，《万象》1941年第1卷第3期，第78—81页。

③ 该文发表时的题目为《水浒传旧本考：由高阳李氏藏本百回本水浒传推测旧本水浒传》，《图书季刊》1941新第3卷第3—4期合刊，第26—40页。

④ 孙楷第：《沧州集》，中华书局2009年版，第88、101页。

⑤ 叶德均：《宋元明讲唱文学》，上杂出版社1953年版，第49页。

庆、万历间人，他们都曾听到过弹唱的《水浒传词话》，钱氏且见过词话本的《水浒》，足征明代中晚叶还有《水浒传词话》普遍地流传着”[①]。胡士莹认为“《水浒》在散文本通行之前，是有夹说夹唱的词话本的”[②]。纪德君认为“考查与‘旧本’较为接近的明容与堂百回本《李卓吾先生批评忠义水浒传》，不难发现《水浒传》从诗词赞语的运用到场景描绘、情节建构等，都有较突出的程式化倾向，而这些程式无疑源自民间的口头传统，也可以说是水浒词话留下的胎记”，他从两个方面论述了“水浒词话”遗存的表现：一是诗词韵语等的因袭、重复；二是人物、情节描写的程式化。[③]

当然，也有学者不同意孙楷第的这一观点。如张国光认为在百回繁本《水浒传》之前不存在所谓的词话本，“只能说明《水浒》吸收了少数短篇词话，也不能认为在百回本《水浒》之前有大型的完整的词话本《水浒》”[④]。王庆华也认为“现存明刊本《水浒传》中的诗赞之词虽有可能是说唱词话之遗文，但也应是散文本《水浒传》借鉴说唱词话的结果，而非词话本演变为散文本的产物”[⑤]。不过，持这一观点的学者相对较少。

从整体上来看，大部分学者认为，在《水浒传》的成书过程中，曾经出现或存在过《水浒传词话》。虽然我们至今没有发现任何元、明时期的《水浒传词话》的刊本，但是从现存的明刊本的《水浒传》上，仍然可以看到《水浒传词话》曾经存在过的种种迹象。

孙楷第还将元代高文秀、康进之等人的“水浒戏”与《宣和遗事》、百回本《水浒传》的情节进行比较，认为在宋金时代，水浒故事曾经在南方和北方分别流行，“百回本《水浒传》所祖词话，应从南宋本出。缘其本与南宋本同一系统。故其记宋江此事，尚与《遗事》大致相合”[⑥]。孙楷第的这一观点，也得到了当代学者的呼应[⑦]。

---

① 赵景深：《〈水浒传〉简论》，见《中国小说丛考》，齐鲁书社1980年版，第151页。

② 胡士莹：《话本小说概论》，中华书局1980年版，第192页。

③ 纪德君：《〈水浒传〉与说唱词话之关系新证》，《广州大学学报》（社会科学版）2012年第3期。

④ 张国光：《再评聂绀弩等先生的〈水浒〉简本先于繁本说——兼辨〈水浒〉成书之前并无所谓“词话本”流传》，《湖北大学学报》（哲学社会科学版）1987年第5期。

⑤ 王庆华：《词话辨正》，《学术研究》2009年第2期。

⑥ 孙楷第：《沧州集》，中华书局2009年版，第97页。

⑦ 许勇强、李蕊芹：《元代水浒杂剧与宣和遗事关系新论》，《明清小说研究》2014年第3期。二人认为“明初的《水浒传》主要吸收了以《宣和遗事》为代表的南派水浒故事，以元代水浒杂剧为代表的北派水浒故事对小说的成书贡献相对较小”。

另外，孙楷第还从方言俗语的角度，对百回本《水浒传》的产生地点进行了研究。如：他认为《水浒传》第二十五回中武大郎的“我的老婆又不偷汉子，我如何是鸭”，“鸭”是浙江俗语；第二回柳世权“招纳四方干隔涝汉子”，“干隔涝”也是浙江俗语；第二十四回中的“马泊六”为吴语。①从方言俗语的角度推测小说的成书地点和作者的生活地域，这一方法在后来的小说研究中被广泛应用。

（六）对宋元话本小说作品的刊刻时间和故事源流进行了研究

孙楷第在《日本东京所见中国小说书目提要》中对收藏于日本的《新雕大唐三藏法师取经记》的记载十分详细，还引用了罗振玉的《宋椠本〈三藏取经诗话〉跋》，认为该书为宋椠本，与鲁迅在《中国小说史略》中的意见有所不同。在1933年出版的《中国通俗小说书目》中，他将《取经诗话》和《取经记》分为两目，均定为宋椠本。在《戏曲小说书录解题》中，他将《取经诗话》和《取经记》合为一目，认为“二本命名虽殊，文字实同”②。从目录学的角度来说，将二书合为一目是更为合理的。

《京本通俗小说》的真伪问题，曾经引起学术界很大的争议。孙楷第认为该书是真的，他在1933年版的《中国通俗小说书目》卷一“宋元部”中记载，“《京本通俗小说》残存七卷，第十卷至第十六卷。存，缪荃孙刻‘烟画东堂小品本’”③。在1951年发表的《中国短篇白话小说的发展》一文中，他认为该书“至多是元末明初编的，因为里边有瞿佑的词”（《冯玉梅团圆》篇中“帘卷水西楼”词为瞿佑所作）④。他在《戏曲小说书录解题》中，对这一有争议的问题进行了分析，“近人⑤有疑此本未必为元本，似是明中叶之本者。然荃孙颇精鉴赏，为影抄，为传写，岂能不辨。且书即钱曾也是园中物，曾乃嗜古之人，唯其为元本乃影抄之，倘系明中叶坊间刊本，必不为是迂拘，则荃孙影元本之说疑若可信也”⑥。孙楷第相信缪荃孙的

---

① 孙楷第：《沧州集》，中华书局2009年版，第98—100页。

② 孙楷第：《戏曲小说书录解题》，人民文学出版社1990年版，第99页。

③ 孙楷第：《中国通俗小说书目》，国立北平图书馆1933年版，第10页。

④ 孙楷第：《沧州集》，中华书局2009年版，第56页。

⑤ 这里的“近人”，笔者认为应是指郑振铎。郑振铎在《明清二代的平话集》中认为《京本通俗小说》是明代中期的产物。

⑥ 孙楷第：《戏曲小说书录解题》，人民文学出版社1990年版，第101页。

鉴赏力和判断力，认为该书是元本。

钱曾《也是园书目》卷十收录有“宋人词话”十六种，第一种即是《灯花婆婆》，但是对于《灯花婆婆》的内容是什么，学者们的意见不同。胡适1928年写的《〈宋人话本八种〉序》，认为冯梦龙改编的《三遂平妖传》卷首的引子即是“灯花婆婆”的故事。孙楷第在《小说旁证》中则将这一故事的来源追溯到唐代段成式《酉阳杂俎》中的“刘积中”故事和“龙兴寺僧智圆”故事。[①]可以说，孙楷第的溯源工作做得比胡适更为彻底，确实追溯到了故事的本源，这对于我们了解这一故事的发展变化，有着重要的作用。

另外，孙楷第还探讨了《紫罗盖头》《碾玉观音》《西山一窟鬼》《简帖和尚》等故事的来源；他的《三言二拍源流考》是比较早的系统探讨“三言二拍”故事源流的论文。这些研究对于后来的学者们均具有重要的启发意义和示范价值。

二、孙楷第宋元话本小说研究的学术范式

（一）以传统的目录学、版本学为基础

与鲁迅的小说研究长于思辨，胡适的小说研究长于考证不同，孙楷第的小说研究是从中国传统的目录学、版本学入手的。

从学术经历来看，孙楷第的小说研究，既有一定的偶然性，又有时代的必然性。偶然性在于孙楷第从事小说研究是由于工作的需要：北平大辞典编纂处要编《续修四库全书总目提要》，其中的小说戏曲条目没有人做，负责人黎锦熙便将这一任务交给了孙楷第。孙楷第后来到日本、大连访书，都与此事有关。必然性在于二十世纪三十年代的古代小说研究在鲁迅、胡适等人的提倡和带领下，已经逐渐被人们接受和认可，小说资料和小说文献的积累也比此前大有改观，需要有人对这些文献资料进行概括和总结。孙楷第的研究正好适应了这种时代的要求。

孙楷第的《日本东京所见中国小说书目提要》《大连图书馆所见中国小说书目提要》于1932年出版，前者是他1931年9月到日本东京公私图书馆访书的成果，后者是他从东京返回途中，经过大连时，到大连满铁图书馆访书的成果。在此基础上，孙楷第1933年出版了《中国通俗小说书目》。这三部书奠定了孙楷第在近代小说研

① 孙楷第：《小说旁证》，人民文学出版社2000年版，第1—4页。

究上的地位，也成为研究古代小说者不可或缺的工具书。该书一出版，就得到学术界的高度评价。

胡适在《〈日本东京所见中国小说书目提要〉序》中称赞说“沧县孙子书先生是今日研究中国小说史最用功又最有成绩的学者。他的成绩之大，都由于他的方法之细密。他的方法，无他巧妙，只是用目录之学做基础而已”，“孙先生本意不过是要编一部小说书目，而结果却是建立了科学的中国小说史学，而他自己也因此成为中国研究小说史的专门学者”①；郑振铎在《〈中国通俗小说书目〉序》中，认为“子书先生的此书，便是记载这若干年来的发见的最完备的一部书。所著录的著者姓名，以及各种刊本皆有甚多新颖的发见。有了此书，学者们的摸索寻途之苦，当可减少到最低度了”。孙楷第在《〈日本东京所见中国小说书目提要〉自序》中说，“余以民国十九年间，辑录《中国小说书目》，所据者为国立北平图书馆藏书，孔德学校图书馆藏书，马隅卿先生藏书，以及故家之所收藏”，后来感到自己闻见不广，便又到日本去访书；从日本后来后，他又到燕京大学图书馆以及郑振铎、丁在君等私人藏书家的家中去看书。邓绍基认为“对于研究古代小说的人来说，孙先生的《中国通俗小说书目》《日本东京所见小说书目提要》是他们案头必备之本”②，这就已经显示出孙楷第在中国小说研究史上的价值和地位了。

孙楷第的小说书目，除了记载书名、卷帙、存佚、刊刻时间等内容之外，还对于同一书的不同版本进行了对比，把相关的学术资料搜集在一起，有利于学者的深入研究。他在《〈重订中国通俗小说书目〉序》中说“原有的版本注并不是遇本即书，把所见本子，毫无分别的放在一块，而是阅书时曾经把诸本大致比较过，略知其异同得失，编目时按次第甲乙写的”③。这也是孙楷第的书目不同于传统藏书家的书目之处，他的书目中渗透了作者的学术见解和学术认识。刘倩认为“孙目分类的另一显著优点，就是在诠释作品的时候，注重辨析源流，力图勾勒出小说演进上下纵横的历史过程”④。当然，限于目录学的体例，孙楷第关于小说的认识，在这些书

---

① 陈平原认为胡适对于孙楷第的评价过高，“胡氏力倡用‘历史演变法’来研究中国小说，故特重版本的流变；可即使如此，也不至于把书目提要直接等同于史学，或许是一时冲动说漏了嘴也未可知”。见陈平原：《小说史：理论与实践》，北京大学出版社1993年版，2005年第3次印刷，第84页。

② 邓绍基：《读孙楷第先生的学术论著》，《文学遗产》1987年第2期。

③ 孙楷第：《中国通俗小说书目》，人民文学出版社1982年版，第4页。

④ 刘倩：《孙楷第与中国通俗小说目录学的建立》，《文史知识》2006年第6期。

目中，并没有充分地展开。

孙楷第后来的研究，又在目录学的基础上，深入探讨中国古代通俗小说发展的规律。郑振铎在孙楷第的《〈论中国短篇白话小说〉序》中说[①]，孙楷第“又由‘目录之学’而更深入的研究小说的流变与发展。他从古代的许多文献材料里，细心而正确的找出有关小说的资料来，而加以整理、研究。像沙里淘金似的，那工作是辛苦的、勤劳的，但对于后来的人说，他的工作是有益的、有用的”[②]。笔者认为，虽然孙楷第对于小说史发展的规律、变化等宏观问题论述较少，但是他对于某一具体学术问题的论述非常深入，特别是他论述中材料的丰富性，让人叹为观止，佩服不已。

另外，在孙楷第的论文中，往往列出材料的来源及收藏者，便于学者们查找，这也是与其他学者很不相同的地方。如他的《李笠翁与十二楼》一文，便指出《笠翁增定〈论古〉》四卷，“傅惜华有此书”；《笠翁词韵》四卷，“书罕见。周启明有此书”；伪斋主人序本《无声戏》，“此本中国没有，日本前田侯家尊经阁藏有一本”；睡乡祭酒序本《无声戏合集》，“我国马隅卿先生藏有一残本，仅存二篇”[③]。

“鸳鸯绣出从教看，莫把金针度与人”，孙楷第却甘愿把这种“金针”与人，显示了一种无私的学术奉献精神。

（二）重视宋代“说话”伎艺的表演形式及其变化

宋代“说话”伎艺的情形到底如何，是学术界一个较为难以解决的问题。孙楷第迎难而上，先后写了《宋朝说话人的家数问题》《说话考》《词话考》等论文，对宋代“说话”的表演形式进行了探讨。如宋代“小说”伎艺中的“银字管”伴奏问题，“合生”的表演形式问题，元代“词话”的“词”包括的范围及体制问题，孙楷第都进行了探讨，并提出了较合理的解释。孙楷第还进一步探讨了宋代“说话”伎艺的来源，认为其来源于唐代的俗讲。他在《唐代俗讲规范与其本之体裁》中，通过大量的资料，论述了唐代俗讲的基本规范。如讲唱经文的体制，“首唱经。唱经之

---

① 孙楷第的《中国短篇白话小说》，共包括《中国短篇白话小说的发展与艺术上的特点》《宋朝说话人的家数问题》《说话考》《词话考》《唐代俗讲轨范与其本之体裁》五篇文章，1953年由上海棠棣出版社初次出版，1956年由作家出版社重新出版，改名为《俗讲、说话与白话小说》。

② 郑振铎：《郑振铎全集》第6册，花山文艺出版社1998年版，第726页。

③ 孙楷第：《沧州后集》，中华书局1985年版，第174、176、183、183页。

后继以解说，解说之后继以吟词，吟词之后又为唱经”[①]，如此循环往复。讲唱经文的体制，直接影响了宋代的“说话”伎艺。

（三）重视宋元话本小说的源流研究

在中国古代小说的发展过程中，存在着这样一种文学现象：某一故事，在不同的时代，被艺术家们用不同的艺术样式不停地改编，终于成为一部经典名著，《三国演义》《水浒传》《西游记》的成书都是如此。孙楷第就曾论述过《三国志平话》与《三国志传通俗演义》的关系；论述过元代的“水浒戏”与百回本《水浒传》的关系，他还提出水浒故事在流传过程中的可能存在过词话本等等，都给后人以极大的启发。

孙楷第的《三言二拍源流考》就是比较早的探讨“三言二拍”故事来源的论文[②]，《小说旁证》[③]则是他在这方面的专著。后来，在他的影响下，谭正璧著有六十余万字的《三言两拍资料》[④]出版。

这种对于小说故事源流的探讨，在今天可以通过大型的电子数据库进行检索，难度不大；但是在二十世纪三十年代，这一工作需要研究者有深厚的文学功底，特别是博闻强识、触类旁通的能力，才能从浩如烟海的古籍资料中找到相关的材料。而小说源流的研究，可以使我们明白某一故事是如何发展、变化的，发展、变化的原因是什么，进而总结文学发展的基本规律。

这种对后世有重要影响的“故事之源”，有点类似于荣格的所谓“原型”或“原始意象”，其研究意义在于“谁讲到了原始意象谁就道出了一千个人的声音，可以使人心醉神迷，为之倾倒。与此同时，他把他正在寻求表达的思想从偶然和短暂提到永恒的王国之中。他把个人的命运纳入人类的命运”[⑤]。对“故事之源”的追溯，在某种程度上可视为对文学“原型”或“原始意象”的寻找。

---

① 孙楷第：《沧州集》，中华书局2009年版，第6页。

② 该文发表于《国立北平图书馆馆刊》，1931年第5卷第2期，第15—66页。

③ 该书是孙楷第去世后，由人民文学出版社于2000年出版。

④ 谭正璧的《三言两拍资料》于1963年打成纸型而未印行，上海古籍出版社在原纸型的基础上挖改讹误后于1980年出版。谭正璧在该书的《后记》中，特别提到了孙楷第、赵景深的相关考证文章。

⑤ ［瑞士］卡尔·荣格《论分析心理学与诗的关系》，见叶舒宪编选：《神话—原型批评》（增订版），陕西师范大学出版社2011年版，第97页。

三、北师大学风与孙楷第的学术渊源

鲁迅、胡适等人都曾经有过留学国外的经历，郑振铎也曾到法国、英国短时期停留。孙楷第除了曾经到日本访书外，没有在国外学习的经历。从他生活的地域来看，他一生学习和工作的地方，主要是在北京，其研究路数深受北师大学风的影响。

孙楷第所接受的，主要是传统文化的教育，“五岁起开始跟着祖父上学，能够一个月背会一本《诗经》，又一个月背会一本《书经》。后来跟着父亲在师范上学，每天晚上祖父还给我讲《左传》，讲多少，我能背会多少”①。他在十三岁的时候（1910年），才上了新式学堂。

孙楷第周围的师友，也以文史考证见长。

孙楷第在北平师范大学读书时，深受当时的国文系主任杨树达（1885—1956）教授的赏识。杨树达是著名的文字学家，孙楷第在他的指导下，“著有《王先慎韩非子集解补正》《刘子新论校释》《读〈庄子〉〈淮南子〉札记》”②等论文。杨树达还在课堂上引用孙楷第的研究成果，极大地鼓舞了他的研究热情。孙楷第在北师大读书时，还阅读了《广韵》《集韵》，段玉裁的《说文解字注》，王念孙的《广雅疏正》《读书杂志》，王引之的《经义述闻》等经典书籍，为他以后的学术研究打下了良好的基础。

孙楷第1928年大学毕业后，留校任钱玄同教授的助教。钱玄同也是著名的文字学家，孙楷第的《中国通俗小说书目》初次出版时，就有钱玄同的题签“疑古钱玄同署检”，但是限于资料的关系，笔者未发现孙楷第与钱玄同有更多的交往。

黎锦熙（1890—1978）也是孙楷第大学时期的老师。孙楷第毕业后，同时被聘为“中国大辞典编纂处”的编辑，“明确我将走小说研究的道路，那还是在‘中国大辞典编纂处’工作期间。黎锦熙先生是编纂处主任，他觉得小说戏曲方面的词条在过去辞书上很少列入，基本上是个空白，而我在这方面是有基础的，就让我从小说书目入手，先辑录《中国小说书目》。我遂以北平图书馆有关藏书为依据，开始了工

---

① 黄克：《建立科学的中国小说史学——孙楷第晚年“自述”及其他》，《文学遗产》2008年第4期。

② 杨镰：《孙楷第传略》，《晋阳学刊》1985年第1期。

作。此后，黎先生又给我介绍了马廉（隅卿）先生”[①]。1933年1月，黎锦熙为孙楷第的《中国通俗小说书目》作序。

孙楷第与北师大陈垣先生亦有交往，“所作论文，大多数经垣老看过改过，对其佳处，每加好批语，浓墨加圈，背后每对人戏呼之为沧州才子”[②]。

孙楷第的小说研究方法，深受杨树达、钱玄同、黎锦熙、陈垣等北平师范大学老师的影响。[③]孙楷第一开始从目录学入手研究中国古代小说，后来在此基础上研究小说的来源、发展及其变化的线索和规律。他以乾嘉汉学治经的方法来研究小说，对于每一个字、每一个词、每一个故事的来源进行严密的考证，解决了宋元话本小说研究领域长期存在的一些难题。如他的《说话考》《词话考》等，都是建立在扎实的材料基础上的。

孙楷第与马廉交往较多。他编纂《中国通俗小说书目》，有一部分依据的就是孔德学校的藏书和马廉的个人藏书。他在《三言二拍源流考》中，特别提到“其中板刻及诸本同异，皆夙昔闻之马先生相与讲求讨论者，此所谓‘三言’‘二拍’学仍当属之先生，余不得掠美也”[④]。

孙楷第与郑振铎也有交往，他曾到郑振铎的家中去阅读郑振铎的私人藏书，他的《中国通俗小说书目》和《论中国短篇白话小说的发展》，都曾请郑振铎写序，郑振铎也都给予了很高的评价和热情的赞扬。

孙楷第与胡适的交往，多是求胡适帮助发表论文或求其帮助解决生活问题，与学术关联不甚紧密。[⑤]

孙楷第虽然没有留学海外的背景，平日交往的朋友也不是特别多，但是他的学术眼光并不闭塞。他1933年出版的《中国通俗小说书目》的卷十一有“西译中国小说简目”，对外国翻译的中国小说书目进行了总结[⑥]；卷十二有“满文译本小说简

---

① 黄克：《建立科学的中国小说史学——孙楷第晚年“自述”及其他》，《文学遗产》2008年第4期。

② 陈智超编著：《陈垣来往书信集》，上海古籍出版社1990年版，第409页。

③ 孙楷第死后，“埋骨母校校园，不保留任何碑记。死而化为母校校园的一块土，就是他的心愿”。参见吴光兴：《没有墓碑，只有丰碑》，光明网2018年12月26日。

④ 孙楷第：《沧州集》，中华书局2009年版，第106页。

⑤ 可参见王飞：《孙楷第小说学研究》，南开大学2010年博士学位论文，第83—86页。

⑥ 赵景深在写于1948年的《〈水浒传〉简论》中，特别注明该文第一部分“水浒传的译本”，“大半取材于孙楷第的《中国通俗小说书目》”，可见该文对当时学术界的影响。参见赵景深：《中国小说丛考》，齐鲁书社1980年版，第138页。

目”，对满文译本的小说进行了总结，这两份书目在1982年再版时均被删去。而这两份书目恰恰反映出孙楷第开阔的学术眼光，他的学术视野并没有局限于国内，也没有局限于汉族文学。这种对汉文学在域外和国内少数民族地区接受和传播的重视，在今天“中华文化走出去”的时代大背景下，更具有先驱的价值和意义。不过，由于孙楷第晚年身体欠佳，他的学术潜力并没有充分地发挥出来。如果他有健康的身体，他在晚年一定会有更多、更优秀的学术成果贡献给后世。

论明代嘉隆时期书坊主小说语言的通俗化

——以稗中文为考察中心

杨志君

内容摘要：从稗中文的视角来看，嘉靖、隆庆两朝书坊主小说语言的通俗性主要表现在四个方面：对历史文献的通俗化处理，自撰实用散文夹杂白话语句，模仿《水浒传》撰写白话骈文，从《水浒传》中袭取白话骈文。书坊主小说语言的通俗化，能促进章回小说在民间广泛传播，对历史演义乃至章回小说的通俗化进程具有重要意义。

关键词：明代　书坊主小说　语言　通俗化

明代嘉靖、隆庆两朝的章回小说，以书坊主编撰的历史演义为主。而书坊主编撰小说是为了牟利，这就使他们不得不考虑当时的读者群体。

书坊主心目中的读者群体，很显然是文化程度不高的普通群众。熊大木在《序武穆王演义》中交代其创作《大宋中兴通俗演义》的缘起："武穆王精忠录，原有小说未及于全文，今得浙之刊本，著述王之事实，甚得其悉。然而意寓文墨，纲由大纪。士大夫以下，遽尔未明乎理者，或有之矣。近因眷连杨子，素号涌泉者，挟是书谒于愚曰：敢劳代吾演出辞话，庶使愚夫愚妇，亦识其意思之一二。"[①]这明显交

基金项目：本文为国家社科基金项目"明清说部诗文辑纂与研究"（17BZW011）、上海市教育委员会科研创新计划"《全稗文》汇纂、考订与研究"（E00033）项目的阶段性成果。

作者简介：杨志君，长沙学院影视艺术与文化传播学院教师，研究方向为明清小说。

① ［明］熊大木编撰：《大宋中兴通俗演义》，《古本小说集成》影印本，上海古籍出版社1994年版，第1—2页。

代了其在创作之初就是以文化程度不高的“愚夫愚妇”为读者对象的。其在《凡例七条》中也说：“句法粗俗，言辞俚野，本以便愚庸观览，非敢望于贤君子也耶。”[①]亦明确交代是供“愚庸”阅读，而不是给“贤君子”看的。而陈继儒《叙列国传》云：“《列国》始自周某王之某年，迄某王之某年，事核而详，语俚而显……”[②]这虽然没有直接说《列国志传》是写给什么人看的，但从“语俚而显”这一评语来看，其预期的读者显然是普通群众。朱篁《叙列国传》曰：“是传也，按像绘图……（引者省略）就令山农闺妇，开卷阅之，亦且兴悲禾黍，卷言杼柚。”[③]这表明该书是“山农闺妇”都可以看得懂的，其读者对象不言自明。

正因为这些小说是写给文化程度不高的群体看的，所以书坊主在语言、故事情节上，不得不考虑其通“俗”性。从稗中文[④]这个角度来看，书坊主小说语言的通俗性主要表现在四个方面：对历史文献的通俗化处理，自撰实用散文夹杂白话语句，模仿《水浒传》撰写白话骈文，从《水浒传》中袭用白话骈文。

一、对历史文献的通俗化处理

《三国志通俗演义》作为历史演义的开山之作，为后来历史演义的编撰树立了典范。其在小说文本中大量引入史传中的表、奏疏、诏书、书信等历史文献，被后来的历史演义编撰者所效仿。

书坊主编撰历史演义，效仿《三国志通俗演义》的做法，大量从史传中引入历史文献。但他们对历史文献的引录并非全文照抄，而是会根据故事情节，对引文有所增删、融合。而他们的水平又远不如罗贯中，未能使增饰的语言与历史文献的典雅文体保持一致，故而在对历史文献的加工过程中，出现了一些语体变异的现象，

---

① ［明］熊大木编撰：《大宋中兴通俗演义》，《古本小说集成》影印本，上海古籍出版社1994年版，第2页。

② ［明］余邵鱼编撰，陈继儒批评：《陈批列国志传》，《古本小说丛刊》第40辑，中华书局1991年版，第129页。

③ ［明］余邵鱼编撰，陈继儒重校：《春秋列国志传》，《古本小说集成》影印本，上海古籍出版社1993年版，第5—6页。

④ 这里的“稗中文”，指的是章回小说中提行空格、具有一定篇幅且独立成篇的“文”，主要包括骈文、散文，而不包括诗词曲赋等。

如《大宋中兴通俗演义》卷七“岳飞访道月长老”有一则岳飞所写的招状：“取状人岳飞，见年三十九岁。祖贯是河南相州汤阴县永和乡孝悌里人氏。不合于宣和四年间，方年二十，前往真定刘宣抚下，应募立为乡兵长。当年因擒强寇陶俊等有功，升承信郎。宣和六年，杀获强徒张超。……（引者省略）绍兴十一年辞官爵，解兵权，授万寿宫使致仕。这便是我一生的罪过。”[①]这一则文字四页有余，长达一千余字，是对《金佗粹编》卷四至卷八《经进鄂王行实编年》中各节概要文字（相当于“纲”）的融合。如前引第三、四两句话，就是对《经进鄂王行实编年》卷四“宣和四年壬寅岁年二十”（原文独立成行），“从敢战擒陶俊、贾进，先臣和卒”（原文独立成行且加粗），以及后面关于这件事具体叙述（相当于“目”）的第一句话“真定府路宣抚刘韐募敢战士备胡，先臣首应募，韐一见大奇之，使为小队长……”的概括。[②]而关于宣和四年之后岳飞的经历，《大宋中兴通俗演义》更是只取《经进鄂王行实编年》之“纲”而不及“目”，如前者中“宣和六年，杀获强徒张超”，直接来自后者之“纲”：“宣和六年甲辰岁年二十二”，“杀张超从平定章”[③]，而毫不涉及“目”，即后面三列对这件事的具体叙述。后面从靖康元年一直到岳飞去世的绍兴十一年，熊大木皆如法炮制，直接取《经进鄂王行实编年》之“纲”连缀而成。熊大木就这样以一千余字的篇幅，浓缩了《金佗粹编》五卷“行实编年”篇幅长达近40页的内容，囊括了岳飞从出生到死亡的大事件。而熊大木在缀连材料的过程中，不免会掺杂自己的句子，正是在这样的话语缝隙中，白话语句出现了，如开始的前两句：“取状人岳飞，见年三十九岁。祖贯是河南相州汤阴县永和乡孝悌里人氏。”这就是明显的白话句子，与现代汉语几无区别。而最后一句：“这便是我一生的罪过。”更是地道的白话句子，与现代汉语完全没有区别。此外“不合于宣和四年间”中的“不合”亦带有口语的特点。

如果说熊大木对《经进鄂王行实编年》五卷内容之“纲”的缀合，还主要是在首尾处掺入白话句子的话，那么其在《南北两宋志传》中，已完全将实用散文的文言语体置换成白话语体。《南宋志传》第四回“契丹大战高行周　唐主下诏议亲征”

① ［明］熊大木编撰：《大宋中兴通俗演义》，《古本小说集成》影印本，上海古籍出版社1994年版，第683—688页。

② ［宋］岳珂编：《金佗粹编》卷四，明嘉靖刻本。

③ ［宋］岳珂编：《金佗粹编》卷四，明嘉靖刻本。

有一则榜文："大唐皇帝亲征契丹，收剿敬瑭叛贼，大军已次怀州。廷臣奏请乞募民兵，藉民马以为义兵，应副（疑为'付'）防御勾当。奏过，钦奉圣旨，大括天下将吏，及百姓每有马的，尽数拘收。民间每七户出壮丁一人，自备铠甲器杖，唤作义军。就数内择有力气的大户充头目，自行管领。限在十一月十五日以前，到军前听候调遣。"[①]其中"大括天下将吏……唤作义军"袭自《通鉴纲目》卷五十六，原文如下："诏大括天下将吏及民间马，又发民为兵，每七户出征夫一人，自备铠仗，谓之义军，期以十一月俱集，用张延朗之谋也。凡得马二千余匹，征夫五千人，实无益于用，而民间大扰。"[②]对比原文，我们会发现，熊大木不过将《通鉴纲目》的文言语句翻译成了白话句子，并在此基础上略微扩展，而扩展内容运用的也是白话语体。故而这则榜文，虽然开头两句还带有文言意味，但整体来看，则可视为一则白话文。

榜文是皇帝与朝廷下达政令的官方文书，与国家政治息息相关，通常为文言语体，以示其权威性与严肃性。在《三国志通俗演义》中有两则榜文，即卷四"白门曹操斩吕布"中的曹操征吕布榜文（"今奉明诏"至"大将军曹"）与卷十九"孔明初上出师表"中的诸葛亮、马谡伪作的司马懿告天下榜文（"昔太祖武皇帝创立皇基"至"相宜知悉"），其语言皆为较古朴的文言语体。事实上，《三国志通俗演义》中不仅榜文是文言语体，其奏、表、诏、书、檄等所有实用文体皆为文言语体。虽然在熊大木编撰的历史演义中，将文言体的实用散文翻述成白话文并不多见，却为古雅实用文体的通俗化打开了一个缺口，具有重要的意义。

二、自撰实用散文夹杂白话语句

在自撰的实用散文中，熊大木虽然极力模仿《三国志通俗演义》或史传中的历史文献，但由于其文化水平不高，加上对通俗性的追求，便不免在文言语体中夹杂着白话词汇与语句。如《南宋志传》第二十五回"汉后主缢死佛寺　郭彦威兵变滑州"有一则李太后择储君诏书："河东节度使刘崇、忠武节度使刘信，皆高祖弟也。

① ［明］熊大木编撰：《南北两宋志传》，《古本小说丛刊》第三十四辑，中华书局1991年版，第58—59页。

② ［南宋］朱熹撰：《通鉴纲目》卷五十六，清文渊阁四库全书本。

武宁节度使刘赟，崇之子，高祖养以为子。开封府尹刘勋，高祖的儿子也。其令百官，议择所立！”[①]其中“高祖的儿子也”，如果去掉文言虚词“也”，就完全是白话句子了。

再如《大宋中兴通俗演义》卷四“宋高宗御驾亲征”中有一则胡寅所上的奏疏，其中就含有“去的使臣曾有知二帝在于何处否”“自从求和之后”“不想此五六年间差了多少使臣去了，至今二圣不曾见他放将回来”等白话语句，还含有九个“我”、三个“的”等或口语或白话词汇。同书卷七“下岳飞大理寺狱”中岳飞写的招状，其中诸如“郾城厮杀，砍番虏将尸积堆山；汴水相持，戳倒胡兵血深似海。北方闻我兵进，人人身摇胆破；南岭见吾旗至，个个手乱脚忙。朱仙镇上，百千铁甲奔逃；虎将麾前，十二金牌召转”[②]，就与《水浒传》中描写打斗场景的白话骈文十分相近，称之为白话骈文亦未尝不可。其实这则招状的语言，整体而言介于文白之间，如“飞生居河北，长在汤阴。幼日攻书于河内，壮年掌握军马于淮西”，这样的句子只要粗通文墨的人都可以读得懂。

此外，《南宋志传》中还有一则虽然是实用散文，却是用白话写就的诏书，即第十一回“皇甫遇慷慨死节　景延广计罪受诛”中契丹主赐给晋主的手诏：“大辽皇帝道与石重贵：孙勿忧烦，须教你有安身之所。进入传国的宝非真，何得相诳？可将真的献来！”[③]手诏属于诏书的一种，大概相对随意一些，但毕竟也是政府公文的一种，其语体的改变，与上一节所论同书第四回的白话榜文，具有同样的意义。

三、模仿《水浒传》撰写白话骈文

按照学术界通行的说法，《水浒传》与《三国志通俗演义》是明初的作品，只是最初是以抄本的形式传播。到了嘉靖年间，作为政府机构的司礼监率先刊刻《三国志通俗演义》和《水浒传》，推动了这两部章回小说的广泛传播，并受到了大众的欢

---

① ［明］熊大木编撰：《南北两宋志传》，《古本小说丛刊》第三十四辑，中华书局1991年版，第316页。

② ［明］熊大木编撰：《大宋中兴通俗演义》，《古本小说集成》影印本，上海古籍出版社1994年版，第696页。

③ ［明］熊大木编撰：《南北两宋志传》，《古本小说丛刊》第三十四辑，中华书局1991年版，第149—150页。

迎。这两部章回小说的成功，为后来章回小说在体例格式、情节结构、表现手法及故事内容等方面树立了典范。《三国志通俗演义》“据正史，采小说”的方法，以及大量掺入表、奏疏、诏书等历史文献的做法，被广泛运用于之后的历史演义中。《水浒传》中包含大量描写人物、景物、场景的白话骈文①，它们本身是民间说唱的遗留，属于“场上之作”。后来的章回小说编撰者，不但没意识到这些描述性骈文与案头阅读之间的矛盾，反而认为是章回小说的必备要件，纷纷模仿《水浒传》而撰写白话骈文。

在熊大木的第一部历史演义《大宋中兴通俗演义》中，尚没有白话骈文。到了《唐书志传通俗演义》才出现了两则，如第十六节“王伯当劝谕魏公　唐高祖使迎李密”中以“怎见得”领起的白话骈文：“香风霭霭，响韵锵锵。左列着峨冠博带，各秉忠正之贤臣；右列着红英铠甲，咸怀匡国之武将。政令严齐，传宣整肃。前后不越乎位，上下皆有定止。”②这是写李密上朝面见唐高祖李渊时所见的庄严场景，语言通俗易懂，对仗比较工整，但行文比较板滞，模仿的痕迹比较明显。

到了《南北两宋志传》中，白话骈文数量增至九则，其中有八则出自《南宋志传》部分。而这八则白话骈文中，有六则是写人物外貌的，如第二十四回“高辛周滑城鏖兵　史彦超封丘大战”以“怎生打扮”领起的文字：“头戴红缨嵌宝盔，身穿绣锦刺花袍，左肋下插几根凿山狼牙箭，右肋下挂一张透石宝雕弓。护身简，金光灿烂；贴腰刀，冷气侵人。手执斩将大杆刀，坐下盘桓冲阵马。”③这段文字是描写索文俊披挂的，《水浒传》中每一个英雄上场时，基本都有一则描写其披挂的白话骈文。《南宋志传》大概是模仿《水浒传》的做法，才对书中主要人物第一次出场时也描写其外貌。《南宋志传》中还有一则是描写景色的白话骈文，即第十八回“郑恩激怒打韩升　匡胤教场斗蔡顺”中以“但见”领起的文字：“朱门红牖，尽是豪家贵室；青帘朱旆，无限酒店茶坊。府门外排，勇勇猛猛军卒；护街前列，英英杰之

---

① 白话骈文，主要是指通俗小说中以“但见”“正是”等套语领起的，用以描述人物、风景、场景的骈俪文段。由于其语言通俗易懂，与文集中注重藻饰用典的骈文不同。为了与文集中的骈文相区分，笔者拟之为“白话骈文”。

② ［明］熊大木编撰：《唐书志传通俗演义》，《古本小说丛刊》第四辑，中华书局1990年版，第160页。

③ ［明］熊大木编撰：《南北两宋志传》，《古本小说丛刊》第三十四辑，中华书局1991年版，第306页。

（当为‘杰’）雄兵。阃寄重权民畏仰，帐帷号令鬼神惊。”[①]这段文字是描写河中府景致的，主要以四六句式写就，语言通俗浅易，且押韵，含叠词，有一定的音乐性。《南宋志传》中还有一则描写场景的白话骈文，即第十四回“冯益兵围白马寺　匡胤大闹御勾栏”以“怎见得”领起的文字：“红粉轻施，梅花额上妆春色；翠娥巧画，柳叶眉间带晓烟。舞袖飞翻，露纤纤之玉笋；弓鞋移动，踏步步之金莲。蹴鞠场中，婵娟戏舞；千秋架上，美女飘扬。乐声频奏彩栏前，丝竹品弹红槛里。惹起豪门弟子，难拴意马；引动官宦舍人，尽逐心猿。”[②]这是写勾栏演唱故事场景的，通篇骈偶，语句稍显灵动，写出了女艺人的曼妙之姿与出色技艺。

余邵鱼编撰的《列国志传》中含有四则白话骈文，其中两则为其所撰。如卷十二“不韦计娶朱女”：“怎见得好处：云鬟轻挑蝉翠，蛾眉淡扫春山。朱唇点一颗樱桃，皓齿排两行白玉。犹如织女下瑶池，好似姮娥离玉殿。轻移玉步，拟散金莲。千般娇娆，万种风流。懒临席边停，羞对尊前言。纵有丹青描不成，每对银灯看未足。”[③]此为描写朱姬外貌的白话骈文。再如卷一“纣王作酒池肉林”：“台高插汉，榭耸凌云。九曲阑干，饰玉雕金。光彩彩千层楼阁，朝星映月；影溶溶怪卉奇花，香馥四时。不卸珍禽异兽，声扬十里传闻。游宴者，恣情欢乐；供力者，劳悴艰辛。涂壁脂泥，尽是万民之膏血；华堂彩色，皆收百姓之精神。绮罗锦席，空尽织女机杼；丝竹弦歌，变作野夫啼哭。真个以天下奉一人，须始信独夫残万姓。”[④]此文通篇骈偶，语言平易浅近，在描写纣王宫殿阁楼景观之余，对纣王的搜刮民脂民膏供自己享乐的行为有讽刺。

---

① ［明］熊大木编撰：《南北两宋志传》，《古本小说丛刊》第三十四辑，中华书局1991年版，第231页。

② ［明］熊大木编撰：《南北两宋志传》，《古本小说丛刊》第三十四辑，中华书局1991年版，第185—186页。

③ ［明］余邵鱼编撰，陈继儒批评：《陈批列国志传》，《古本小说丛刊》第四十辑，中华书局1991年版，第2098页。

④ ［明］余邵鱼编撰，陈继儒批评：《陈批列国志传》，《古本小说丛刊》第四十辑，中华书局1991年版，第199—200页。

四、袭用《水浒传》中的白话骈文

与其他历史演义从史传中引录文言语体的实用散文不同，余邵鱼的《列国志传》直接从《水浒传》中袭用白话骈文。

《列国志传》卷十二“范雎脱厕报仇”中以“但见”领起一段描写公孙乾端午排宴款待吕不韦场景的文字：“门悬绿艾，户挂青蒲。水晶帘卷虾须，锦绣屏开孔雀。从人笑乐白玉杯，美酒浸香蒲；小童欢捧黄金盘，角黍堆碧玉。食烹异品，味献时鲜。弦管笙簧，奏一派清音雅韵；绮罗珠翠，排两行舞妓歌儿。当筵歌，口启樱桃；对席舞，腰摇嫩柳。消遣壶中闲日月，邀游身到醉乾坤。”①在前九卷中无一则描写人物或场景的白话骈文，这可视为后三卷与前九卷编撰者不一的证明。这则白话骈文其实袭改自容本《水浒传》第十三回“急先锋东郭争功　青面兽北京斗武”以“但见”领起的文段：“盆栽绿艾，瓶插红榴。水晶帘卷虾须，锦绣屏开孔雀。菖蒲切玉，佳人笑捧紫霞杯；角黍堆金，美女高擎青玉案。食烹异品，果献时新。弦管笙簧，奏一派声清韵美；绮罗珠翠，摆两行舞女歌儿。当筵象板撒红牙，遍体舞裙拖锦绣。消遣壶中闲日月，遨游身外醉乾坤。”②对比两文，可以发现余邵鱼不过略微改动了《水浒传》中的文字，如将“盆栽”改成“门悬”，将“瓶插红榴”改成“户挂青蒲”，将“舞女”改成“舞妓”，文字变得更通俗，主要内容大体仍是一致。不过，将“菖蒲切玉，佳人笑捧紫霞杯；角黍堆金，美女高擎青玉案”改成“从人笑乐白玉杯，美酒浸香蒲；小童欢捧黄金盘，角黍堆碧玉”，虽然意思相近，然七五对七五的对句形式，比较少见，不大符合古人对仗的习惯。而将“身外”改为“身到”无疑也是败笔，因为“身外”与前面“壶中”形成对仗，而“身到”不仅与“壶中”不对仗，与后面“醉乾坤”连在一起还有些语意不通。这些细微之处，见出了书坊主与文人施耐庵在文学素养上的差距。

《列国志传》同卷“不韦西游说立嗣”中有一则以“但见”领起的写朱姬外貌的

① ［明］余邵鱼编撰，陈继儒批评：《陈批列国志传》，《古本小说丛刊》第四十辑，中华书局1991年版，第2077页。

② ［明］施耐庵集撰，罗贯中纂修：《李卓吾批评忠义水浒传》，《古本小说集成》影印本，上海古籍出版社1993年版，第399—400页。

白话骈文："齐直直发儿，曲湾湾眉儿。烱青青眼儿，直隆隆鼻儿。香喷喷口儿，红拂拂腮儿。美甘甘脸儿，尖纤纤指儿。短细细脚儿，穿一双翠绣鞋儿。"①此段文字全部是由带"儿"字的句子组成，且用了一连串叠词，语言是通俗得不能再通俗。而它袭改自容本《水浒传》第四十四回"锦豹子小径逢戴宗　病关索长街遇石秀"："但见：黑鬒鬒鬓儿，细弯弯眉儿，光溜溜眼儿，香喷喷口儿，直隆隆鼻儿，红乳乳腮儿，粉莹莹脸儿，轻袅袅身儿，玉纤纤手儿，一捻捻腰儿，软脓脓肚儿，窍尖尖脚儿，花蔟蔟鞋儿，肉奶奶胸儿，白生生腿儿。更有一件窄湫湫、紧皱皱、红鲜鲜、黑稠稠，正不知是什么东西。"②余邵鱼虽然将大多数叠词进行了替换，如将"细弯弯"改为"曲湾湾"，将"光溜溜"改成"烱青青"，将"红乳乳"改成"红拂拂"，等等，这些细微的改动对该段的语意并没有多大影响。而其删掉《水浒传》中"软脓脓肚儿""肉奶奶胸儿，白生生腿儿"，尤其是删除"更有一件窄湫湫、紧皱皱、红鲜鲜、黑稠稠，正不知是什么东西"这样过于直露的性器描写，反而起到了文字净化的作用，这在某种程度上，体现了作为闽学故乡的书坊主在创作通俗小说时，心里是有一条道德底线的。③

《列国志传》直接从《水浒传》中袭用白话骈文，为后来时事小说《征播奏捷传通俗演义》、神魔小说《西游记》、世情小说《金瓶梅词话》、历史演义《草木春秋》等大量从《水浒传》中袭用白话骈文之嚆矢。这在促进章回小说的通俗化进程方面具有重要意义。

---

① ［明］余邵鱼编撰，陈继儒批评：《陈批列国志传》，《古本小说丛刊》第40辑，中华书局1991年版，第2095页。

② ［明］施耐庵集撰，罗贯中纂修：《李卓吾批评忠义水浒传》，《古本小说集成》影印本，上海古籍出版社1993年版，第1462—1463页。

③ 齐裕焜在《明代建阳书坊之小说刊刻·序二——明代建阳坊刻通俗小说评析》一文中说："建阳是以朱熹为代表的闽学的故乡，是深受理学影响的地方。他们出版书籍时，还有一条道德的底线，既要盈利又要承担教化的任务，所以大量出版历史演义等宣传'忠义'思想、表彰忠臣义士的小说，不敢去刊印那些有露骨的色情描写的作品。"见涂秀虹：《明代建阳书坊之小说刊刻》，人民出版社2017年版。建阳书坊不刊刻有露骨色情描写的作品，表明他们追求盈利但有道德底线。因为建阳书坊主心中有道德底线，所以他们在编撰小说时也不撰写或引录有色情描写的句段。

余　论

中国文学史上第一部以“通俗”命名的小说是《三国志通俗演义》，但《三国志通俗演义》的语体是浅显的文言，尤其是引入上百则表、奏疏、诏书等历史文献，使其在“通俗性”上存在一定的局限。《三国志通俗演义》在当时的直接读者，应该还是以文化程度较高的商贾、官宦及知识分子等为主，普通百姓主要还是通过听书、看戏等间接途径知悉《三国志通俗演义》的。[①]

书坊主编撰章回小说，为了追求利润的最大化，不得不考虑接受对象的文化水准，所以书坊主在语言、故事情节上，不得不考虑其通“俗”性。语言上的通俗性追求已如上所述，这里再补充关于故事情节方面的通俗性。

从故事情节的角度来看，《大宋中兴通俗演义》等书坊主小说中的“按语”与注释，无疑是对故事情节的进一步解释与说明，以帮助普通读者对故事情节进一步理解与接受，亦可视为通俗性的一种表现。如《大宋中兴通俗演义》卷一“李纲措置御金人”在“屯扎于牟驰冈”后对“牟驰冈”这一地理名词的注释，就让普通读者明白这个地方的地理位置、地形地貌，以及为何金国将领盖幹离不率领众兵直抵南宋都城，而是屯扎于牟驰冈。同是卷一的“宋康王泥马渡江”叙述完崔府君庙门外的泥塑马帮助康王渡过了大浪滔天的夹江，于“始知崔府君神力所助”后有一段注释：“即今磁州夹江旁有泥马庙，乃宋康王所建，遗迹在焉。愚参考《一统志》，磁州无夹江，及考相州，俱与此说不同，今依来本存之，以俟知者。”[②]这里对夹江有进一步的说明与考证，亦能帮助读者理解前面的故事情节。再如卷一“宋钦宗倡议讲和”写姚平仲愤恨于李邦彦力主和议，而隐居于石穴，朝廷屡次下诏求之而不得，到淳熙年间始出山，之后有一段提行空格文字：“按：姚平仲幼孤，从父姚古养为子，年十八，与夏人战臧底河，杀疲其众，宣抚童贯召与（语），平仲不少屈。贯不悦，抑其功赏。睦州方腊作耗，道君曾遣童贯讨贼，贯虽不喜平仲，但心服其勇，复取平仲偕行。及贼平，平仲之功冠军，不愿推赏，乃谓贯曰：‘平仲不求官赏，但

---

① 参见潘建国：《明清时期通俗小说的读者与传播方式》，《复旦学报》（社会科学版）2001年第1期。

② ［明］熊大木编撰：《大宋中兴通俗演义》，《古本小说集成》影印本，上海古籍出版社1990年版，第73页。

愿一见主上耳。’贯愈忌之。他将如王渊、刘光世者，皆得召见，独平仲不得召。贯忌其功故也。钦宗是时在东宫知其名，及即位，金人围京城，平仲以勤王之师来，乃得见。”[①]这段文字先是补充了姚平仲早年的人生经历，接着又对姚平仲出山做了解释，对于普通读者而言，无疑可以帮助其理解姚平仲这个人，以及前面姚平仲出山的缘由。事实上，《大宋中兴通俗演义》等书坊主小说中的按语、注释，从小说的叙事结构来看固然属于多余，但从文化程度不高的读者的阅读接受来说，却有助于他们对故事情节的理解及接受。可以说，书坊主小说中的“按语”“注释”乃至评论，都是书坊主追求通俗化的表现。

综上所述，书坊主编撰历史演义小说，其动力主要来自对商业利益的追逐。而为了追求商业利益，他们不得不根据通俗小说的大众读者的文化水平对语言、故事情节等进行通俗化处理。而这种处理，无疑促进了历史演义乃至章回小说的通俗化进程，有助于章回小说深入民间，满足了当时人们对通俗小说的需求，也在客观上培养了一批通俗小说的读者，一定程度上打开了通俗小说的市场，为万历年间通俗小说的繁荣打下了一定的基础。

① ［明］熊大木编撰：《大宋中兴通俗演义》，《古本小说集成》影印本，上海古籍出版社1990年版，第27—28页。

小说词语考释与古白话词汇研究

徐时仪

内容提要：小说是研究古白话的重要文献，小说词语考释的成果既为全面深入地研究某部小说扫清了语言的障碍，也有裨于古白话词汇研究和历史性大词典的编纂。我国传统语言学有自己的特点和独到之处，只有在传承的基础上进行逐词考释的实证研究，汉语词汇研究才能达到真正的开拓。

关键词：小说　词语考释　古白话　词汇研究

在中国语言学史和中国文学史上，小说占据着十分重要的地位。《三国志·魏书·王粲传》裴松之注引《魏略》说："太祖遣（邯郸）淳诣（曹）植。植初得淳，甚喜，延入坐，不先与谈。时天暑热，植因呼常从取水，自澡讫，傅粉。遂科头拍袒、胡舞五椎锻、跳丸、击剑、诵俳优小说数千言讫。谓淳曰：'邯郸生何如邪？'"曹植所诵俳优小说数千言表明小说最初作为一种口传文学形式，具有故事性的口头表演性质。"小说"一词最早见于《庄子·外物》："饰小说以干县令，其于大达亦远矣。"庄子所说的"小说"指当时游说诸侯的浅识说辞。[①]小说的雏形是民间流传的丛残小语，往往具有故事性。《汉书·艺文志》说："小说家者流，盖出于稗官，街谈巷语，道听途说者之所造也。"如淳注说："主者欲知里巷风俗，故立稗官使称说之。"这些街谈巷语和道听途说虽多为内容浅俗琐屑的"小道"，但其中也"必有可

国家社会科学基金重点项目"朱子语录词语汇释"（18AYY018）。

作者简介：徐时仪，上海师范大学文学院教授、博士生导师，研究方向为中国古典文献学和汉语史。

① 谭帆、王庆华：《"小说"考》，《文学评论》2011年第6期。

视者”，可以“辍而不忘”。据《汉书·艺文志》著录，早期小说既有偏于史实的“史官记事”，也有“迂诞依托”的神怪之作；不仅有阐发哲理的议论，也有风俗逸闻的记载。

小说由魏晋南北朝的志怪和史传小说到唐代的传奇，再由宋金元的话本小说到明清的长篇小说，既有相承，又有革新，语言上也反映了文言到白话的演变。据罗烨《醉翁谈录·舌耕叙引·小说引子》说：“小说家流，出于机戒之官，遂分百官记录之司。由是有说者纵横四海，驰骋百家。以上古隐奥之文章，为今日分明之议论。或名演史，或谓合生，或称舌耕，或作挑闪，皆有所据，不敢谬言。言其上世之贤者可为师，排其近世之下愚者可为戒。言行非无根，听之有益。”《醉翁谈录》所举的有些小说又见于“说话”的目录，可能是宋元说话艺人的底本，可见文言小说与白话通俗小说同源异流的关联和演变。鲁迅《中国小说史略》说，“小说亦如诗，至唐代而一变，虽尚不离搜奇记逸，然叙述宛转，文辞华艳，与六朝之粗陈梗概者较，演进之迹甚明，而尤显者乃在是时则始有意为小说。”既有意为小说，故不仅其内容反映其时社会生活，而且其语言亦反映其时口语的情貌。宋元以来的话本小说继承变文的传统，散体和诗词交替，名称可以是“诗话”，又可以是“词话”，还可以是“平话”等。现存最早的话本是敦煌所出的《庐山远公话》《叶净能诗》《唐太宗入冥记》《韩擒虎话本》等。这些话本虽然用浅近的文言写成，但已包含很多口语成分，尤其是在人物的对话方面。从魏晋南北朝时的志怪和轶事、唐宋的传奇和平话到明清的长篇章回小说，许多作品像一颗颗璀璨的明珠，闪烁着耀眼的光辉，在人们的口中盛传不衰。其中一些白话小说，如《三国演义》《水浒传》《西游记》、“三言二拍”、《儒林外史》《说岳全传》《红楼梦》等，更可谓家喻户晓，妇孺皆知。这些小说是研究古白话的重要文献，多浅俗委巷之语，保存了大量当时的口语资料，[①]多为张相《诗词曲语辞汇释》序言所说“自单字以至短语，其性质泰半通俗，非雅俗旧义所能赅，亦非八家派古文所习见”的古白话词语，反映了古白话的概貌。小说词语考释与古白话词汇研究有着密切的关系。小说词语考释的成果既为全面深入地研究某部小说扫清了语言的障碍，也有裨于古白话词汇研究和历史性大词典的编纂。

下就我们拟编纂的古白话小说词典略举十例以见一斑。

---

① 如明代《详刑公案》《详情公案》《廉明公案》《明镜公案》和《诸司公案》等一些公案小说所载原告的状词、被告的辩词和主审官的判词多为当时的口语白话。

丢

投掷；抛弃。《水浒传》卷三："鲁达焦燥，便把碟儿盏儿都丢在楼板上。"

按：例中"丢"是自主的丢弃。据文献记载，表"投掷；抛弃"义，文言用"掷""抛""弃"等，白话用"丢""扔""掼""撂""甩"等。"丢"表"抛弃"义不会晚于宋代，最初多见于口语。如宋杨万里《枢密兼参知政事权公墓志铭》："公曰：'尧舜之治道，其要在命九官，丢四凶。'"由自主引申为不自主的丢弃。如《红楼梦》第二十一回："宝玉道：'丢了一颗。'湘云道：'必定是外头去掉下来，叫人拣了去了，倒便宜了拣的了。'"例中"丢"为不自主的"遗失"义。[①]又如《水浒传》卷二："王进回身把棒望空地里劈将下来，那后生见棒劈来，用棒来隔，王进却不打下来，将棒一掣，却望后生怀里直搠将来，只一缴，那后生的棒丢在一边，扑地望后倒了。王进连忙撇下棒，向前扶住。"例中"丢"是不自主的丢弃，"撇"也有"丢弃""抛掷"义。"撇"与"丿"义通，段玉裁注《说文》指出"丿音义略通擎。"丁惟汾《俚语证古》认为："撇，正字作丿。""丢"的造字理据可能取自"撇去"，即"丿"和"去"的会意组合。翟灏《通俗编》卷一："舍去曰丢。""撇"也是自主的丢弃，表此义的词尚有"摔""掼""撂""甩""扔"。如《金瓶梅词话》第二十六回："趁早与我都拿了去，省的我摔一地。"《二刻拍案惊奇》卷十三："行僮大叫一声，把经箱扑的掼在地上了。"《红楼梦》第三十四回："宝玉想了一想，便伸手拿了两条旧绢子撂与晴雯。"第二十八回："黛玉道：'我才出来，他就忒儿的一声飞了。'口里说着，将手里的绢子一甩，向宝玉脸上甩来。"第二十九回："话说宝玉正自发怔，不想黛玉将手帕子扔了来，正碰在眼睛上，倒吓了一跳。"[②]"丢"又指性高潮时射泄的一种生理现象。如《拍案惊奇》卷十七："吴氏被道士弄得爽快，正待要丢了，吃此一惊，飒然觉来，却是南柯一梦。"《二刻拍案惊奇》卷十八："甄监生看见光景兴动了，也有些喉急，……只好站着不动，养在阴户里面，要再抽送就差

① "掉"也有不自主的"遗失"义。如《红楼梦》二十六回："小红见贾芸手里拿块绢子，倒象是自己以前掉的。"参拙文《"掉"的词义衍变递嬗探微》，《语言研究》2007年第4期。

② 不同地域表"抛弃、投掷"义用词不同，南方多用"丢""掼""丟"，北方多用"扔""摔""甩"。据张美兰《同义词在南北官话中地域分布——以清末域外汉语官话资料为例》一文考察，表"抛弃、投掷"义时北方官话用"扔"，南方官话用"丢"。《汉语史学报》2010年第2期。

不多丢出来。"《金瓶梅》第七十九回："妇人一连丢了两次，西门庆只是不泄。"《肉蒲团》卷三第十二回："只见香云手足冰冷，一连丢了三次。"

丢　人

有损体面，出丑。《歧路灯》第六十回："谭绍闻道：'闲话少说。咱是中表弟兄，就如亲手足一般。我有一宗丢人的事，一时心迷，输了虎兵丁八百两银子，表兄你替我生个法儿。'"

按："丢人"本是词组，谓被人抛弃。如《明清民歌时调集·挂枝儿·缠丢》："想当初缠我因何意，缠上时丢了我又去缠别的，顿忘了在先时缠我的恩义，缠我又丢我，丢我又缠谁，你这等样的丢人也，只怕缠上的又丢了你。"又《霓裳续谱》卷一《西调》："花心未采，来来往往，采去了花心，飘然儿不回，就是这等丢人。"由"被人抛弃"引申有不自在、不舒畅的失落义。如《儿女英雄传》第三十六回："看了他三个这番闺房昵昵，儿女喁喁，不禁令人要笑不知愁的那个'闺中少妇'，当春日凝妆上那座翠楼的时候，忽然看见陌头一片杨柳春色，就后悔不该叫他夫婿远去觅封侯起来，那一悔，真真悔得丢人儿，没味儿！"[①]被人抛弃是不光彩的，有损体面，引申有羞耻出丑义而凝固成词。又作"丢脸"。如《红楼梦》第一百〇一回："想着再弄几个钱，好打点二舅太爷不生气，也不管亲戚朋友，冬天夏天的人家知道不知道，这么丢脸。"《官场现形记》卷二十一："只要不替先人丢脸，就算得孝子了。"[②]

伏　事

服侍，照料。《敦煌变文校注》卷二《庐山远公话》："缘为善庆初伏事相公，不得入寺听经，只在寺门外边与他看马。"[③]关汉卿《钱大尹智宠谢天香》第三折："到早起过洗面水，到晚来又索铺床叠被，我伏事的都入罗帏。"[④]《警世通言》卷

① 《汉语大词典》释"丢人"为"丢脸"义，引此例为证，欠妥。

② 《汉语大词典》引鲁迅例为首证，偏晚。

③ 黄征、张涌泉：《敦煌变文校注》卷二，中华书局1997年版，第259页。

④ 臧懋循编：《元曲选》，浙江古籍出版社1998年影印本，第82页。

二十："实不瞒恭人，在都下早晚无人使唤，胡乱讨来相伴。今日带来伏事恭人。"《三遂平妖传》第七回："只见酒来，又见饭来，他几时见这般施设，两个青衣女童在面前不住斟酒伏事，杯杯斟满，盏盏饮干。"《隋唐演义》第八回："秦爷将这锏抵当几两银子，买些柴米，将高就低，我伏事你老人家。"第三十七回"咱们打又打他不过，又不下气伏事他，故此纠下许多大小牧童，与他打。"

按：伏事，又作"服事、服侍、伏侍、伏伺、扶侍"等。如唐穆员《秘书监穆公夫人裴氏元堂志》："吾嫂吾母也，苟能服事如姑，则为某妻，不者则否。"宋范镇《东斋记事》卷四："又有王有者，汉州卒也。州将每令赵昌画，则遣有服事供应之。"《朴通事谚解》卷中："我不会汉儿言语，又不会做饭，我这吴舍生受服事我来。"《初刻拍案惊奇》卷二十："兰孙道：'妾蒙相公、夫人收养，愿为奴婢，早晚服事。如此厚待，如何敢当？'"《元曲选·黑旋风》第三折："有福之人人服侍，无福之人服侍人。"《红楼梦》第十九回："自我从小儿来了，跟着老太太，先服侍了史大姑娘几年，如今又服侍了你几年。"[①]马致远《汉宫秋》第二折："我且向妆台边梳洗一会，收拾齐整，只怕驾来好伏侍。"《二刻拍案惊奇》卷十一："朱氏着人替他收拾起一间好卧房，就着青箱与他同住，随房伏侍。"《儒林外史》第四十回："看见父亲病重，他衣不解带，伏伺十余日。"《老乞大》："若这般谨慎行呵，便是在下人扶侍官长的道理。"

据《广韵》，伏、服，房六切，奉母屋韵；扶，防无切，奉母虞韵；事，侧吏切，庄母之韵；侍，时吏切，禅母之韵；伺，相吏切，心母志韵；肆，息利切，心母脂韵。伏事、服事、服侍、服肆、伏侍和扶侍声同韵近，义亦相近，皆有"照料、侍侯"义，又有"事奉"与"伺候"的细微差别，表"伺候"义相较"事奉"义地位更低下，态度也更谦卑。

拿　班

装腔作势，摆架子。《二刻拍案惊奇》第二回："私下说去，为免是我求他了，他必然还要拿班。"

① 又作"服肆"。《通天乐》第五种："今相公如此才貌，若得配偶，即终身服肆，亦所甘心。"《古本小说集成》，上海古籍出版社1991年版，第56页。

按："拿班"，也作"拿腔"。《二十年目睹之怪现状》第四十五回："拿门客此时也乐得拿腔了，说已经说煞了，挽回不易，必要三成回用。"又作"拿班儿"《西游记》第二十三回："常言道：'和尚是色中饿鬼。'那个不要如此？都这们扭扭捏捏的拿班儿，把好事都弄得裂致了。"还可作"拿班做势""拿班做款""拿腔作势""捉班做势"。如《金瓶梅词话》第七十五回："你会晓得什么好成样的套数儿，左右是那几句东沟篱，西沟灞，油嘴狗舌，不上纸笔的那胡歌野词，就拿班做势起来。"《红楼梦》第三十二回："如今大了，就拿出小姐款儿来了。你既拿班做款，我敢亲近吗？"《官场现形记》第七回："谁知这位林老爷是个最刁不过的，一听来意，是要叨他的教，他便拿腔作势，跳到架子上。"《醒世恒言》卷三："只是寻得主顾来，你却莫要捉班做势。"

能

将就；凑合。《红楼梦》第四回："他两家的房舍极是便宜的，咱们先能着住下，再慢慢的着人去收拾，岂不消停些。"第三十七回："这绢包儿里头是姑娘上日叫我作的活计，姑娘别嫌粗糙，能着用罢。"第五十七回："要使什么，横竖有二姐姐的东西，能着些儿搭着就使了。"①

按：例中的"能"也可写作"朓"。北方方言中东韵字往往读作登韵，"能"是"朓"的方言记音词。②如《金瓶梅词话》第四十一回："姐姐，你知我见的，将就朓着些儿罢了，平白撑着头儿，逞什么强！"顾起元《客座赘语·诠俗》云："家败而姑安之，事坏而姑待之，病亟而姑守之，凡皆曰朓。"也写作"浓"，如《醒世姻缘传》第八十四回："大家外边浓几年，令亲升转，舍亲也或是遇赦，或是起用的时候了。"又写作"𩟗"。胡文英《吴下方言考》卷七云："𩟗，充也，勉强也。吴中谓勉强而充曰𩟗得过。"又写作"朧"。如李渔《风筝误》第十三出："不妨，我

① 参徐世荣《北京土语辞典》和陈刚等《现代北京口语词典》。

② 通摄的读音有文白两个历史层次，文读为u.·˙，白读为ɭ.·˙。据《六书故》载："吴人谓人侬。"按语云："此即人声之转，瓯人呼若能。"今温州方言读"侬"亦为"能"，苏州市郊及吴江、昆山一些乡村东（冬）韵读如登韵：东=登，懂=等，冻=凳，同=腾，农=能，棕=增，从=层，聋=楞，韵母都是ɭ.·˙。绍兴谚语"灯笼壳打老姥（妻子）""瞎漆皮灯笼"中的"笼"读作登韵lɭ.·˙。吴江县读"吴淞江"的"淞"也为登韵sɭ.·˙。闽语中东韵也有文白两种读法，文读大体上都读圆唇音，白读则读不圆唇音。

另有个救急之法，权且朧过一宵，再做道理。”又写作“哝”。如《海上花列传》第二十四回：“耐搭俚相好仔三四年，也该应摸着点俚脾气个哉，稍微有点勿快活，耐哝得过就哝哝罢。”《九尾龟》第一百六十六回：“沈二宝不肯和他说真话，只说：‘生意也呒啥好，哝哝罢哉。’”能、脓、浓、齈、朧、哝皆为“勉强将就、用力凑合”等敷衍、对付义的方言记音词。

唐代“痛”方言音“腾”印证了“能”读如“脓”的这种语言现象。考《说文》：“痛，病也。”“痋，动病也。”段注：“痋即疼字也。今义疼训痛。”痛、病有相通之处。又考《玄应音义》卷十四释《四分律》第四卷疼痛：“又作痋、胳，二形同。徒冬反。《声类》作癑。《说文》：痋，动痛也。《释名》：疼，痹也。下里间音腾。”据《广韵》，“疼”有二切，一为徒冬切，定母冬韵合口一等平声；一为徒登切，定母登韵开口一等平声。玄应释“痋”改《说文》“动病也”为“动痛也”。[①]疼为痋的后出字，《广雅》：“疼，痛也。”桂馥《说文义证》引张揖《杂字》云：“痛，痒疼也。”汪维辉《东汉—隋常用词演变研究》说，“疼”最早见于西汉文献，可能是西汉产生的一个口语词。“很可能‘疼’最初只是‘痛’的一种方言变体，按那种方言的读音把它记录下来，就写成了‘疼’字”。[②]

关中方言东冬部与蒸韵混读也印证了“能”读如“脓”的这种语言现象。据杨荣贤《汉语肢体动词发展史研究》，“扔”似源于“揖”。“现代汉语普通话中，表‘投掷、抛弃’义的基本词‘扔’最早行用于关中一带。现代北方大部分方言中至今仍保留‘扔’在关中方言中的古读音，依方音或作‘佴’，或作‘茸（揖）’”。[③]如司马迁《报任安书》：“李陵既生降，隤其家声，而仆又佴之蚕室，重为天下观笑。”据《文选》如淳注：“今诸本作‘茸’字。”《汉书·司马迁传》亦作“茸”。颜师古注：“茸，音人勇反，推也。”段玉裁注《说文》云“茸”为“‘揖’之假借字”。《说文》：“揖，推擣也。”徐铉据孙愐《唐韵》加注反切为“而陇切”。桂馥《说文义证》：“揖，或作搣。”[④]搣，《广韵》而陇切。扔，《集韵》“或作搣”。揖，上古东部。

① 又，《玄应音义》卷七释《正法华经》第二卷痋燥引《说文》：“痋，动痛也。”卷十八释《成实论》第四卷疼痹引《说文》：“疼，动痛也。”

② 汪维辉：《东汉—隋常用词演变研究》，南京大学出版社2000年版，336—338页。

③ 杨荣贤：《汉语肢体动词发展史研究》，中西书局2017年版，第122页。

④ 参杨雅丽《释“佴之蚕室”——兼释“佽”与“次”》，《陕西师范大学学报》（哲学社会科学版）1996年第2期。

挝，冬部。宋刘攽《贡父诗话》："向敏中镇长安，士人不敢卖蒸饼，恐触'中'字讳也。"可知其时长安方音东、蒸通韵，表"投掷、抛弃"义的"扔"似源于"揖"。

怕

害怕。《儿女英雄传》第一回："我第一怕的是知县。"

按："怕"原义为"淡泊清静"，"畏惧、害怕"义上古用"怖"表示，晋以后"怕"替代了"怖"。如《杂曲歌辞·长干曲》："逆浪故相邀，菱舟不怕摇。"《伍子胥变文》："臣惧子胥手中剑，子胥怕臣俱总休。"考《说文》："悑，惶也。从心，甫声。怖，悑或从布声。"悑、怖异字同词，《广韵》为滂母模韵，上古为鱼部，拟音为phaa〉pho。"怕"是"怖"白读音的记音字，[①]唐代渐替代"怖"表示"害怕"义。"害怕"一词指因遇到危险、困难而畏惧或发慌，金元时已见用例。例如《董解元西厢记》卷三："贼军俏似儿，来兵俏似爷，来兵势若龙，害怕的贼军俏似鼈。"《杨氏女杀狗劝夫》第一折："〔正末云〕嫂嫂，自从前日与哥哥做生日来，不知甚的意思，打了我这一顿。我因此不敢见哥哥去，又害怕打哩。"[②]高文秀《刘玄德独赴襄阳会》第三折："三军见了都害怕，若是着刀鲜血流。"《忠义直言》卷中《仁贵报

---

① 鱼部的主元音为a，其向中古的变化方向为后高化：↦→≙→□→ₒ，但语言中有一些常用的高频词往往会在白读的影响下出现音变滞后现象，如鱼部明母模韵一等"姥"为m↦>m⇄>m≙>m□>mₒ>m∪>m_，"姥"的白读音没有像其文读音一样由m↦变为m_而是与相邻的麻韵二等a合流，如鱼部明母麻韵二等"马"的语音演变为mr↦>m□↦>m^↦>m↦，"姥"的白读音因滞后而合入"马"的语音演变第二阶段的m□↦中，"嫲"就是为记此白读音所造的方言字。同样，"爸"为"父"的后出同义词，也是为了"父"的白读音与相邻的麻韵二等a合流后所新造的字。又如"匍"，《说文》："匍，手行也。"匍即用手爬行。《战国策·秦策》说苏秦佩六国相印荣归故里，其"嫂蛇行匍伏"。匍，《广韵》并母模韵，其白读音为后出的"爬"所保存。傅，上古有"贴近、附着"义，《广韵》非母虞韵，《左传·僖公十四年》载有："皮之不存，毛将安傅？"其白读音后借"巴"字表示，元王晔《桃花女》第一折载有："天色已晚，又遇着风雨，前不巴村，后不着店，怎生是好？"悑、怖为"怕"所取代也是如此。滂母模韵的语音演变可分为ph↦>ph□>pho>phu四个阶段，滂母麻韵的语音演变可分为phr↦>ph□↦>ph^↦>ph↦四个阶段，悑、怖的文读音的语音演变为ph↦>ph□>pho>phu，白读音则因滞后与相邻的麻韵二等ph□↦合流，又与相邻的陌韵二等怕phrak>ph□↦k>ph^a相近，鱼铎对转，于是借原义为"静也，无为也"的铎部字"怕"来表示。

② 《汉语大词典》释"害怕"引《水浒传》为首见书证，偏晚。

水》：“宿卫的官军害怕，都走散了。”[①]“怕”由“害怕”义引申有“令人害怕”义。清张春帆《九尾龟》第十六回：“看看别家格倌人，面孔生得怕煞，生意倒好得野哚。”又引申有“恐怕，可能”义。《京本通俗小说》：“我是碾玉作，信州有几个相识，怕那里安得身。”《儒林外史》第二十二回：“只怕弟一出来，船就要开，不得奉候。”由“恐怕，可能”义引申有“难道”义。明诸圣邻《大唐秦王词话》第十五回：“怕没别邦去，何必受制于人？”《石点头》第十二卷：“巴得董官人一朝发达，怕继母不封赠做老夫人老奶奶，还有甚不足意，自讨烦恼？”又引申有“或许会，可能会”义。《花月痕》第十四回：“这里睡不得，怕着了凉。”《老残游记》第十回：“话说子平听得天崩地塌价一声，脚下震震摇动，吓得魂不附体，怕是山倒下来。”由“或许会，可能会”义引申又有“如果”义。《警世通言》第七回：“我如今且出城去，看这万员外女儿归，怕路上见他，告这小娘子则个；怕劝得他爹爹，再去求得这经纪也好。”

闪赚

欺诳；哄骗。《西游记》第五十二回：“行者闻言道：‘可恨！可恨！如来却也闪赚老孙！当时就该对我说了，却不免教汝等远涉？’”《金瓶梅词话》第四十五回：“要离别与我两句伶仃话，抛闪杀奴家，闪赚杀奴家。”

按：“闪”本有“遮掩躲避”义，后引申有“欺哄、蒙骗”义。如北魏般若流支译《正法念处经》卷三十九：“如是妇人身，故来生此中，闪诳曲不直。”又如元郑廷玉《忍字记》第四折：“自家刘均佐便是。谁想被这秃厮，闪我这一闪，须索还我家中去也。”“赚”似是“詀”的后出俗字。考《广韵》：“詀，被诳。謙，俗。”《类篇》：“詀，巧言。”《集韵》：“詀，妄言。”据《广韵》，詀俗作謙。“詀”的巧言妄言行骗与“赚”的“哄骗；诳骗”义相似。检《龙龛手鉴》：“赚，俗；賺，正。”

① 阎征、李沛校点：《忠义直言》，西南师范大学出版社、人民出版社2013年版。考“害”有“祸患；灾害”义，引申有“畏惧，怕”义。例如《史记·魏世家》：“魏相田需死，楚害张仪、犀首、薛公。”宋佚名《谒金门·赠歌妓》：“闻道观音谁不害，见来须顶礼。”“害”“怕”在“畏惧，怕”义上同义并列组成复合词。

譧、賺形义相近可通。[1]考宋法天译《妙法圣念处经》卷六："诳詀有情，诈行恩爱。"例中"诳詀"又作"诳赚"。如同卷："受甜恶行，诳赚有情。"又卷七："喻如幻法，诳赚有情。"又如宋善卿编《祖庭事苑》卷一《雪窦洞庭录》："赚，当作詀。伫陷切。"又卷三《雪窦祖英》上："当作詀。伫陷切。被诳也。"又卷五《怀禅师前录》："赚举，赚当作詀。直陷切。被诳也。"由此可证"赚""詀"在"哄骗；诳骗"义上同义。"詀"又作"謙"。《集韵》："謙，诱言。""闪"也可能是"謙"的记音。[2]

睡

躺；卧。《水浒传》第四十三回："李云急叫：'中了计了。'恰待向前，不觉自家也头重脚轻，晕倒了，软做一堆，睡在地下。"《红楼梦》第二十一回："薛蟠睡在炕上痛骂柳湘莲。"《儒林外史》第十二回："那些朋友们和我赌赛，叫我睡在街心里，把膀子伸着，等那车来，有心不起来让他。"

按："睡"的"躺；卧"义也指"睡"的动作。如《红楼梦》第二十一回："那天已二更多时，袭人来催了几次，（宝玉）方回自己房中来睡。"例中"睡"指"睡眠的动作"。又如《西游记》第四回："叫你去巡山，你却去睡觉，不是啄木虫叮你醒来，你还在那里睡哩。"《红楼梦》第三十四回："先疼的躺不住，这会子都睡沉了。"例中"睡"指"睡眠的状态"。再如《错斩崔宁》："不脱衣裳，睡在床上，不觉睡去了。"例中前一"睡"指睡眠动作，后一"睡"指睡眠状态。"睡"还可指睡眠过程。如《朱子语类》卷一："如大睡一觉，及醒时却有精神。"例中"觉"有"从睡着到睡醒"义。"觉"可作量词，也可作名词。如《官场现形记》第十九回："困了一觉中觉，以补早晨之不足。"例中"一觉"中"觉"作量词，"中觉"中"觉"作名词。

---

① 徐复：《敦煌变文词义研究》："按'赚'，通作'譧'。""'赚'有'市物失实'一义。'被诳'即由此引申，亦后起分化字。"《中国语文》1961年第8期。董志翘《五灯会元词语考释》指出："盖'赚'乃'譧'（詀之或体）之假字，然后从'被诳'引申出'误'义也。"《训诂类稿》，四川大学出版社1999年版，第202页。

② ［明］顾起元：《客座赘语》卷一："与人期必而背之使失望焉曰闪。""闪""赚"同义构成并列复合词"闪赚"，早期用例见于元代。如无名氏《冻苏秦》第二折："则俺那一般儿求仕的诸相识，他每都闪赚的我难回避。"

“睡”和“觉”常并举连用表“睡醒”的意思。如《二刻拍案惊奇》卷八：“那老成的道：‘妙，妙。虽然如此，也要防主人觉来。遂唤小鬟快去朝议房里伺候，倘若睡觉，亟来报知，切勿误事。”例中“觉”表“醒”义。从睡到醒的睡眠过程而言，“觉”在语境上总是后发生，形成和“觉”语法位置上的先后，在语言的具体使用过程中“觉”的动词性减弱，渐演变为补充“睡”的语义，由并列结构成为动补结构，其词义也渐由实变虚。在这个动补结构中，“睡”处于主要语义的地位，“觉”处于次要语义的地位，且一次睡眠过程由睡到觉组成，“觉”受“睡”的影响而有“睡眠”义，由表“醒悟”义的动词虚化为表“从睡着到睡醒的睡眠”义。①随着“觉”由“醒”到“由睡到醒整个睡眠过程”的词义演变，“睡觉”介于由表示“睡醒”义趋于泛指“睡眠的过程”义，在意义上“觉”的实义逐渐减弱，以至于失去“睡醒”义，同时“睡觉”开始具有“睡眠”的意义。②如《警世通言》卷九：“要看时你自去看，老娘要睡觉哩。”《西游记》第五回：“我等且紧紧防守，饱食一顿，安心睡觉，养养精神。”③

淘　气

寻事吵闹。《古今小说》卷二十二：“原来唐氏为人妒悍，贾涉平昔有个惧内的毛病；今日唐氏见丈夫娶了小老婆，不胜之怒，日逐在家淘气。”

按：引申有“怄气”义。《醒世恒言》卷三十六：“那婆娘怒气冲天，要与老公厮闹；却又算计，没有许多闲工夫淘气。”又有“奚落、嘲弄”义。《隋唐演义》第八回：“有几个人看见叔宝牵着一匹马来，都叫：‘列位让开些，穷汉子牵了一匹

---

① “觉”虽受“睡”的影响而有“睡眠”义，但并不等于“睡”。如“午睡”并不完全等于“午觉”，“午睡”偏重于睡眠的动作，“午觉”偏重于睡眠的过程。

② 唐代表“睡眠”义的“睡觉”还处在由词组义“睡醒”向复合词义“睡眠”的凝固演变中，唐以后表“睡眠”义的用例渐多。如《齐东野语·崔福》：“会夜大雪，方与婴儿同榻，儿寒夜啼，不得睡觉。”《老乞大新释》：“主人家点灯来，我好收拾睡觉。”参拙文《“睡觉”的词义衍变蠡探》（日本《中国语学研究开篇》VOL.19，1999年版）和《再论词组结构功能的虚化》（《汉译佛典语言研究》，宁波香山会议论文集，语文出版社2014年版）。

③ “睡”引申还有男女交合发生性行为的委婉说法。如柳永《殢人娇》：“恨浮名牵系，无分得与你恣情浓睡。”《元典章·打死强奸未成奸夫》：松人屋内，见陈宝童带酒与妻阿耿，用手将衣裳厮捽定。问得妻阿耿称道：“这陈宝童拖着我道：‘咱两个睡些个去来。’”《快心编传奇》三集卷五第十回：“等他告到官就断离了，我已睡了他女儿，落得畅快。”

病马来了！不要挨倒了他。’合唇合舌的淘气。”又引申有爱玩闹，爱捉弄人的“顽皮”义。如元曾瑞《采茶歌·闺中闻杜鹃》：“无情杜宇闲淘气，头直上耳根底，声声聒得人心碎。”《红楼梦》第二回：“（贾宝玉）如今长了十来岁，虽然淘气异常，但聪明乖觉，百个不及他一个。”《儒林外史》第二回：“那些孩子，就像蠢牛一般，一时照顾不到，就溜到外边去打瓦踢球，每日淘气的不得了。”

“顽皮”一词也有此义。如冯梦龙《山歌》卷七《船艄婆》：“船艄里打铺船舱里齐，船艄婆一夜忒顽皮。”《西游记》第七十二回：“他二人都放马看担，惟行者是个顽皮，他且跳树攀枝，摘叶寻果。”《儿女英雄传》第二十一回：“这褚大娘子本就有些顽皮，不免要耍笑他。”《醒世姻缘传》第六十二回：“却说那狄希陈的为人也刁钻古怪的异样，顽皮挑达的倍常。”“顽皮”又有“刁顽”义。如《清平山堂话本·快嘴李翠莲记》：“当初只说娶过良善人家女子，谁想娶这个没规矩、没家法、长舌顽皮村妇！”例中“顽皮”形容人的性情刁顽无赖。[①]“调皮”一词也有“爱玩闹”义。如《海上花列传》第二十一回：“诸三姐道：‘耐末说好，俚只道仔耐调皮，寻俚个开心，阿对？’”《吴下方言考》卷三：“誂擎，音调皮。《颜氏家训》‘誂擎邢魏诸公’，案誂擎，戏言也。吴中谓以言戏人曰誂擎。”[②]

一搭儿

“搭”有“件”“桩”的量词义，“有一搭儿没一搭儿”即有一件没一件、有一桩没一桩。《儿女英雄传》第二十回：“我不懂，你们有一搭儿没一搭儿的把我小时候的营生回老爷作吗？”

按：“一搭儿”又有“一块”义。《醒世恒言》卷十五：“吓得个空照脸儿就如七八样的颜色染的，一搭儿红一搭儿青，心头恰像千百个铁锤打的，一回儿上一回儿下，半句也对不出，半步也行不动。”“一搭儿”又有“一起”的副词义。《金瓶梅》第一回：“只见花子虚道：‘咱与哥同路，咱两个一搭儿去罢。’”《隋唐演义》第

---

① 陈士元：《俚言解》卷一：“奸狡诙谐谓之顽皮，又曰滑皮，言如驾辕之牛，项毛尽脱，其皮顽滑而坚厚也。”

② 颜之推：《颜氏家训》卷上：“近在并州，有一士族，好为可笑诗赋，誂擎（上音窕，相呼诱也。下音瞥）邢魏诸公，众共嘲弄，虚相赞说。”

三十八回："既承他们美意，我怎好又独自受用这一席酒，既然在此荒村野店，那个晓得，同在一搭儿吃了罢，也便大家好照管。"《封神演义》第三十四回："哪吒见数道黑气奔来，哪吒只用手一招，便自接住，往豹皮囊中一塞，大叫曰：'有多少一搭儿放将来罢？'"也作"一答儿"。如《金瓶梅》第二十七回："李瓶儿道：'咱两个一答儿里去，奴也要看姐姐穿珠花哩。"

文学是语言的艺术。20世纪初文白演变是汉语的重大变革，[①]文白的转型适应了表达现代思想的需要，深刻广泛地影响了我们整个民族的思维和演说方式，传统小说也在梁启超发起的"小说界革命"中有了突变式的飞跃，注重"通俗化民"，[②]而西学东渐形成"小说"与"novel"的对接则生成现代学术史范畴"小说"研究的格局，"在某种程度上使中国小说研究和创作与传统中国小说之'本然'渐行渐远"[③]。汉语与"linguistics"、汉语词汇与"vocabulary"的对接生成现代学术史范畴"语言学""词汇"研究的格局也颇为相似，中国语言学虽然继承了传统"小学"的成果，但学科的格局和导向颇受西学的影响，语言研究的现代化在传承和开拓的关系方面还需要正确对待。[④]汉语词汇古今发展的总倾向是向通语靠拢，既有从历时的角度看是当时新出现的白话口语成分，又有从共时的角度看是传承历代的文言书面语成分，既有"阳春白雪"，又有"下里巴人"，既有本土文化成分，又有外来文化成分，而我国传统语言学则有自己的特点和独到之处，[⑤]只有在传承的基础上进行逐词考释

① 白话最终取代文言成为当代中国人文化交流和文学创作的基本工具，大致上可以说是言语意义←→语言意义、口语←→书面语、本土文化←→外来文化和社会各阶层间趋雅←→趋俗互动共存整合融合的合璧，而现代文化的形成也是典雅的精英文化与通俗的平民文化以及本土文化和外来文化相融合的产物。详参拙著《汉语白话史》，北京大学出版社2015年版。

② 光绪二十八年（1902）十月，《新小说》杂志在日本横滨创刊。梁启超发表《论小说与群治之关系》，提出"小说有不可思议之力支配人道故"，"欲新一国之民，不可不先新一国之小说"。

③ 谭帆：《术语的解读：中国小说史研究的特殊理路》，《文艺研究》2011年第11期。

④ "五四"时期的现代白话文运动由于当时民族危机的深重、政治运动的冲击和急功近利的心态等因素的影响，一味否定文言，没能恰当地处理好传承与开拓的关系，带有新时代伊始的局限性，而当时欧化的白话文虽然促使汉语精细化和明确化，扩大了汉语的表现能力，但也导致了传统文化内涵的某种失落，其经验和教训尚有待进一步探讨。

⑤ 赵振铎《中国语言学史》指出："国外有些语言学家把语言研究的历史分为语文学时期和语言学时期，十九世纪历史比较法的产生是二者的分界线。"认为"用这个标准来衡量中国语言学是行不通的"，"要实事求是地对待中国语言学的遗产"。河北教育出版社2000年版，第8—9页。

的实证研究，汉语词汇研究才能达到真正的开拓。[①]黎锦熙《中国近代语研究提议》一文曾提议“大学国文学系或研究所，应特设‘近代语研究’一门”，课程不拘定式，认定佛家及儒门各语录和宋元平话等诸书中之一种或数种，以考明语言为主要目的进行研究，“一书研究完毕，可定名为《某书语言研究》（或《某书词汇》《某书语法研究》等，随时酌定）”，“此项出版物至五十种以上时，”“可合并改编为一部《近代语大辞书》”。[②]小说词语考释似可参黎先生所说，在已有专书小说词语考释和小说词典的成果基础上，[③]系统地有计划地续考一批专书小说词语和编纂一批系列专书小说词典，在此基础上建立相应的语料库，进行定量和定性分析，为小说与汉语词汇的深入研究提供更多的依据和参考。

---

① 详参拙文《略论中国语文学与语言学的传承和发展》，载《学海先飞》，上海辞书出版社2017年版。

② 黎锦熙：《中国近代语研究提议》，《国语旬刊》1929年1卷2期。

③ 已有论著如陆澹安《小说词语汇释》（上海古籍出版社1964年版）；江蓝生《魏晋南北朝小说词语汇释》（语文出版社1988年版）；周俊勋《魏晋南北朝志怪小说词汇研究》（巴蜀书社2006年版）；香坂顺一《水浒词汇研究（虚词部分）》（光生馆1987年版，文津出版社1992年中文版）；李申《〈金瓶梅〉方言俗语汇释》（北京师范学院出版社1992年版）；张惠英《〈金瓶梅〉俚俗难词解》（社会科学文献出版社1992年版）；鲍延毅《〈金瓶梅〉语词溯源》（华夏出版社1996年版）；李布青《〈金瓶梅〉俚语俗谚》（东方出版社2016年版）；谭耀炬《三言二拍语言研究》（巴蜀书社2005年版）；王毅《〈西游记〉词汇研究》（上海三联书店2012年版）；遇笑容《〈儒林外史〉词汇研究》（北京大学出版社2001年版）；曹小云《〈跻春台〉词语研究》（安徽大学出版社2004年版）；周志锋《明清小说俗字俗语研究》（中国社会科学出版社2006年版）；曾良《明清小说俗字研究》（商务印书馆2017年版）；曾良、陈敏《明清小说俗字典》（广陵书社2018年版）等。词典如胡竹安《水浒词典》（1989），李法白、刘镜芙《水浒语词词典》（1989），朱一玄、耿廉枫、盛伟《聊斋志异辞典》（1991），沈伯俊、谭良啸《三国演义辞典》（1989）和《三国演义大辞典》（2007），杨为珍、郭荣光《红楼梦词典》（1987），周汝昌、晁继周《红楼梦词典》（1987）和《新编红楼梦词典》（2019），王利器《金瓶梅词典》（1988），冯其庸、李希凡《红楼梦大辞典》（1990），白维国《金瓶梅词典》（1991），周定一、钟兆华、白维国《红楼梦语言词典》（1996），刘心贞《红楼梦方言及难解词词典》（2010），白维国《白话小说语言词典》（2011），徐复岭《〈金瓶梅词话〉〈醒世姻缘传〉〈聊斋俚曲集〉语言词典》（2018）等。

传承与超越：论《金瓶梅》的拟话本叙事

付善明

内容摘要：明代兰陵笑笑生的《金瓶梅》，从形式到内容皆深得宋元话本的神髓；在模拟话本创作的基础上又有所超越，开创了独具特色的生活流叙事；其全知与自限视角的灵活运用，皆可见《金瓶梅》为拟话本之杰构。

关键词：笑笑生 《金瓶梅》 拟话本叙事

话本是说话艺人的底本。由于初时说话艺人依靠口耳相传，说话在最初并没有纸质的文本，因而在流传过程中有众多宝贵的话本故事亡逸。书会才人和下等文人加入话本的创作群体，并出现了书会和雄辩社等说书团体和行会组织，使得说话技艺在表演和创作之间相得益彰，从而使得许多话本故事得以以文本形式流传。随着众多独具慧眼的文人学士对民间文学作品的重视，对话本等通俗文学作品的搜集、整理和加工工作得以展开，在此过程中，这些文人们也仿照既有的宋元话本进行创作，从而产生具有话本之特征但仅供案头阅读的拟话本作品。话本是可供在书场说唱的艺术作品，拟话本虽具有话本的许多特征和痕迹，但仅是供阅读的案头作品，正如明代晚期出现的许多“案头剧”。文人参与拟话本的创作，对话本的化俗为雅起到了重要作用，但在某种程度上也增加了众多不宜讲述的色情细节的描写。

问世较早的《三国演义》和《水浒传》因为是世代累积型作品，从宋元话本中吸取了很多的素材和养分，如在宋朝瓦肆中即已兴盛的“说三分”故事和《醉翁谈录》中所记载的青面兽、武行者等话本名目，以及《大宋宣和遗事》中记载的与

作者简介：付善明，天津理工大学讲师，研究方向为中国古代小说。

水浒三十六人相关的故事等。所以它们受话本影响较深。与《金瓶梅》同时而略早的《西游记》，其受说话艺术的影响也很明显。作为第一部文人独创型的长篇小说，《金瓶梅》还体现了许多过渡性，其模拟话本创作的迹象较为明显，它的结构形式采用说话人叙事及生活流的叙事方式，叙述者对叙述权力的自限等都深得话本之神髓，并有所超越。

一、形神兼备——《金瓶梅》对宋元话本的继承

王国维所说“一代有一代之文学”[①]，是指楚骚、汉赋、六朝骈文、唐诗、宋词、元曲各领风骚于一代，后世难以企及。于说部，我们也可以说“一代有一代之小说”，六朝之志人志怪，唐之传奇，宋元之话本，明清之章回小说，皆为一时之盛。宋元说话，据罗烨的《醉翁谈录》、孟元老的《东京梦华录》、周密的《武林旧事》等书的相关记载，可见其门类之细和昌盛程度之高。周钧韬先生有《〈金瓶梅〉：我国第一部拟话本长篇小说》一文，从《金瓶梅》移植、借抄话本、戏曲的种种情况，得出《金瓶梅》的成书与《水浒传》有质的区别、是文人独创型作品的结论。[②]本节内容拟从《金瓶梅》结构形式和说话人叙事等方面论述其拟话本特性。

说话艺术在宋元时期的兴起和兴盛，推动了话本这一小说类型的完备和成熟。话本有一套较为完备的体制，它由题目、篇首、入话、头回、正话、结尾组成。[③]《金瓶梅》作者对于话本体制的借鉴，较《三国志演义》《西游记》更甚，而有类于《水浒传》。缘《三国志演义》每回并无回前诗和入话，《西游记》有的回目也并无回前诗。如把《金瓶梅》看作一部长篇拟话本小说，则卷首的《阆苑瀛洲》等四首词、四贪词和第一回的《丈夫只手把吴钩》词，是为篇首；紧随其后的“此一只词儿，单说着‘情’‘色’二字，乃一体一用……”一段文字为入话，引起全篇；后有西楚霸王项羽和虞姬、汉王刘邦和戚氏的故事为头回，并引出正文“一个虎中美女，后引出一个风情故事来”，展开全书故事。在第一百回结尾有回末诗“闲阅遗书思惘

① 王国维：《宋元戏曲史》，上海古籍出版社2008年版，第1页。

② 周钧韬：《〈金瓶梅〉：我国第一部拟话本长篇小说》，《社会科学辑刊》1991年第6期，第117—121页。

③ 胡士莹：《话本小说概论》，中华书局1980年版，第134页。

然，谁知天道有循环。西门豪横难存嗣，经济颠狂定被歼。楼月善良终有寿，瓶梅淫佚早归泉。可怪金莲遭恶报，遗臭千年作话传”，总括全书。书中每一回皆有篇首诗词和结尾诗①，有第一回、第三十五回、第四十六回、第四十七回、第五十六回、第七十五回、第七十九回、第八十回共计八回有入话。故可以把《金瓶梅》每一回看作一篇拟话本，而整部书又由每回连缀而成为一部长篇拟话本巨著。《水浒传》第一回“洪太尉误走妖魔”和《红楼梦》第一回茫茫大士、渺渺真人与石头对话的故事，都具有话本头回的性质，但这两个故事和小说正文具有更为直接的关联性，不似《金瓶梅》头回故事更具有宋元话本的神韵。

宋元说话艺人在勾栏、瓦肆等说书场上，有一套成熟的与听众交流的语言，这套说话人用语在话本过录过程中大部分得以保留。在文人参与拟话本的创作之时，虽然已经不再是写作用来在书场上说唱的作品，而是用来阅读的案头之作；但是拟话本作者是模拟说话人书场说话进行创作，在心目中一直保留着重要的听众群体。《金瓶梅》作者兰陵笑笑生，就是拟话本作者中的典型代表，他在叙述故事时不停地用“话说”“且说”“却说”“话休絮烦”“话休饶舌”“有话即长，无话即短”“不说……单表……”等说书人的套语。徐朔方先生认为《金瓶梅》每一回前都有韵文唱词，大部分回目以韵文作结束，小说正文若干处保留着当时词话说唱者的语气，书中大量出现的以曲代言现象，小说几乎没有一回不插入几首诗、词或散曲，有不少地方同宋元小说、戏曲雷同，书中对勾栏用语、歇后语、谚语的熟练运用，等等，都可以证明其为讲唱性作品。②梅节先生也有类似的观点。其实《金瓶梅》作为网状结构的世情小说，因为头绪琐细、事情繁多，不适于讲唱；露骨的性交场面描写不适合说书人在公众场合对着老幼妇孺来讲；源自“小说家”的影响，以及人物命名的寓意等方面，也说明《金瓶梅》不是书场上的说唱作品，而是为文人创作的案头阅读性的作品。详细论述见拙作《〈金瓶梅〉与“隐性累积”——兼论其讲唱性》一文。徐朔方先生所举的几点“证据”，依笔者来看正是《金瓶梅》作为长篇拟话本小说的特征。观“三言二拍”中众多明人拟话本之作，其说书人套语的运用、其诗

---

① 第五十五回、五十六回无结尾诗，但五十三至五十七回据明沈德符《万历野获编》所云是“陋儒补以入刻”，并非《金瓶梅词话》原刻内容。

② 徐朔方：《〈金瓶梅〉的写定者是李开先》，《杭州大学学报》（哲学社会科学版）1980年第1期，第78—85页。

词曲子的引用，其谚语、歇后语等的熟练运用，都与宋元话本无二，但它们都不是作为话本在书场上讲说的，至于《金海陵纵欲亡身》等作品作为非讲唱性文学，自不待言。

《金瓶梅》从形式到内容，对宋元说话艺术和宋元话本的体制都有良好的继承和借鉴，书中似有一说书人活跃其间，对听众讲述着西门庆家庭内外的事，引导听众去哭、去笑，时而使人震惊，时而使人毛骨悚然，引导听众去做人生的回味和哲理的思考。笑笑生作为作者，在书中即化身为说话人，亦即叙述者，他以模拟话本的形式，讲述了一个迥然不同于传统历史演义、英雄传奇和神魔故事的世情小说，他所说的故事是读者身边常见的人、常听的事，但同样引起读者的喜怒哀乐，从而获得了巨大的胜利。笑笑生的胜利是模拟话本创作长篇世情小说的胜利，使世情小说在此后数百年间由附庸而蔚为大国，并达到古代白话小说的巅峰。后世的世情小说，无论其为描写家庭的小说，描写男女恋情的才子佳人小说，描写儒林的小说，描写官场的小说，还是描写嫖界的小说，等等，都无不从笑笑生的创作智慧中或直接或间接地汲取或多或少的养分。笑笑生和他创作的《金瓶梅》，嘉惠后世，可谓多矣。

二、生活流叙事——独特的笑笑生方式

明代的四大奇书，各有其独特的发现，从而成为说部各门类中的开山作品，而这些作品又由于其作者天才的整理和创造能力而使得后世小说难以企及其高度。《三国志演义》对战争的发现，对风起云涌的三国时期的政治、经济、外交形势等方面的讲述，是后世历史演义小说的成功典范。《三国志演义》的叙事是采取一事未完一事又起的方式，给读者以不断的视觉冲击，有时在两件密切相关的事件之中夹杂着其他事件的叙述。如三顾茅庐之后，是隆中对策、博望坡诸葛初用兵、火烧新野等事；三气周瑜之间，穿插着赵子龙计取桂阳、刘皇叔江东续佳偶等事，所谓“笙箫夹鼓，琴瑟间钟之妙”①；另有毛宗岗氏总结出来的“横云断岭，横桥锁溪”②等诸多其在叙事方面所达到的成就，在此不赘述。《水浒传》采用百川汇海式的结构方式和景观化的叙事，一个人物紧接着一个人物，一个故事紧接着一个故事，从而形成一

① 朱一玄、刘毓忱编：《三国演义资料汇编》，南开大学出版社2003年版，第263页。

② 朱一玄、刘毓忱编：《三国演义资料汇编》，南开大学出版社2003年版，第262页。

道道水浒故事的人物景观。其中有史进的故事、鲁智深的故事、林冲的故事、武松的故事、李逵的故事，等等，最终汇集到水泊梁山，开始了轰轰烈烈的民众抗暴斗争；每一个人物故事的内部，又有各自的系列故事，如武松的故事中有景阳冈打虎、斗杀西门庆、醉打蒋门神、大闹飞云浦、夜走蜈蚣岭等。《西游记》采用串珠式叙事，在前八回交代了猴王经过后，即转入取经过程的叙述，一座山，一个洞，一条河，一座道观，一座寺庙……此难刚过，彼难又来，妖怪间又间或有错综复杂的关系，形成一道道奇异诡谲的神魔世界的景观。

纵观以上三部奇书，皆是以雄豪奇异取胜，给读者以力的感召、奇的召唤和豪侠勇猛的冲击。《金瓶梅》作者兰陵笑笑生没有走以上三部奇书的老路，没有踏上前人的足迹而落入窠臼。《金瓶梅》所展现的小说内容，不是群雄并起刀光剑影的诸国纷争，不是路见不平拔刀相助的英雄豪杰，更不是降妖除魔终成正果的取经之路，它发现了西门庆这一家庭、家族，发现了生活，从而发现了绚烂多姿、五光十色如生活一般的人物和事迹。《金瓶梅》叙事最为突出之处在于按照现实生活的真实进行讲述，从西门庆一个家庭，东拉西扯、左牵右挂，将当时的整个清河社会摄于笔下；还不止于此，“缘西门庆故称世家，为搢绅，不惟交通权贵，即士类亦与周旋”[①]，上至皇帝，太师蔡京、提督杨戬，下至草里蛇鲁华、过街鼠张胜，师尼僧道、三姑六婆，笑笑生的笔触涉及当时社会的方方面面。故《金瓶梅》有“晚明社会百科全书”之称。

经典之作是当时社会的缩影。正如明中叶社会在吴承恩《西游记》中得以曲折地映射相似，借宋之名写明之实的《金瓶梅》同样再现了整个晚明社会。笑笑生以善于描写生活的生花妙笔，将社会上发生的大事通过叙述西门庆一个家庭之事叙说出来。当时社会卖官鬻爵、贿赂公行，通过垫发武松充军，“来旺儿递解徐州”，为王四峰、花子虚说情，西门庆行贿蔡太师升官等写出来；当朝吏治腐败、政治形势紧张，通过府道官吏、太监等人在西门庆宅府酒席上以闲话形式说出；社会上女性自我意识增强，通过王婆、孟玉楼、李瓶儿等所说的“初嫁由亲、再嫁由身”等话叙出；封建家庭内部矛盾、妻妾纷争，通过潘金莲与孙雪娥、李娇儿、李瓶儿之间，宋惠莲与惠祥、画童等人之间的家庭琐事叙出；嫖界子弟争锋，通过“西门庆大闹丽春院”、西门庆与王三官吃醋、“郑月儿卖俏透密意”等情节叙出……作者兰陵笑

① 鲁迅：《中国小说史略》，人民文学出版社1973年版，第152页。

笑生选择西门庆的家庭、家族作为主要描写对象，有以下几个方面的原因：一是西门庆和潘金莲的故事已通过《水浒传》一书播于民心，传于众口，以之作为蓝本可以更快地达成读者的认同，同时给读者另一种完全不同的冲击力；二是西门庆家庭有足够的张力，可以涉及社会的方方面面，这是作为大户的乔通家庭、张大户家庭等所不具备的；三是西门庆之恶足以使得笑笑生完成这部百回大书，虽然周守备、夏提刑等也有交通官吏的诸多恶迹，张小二官儿、陈经济等也有嬉游北里、买妻置妾等行为，但他们都没有西门庆那样十恶不赦，那样酒色财气诸毒集于一身。西门庆父母双亡、兄弟俱无，故可以依着自己的性子任意胡为；他小有家财，又发了几场横财，遂有资本结交杨提督、蔡太师；通过结交蔡太师而得官，通过拜认做蔡太师的干子而官路亨通，从而结交蔡状元、安进士，交通府道官吏，在清河县官官相护，一手遮天。正因为有这么多有利条件，这么多可以大书特书之处，笑笑生才将一个在《水浒传》中如流星般短命的西门庆，铺演成一部震惊宇内的绝世奇书；将《金瓶梅》的人物世界，叙述成可圈可点，可诅咒、可痛恨，同时又让人心生怜悯和惋惜的沉重的现实主义巨著。

现实生活之中，较少有伟大、崇高和不可企及的事情发生，更多的是平凡、平淡和平庸的琐事；但正是在这平平淡淡之中，诸多事件在地下萌发、涌动、运行，一俟时机成熟，即生根、发芽、茁壮成长。笑笑生的高明之处，在于通过娓娓道来的生活流叙述，平地起波，将生活中的偶然事件和突发事件精彩地展现出来。于是，我们看到，不但在西门庆和其一妻五妾过生日饮酒等重要场景有作者的锦绣之文来叙述，而且一次妻妾间的斗嘴、一次小厮和仆妇间的小隙、一天中午的浇花、一日小妾们闲来无事凑在一起做鞋，以至于几分轿子钱、几钱份子钱、一对小脚、一只绣花鞋等，都可以成为作者施展笔墨大力描写的对象。起初或者是为了一件小事，接着引出别的人、别的事；紧接着风波大起，声色俱厉，雷厉风行；然后是风雨大作，雨过天晴。生活是丰富多彩的，《金瓶梅》的世界也是丰富多彩的。我们在读《金瓶梅》时，虽然时间过去四百多年，但由于作者高超的叙事艺术，我们可以感觉到其中人物的行为、声口，栩栩如生。如第三十九回，先是潘金莲请了李瓶儿一起做鞋，再是潘金莲又去请孟玉楼来到共同做鞋，三人相互赏鉴对方的作品后又喝茶聊天，聊天过程中孟玉楼说出因小铁棍儿被打而一丈青海骂淫妇、王八等事，潘金莲因被骂而色变，而找西门庆让其撵逐来昭一家，最终因吴月娘的劝解，来昭一家搬到狮子街去看房子。其他如西门庆浇瑞香花，潘金莲、李瓶儿去找他，而生发出

“李瓶儿私语翡翠轩　潘金莲醉闹葡萄架”一段驳驳杂杂备受争议的文字。“妻妾笑卜龟儿卦”“乞腊肉磨镜叟诉冤”“春梅毁骂申二姐”等众多章节，无不是在平平淡淡的生活描写中生发出来的锦绣文字。

笑笑生在叙事过程中善于采用白描手法，善于叙述积怨成恨、千头万绪的复杂文字。春梅受孙雪娥的气，大概始于雪娥在厨房里灶上拿刀背打她；真正结仇，则为归潘金莲房里后，在厨房被孙雪娥讥笑她“想汉子”。清文龙谓“使春梅而为玉楼之婢，可以为自好之士；使春梅而为瓶儿之婢，可以为御侮之臣；今已同金莲一体同心，是亦一金莲而已”[①]，诚为知者言。有春梅为金莲之婢，与其沆瀣一气、狼狈为奸，共同“捎一帮儿”把拦汉子，才会因春梅与雪娥之怨，而导致金莲“与雪娥结仇”；才会有后来金莲因私仆被孙雪娥、李娇儿告发而受辱，才会有在西门庆死后“雪娥官卖守备府”，以及因春梅之怒而将雪娥卖入酒家店为娼；最终张胜守备府被打杀、雪娥酒家店因惧自缢身死。其他如潘金莲与李娇儿结仇、甘来兴与来旺儿结仇，无不在书中明确点出。有文章因桂姐所说“你看孟家的和潘家的两家一似狐狸”之语，从书中找出只言片语而将孟玉楼定性为“玉面狐狸”[②]；有文章认为月娘至对门看乔家房子失足小产一事，是玉楼蓄意为之。[③]蓄意致月娘小产，按孟玉楼之禀性或不至此。这都与作者采用白描的叙事手法相悖，因为作者笑笑生本意并非让读者去猜谜，去曲意罗织书中人物的罪名。套用何其芳《论〈红楼梦〉》中评价薛宝钗的话，笑笑生如果要把孟玉楼“写成个女曹操，为什么不明写她的奸险，却让我们来猜谜呢？”《金瓶梅》第七十五回吴月娘因潘金莲把拦汉子、未经其同意即向西门庆要皮袄、纵容春梅骂申二姐等事，和潘金莲妻妾间争吵一段，是作者叙述得绘声绘色、众声喧哗的精彩文字。自春梅的毁骂、孟玉楼的含酸、月娘的威信受到动摇、玉箫的愬言，使得矛盾逐渐升级，“履霜坚冰至”，终至金莲泼醋而达顶峰。之后，又有余波不断，有“玉楼解愠吴月娘”、劝说潘金莲时的长袖善舞，有西门庆在金莲房中的事后调和。

笑笑生开创的生活流叙事方式，在其开创的世情小说一派中得到了良好的继承和广泛的应用。清代著名人情小说《红楼梦》即将这一叙事方式运用得炉火纯青，

---

① 朱一玄编：《金瓶梅资料汇编》，南开大学出版社2002年版，第644页。

② 王广新：《论玉面狐狸孟玉楼的形象》，《西安教育学院学报》2000年第2期，第33—37页。

③ 黄吉昌：《孟玉楼论》，《昭通师范高等专科学校学报》2007年第2期，第19—25页。

其中叙贾府众人祝贺生日之事，贾宝玉、林黛玉之情事，以及大观园诸女儿之事，多是采用如原生态的生活流叙事；从中又不断有偶发事件和积小浪成大波澜如“不肖种种大承笞挞”等事。后世家庭题材的小说如《歧路灯》《醒世姻缘传》，狭邪小说《花月痕》《青楼梦》《海上花》等，以及多种题材交错之作如《儿女英雄传》《野叟曝言》等，无不受此种叙事方式的影响。

三、全知与自限——叙述者对说话艺术的灵活运用

宋元说话人在说话时一般采用第三人称全知式叙事方式，叙述者如同全知全能的上帝一样，可以随意介入叙事来交代故事中人物的内心；在人物新出场时，也立即通过补叙的方式交代人物的籍贯、出身等细节。但有时为达到某种悬念，说话人在叙述过程中有意进行权力的自限，将全知视角转为受到某种程度限制的限知视角，或者在一段时间内转为小说中的人物视角，从而对故事底本中的全部信息有所筛选、处理和加工，这样就使得小说悬念丛生、扑朔迷离，给读者以不断的期待受挫，最终又在顷刻间点破，使得听众有恍然大悟之感。《清平山堂话本》话本卷一《简帖和尚》[①]，即为典型的叙述者权力自限。

在简帖僧出现时只通过茶坊王二的视角交代其“浓眉毛，大眼睛，蹶鼻子，略绰口……”，叙述者明明知道他的身份，但是并不叙出；以后在行文中简帖僧也一直被称为“官人”，最终皇甫娘子与皇甫殿直在大相国寺烧香相见后哭诉，简帖僧才交代事情经过。《警世通言》第十四卷《一窟鬼癞道人除怪》[②]的叙述人同样自限权力，将一干鬼怪直至吴秀才和王七三官人半夜躲在山神庙后才由他们的视角一一叙出，并在篇末由癞道人交代其始末。《水浒传》中李小二“只见一个人闪将进来，酒店里坐下。随后又一个人来”，从叙事视角来看，是由全知视角转为李小二的视角，叙述者同时进行了权力自限，直到李小二告诉林冲此事后，才由林冲口中说出陆虞候身份。

《金瓶梅》作者采用拟话本方式进行创作，整部小说也同宋元说话一样，采用第三人称全知式叙事。现从书中第七回摘出一段为例：

---

① 《古今小说》中，此篇标题作《简帖僧巧骗皇甫妻》。

② 《京本通俗小说》一书中，此篇名《西山一窟鬼》。

话说西门庆家中，卖翠花儿的薛嫂儿，提着花箱儿，一地里寻西门庆不着。因见西门庆使的小厮玳安儿，问：“大官人在哪里？”玳安道：“俺爹在铺子里和傅二叔算账。”原来西门庆家开生药铺，主管姓傅名铭，字自新，排行第二，因此呼他做傅二叔。

叙述者采用全知全能的方式，介绍着西门庆家发生的事情，薛嫂儿如何寻找西门庆，如何遇见小厮玳安问他，玳安如何回答，并通过补叙方式交代傅二叔职业、姓字和排行。整部书大部分情节都是通过这种零度聚焦的方式进行叙述。但在部分时刻，叙述者隐退，将视角转移到故事中人物身上，一如《水浒传》中通过店家李小二眼中看陆谦和富安。第二回“西门庆帘下遇金莲”西门庆和潘金莲的长相都是从对方的视角叙出，潘金莲的视角通过“把眼看那人”和“风风流流从帘子下丢与奴个眼色儿”二语显出，西门庆视角从“却不想”和“但见他”二语见出。“西门庆计娶潘金莲”后的第二日，潘金莲来后边吴月娘房里拜见并递见面鞋脚一段，视角转换较为典型。原文如下：

月娘在上仔细定睛观看，这妇人年纪不上二十五六，生的这样标致，但见：

眉似初春柳叶，常含着雨恨云愁；脸如三月桃花，暗带着风情月意。纤腰袅娜，拘束的燕懒莺慵；檀口轻盈，勾引得蜂狂蝶乱。玉貌妖娆花解语，芳容窈窕玉生香。

吴月娘从头看到脚，风流往下跑；从脚看到头，风流往上流。论风流，如水晶盘内走明珠；语态度，似红杏枝头笼晓日。看了一回，口中不言，心内暗道：“小厮们家来，只说武大怎样一个老婆，不曾看见；今日见了果然生的标致，怪不的俺那强人爱他。”金莲先与月娘磕了头，递了鞋脚。月娘受了他四礼……这妇人坐在旁边，不转睛把眼儿只看吴月娘：约三九年纪——因是八月十五日生的，故小字叫做月娘——生的面若银盆，眼如杏子，举止温柔，持重寡言。第二个李娇儿，乃院中唱的，生的肌肤丰肥，身体沉重，人前多咳嗽，上床懒追陪；虽数名妓者之称，而风月多不及金莲也。第三个就是新娶的孟玉楼，约三十年纪，生的貌若梨花，腰如杨柳；长挑身材，瓜子脸儿，稀稀多儿点微麻，自是天然俏丽。惟裙下双弯，与金莲无大小之分。第四个孙雪娥，乃房里出身，五短身材，轻盈体态；能造五鲜汤水，善舞翠盘之妙。这妇人一抹儿都看到在心里。

月娘观看后“但见”引起的一段韵语直到“月娘暗道”一段话，都是吴月娘的视角，但“眉似初春柳叶……脸如三月桃花”“水晶盘内走明珠……红杏枝头笼晓日”等韵语显然非月娘所能道出，而是叙述者的语言。接下自“金莲先与月娘磕了头”至“不转睛把眼儿只看吴月娘”一段话，是叙述者视角；另外凡是交代吴月娘、潘金莲如何如何，皆是全知视角叙事。随着潘金莲对吴月娘等人的审视，遂转入金莲视角，但其中仍有全知叙述者的视角在内，如对月娘名字的补叙，评李娇儿“风月多不及金莲”二语，述孟玉楼“惟裙下双弯，与金莲无大小之分”之语，以及说孙雪娥“乃房里出身……能造五鲜汤水，善舞翠盘之妙”等语，皆是从全知全能叙述者视角叙事。最后一句话为叙述者叙事。

在上面引用的这段话中，叙事视角从叙述者视角转为人物视角，又再转为叙述者视角，而且在人物视角叙事过程中，也有叙述者的插叙和评论。可见，在晚明笑笑生的时代，小说的艺术尚未发展到有意关注人物视角的层面，作者在模拟说话人叙述故事过程中，仍然自觉不自觉地要跳出来对人对事加以评论。《金瓶梅》一书中偷窥、窃听情节较多出现，仅回目就有“烧夫灵和尚听淫声”“迎春女窥隙偷光”“金莲窃听藏春坞”“琴童潜听燕莺声”等。《金瓶梅》中的情节属于旁观式第三人称叙事的有“金莲窃听藏春坞”、胡秀窃窥西门庆与王六儿行房、张胜窃听陈经济与春梅的性事等，是严格以窃窥或窃听者的视觉、听觉加以记录，属于严格的限制视角。如前者在描写潘金莲窃听时，“良久，只见里面灯烛尚明，老婆笑声说西门庆……又道……西门庆道……老婆道……”，“只见”是潘金莲视觉，“老婆道”“西门庆道”是潘金莲听觉。但其他几次窃窥或窃听皆不能遵守严格的旁观式第三人称叙事，如“烧夫灵和尚听淫声”一回，窃听的僧人“只听夫人口里喘声呼叫西门庆”“西门庆道”云云，其实僧人不知房内男子为西门庆，属于叙述人全知叙事的掺入。另潘金莲在潜听李瓶儿翡翠轩私语时，有李瓶儿说已怀临月孕“西门庆听言满心欢喜”之语，以及“于是乐极情浓，怡然感之”等言，皆非潘金莲的感觉，而是西门庆的心理或生理感觉，同属于全知叙事的范畴。此类情节，叙述者本意欲采用限制视角的地方，却掺入全知视角的叙事，也说明了此时的小说叙事有待进一步发展的事实。

叙述者权力自限，往往是产生曲折妙文的不可或缺的手段。文如看山不喜平，深得小说创作三昧的笑笑生对此也是驾轻就熟。小说第一回即设悬疑，说此书“乃虎中美女，后引出一个风情故事来”，而且“惊动了东平府，大闹了清河县”，从而吊足了读者的胃口。在行文过程中，叙述者也是采用全知叙事与限制叙事相结合的方式，正如冯镇峦评《连城》所说："故文人之笔，无往不曲，直则少情，曲则有味。"[①]如《金瓶梅》第二十二回，孟玉楼生日，叙述者谓"其中惹出一件事来"。紧接着叙述的，是来旺儿媳妇病逝，新娶已故厨役蒋聪之妇宋惠莲为妻，并被西门庆看在眼里意欲调戏。而在玉楼生日当天只叙西门庆对玉箫说惠莲穿红袄配紫裙子怪模怪样一事，并未言所"惹出"的一件事为何。之后才有"西门庆私淫来旺妇""金莲窃听藏春坞"等大段大段的精彩文字。"夏花儿偷金"一事，叙述者也是极尽曲折之能事。西门庆拿着金镯子进李瓶儿房，先有潘金莲叫之不停一段，继有云离守卖马一段；刚写道丢金，有"奶子问迎春，迎春问老冯"，老冯急得哭一段；后有潘金莲与西门庆为失金事在月娘房中争吵一段，有吴月娘盘问李瓶儿一段，有众妻妾和李桂姐等逗官哥一段；直到次回玳安和琴童从马房采出夏花儿，西门庆令小厮搜身时，金镯子方现形，继而有打夏花儿一段。叙述者感觉就此收住比较突兀，接下来又有李桂姐在李娇儿房中对夏花儿训话和后来劝留夏花儿一段。相隔近二十回，吴月娘在李瓶儿临终前交代其房中事时，说"如今二娘房里丫头不老实做活，早晚要打发出去，叫秀春服侍他罢"。整个失金事，凤头猪肚豹尾，起得明快，结得响亮，另有余波绵延，叙述者可谓口吐莲花、余香不绝。

《金瓶梅》作者兰陵笑笑生采用拟话本方式进行长篇小说创作，既有继承，也有突破，后者体现在对生活流叙事的开拓和发展等方面。笑笑生对说话人的模拟，既具其形式，又得其神髓，以致许多学者认为《金瓶梅》是讲唱性作品。笑笑生开创的长篇章回小说中的生活流叙事，于平凡中见伟大，于"耳目之内，日用起居"中见雄奇，从而开创了长篇世情小说一派，并引起诸多读者的共鸣。总体说来，《金瓶梅》采用的是全知全能的第三人称叙事，其中有人物视角的成分在内，但叙述者尚未能做到完全的"跳角"，而是在人物视角内插入叙述者叙事和议论，这也正是话本、拟话本说话人叙事艺术的延伸。也正是叙述者通过对叙述权力的自限，才引出众多的精彩情节。

（本文是《奢华与堕落：论〈金瓶梅〉的艺术》第二章第一节）

① ［清］蒲松龄著，张友鹤辑校：《聊斋志异会校会注会评本》，上海古籍出版社1986年版，第365页。

明人补辑《搜神记》策略研究

胡文娣

内容摘要：明人辑本《搜神记》中，掺入了160条不属于干宝原书的条目，学界称之为伪目，认为没有探讨的价值和必要。本文认为它们也曾是构建明代《搜神记》文本的重要组成部分，是明代辑佚者主动选择的结果。探寻明代辑佚者种种补辑策略、嵌入手段，就可探寻明本《搜神记》流行四百年的原因所在，探知明代知识阶层对六朝志怪的接受方式与理解程度，有助于我们反思之前六朝志怪研究和辑佚中求真本、求古本的固有思维方式。

关键词：搜神记　明代作伪　补辑策略　辑佚反思

干宝《搜神记》今见两个主要版本都是辑本[①]，一种是明代学者胡应麟辑录，并交给姚士粦、胡震亨加工刻印的《秘册汇函》本（本文一般称此本为明人辑本或明本）[②]，另一种是当代学者李剑国重辑的《新辑搜神记》本。

《秘册汇函》本《搜神记》大约刻印于万历三十年（1602）以后[③]，它的第一辑录

作者简介：胡文娣，2005年本科毕业自吉林大学中文系，2009年硕士毕业自山东大学文学与新闻学院魏晋南北朝文学专业，2018年博士毕业自南京大学中文系唐前文献学专业。

① 汪绍楹校注《搜神记》是在明人辑本的基础上，逐条校点，并在卷末附上佚文，在结构上并没有大的改动，因此笔者不将之视作一个独立的版本。见汪绍楹校注：《搜神记》，中华书局1979年版。

② 本文研究使用的《秘册汇函》本，因版本难寻，以《丛书集成初编》本《搜神记》代替，此本以《秘册汇函》本为底本排印，据《学津讨原》本校正，并录《津逮秘书》本毛晋跋。

③ ［晋］干宝、［宋］陶潜撰，李剑国辑校：《新辑搜神记　新辑搜神后记》，中华书局2007年版，第77页。

者是胡应麟，他在万历二十二年（1594）前辑录了这个文本[①]，将之交给了好友姚士粦。在胡应麟去世之后，姚士粦与胡震亨又对这个辑本做了一些加工，并刻印入丛书《秘册汇函》出版，可以说这是《搜神记》自宋元亡佚之后的首次面世，是一次文本的新生。[②]在李剑国《新辑搜神记》面世之前的近四百年中，它是《搜神记》通行于世的唯一完整本，此后的二十卷本都从此本出。

虽然胡应麟的《甲乙剩言》和姚士粦的《见只编》，都提到了胡应麟赠予姚士粦一个干宝《搜神记》辑本[③]，但当时很少有人把这个辑本与《秘册汇函》本联系起来。这个版本掺入了大量不属于干宝所撰的内容，但它既以"秘册""秘书"为名大行于世，在沈士龙、胡震亨、毛晋的序跋中也从未提及辑本的事实，因而颇具迷惑性，许多人将之看作干宝原书，类书编撰、各书引用，往往使用此本。

自清代以来，对明本的怀疑一直存在，《四库全书总目提要》、王谟《增订汉魏丛书·〈搜神记〉跋》、周中孚《郑堂读书记》、鲁迅《中国小说史略》、余嘉锡《四库提要辨证》都或多或少指出这个版本有一些窜改作伪的痕迹。[④]经过李剑国仔细搜捡，发现明人辑本二十卷463条中，有160条不属于干宝原书，他在此基础上发现佚文47条，又从旧本《搜神后记》中辑入11条，从而形成了一个新的文本。至此，学界对明人辑本《搜神记》的面貌，有了一个比较准确的估量。

李剑国的《新辑搜神记》使用了比明人辑本更严谨的辑佚学手法，并尽量将之还原为史书著录的三十卷，可以说是一次在现代辑佚学原理之下复原原书的实践。从辑佚学角度来讲，李剑国的《新辑搜神记》无疑是一个后出转精的版本。在这种情况下，是否《新辑》本一出，明本便失去了阅读与研究的价值了呢？事实上，自李剑国《新辑搜神记》面世以来，一些研究者肯定了这个版本在辑佚、钩沉上所下的功夫，将之作为研究材料，把明人辑本弃之不顾。但依然还有很多学者将明本视

① 《新辑搜神记》，第64、65页。

② 《秘册汇函》刻印未完而部分毁于火，流传不广，残版归毛晋汲古阁，在胡震亨的协助下，毛晋将残存下来的《搜神记》收入丛书《津逮秘书》，并于明崇祯十三年（1640）刊行，这一版本流传甚广。

③ ［明］胡应麟：《甲乙剩言·知己传》，《丛书集成初编》排印《宝颜堂秘籍》本，第11页。［明］姚士粦：《见只编》，《丛书集成初编》影印《盐邑志林》本，卷中，第96页。

④ 《新辑搜神记》，第64—65页。

作研究对象[①]，更多学者研究志怪时二者并行，并不偏废。[②]那么，如何去看待明人辑本，就成为当下学界面临的一个不可回避的问题。明人辑本能风行四百年，且在体例严谨的《新辑搜神记》面世之后，依然受到研究者和阅读者的广泛青睐，其中的原因颇值得探究。

李建国运用重辑者的权力，将明人辑本中他书不引作《搜神记》的160条逐出了干宝文本的范围，在书末以“旧本《搜神记》伪目疑目”为名将之罗列出来。一直以来，从未有人对这一部分产生过兴趣，一代代学者经过孜孜以求的考证，以作伪、虚假目之，认为它们没有探讨的价值和必要。

但笔者以为，恰恰这一部分是明代辑佚者主动选择的结果。选择这些，而不是别的条目混入文本，以及这一选择背后的权衡去取，就可以回答明人辑佚行为过程中的许多疑问，乃至从中窥探其辑佚的原则。这些被称为伪作的条目也曾是构建明代《搜神记》文本的重要组成部分，从此入手，反而可以更清晰地回应之前明人是如何来看待《搜神记》这一问题，在他们眼中，它们异常贴近干宝《搜神记》，甚而至于以假乱真。研究它们混入真实的《搜神记》文本的这一过程本身，就可抽象出明人辑佚行为背后的策略所在，什么主题需要被引入文本，从什么书中引入文本，将之放置在卷册的什么位置，都是辑佚者苦心营求而非随意为之的结果，我们或可探寻明代辑本为何能在重重怀疑之下，依然风行四百年的原因所在。

一、《搜神记》他书掺入部分操作者考辨

（一）掺入者为胡震亨、姚士粦

在探讨这些掺入条目之前，必须弄清楚是谁将这些不属于干宝撰作的部分混入《搜神记》的。明人辑本《搜神记》来历比较复杂，它有三个辑录者，胡应麟、胡震亨、姚士粦。王国良、李剑国都认为在胡应麟将《搜神记》辑本交给胡震亨后，胡

---

① 李剑国：《新辑搜神记》虽然2007年出版，但学者使用得并不广泛。如王平：《从〈搜神记〉序跋看其成书与传播》，《蒲松龄研究》2015年第2期，依然使用明人辑本。

② 如林淑贞：《穷究天人之际——六朝志怪灾异书写示现的人文心灵》，就将研究材料分为《搜神记》本和明清通行本《搜神记》，且同时都纳入讨论范围中去。见《汉学研究集刊》第十期，2010年6月。

震亨等人可能对这个辑本做了加工。[1]但这仅出于模糊的推断，一定程度上也基于对文献大家胡应麟的信任。笔者以为不能仅从胡应麟文献学家的声誉出发，就将凡是严肃的辑佚工作都归功于其身，而将作伪掺假的责任都诿过于胡震亨、姚士粦。

要解决这一疑问，《异苑》就成为破解问题的关键，因为《异苑》的辑佚整理并没有胡应麟的参与。《异苑》也是《秘册汇函》所出，且刊刻在《搜神记》之前，与《搜神记》情况类似，今见本已经掺入了很多他书不引作《异苑》的条目，接近全书的十分之二。[2]在《秘册汇函》中，收入志怪小说四种，除杜光庭《录异记》一种之外，《异苑》《搜神记》《搜神后记》三种六朝志怪都是出自胡震亨、姚士粦之手，且都有不属于原书的条目掺入，如果将这三书置于一处，将其作伪掺入的200余条通盘观之，便可窥见三者辑校时某些一以贯之的规律，并找出此事主要责任者。

《异苑》有整条取自他书以充《异苑》之文的情况，以取自《幽明录》的情况最为严重。《异苑》卷二第23条"五色浮石"，卷三第6条"鸲鹆听琵琶"，卷三第10条"鸡作人语"，卷三第10条"金色鹅"，卷三第52条"煮肉变虾蟆"，卷五第25条"龙载船"，卷六第13条"山阴徐琦"，卷七第5条"金镜助赠"，卷七第6条"古坟鼓角"，卷七第21条"梦合子生"，卷八第13条"武昌三魅"，卷八第16条"獭化"，卷八第23条"徐女复生"，以上13条皆全文取自《幽明录》。还有卷四第2条"孙钟相墓"的前半部分引自《幽明录》，卷七第16条"邓庙"以《幽明录》与《异苑》都记此事，但记叙文字不同，辑录者最终以《幽明录》的文本覆盖了《异苑》的文本。

在《搜神记》《搜神后记》中，也有《幽明录》混入的情况。《搜神记》卷四第6条"河伯婿"[3]，卷四第11条"宫亭庙神"，卷五第2条"刘赤父"，卷五第5条"虎暴"，卷一六第16条"三醉鬼"，卷二〇第10条"的尾"。《搜神后记》卷一第2条

① 王国良认为一个可资参考的例证是《秘册汇函》本的《异苑》可能是后人辑本，胡、姚等人在校订时也加进去大量《异苑》之外的他书文字，见王国良：《魏晋南北朝志怪小说研究》，（台湾）文史哲出版社1984年版，第322页。李剑国认为这不属于《搜神记》的160条，除了极少数是胡应麟误辑，绝大多数可能是胡应麟死后由胡震亨、姚士粦等人重新做的增补，大量取入他书文字以充篇帙。见其《新辑搜神记　新辑搜神后记》，第77—79页。

② 据笔者统计，《异苑》不计改易原文的条目，仅以他书混入的内容而言全书有68条，约占原书382条的两成，见胡文娣：《〈异苑〉文献研究》，山东大学2009年硕士论文。

③ 《搜神记》《搜神后记》的卷数、条目次序为《秘册汇函》本，但《秘册汇函》本条目名称时有数条重复的现象，为了便利，这里条目名称采用李剑国《新辑搜神记　新辑搜神后记》中条目名称。

“嵩高山大穴”，卷五第3条“蒋侯”，卷五第5条“蒋侯神”，卷六第14条“伧小儿”。以上《搜神记》6条,《搜神后记》4条都是取自《幽明录》。

虽然从逻辑上讲，不乏《幽明录》的某些条目的文献来源是《搜神记》，抑或是《异苑》与《搜神记》的文献出自同源这种情况，但在三本志怪中共有25条与唐宋类书所引《幽明录》字句一致，且不见他书引作《异苑》，且25条《幽明录》小心翼翼分于三书之中，没有一条重复，可见三本书的最后加工出自一手。

这样的情况，在取别种小说掺入时也同样存在，三书在取《裴启语林》《录异记》《孔氏志怪》《述异记》《录异传》《齐谐记》《杂鬼神志怪》《灵鬼志》等别种小说的条目充作原文时也未见重复。三本书中，掺入他书多达200余条，若不是同一人或同一批人所为，难免会有一些重复的情况，然而，今见三书之间掺入他种小说一条重复也没有，可见这种掺入别种志怪的编辑，是有心人精心运作的结果，是辑校者自觉且刻意操作的结果。

《异苑题辞》中提到的吕锡侯早逝，曾给《搜神记》和《异苑》写过序跋的沈士龙只对这三本书做过少量订正文字的工作。《搜神记》《搜神后记》虽为胡应麟所辑，但《秘册汇函》本中《异苑》刻印最早，二书是在《异苑》之后刻入《秘册汇函》(约在公元1599到1607年之间)，从胡应麟的卒年(1602)来看，二书极有可能是在他死后方才刊刻。[①]更值得注意的是，姚士粦久有“工于造伪”[②]之名。据冉旭的《〈秘册汇函〉考》，考察《秘册汇函》今存之序跋，胡、姚二人言明之事大都有据，并非向壁虚造，但其避过并未明言之事，则需另作结论，大有水分。[③]姚士粦在《见只编》中说明自己除校订字句之外，也曾言明“更从类书诸注少有补缀”。《搜神记》掺入他书的条目约占三成，实在不能算是“少有补缀”。既然有证据表明三本

---

① 《秘册汇函》各书前后均有序跋，其中《异苑题辞》所称时间为万历二十六年(1598)，胡震亨落第途中与沈士龙共订《异苑》，此跋作于1599年,《秘册》各书序跋所知年月者,《异苑题辞》最早,《异苑》应刻于此年,《搜神记》与《搜神后记》刻在《异苑》之后，不详何年。今《秘册汇函》本序跋，如《汉杂事秘辛》《李氏易解(附郑康成注)》等之《题识》作于“癸卯”，即万历三十一年(1603)，诸书还有万历三十年(1602)序者。可知1602、1603两年刻书最多。据周本淳:《胡震亨的家世生平及其著述考略》,《杭州大学学报》(哲学社会科学版)1979年第4期，胡震亨于万历三十五年(1607)任直隶故城县教谕，编撰一事由沈士龙独领。那么《搜神记》《搜神后记》刻于1599—1607年。

② 林庆彰:《丰坊与姚士粦》，台湾东吴大学中国文学研究所1978年硕士论文，第三章《姚士粦及其著述》，第120—179页。

③ 冉旭:《〈秘册汇函〉考》,《古籍整理研究学刊》2004年第3期。

书的作伪应是同出一手，那么，《搜神记》《搜神后记》《异苑》中的绝大部分掺入他书、加工改易文字的来源，就能确定到胡震亨与姚士粦二人身上。

（二）胡、姚对其补辑之书的看法

在胡震亨和姚士粦留下的文字中，极少谈及他们补辑的这三本六朝志怪，偶有提及的部分，却流露出编辑者本人对自己所编之书的不信任。

胡震亨的《读书杂录》中引用了数种志怪，计有《酉阳杂俎》《广异记》《穷神秘苑》《述异记》《录异记》和顾况《仙游记》，并没有《搜神记》，其中一则："《穷神秘苑》：'元魏庐汾梦古槐中蚁穴，有堂题曰：审雨堂'，唐人南柯梦或祖此。"①相同事件也出现在明本《搜神记》卷十"审雨堂"条："夏阳庐汾，字士济。梦入蚁穴，见堂宇三间，势甚危豁，题其额曰：'审雨堂'。"②此条《绀珠集》卷七、《类说》卷七、《海录碎事》卷九上、《锦绣万花谷》前集卷一、《古今合璧事类备要》前集卷二、《说郛》卷四引作《搜神记》。此事实出《妖异记》，《太平广记》卷四七四引《穷神秘苑》引有全文，记载庐汾事在后魏庄帝永安二年（529），可见它并不是《搜神记》的条目，《海录碎事》等大抵因转引《绀珠集》《类说》而致误。③补辑者将此条从《绀珠集》《类说》等书收入《搜神记》时，添加了"夏阳""字士济"等细节，这些细节来自《太平广记》，补辑者不可能不知道此事发生在"后魏庄帝永安二年"，在明知《绀珠集》等书引用有误的情况下，依然补入卷十。

胡震亨《读书杂录》最晚记载了弘光（1644—1645）时事，是他晚年所作，④写在《秘册汇函》刊行之后。《搜神记》成书要比《穷神秘苑》早很多，如果他信任自己编写的《秘册汇函》本《搜神记》，在讨论唐传奇南柯一梦的原型故事时，胡震亨就应该追溯到《搜神记》一书，而不是《穷神秘苑》，这就说明他对于"审雨堂"此条本不属于《搜神记》心知肚明。

姚士粦《见只编》只引用《异苑》一次，"《异苑》云：'麻姑能着屐行水上'，此妇人屐也。……大抵单下曰'履'，复下曰'舄'，舞履曰'屣'，草履曰'屝'，

---

① ［明］胡震亨：《读书杂录》，《四库全书存目丛书》景印上海图书馆藏清康熙十八年刻本，子部第109册，第719页。

② ［晋］干宝撰，汪绍楹校注：《搜神记》，中华书局1979年版，第123页。

③ 《新辑搜神记》，第658页。

④ 周本淳：《胡震亨的家世生平及其著述考略》，《杭州大学学报》（哲学社会科学版）1979年第4期。

小儿履曰‘靸’，……屐始于晋文公，皆履之属也。”[①]仔细考辨了‘屐’‘履’‘舄’之间的细微差别，这里麻姑所着为“屐”。但《秘册汇函》本《异苑》此条作：“梅（一作“麻”）姑……能着履行水上”[②]，为“履”，与《法苑珠林》所引《异苑》一致。与《法苑珠林》不同，《北堂书钞》卷一三六、《太平御览》卷六九八中此条引作“屐”。《见只编》的最后整理在《秘册汇函》补辑完成之后[③]，姚士粦在考证时，引用的《异苑》文字细节来自类书，而不是自己编写好的《秘册汇函》本。

从二人笔记的这些细节可以看出，在考证性文字中，胡震亨与姚士粦并不很信任《秘册汇函》本中的某些条目，这也再次证明了他们极有可能就是《搜神记》与《异苑》中的补辑他书、改易文字的负责者。

二、以他书掺入《搜神记》——明代补辑者的辑佚策略

（一）区隔原书：以《列仙传》掺入《搜神记》的补辑策略

干宝《撰搜神记请纸表》中谈到自己的写作：“荟聚散逸，使自一贯，博访知古者”。可见干宝写作《搜神记》材料有两个来源，一个是取资于他之前的事涉神异的某些典籍，并规整于一处；另一个是来自耆旧故老的口头述说。那么承自前载的那一部分，就会出现《搜神记》的文字与某书极为相近的情况。

明人辑本《搜神记》以一系列神仙传记开篇，这一部分的材料来源之一就是刘向的《列仙传》。基于此，《新辑搜神记》将干宝取资于《列仙传》的神仙传记，都归入《神话篇》的第一卷中，在这一章的23条中，有13条和《列仙传》人物事件一致。

在明人辑本卷一中，有3条不见他书引作《搜神记》，仅引作《列仙传》的文字，分别为卷一第7条“师门”、第12条“陶安公”，而第27条“园客”，与《列仙传》事同而文字差异较大。胡震亨和姚士粦便是利用《列仙传》是《搜神记·神话篇》的资料来源这一点，将这三条辑入文本。

值得注意的是，《搜神记》的补辑者在用《列仙传》混入《搜神记》时，其出处

① ［明］姚士粦：《见只编》，《丛书集成初编》景印《盐邑志林》本，卷中，第113页。

② ［南朝宋］刘敬叔：《异苑》，《丛书集成初编》景印《学津讨原》本，卷五，第99页。

③ 《见只编》卷中叙述了《异苑》底本由来，又有胡震亨《异苑题辞》，可见作于《异苑》校订之后。

并不是《道藏》本《列仙传》，而是唐宋类书引用的《列仙传》，并对其进行了个别的文字加工。以第2条“陶安公”为例比较如下：

明辑《搜神记》卷一	《艺文类聚》卷七八	《列仙传》卷下（道藏本）
陶安公者，六安铸冶师也。数行火，火一朝散上，紫色冲天。公伏冶下求哀，须臾，朱雀止冶上，曰：“安公安公，冶与天通。七月七日，迎汝以赤龙。”至时，安公骑之，从东南去。城邑数万人，豫祖安送之，皆辞诀。	《列仙传》又曰：陶公，六安冶师。数行火，火一旦散上，紫色冲天，公伏冶下求哀，须臾，朱雀止冶曰：“安公安公，冶与天通，七月七日，迎汝以赤龙。”至时，安公骑之，东南上。城邑数万人，豫祖安送之，皆辞诀。①	陶安公者，六安铸冶师也。数行火，火一旦散上，行紫色冲天。安公伏冶下求哀，须臾，朱雀止冶上，曰：“安公安公，冶与天通。七月七日，迎汝以赤龙。”至期，赤龙到，大雨，而安公骑之。东南上，一城邑数万人，众共送视之，皆与辞决云：……②

从以上引文来看，明人辑本中的“陶安公”一条应是辑自《艺文类聚》卷七八。《列仙传》“陶安公”条类书引用众多，《北堂书钞》卷一五五，《艺文类聚》卷四、卷七八、卷八〇，《初学记》卷四，《太平御览》卷三一、卷八三三、卷八六八、卷九二九，《天中记》卷五等皆有引用。各本引用唯有《艺文类聚》卷七八作“豫祖安送之”，《北堂书钞》卷一五五作“人皆送之”，《太平御览》卷三一作“邑中数万人预共送之”，不知《书钞》的“豫祖安”何据。《列仙传》各唐宋类书引用皆作“东南上”，而《搜神记》作“从东南去”，应是辑录者随手改易而成，以符合当时人的阅读习惯。

胡震亨、姚士粦从《艺文类聚》卷七八中抽出《列仙传》“陶安公”条，将其植入《搜神记》，而非直接从《列仙传》中辑入，应该有以下几个原因：

首先，以辑佚来说，胡应麟虽然是明代的文献大家，他的辑佚肯定有遗漏之处。当他把辑佚手稿交给姚士粦之后，胡震亨、姚士粦如果决定要将之付梓，肯定还要做一部分查漏补缺的补辑工作。补辑工作中用到的书籍一般都是类书、正史、古注之类，他们会从这些书籍中挑选混入《搜神记》的他书内容，可以说这些内容极有可能是胡、姚二人在补辑过程中的副产品，而不是刻意搜寻的结果。

其次，这些掺入内容大多出自唐宋类书，类书引用时有割截删削、改易原文或

① 《宋本艺文类聚》，上海古籍出版社2013年版。第1990—1991页。

② 《道藏》第五册，第74页。

者传抄讹误的情况，这样的文字混入《搜神记》，它本身就会和原文有一段距离，如果这段文字的原书没有失传，当时的读者即使对照二者，也很难意识到这一段出自他书而不是出自《搜神记》。胡、姚以“陶安公”事混入《搜神记》，选择了和《列仙传》距离最大的《艺文类聚》，而不是更接近的版本，很明显有和原书区隔开来的意思。这一举动背后原因是，如果某一读者同时读到《列仙传》“陶安公”和《搜神记》中混入的“陶安公”，就很难意识到《搜神记》这一条是补辑者作伪掺入，毕竟干宝在撰作中也使用了《列仙传》的材料作为写作来源。

这也透露出明代补辑者的某些看法，他们认为干宝在使用《列仙传》这样的材料写作《搜神记》时，应该会如《撰搜神记请纸表》中所说，下一番“使自一贯”的功夫，改易添加或删改材料部分文字以迎合自己的写作旨意。从明人辑本卷一掺入的“师门”“陶安公”“园客”和属于干宝原有的数条条目来看，都与道藏本《列仙传》有或大或小的差异，并不完全一致，不能不说是明代补辑者在这个观念指导下的产物。

事实上，以今见的材料来看，干宝用《列仙传》为材料编写《搜神记·神话篇》，二者的差距很小，改易的成分并不是很多。例如李剑国《新辑搜神记》卷一第13条“陵阳子明”，辑佚自《元和姓纂》卷五：“《搜神记》陵阳子明，上宣城陵阳山得仙，其后因山为氏。”此条明人未辑，李剑国认为陵阳子明的事迹载于《列仙传》卷下，未言其后因山为氏之事，干宝所记非本《列仙传》，应对此事进行了加工。[①]《列仙传》卷下“陵阳子明”条为：

> 陵阳子明者，铚乡人也。好钓鱼。于旋溪钓得白龙，子明惧，解钩，拜而放之。后得白鱼腹中有书，教子明服食之法。子明遂上黄山，采五石脂，沸水而服之。三年龙来迎去，止陵阳山上。百余年，山去地千余丈，大呼下人，令上山半，告言：谿中子安当来，问子明钓车在否？后二十余年，子安死，人取葬石山下。有黄鹤来栖其冢边树上，鸣呼子安。[②]

《列仙传》中的“陵阳子明”与《元和姓纂》引用的《搜神记》看起来确实不一致，原因是《元和姓纂》只是抄撮《搜神记》大意而引用之，“其后因山为氏”这一句

① 《新辑搜神记》，第33页。

② 《道藏》第5册，第75页。

是编者在最后的按语，意在注明“陵阳”氏的来历，并不说明《搜神记》“陵阳子明”条就有这一句，在《列仙传》之外另有资料出处。[①]干宝应该就是以《列仙传》为本记载了“陵阳子明”的事迹，并未做大的改动。不得不说，补辑者对《搜神记》神仙传记这一部分的理解虽然大体正确，但仍存在某些偏差，导致了区隔原书的辑佚策略。

（二）虚化或改变背景：《搜神记》中“神女下降”叙事的补辑策略

干宝《搜神记》中，别传也是重要的资料来源，比如明人辑本卷一“弦超”一条，此事原出西晋张敏《神女传》[②]，记载神女成公智琼于魏嘉平年间下降弦超一事。这是太兴元年（318）干宝任著作郎时搜集资料收入《搜神记》的[③]。

明人辑本据此掺入东晋曹毗《杜兰香别传》以充《搜神记》之文，《杜兰香别传》未见他书引为《搜神记》，此传记载神女杜兰香下降张传一事，故事类型与干宝原书的“弦超”一条极为相似。据李剑国考证，作者曹毗卒于东晋孝武帝太元中（376—396），作此传约在咸和（326—334）年间[④]，与干宝撰作《搜神记》同时。[⑤]《杜兰香别传》类书引用较多，其中《艺文类聚》卷七九引文最长，故事最完整，明代补辑者将《艺文类聚》卷七九与卷九一所引的《杜兰香别传》连缀起来，植入《搜神记》卷一，以充干宝之文，而且还将之放置在卷一第30条的位置，紧连着第31条是属于原书的神女成公智琼之事，联类而及，更使真假难辨。

在掺入《搜神记》之前，补辑者还对《杜兰香别传》做了修改，《艺文类聚》卷七九：“《杜兰香别传》曰：杜兰香自称南阳人，以建兴四年（316）春，数诣张傅。……”[⑥]明代的补辑者修改为：“汉时有杜兰香者，自称南康人士。以建业四

① 姓氏谱录、地理志引书往往如此，例如《宋书·州郡志一·宣城太守》云：“广阳令，汉旧县曰陵阳，子明得仙于此县山。故以为名。晋成帝杜皇后讳‘陵’，咸康四年更名。”见《宋书》，中华书局1974年版，卷三五，第1035页，便是暗用《列仙传》《搜神记》的例子。又如《（慧琳）一切经音义》卷八九引“《异苑》云：‘郑’，邑名也。”这一句并不见于《异苑》，这并不说明《异苑》有这一句佚文，只是《（慧琳）一切经音义》的编者暗用《异苑》“郑亭湖庙神甚有灵验……”这一条所加的按语，这一条今见于明本《异苑》卷五。

② 《北堂书钞》卷一二九引作《神女传》，《太平御览》卷四〇和卷七八二引作《智琼传》。

③ 《新辑搜神记·前言》，第42页。

④ 李剑国：《〈神女传〉、〈杜兰香传〉、〈曹著传〉考论》，《明清小说研究》1998年第4期。

⑤ 《新辑搜神记·前言》，第46页。

⑥ 《宋本艺文类聚》，第2021页。

年春，数诣张傅。”[①]将“建兴四年”改作“建业四年”，将“南阳人”改作“南康人”。事实上历史上并没有过“建业”这个年号，而这一改动并非编者的浅陋失误，而是有意为之。正是因为建兴年号过于靠后，可能会让读者怀疑此传出现在干宝写作《搜神记》之后，明代补辑者才将“建兴”改写为“建业”，东吴曾于建安十七年（212）改都城秣陵为建业，补辑者希望读者相信故事发生的时间是在东吴建安年间。而“南阳”改为“南康”，将此事发生的地理背景由今河南一带挪移到江西一带，也是为了取信读者，让阅读的人以为杜兰香下降一事发生在东吴所属的地域。

在这样精心掩饰的手段之下，明清的阅读者很难起疑心去全面搜索所有类书古注，故而难以发现诸书并没有将杜兰香故事引作《搜神记》的情况。而在明人辑本《搜神记》面世以后的明清书籍又相信此本是干宝原书，将杜兰香故事作为出自《搜神记》的典故进行引用，清代《骈字类编》《佩文韵府》《庾子山诗注》等书即是如此，若不是细心搜求，后代读者就更难分辨明本中掺入的杜兰香故事并非原书所有。

另一个掺入类似的例子是《曹著传》，此传记叙建康小吏曹著被庐山府君邀请至府饮宴，并配给他府君之女婉，却被曹著所拒之事。与《智琼传》《杜兰香别传》类似，这个别传也描写了神女意图下降凡人的故事，不同的是最终二人并未缔结婚姻，这个故事曾被当时许多志怪小说收入其中。补辑者从《北堂书钞》卷七七所引的祖台之《志怪》辑入此条，“建康小吏曹著，为庐山使君所迎，配以女婉。著形意不安，屡求请退，婉潸然垂涕，赋诗序别，并赠织成裈衫。”[②]《水经注》《白氏六帖事类集》《太平御览》都引用了曹著故事，有一些引用情节更完整、细节更婉转。一般来说，明人辑佚者倾向于辑佚文字更长、故事更详曲的引文，有时还要参酌众条，在这种情况下，补辑者挑选《北堂书钞》这个短小简单的引文，是非常反常的。究其原因是在完整的《曹著传》中，提到了庐山府君与吴猛交往之事[③]。吴猛活跃在东晋时期，据《晋书·艺术传》记载庾亮卒于咸康六年（340年），而干宝卒于咸康二年（336年），此传不大可能出现在《搜神记》中。明代补辑者选择这一删去来龙去脉的短小引文，应该也有虚化背景误导读者的考虑。

曹著故事被明人放置在《搜神记》卷四第9条，卷四第8条“张璞”为干宝原书所有，所记为庐山君为其子求婚于吴郡太守之女而未成之事，同样也是仙凡相隔，

① 《搜神记》，《丛书集成初编》排印《秘册汇函》本，第7页。

② 《北堂书钞》，中国书店1989年版，第283页。

③ 李剑国：《〈神女传〉、〈杜兰香传〉、〈曹著传〉考论》，《明清小说研究》1998年第4期。

婚姻未成。而第10条为“宫亭湖庙神”[①]。明人以《曹著传》混入文本，既考虑到了别传这种文体中的神女下降故事曾被干宝收入的前例，也考虑到了晋朝巫鬼淫祀盛行之时[②]，庐山君、宫亭湖庙神、泰山府君、河伯之类的地域性人神都曾被干宝收入书中，再混入庐山府君之事不易为博雅之士察觉，这种辑佚策略不可能是无心之失，应是补辑者用心结撰的结果。

（三）类推：方士传记的补辑策略

明人辑本《搜神记》卷三都是方士传记，其中第5条“王基问怪”、第6条“北斗南斗”是干宝所记，第7条“管辂筮疾病”、第8条“管辂筮躄疾”则采自《三国志·魏书·管辂传》和裴松之注引的《管辂别传》，是胡、姚二人补辑而成，并不是《搜神记》原文。第7条据《三国志·魏书·管辂传》和《管辂别传》拼合而成，第8条截取自《三国志》本传。

值得一提的是，《祕册汇函》本《异苑》卷九的第2—11条[③]，记载管辂事迹有10条之多，其中也被胡震亨、姚士粦掺入了不属于原书的内容。卷九第2、3、4、5、6、10条为刘敬叔原书所有，其本事与《三国志·魏书·管辂传》裴松之注所引《管辂（别）传》相同。而《异苑》卷九的第7条“鸟鸣”，第8条“飞鸠”，第9条“饯席射覆”，第11条“王经迁官”，这4条并未见他书引作《异苑》，是胡、姚二人以《三国志·魏书·管辂传》冒充《异苑》原文。

《搜神记》《异苑》二书中，明人共放入6条不属于原书的管辂传记内容，以《魏书·管辂传》记载管辂之事的顺序，来排列《异苑》卷九、《搜神记》卷三中掺入的这6条，就可得出以下排序：

《搜神记》卷三第8条“管辂筮躄疾”；

《搜神记》卷三第7条“管辂筮疾病”；

《异苑》卷九第11条“王经迁官”；

《异苑》卷九第8条“飞鸠”；

---

① 《搜神记》，第27—28页。

② 李文澜：《六朝地域人神的形成及其政治文化背景》，见《文澜存稿》，湖北人民出版社2013年版，第254页。

③ 刘敬叔：《异苑》，《丛书集成初编》影印《学津讨原》本，第188—194页。

《异苑》卷九第7条“鸟鸣”；

《异苑》卷九第9条“饯席射覆”；

《异苑》卷九第10条“印囊山鸡毛”。[①]

除《搜神记》卷三第6条“北斗南斗”其事不见《三国志·魏书》之外，《秘册汇函》本《搜神记》《异苑》所记管辂的其余13条，其本事皆见于《三国志·魏书·管辂传》和《管辂别传》。这13条几已囊括了《三国志·魏书·管辂传》和《管辂别传》中所有具有小说意味的内容，说明了胡、姚二人充分地利用了《三国志·管辂传》和《管辂别传》的材料，有意识地将《管辂传》中不见二书所载，又与二书内容相似的部分分成两部分，分别掺入《搜神记》和《异苑》中。

干宝《搜神记》中，记载了好几位术士的传记，对于时代比较靠近晋朝的有名术士，一人不止记载一件事迹。据《新辑搜神记》，干宝记录管辂事迹有2条，淳于智有3条，郭璞有2条[②]。郭璞与干宝曾一起任职，任职著作郎期间，郭璞也曾在太兴元年（313）任职著作佐郎。《太平御览》卷七二八引《智琼传》：“弦超为神女所降，论者以为神仙，或以为鬼魅，不可得正也。著作郎干宝以《周易》筮之，遇《颐》之《益》，以示同寮郎郭璞，曰：‘《颐》贞吉，正以养身，雷动山下，气性唯新。变而之《益》，延寿永年，乘龙衔风，乃升于天此：仙人之卦也。”[③]二人志趣相投，合作占卜了弦超遇合成公智琼一事，“弦超”一事也被收入了《搜神记》。干宝《搜神记序》曾言：“若使采访近世之事，苟有虚错，愿与先贤前儒分其讥谤。”干宝的意思是《搜神记》中收入了很多近世之事，《搜神记》中“弦超”一事就是记录近世之事的例子。他曾与郭璞共领著作任，又“性好阴阳术数，留思京房、夏侯胜等传”[④]，故而以方士传记、口头传闻为基础，在《搜神记》中大量记录郭璞等方士的神奇事迹。口头传闻今已无法考证，但当时方士的传记主要以别传的形式流传，流传至今仍可见片段的有《郭璞别传》《管辂别传》《葛玄别传》《樊英别传》《雷焕别传》《华佗别传》等等，干宝在写作时，必定搜集了众多方士别传，而《晋书》《三国志》等正史撰写以方士为传主的《艺术传》《方技传》时，《别传》也是重要的取资来源。

---

① ［晋］陈寿撰，［宋］裴松之注：《三国志》卷二九《管辂传》，中华书局1959年版，第812—823页。

② 《新辑搜神记》，第64—73页。

③ ［宋］李昉等辑：《太平御览》，中华书局1960年版，第3230页。

④ ［唐］房玄龄等撰：《晋书》，卷八二《干宝传》，中华书局1974年版，第2150页。

胡震亨、姚士粦敏锐地抓住了这一点，在明人辑本《搜神记》卷三中掺入了2条管辂事迹，1条淳于智事迹，2条郭璞事迹。其中“淳于智”取自《晋书·艺术传·淳于智传》，“郭璞买婢”取自《晋书·郭璞传》，“郭璞占伤寒”取自《初学记》卷二九所引郭璞《洞林》。不仅如此，卷三专列与占卜、预知有关的方士故事，第1、2条，和第17、18、19、20、21、22条，这8条分别记载了钟离意、段医、费孝先、隗炤、韩友、严卿、华佗（两条）的事迹，全部都是他书不引作《搜神记》的内容。除钟离意取自《后汉书》本传，其他传记都来自《后汉书·方术列传》《晋书·艺术传》和《三国志·魏书·方技传》。不仅如此，明人辑本还有方士传记直接取自别传的例子①。

正史中的《方术列传》《艺术传》《方技传》和像郭璞这样兼具方士身份的文人传记，都成为胡震亨、姚士粦二人补辑卷三的来源。从《搜神记》和《异苑》原书所有的8条管辂传来看，除了《搜神记》卷三第6条“南斗北斗”找不到来源出处，其他7条都与《三国志·管辂传》和《管辂别传》相重合，就可以看出二书作者干宝、刘敬叔在记述方士事迹这一部分，和正史、史注使用了同源的材料。明人据此补入了出自正史的方士传记，正是出于对《搜神记》作者创作心理、文本源流的精确把握。这样精妙的掺入手段导致到了今天，依然还有许多学者陷入明人的文本迷雾，将卷三所有条目都当作干宝原书进行研究②。

在干宝流传下来的数条管辂、郭璞传记之外，以类推的方式从正史中增补数条不引作干书的方士传记，并补入虽不属于《搜神记》但与管辂、郭璞事迹相似，也是出于正史方士传记的钟离意、段医、费孝先、隗炤、韩友、严卿、华佗等人事迹，建构起明人辑本卷三与预知、占卜能力有关的方士传记集合。这种从《搜神记》的资料源头取资，并将相似人物相似事迹集合在一起，分在一卷或相连几卷展示出来的做法，也是明本《搜神记》得以形成的一个重要补辑策略。

---

① 例如《搜神记》卷一第25条“葛玄”，也不是干宝原书所有，明代补辑者用唐宋类书中的《葛玄别传》掺入《搜神记》。

② 如葛永海：《古代志怪小说本体价值观的演变》，“以中华书局1979年版的《搜神记》为例，据不完全统计，其中第五十三、五十五、五十六条本事见于《魏志·管辂传》；第五十七、五十八、六十条本事见于《晋书·淳于智传》；第六十一、六十二条本事见于《晋书·郭璞传》；第一百零一、第三百零四条本事见《汉书·王莽传》等等，与之记载相近的尚有多部史籍……”《浙江师范大学学报》，2004年第5期。

（四）混同界限：《搜神记·妖怪篇》的补辑策略

对胡震亨、姚士粦、沈士龙这三位《秘册汇函》主要编者来说，《搜神记》中让他们最有感触的是卷六、卷七，主要记叙与正史五行志相似的灾异变怪。李剑国《新辑搜神记·妖怪篇》与这一部分对应的，是卷一〇到卷一五。原因是《法苑珠林》卷三一《妖怪篇·述意部》引：“妖怪者，干宝《记》云：‘盖是精气之依物者也。气乱于中，物变于外，形神气质，表里之用也。本于五行，通于五事。虽消息升降，化动万端，然其休咎之征，皆可得域而论矣。’”[①]这一段可以说是《妖怪篇》的总序，《新辑》本将之放在卷一〇卷首，明代辑本也将这一条放在卷六卷首，可见两个辑本对这一部分的归类意见一致。

沈士龙在《搜神记引》中略过其他章节，独独提到了他对卷七的阅读体验：

> 余得《搜神记》及《搜神后记》读之，乃知晋德不胜怪而底于亡也。何者？令升虽始自前载，晋实半之；元亮则晋十九矣。何东西百五十年间，天孽人变，駴人耳目，若斯多也？岂司马家以两世凶黠，奸有神器，其阴画秘算，默为天地之害者，不得不借此开泄，用为非德受命者鉴邪？若令升所载，皆出前史及诸杂记，故晋、宋《五行志》往往采之。[②]

沈士龙并没有对《搜神记》《搜神后记》《异苑》做过具体校勘补辑的工作，但《秘册汇函》题名为沈士龙胡震亨同订，沈士龙需要为《搜神记》作序，但他应该是不大清楚胡、姚二人对这个本子私下动了什么手脚。[③]除了一些怀疑[④]，他对《搜神记》的印象最深的是“乃知晋德不胜怪而底于亡也”，并且惊诧于明人辑本《搜神

---

① ［唐］道世撰：《法苑珠林》，上海古籍出版社1991年版，第237页。

② 《搜神记》，《丛书集成初编》本，第1页。

③ 沈士龙为《异苑》也做过序，但后来毛晋刻印《津逮秘书》时，此序被删去，仅剩胡震亨的《异苑题辞》。沈士龙的序现存《古今说部丛书》《说库》本《异苑》之前：“尝读马氏《经籍考》，则《异苑》之目已亡。惟隋、唐《艺文》有之。而此册卷帙正与《志》合，第《传》称……”见国学扶轮社辑：《古今说部丛书·〈异苑〉序》，上海文艺出版社影印1910年国学扶轮社本，1991年版。从序文看，他并不知道《异苑》是个辑本，并经过了胡、姚二人的补辑，认为这个卷数和史志著录相合的本子是原书。

④ 沈士龙在《搜神记引》中说：“惟《晋书》本传称兄气绝复苏而不名，道书吴猛传谓宝兄西安令干庆，而本纪第称西安令干庆，而绝不谓兄，亦可疑也。”

记》中卷六、卷七所记载自夏桀至东晋的“天孽人变”中，有一半都是晋朝发生的，而《搜神后记》中十分之九的变怪之事都是晋朝发生的。①他认为晋朝之所以会发生如此之多的怪异之事又迅速败亡，是因为得位不正，大位来自对曹魏政权的阴谋篡取，晋朝的众多变怪是上天给非德受命者的惩罚。在序中，他没有怀疑《搜神记》卷六、卷七有虚妄加工的成分，他认为干宝所记来自之前的正史和杂记，又被之后的正史《五行志》收入，因此完全可以当作史料来阅读。在他眼中，志怪与史书有了共同的血脉，界限完全模糊了。

胡震亨对这两卷也持有相似看法，他在《搜神记引》中说：“令升遘门闱之异，爰摭史传杂说，参知所见，冀扩人于耳目之外。顾世局故常，适以说怪视之。不知刘昭《补汉志》、沈约《宋志》与晋志《五行》皆取录于此，盖以其尝为史官，即怪亦可证信耳。”②他认为干宝之后的史家编写正史《五行志》往往从《搜神记》取资，《搜神记》所记纵然偏于怪异，但一方面来源于时局混乱，一方面出于史官的笔下，之后又被收入正史，所以这些怪异也是可以证信的。

编辑者这种将史书和志怪等同的观点，反映在明人辑本卷六卷七中，就是正史《五行志》中没有注明是干宝所说，只要是在干宝生前，内容和干宝所记类似，他们就从中辑佚。这样做，必然混入许多他书不引作《搜神记》的内容，统计《妖怪篇》他书掺入条目见下表所示，其中的条目次序为全书总次序：

明人辑本《妖怪篇》掺入他书的条目	辑佚文献来源
110、111、117、126、127、128、129、132、136、137、144	《汉书·五行志》
150、151、154、156、158、160、162、165	《后汉书·五行志》
169、171、172、173、174、183、185、192、197、207、209	《晋书·五行志》与《宋书·五行志》
194、200、201、208、211、212、220、225、226	《晋书·五行志》

① 沈士龙的说法并不准确，明本《搜神记》卷六记晋朝之前的天孽人变，卷七记晋朝，他见到的应该是胡、姚二人整理好的版本，因此可以说晋朝占一半的数量。事实上，明本卷六77条中，明人掺入26条，卷七48条中，明人掺入16条。明本中著作权属于干宝的分别是晋之前51条、晋之后32条。还是晋之前的事件更多，但晋朝所占比例确实也比较高。

② 《搜神记》，第1页。

（续表）

明人辑本《妖怪篇》掺入他书的条目	辑佚文献来源
104	《太平御览》卷九〇七、《事类赋》卷二三引作《述异记》
148	《初学记》卷三〇、《白氏六帖事类集》卷二九引作《东观汉记》
199	《北堂书钞》卷一五二、《太平御览》卷一三、八七六引作《晋朝杂事》

从上表可见，除了第104、148、199条之外，其他39条都来自正史《五行志》。中古《五行志》记载的灾异是一种预告、预示系统，透过上天意志的下贯，以灾异变相来警示、告诫人事作为。天地间的阴阳变化是因应政治失当，用以警示人君失政，具有谴告的作用。[①]《五行志》的怪异指向不仅是帝王的失政，还有权臣、小人的专权谋反，外寇的战事，女主的专政。[②]其书写的主要特征是“征”与“应”，“征”指征兆、预兆，“应”指符应、验证[③]。《搜神记》第186条“武库飞鱼”、第187条“方头屐”、第193条“妇人兵饰”、第194条“钟出涕”、第199条“雷破高禖石”，这5条事件皆是指向西晋的贾后专妒擅权。以第187条为例，明人辑本作：

> 初作屐者，妇人圆头，男子方头，盖作意欲别男女也。至太康中，妇人皆方头屐，与男无异。此贾后专妒之征也。[④]

这一条《开元占经》卷一一四、《太平御览》卷六九八、《天中记》卷四八引作《搜神记》。辑本的面貌是明代编者缀合《太平御览》和《晋书·五行志》而成，其中“此贾后专妒之征也”来自《晋书·五行志》，其他各本皆无，《宋书·五行志》亦无此句。这一句应该是《晋书》编者所加，并非干宝所写，这一条只有“与男无异”之前是干宝所记，干宝只写了事件“征”，并未提及“应”。但处在与干宝同时

① 林淑贞：《穷究天人之际——六朝志怪灾异书写示现的人文心灵》，《汉学研究集刊》第10期，2010年6月。

② 游自勇：《天道人妖——中古〈五行志〉的怪异世界》，首都师范大学2006年博士论文，第116页。

③ 游自勇：《中古〈五行志〉的“征”与“应”》，《首都师范大学学报（社会科学版）》2007年第6期。

④ 《搜神记》，《丛书集成初编》本，第52页。

或稍后的历史语境下，提到男女失当，时人自然会想到贾后擅权及以后的天下大乱、西晋败亡，并不需要另做说明。但到《晋书》编写之时，距离西晋灭亡已事隔很久，阅读者很难把此事与贾后专权联系起来，而且为了《五行志》有“征”有“应”结构完整考虑，《晋书》编者又加入对这一事件的解说。《晋书》以《搜神记》作为资料编写而成，而明代的辑佚者以为如此便可从正史中直接辑佚，与此同时，他们将《晋书》编者的按语也一并辑入《搜神记》。

明人将《搜神记·妖怪篇》与正史《五行志》等量齐观的观念，就预示着一种辑佚上的危险，就是即使无意作伪，辑佚中也会有失误误辑的情况，更何况有意以《五行志》掺入《搜神记》。除了第187条有一句并非《搜神记》而被辑入，明人辑本卷七中5条和贾后有关的怪异事件，有2条是胡震亨等人掺入，并不见他书引作《搜神记》，其中“钟出涕”取自《晋书·五行志》，“雷破高禖石”取自《太平御览》卷一三、卷八七六所引《晋朝杂事》。贾后专权是造成西晋败亡的重要原因之一，干宝经历了从西晋到东晋的大变局，贾后专权、八王之乱、永嘉之乱、王敦陵上，一件件都足以改变历史轨迹，身为史官的他必定会记录这些大事件。

胡震亨、姚士粦正是理解了干宝的处境与用心，才会有如此的加工补辑手段。这一手段贯穿卷七始终，比如指向王敦陵上的怪异事件，明本《搜神记》卷七有第218条“地震涌水”、220“驹两头”、222“武昌火”、223“绛囊缚紒”、224“仪仗生花”、225“长柄羽扇”、226“武昌大蛇”七条之多，其中第220、225、226条这3条是明人从《晋书·五行志》掺入，难以证明是干宝所写。[①]再比如指向五胡乱华的怪异事件，明本在干宝记述之外，又补入第182条“二龙见武库井”、第201条“散发裸身”、第209条“张林家狗”、212条“豕生人”4条。

古代士人好谈盛衰，擅长从幽隐的预兆中窥见多年之后乱世的兴起，既源于对悠久的历史经验的借鉴与学习，也出于对王朝大厦将倾的危机感和忧患意识。沈士龙、胡震亨序文中体现出的对《妖怪篇》的异常兴趣，不能不说有这方面的原因。正如与补辑者同时代的万历“三大贤”之一吕坤（1536—1618）在《忧危疏》中所说：“臣闻治乱之兆，垂示在天，治乱之实，召致在人。窃见元旦以来，天气昏黄，日光黯淡，占者以为乱征。当今天下之势，乱象已形，而乱机未动；天下之人，乱

① 《搜神记》，第56—58页。

心已办，而乱人未倡。”[①]直接向帝王陈说天下乱征已萌，乱象已形，乱心已起。

沈士龙是万历名臣沈思孝之子，胡震亨是浙榜举人，姚士粦也投身沈思孝幕中作为幕僚参与了镇压宁夏哱拜之乱[②]，都不是两耳不闻窗外事纯为科举的读书人，他们的青年时代正处于万历中期，这个阶段正是明朝达到鼎盛并开始走向衰落的关键时段。在他们生活的江浙一带，因为中央财政紧张增收税款，众多的民变和兵变不断发生。[③]这一时期，社会的日益动荡，社会空气的渐趋炽热，士人危机感的加剧，在文字（多属朝臣奏疏）中清晰可感，不由人不心惊，不难想象清醒地面对此一过程的士人内心的痛苦，他们的焦灼与无奈。[④]《秘册汇函》本刻印时，沈士龙为《搜神记》《异苑》分别写了序文，崇祯十三年（1640）《津逮秘书》刊行时，沈士龙早亡不预其事，此时的明朝已经到了风雨飘摇的时刻，胡震亨、毛晋删去了《异苑》考证作者生平的沈序，但留下了《搜神记》前慨叹晋朝怪异频出的沈序，一删一留之间也透露了崇祯年间编辑者对《搜神记》沈序重要性的认可。

生活在明代盛衰之际转折点的补辑者，在整理辑补《搜神记·妖怪篇》的过程中混同了正史与志怪界限，在序文中表达着这种盛衰的感触。他们孜孜以求，力图补全《搜神记》中历代尤其是东西两晋衰亡大事件的怪异事件与征应，在这一行为中，贯注着补辑者鉴往知来的历史感触。

（五）连缀遗珠：六朝别种志怪掺入《搜神记》的策略

胡震亨、姚士粦在补辑《搜神记》的过程中，常取六朝别种志怪掺入《搜神记》

---

① ［明］陈子龙：《明经世文编》卷四一五，中华书局1962年版，第4494页。

② 姚士粦曾说："宁夏乱始，说者纷纷，余从军中得之甚详……"，姚士粦数次提及宁夏之乱，见《见只编》卷上第14—15、19—27、33—34、36、37页等。镇压宁夏哱拜之乱是"万历三大征"之一，万历三大征虽然最后都取得了胜利，但明朝的人力物力由此遭到了巨大的损耗，这是明朝由盛而衰的转折点之一。自此之后，始于万历后期的灾害性天气，一直持续到明朝灭亡。反映在《明史·五行志》中，即种种天灾不断，怪异频出。

③ 徐进、赵鼎新：《政府能力和万历年间的民变发展》，《社会学研究》，2007年第1期。另姚士粦详细记录了壬午年（1582年，即万历十年）的浙中兵变，"壬午浙中兵民两变，余偶寓杭，皆得身见之，亦此生中之不幸也。……"见《见只编》卷上，第5页。

④ 赵园：《想象与叙述》，人民文学出版社2009年版，第24页。关于明万历中期之后政局的败坏，所论颇多，如赵轶峰：《票拟制度与明代政治》，见《明代的变迁》，上海三联书店2008年版，第62—73页。

之中。明代的补辑者之所以这样做，是因为唐前志怪故事来源陈陈相因，这些异事或承自前书，或另有来源传闻异辞，二书有相似的故事情节并不少见，比如《异苑》卷五之“慧炽见形”，这个故事也被收入《冥祥记》并增以细节描述。[①]《搜神记》卷四之“胡母班”，《列异传》也有此事。[②]在这种情况下，补辑者在《搜神记》中补入其他别种志怪，读者就很难分辨这个故事到底是《搜神记》独有，还是互见于二书。

不仅如此，六朝志怪还有围绕同一主题的不同传说散见多书的情况，也有围绕同一主人公产生数则传说被不同的志怪收入，例如宫亭湖庙神的各种灵验传说，就散见于《搜神记》卷四“宫亭湖”、《神仙传》卷五“栾巴”、《幽明录》“宫亭庙神”、《异苑》卷五“宫亭湖庙”等志怪书。这类情况给明人掺入部分的归属判断增加了复杂性。

明本《搜神记》卷五第1—5条都是有关蒋侯神的传说，在这五条传说中，只有第1条“蒋子文”为干宝所记[③]，第2条“刘赤斧”、第3条“韩王刘三子”出自《志怪传》(《古小说钩沉》辑入《杂鬼神志怪》)，第4条“吴望子”应是《搜神后记》所有。[④]第5条“虎暴”出自《幽明录》或《志怪传》。掺入的这4条补辑者应是参考

---

① 胡震亨利用了这一点，用《冥祥记》的文字覆盖了《异苑》原文，虽然是同一事，事实上《异苑》文简而《冥祥记》文繁。《异苑》“慧炽见形”见《太平广记》卷三二四引《异苑》，《冥祥记》此事见《法苑珠林》（百卷本）卷九四引。

② “胡母班”见《搜神记》卷四，第25页。《列异传》见《太平御览》卷六九七引用，引文极简仅为片段，无法得知原文与《搜神记》相比有何异同。

③ 此处条目名称使用《新辑搜神记》的起名，因为明本《搜神记》5条都名为“蒋山祠”，无法区分。

④ “吴望子”一条存在很多问题。李剑国认为与吴望子情好来往的是苏侯神（苏峻），并非蒋侯神，“吴望子”这一条不属于蒋子文传说。见《新辑搜神记　新辑搜神后记》，第506页。苏峻是东晋叛将，苏侯神是出现在南朝的巫觋信仰，比蒋子文信仰出现得晚一些。李剑国认为吴望子遇合的必然是苏侯神，这个意见过于绝对，“吴望子”条《法苑珠林》卷六二、《初学记》卷二八、《锦绣万花谷》后集卷三八引作“蒋侯”，《北堂书钞》卷一四五、《太平御览》卷九三六均作“为苏侯神所爱”。李剑国认为蒋侯神三国吴封，祠在建业，吴望子事件发生在会稽，主角是苏侯神。但是这个推断是有问题的，《幽明录》记载：“孙恩作逆时，吴兴纷乱，一男子避急，急入蒋侯庙。始入门，木像弯弓射之，即死。行人及守庙者无不必见。”这一则说明在吴兴也有蒋侯庙，据林富士的研究，蒋子文虽然信仰起源于建康，但吴兴、南郡、郢州、寿春、钟离等地都有其寺庙、神像和神奇故事。见林富士：《中国中古时期的宗教与医疗》，中华书局2012年版，第455页。吴望子事件发生在会稽，会稽极有可能也有蒋侯的寺庙，主人公就有可能是蒋侯神，也不一定如李剑国所说就是苏侯神。“吴望子”一事诸唐宋类书有引作《搜神记》，也有引作《搜神后记》者，如果归属于蒋子文事迹，此条也有可能是出自《搜神记》，如果此事为苏侯神事迹，苏侯信仰在干宝死后方才出现，此条就有可能是《搜神后记》所有。由“吴望子”一条的归属就可见志怪小说辑佚中某些条目权衡归属之难。

了《太平广记》卷二九三之“蒋子文”，这一传记集合了蒋侯神的7条传说，编者注“出《搜神记》《幽明录》《志怪》等书”，乃是《广记》综合各志怪书的蒋侯神传说而成。这七则故事分别是“蒋子文”——“虎暴”——“吴望子”——“韩王刘三子”——“刘赤斧”——“蒋侯庙”——“蒋侯”，前五则被收入了明人辑本《搜神记》卷五，“吴望子”和后两则被收入了明人辑本《搜神后记》卷五，但事实上，后两则都出自《幽明录》[①]。

蒋子文信仰是六朝时期盛行于今南京及其附近地区的一种巫觋鬼神信仰，上至帝王将相，下至平民百姓，无不虔诚事之，盛况空前。[②]蒋子文的事迹广为流传，除了志怪小说《搜神记》《幽明录》《志怪传》之外，《建康实录》《晋书》《宋书》《南齐书》《陈书》《南史》中都记载了和蒋侯神信仰有关的历史事件。[③]六朝蒋侯神信仰的广泛流布，甚至拥有了国家祀典的地位，那么，他的多条事迹出现在《搜神记》《搜神后记》这样的志怪中，并不会让读者很惊讶。明代补辑者利用这一点，将《太平广记》中的7则蒋侯神传说拆分开来，无视《广记》诸志怪综合而成的说明，分别放入《搜神记》《搜神后记》二书。

其中“吴望子”条，《北堂书钞》卷一四五、《锦绣万花谷》后集卷三八引作《搜神记》，《初学记》卷二八、《法苑珠林》卷六二、《太平御览》卷九三六引作《搜神后记》。明代补辑者由此将这一条既收入《搜神记》，又收入《搜神后记》，所不同者《搜神记》从《法苑珠林》辑入，《后记》从《太平御览》《初学记》辑入，因此二者文字并不完全一致。[④]

从“吴望子”的两属中，可以窥见虽然《太平广记》没有清晰地标示这7条归属于某本志怪，但补辑者通过对唐宋类书的搜检，对这些条目的归属应该是清楚的，并不存在因《太平广记》模糊的出处说明就被误辑的可能。蒋子文的众多事迹，就是之前提到的某一人神事迹散见于多本志怪的情况，将这些事迹连缀起来掺入其中的一本志怪，就是明代补辑者取信于读者的手段之一。与此形成鲜明对照的是，苏侯神信仰在南朝也盛行一时，但其留下的事迹只有史书零星记载，各种志怪也几乎

---

① 李剑国：《新辑搜神记　新辑搜神后记》，第709、710页。

② 陈圣宇：《六朝蒋子文信仰探微》，《宗教学研究》2007年第1期。

③ 林富士：《中国六朝时期的蒋子文信仰》，见《中国中古时期的宗教与医疗》，第432—455页，按时间梳理了志怪与史书中蒋子文事件发生的前后次序。

④ 《搜神记》，卷五，第32页。《搜神后记》，《津逮秘书》本，卷五第4面。

未见提及。苏峻叛乱是由陶渊明曾祖陶侃平定的，在这种情况下，明代补辑者就未将苏侯事迹掺入题名陶渊明的《搜神后记》。苏侯神事迹的被弃用，正说明补辑者对蒋侯神条目的掺入和加工，是在对六朝历史背景和各种志怪小说的深入了解之下完成的。

三、结语

虽然从明本《搜神记》面世不久，学者就对它辑佚的准确性产生怀疑，之后的四百年中不断地有人提出质疑，考辨某些条目的归属和它是否为干宝原书所有，但这也没有影响它流布天下，成为《搜神记》唯一可靠的定本。一直到近代，当它是否是原书已经不再是一个疑问，依然还有学者不断地研究它，时常有人把明人掺入的部分当作原书来引用讨论，许多学者以为自己在研究干宝《搜神记》的时候，事实上他们研究的是明人辑本《搜神记》，这就不得不说明人辑本拥有独特的令人信服的魅力。

在《搜神记》的研究历程中，许多文献学家意识到这个流传数百年的《搜神记》版本经过了明代人的辑佚与加工，他们所作的工作就是尽力把明人辑本中著作权不属于干宝的部分剔除出去，虽然属于干宝的部分也经过了某些窜改。对于他们来说“校书如拂尘，旋拂旋生”，扫清了明人混入的部分，就是拂清了明代人覆盖于《搜神记》之上的尘埃。但这些明代混入的部分，并不是对历史来说无关紧要的尘埃，它们是明本《搜神记》中的重要组成部分，这个版本作为一个整体，曾在长达四百年间影响塑造着读者对《搜神记》和干宝的认知，它曾是通往认识六朝志怪的重要桥梁之一。

“求真本”“求古本”的传统思考方式，有助于我们作出某些正误的判断，却并不能帮助我们正确看待明本《搜神记》的价值，因为那些被后人视为误入《搜神记》而应该被扫出文本范围的部分，除了少数的例外，不是明代补辑刻印者粗心大意的失误，也不是无法理解作者原意的无知妄人的浅陋改动。这一部分，是胡震亨、姚士粦精心选择的结果，是基于他们对六朝历史背景、文学文本、创作方式理解的选择，我们可以透过这些选择，探知明代知识阶层对六朝志怪的接受方式与理解程度。

《搜神记》等书的补辑加工并不出于一时一地，而是在胡震亨、姚士粦等人在长达十余年的时间中，遍及四部搜索的结果，他们不仅广泛搜检了唐宋类书古注、子书杂传，甚至还有同时代的某些著作。[①]他们数年孜孜以求的不仅仅是以异书秘籍炫人耳目，从而获得经济利益、售卖利润，还有在明代万历中后期特殊历史背景下尚友古人，追慕六朝风流，与史官干宝精神相往来的意味，这些向往和追求就是明人辑本风行四百年的原因所在。

① 一个典型例子是在胡、姚等人的补辑中，明陈耀文《天中记》是一个很重要的辑佚源头，《天中记》的初刻本约在万历十一年到万历十七年刻印（1583—1589），见朱仙林：《〈天中记〉版本源流考略》，《图书馆杂志》2014年第4期。这个时间很靠近《秘册汇函》的刻印，可见补辑者搜求之广、搜求之勤。

《儿女英雄传》中的“地方感”

郭平平

内容摘要：《儿女英雄传》是旗人作家文康作于清朝统治中期末的一部古典小说。本文拟从地域文化的角度作为切入点，对小说叙事中表现出来的“地方感”及其特点进行探讨。《儿女英雄传》一方面具有古典小说在描写地域文化时所具有的地域广阔、虚实结合等特征；另一方面，不管是语言还是文化，都充满了浓厚的“京味”，打着深刻的北京城的烙印。此外，由于作者特殊的满族背景，旗人与京味文化之间的关系也是本文的探讨点之一。

关键词：《儿女英雄传》　“地方感”　“京味”小说　旗人

《儿女英雄传》初名《金玉缘》，因所传的是京都一桩公案，又名《日下新书》，后改名《正眼法藏五十三参》。经东海吾了翁重订，题曰《儿女英雄传评话》，存四十回。以侠女十三妹何玉凤为中心，写汉军旗人世族旧家子弟安骥一家从落难到发迹的全过程。作者文康，满洲镶红旗人，出身簪缨门第、官僚世家，是乾隆、嘉庆年间曾任陕甘等地总督及武英殿大学士、军机大臣勒保的次孙。文康祖辈多以军功起家，他也不由科第进取，而以出资捐为理藩院郎中，后升迁天津兵备道，继而转调凤阳通判、荣昌知县，后又被任命为驻藏大臣，因病未赴任，卒于家中。马从善为《儿女英雄传》所写序中记载文康少年时门第兴旺，晚年诸子不肖，家道中落，除笔墨之外别无长物，故著此书以自遣。

男主人公安骥千里携银救父，路遇谋财害命之徒，被为报父仇、化名十三妹的

作者简介：郭平平，复旦大学中国古代文学研究中心博士研究生。

侠女何玉凤拔刀相救。其父安学海洗清冤屈后官复原职，何玉凤得知皇上诛奸、父仇已报后，嫁给安骥，与途中救下的村女张金凤双姝并归，料理家务，劝夫进取。安骥后官运亨通，家庭和睦，安老夫妻寿登期颐，子贵孙荣。作者文康特殊的满族背景以及家道中落的经历都是激发他写作这篇小说的原因。作者生于京城、长于京城和各地辗转为官的经历则是小说中的"地方感"的主要来源。

那么何谓"地方感"？文化地理学家段义孚将其定义为：生活环境及成长过程中的经验累积，所产生的熟悉情境，使居民从中获得安全感和归属感，称之为"地方感"（Sense of Place）。[①]也就是说，地方感是自我对于某特定地方的感受、情感与信念，属于个人的主观感受，其建构的过程常涵盖个人经验、记忆、情感与意念，亦会受到社会文化与自然生态环境的影响。"地方感"的发展，往往来自人们发现自己对于某处曾生活过的地方，产生了独特的意义感，在那熟悉的情境下能获得安全感和归属感，进而对地方产生认同感与永恒的期待，最后成为一股为地方付出的力量。这是偏重于地理学科的解释。文学中，"地方感"的存在被人们意识到得较晚。大卫·洛吉在论及小说理论时，谈道：

> 在小说的历史里，"地方感"是算是一个满晚的发展。俄国批评家巴赫汀（Mikhail Bakhtin）观察到，古典罗曼史小说里的城市，就像一块可以因应剧情而随意代换的背景布幕，不管故事怎么讲，以弗所（Ephesus）也可以是科林斯（Corinth），也可以是西拉库司古城（Suracuse）。[②]

这是西方文学理论家对于"地方感"的认识。在中国，情形又有所不同。《文心雕龙》称北方早出的《诗经》为"辞约而旨丰"，"事信而不诞"，是质朴的"训深稽古"之作；称南方后起的《楚辞》则为"环诡而惠巧"，"耀艳而深华"，并将此"奇文郁起"的原因归于"楚人之多才"[③]，多少触及地域与文学的关系。唐代魏征在《隋书·文学传序》中，有意比较了南北朝时期南方和北方文风的殊异：

---

① ［美］段义孚著：《经验透视中的空间和地方》，潘桂成译，国立编译馆1998年版，第8页。

② ［英］大卫·洛奇著：《小说的五十堂课》，李维拉译，木马文化事业有限公司2006年版，第81页。

③ ［南朝梁］刘勰著，范文澜注：《文心雕龙注》，参阅《宗经》《辨骚》诸篇，人民文学出版社1962年版，第22、23、47、45页。

江左宫商发越，贵于清绮；河朔词义贞刚，重乎气质。气质则理胜其词，清绮则文过其意。理深者便于时用，文华者宜于咏歌。此其南北词人得失之大较也。[①]

中国是一个幅员辽阔的多民族古国，各少数民族固然有不同于汉族的地区文化，就是在汉族居住的广大地区，也形成了不同的区域文化。我国区域文化的产生大约起自旧石器时代中晚期。[②]新石器时代初露端倪：燕山、阴山，黄河流域，长江流域三个地区的文化开始形成自己的特点，经夏、商两代的发展，到西周的封邦建国，区域文化逐渐形成。在自然环境和社会结构等因素的影响下，地域文化逐渐发展、成熟起来，形成了齐文化、鲁文化、楚文化、燕文化、晋文化、秦文化和吴越文化等等。区域文化形成后，文学形态也与区域产生密切的关联。随着社会的发展，城市逐渐兴起，对文化也产生了重要影响。虽然没有形成如同日本和歌中的“歌枕”[③]这种强调特定地名产生特定印象的专用术语，我国古代文学中围绕长安、金陵、扬州、洛阳、北京等名城产出的诗词歌赋不胜枚举，围绕地域形成的文学事件、文学活动、文学社团等也在文学史上比比皆是。这种地域和城市文化想象对于古典小说也有影响。尤其是城市发展，中国古典小说与城市的发展本身就有着密切的互动：一方面，城市为小说的产生和发展提供了载体和助力；另一方面，小说所描写的大量生动城市图景，是城市生活形象化的记录。

《儿女英雄传》也难以避免这种天然的联系，作者在小说中有意无意地流露“地方感”，值得探讨。本文以“地方感”为切入点，对《儿女英雄传》中地域文化和城市文化进行观察，总结文本反映的地域文化特征和以北京城为城市背景产生的浓厚“京味”特色。《儿女英雄传》鲜活的语言和充满地域文化的婚嫁等风俗都是体现“京味”最好的材料。本文拟通过对这些材料的分析处理，观察《儿女英雄传》中的“地方感”，同时希望能够对京味小说的发展历程以及《儿女英雄传》的全面研究有所贡献。

---

① ［唐］魏征撰：《隋书》第6册，卷76列传第四十一，中华书局1973年版，第1731页。

② 晁福林著：《天地玄黄》，巴蜀书社1989年版，第39页。

③ 内容为日本地名，特定地名产生特定的丰富联想。日本定型诗“和歌”的修辞方式，类似唐诗中的“典故”，日本和歌的格律是五七五七七，很多歌枕基本上完美地被容纳到这五个字或者七个字里，如吉野川（よしのがわ），天香久山（あまのかぐやま）。参见佐藤浩一《作为Allusion的诗迹》，气候变迁与文明发展——第十届唐代文化国际学术研讨会，2012年。

一、《儿女英雄传》展示的地域文化特征

《儿女英雄传》在反映地域文化时具有两个特征，一是反映地域广阔，但是广阔地域中重点突出；二是作品煞有其事地交代了故事明确发生地，但这个发生地又确确实实是虚拟的。

（一）广阔的地域与特定的区域

中国古典小说反映的地域是极为广阔的。战国、秦汉之际成书的《山海经》，便借助于想象，为人们描绘了一幅极为壮阔的自然画面。另一部成书于战国的《穆天子传》，记周穆王周行天下之事。东晋干宝所撰《搜神记》，南至闽粤，北至魏晋，东至东海，西至巴蜀，皆有所涉及。[①]《儿女英雄传》反映的地域也具有如此特征。小说共五十三回，未存全本，仅余四十回。这四十回分为四番：第一番（第一回至第十二回），讲述安学海外任做官，为人所陷。公子安骥千里救父，途中落难，为同是落难江湖、为父报仇的侠女十三妹所救。十三妹为安骥与同时落难的村女张金凤主持联姻。第二番（第十三回至第二十回），安学海辞官寻找故人之女十三妹，原名何玉凤的十三妹得知父仇已报后决定慷慨赴死，被劝解后决定扶柩上京。第三番（第二十一回至第二十八回）何玉凤被说服嫁给安骥，二美共事一夫。第四番（第二十九回至第三十六回）安骥探花及第，位极人臣，二妻操持家务，和乐团圆。

《儿女英雄传》展示的地域文化主要还是以北方文化圈为主，叙述北方的风土人情，所用语言也带有明显的方言特征。写实小说要贴近生活，就必然突出某些独特的地域文化特征。但从整体来看，小说所述及的地域范围仍是非常广阔的。作品第一番与第二番故事发生的地域涉及京城、茌平、淮安府等。安骥中年中榜后，外任为官。

> 且说那安老爷同了家眷，自普济堂长行，当日住了长新店，沿路无非是晓行夜住，渴饮饥餐。不则一日，到了王家营子。渡过黄河，便到南河河道总督驻扎的所在，正是淮安地方。[②]

① 王平：《中国古代小说文化研究》，山东教育出版社1998年版，第77页。

② ［清］文康：《儿女英雄传》，中州古籍出版社2010年版，第21页。

淮安府在今江苏省长江以北。中国传统意义上的南北分界在东部以长江为界，所以安学海仍在北方为官。因不通世路，安学海被河台委任邳州管河州判，是整个工段最简的冷静地方。后又忽然被调至高堰外河通判。这是个求也求不到手的美缺。

> 不则一日，到了新任。只见那里人烟辐辏，地道繁华，便是衙门的气概，吏役的整齐，也与那冷清清的邳州小衙门不同。①

但没想到这是因为安老爷不通世务，所以为人所陷。安公子听闻父亲之事后，决定亲自携银救父，于是便有了“三千里孝子走风尘”一回。公子自京城一路北下：

> 他也无心看那沿途的景致，走了一程，那天约莫有巳牌时分，就到了茌平。果然好大一座镇市！只见两旁烧锅、当铺、客店、栈房，不计其数。直走到那镇市中间，路北便是那座悦来老店。②

茌平在今山东省聊城市附近。此地在作品前两番中极为重要，是情节发生相当密集的地方。除了山东和京城外，作品第四十回“虚吃惊远奏阳关曲　真幸事稳抱小星裯”中安骥被任乌里雅苏台参赞，后在成行之际忽又改放山东学台，作为观风整俗使的钦差。大致不出北方区域。这番任职与作者文康本身官场经历不能说没有关联。文康曾被任命为驻藏大臣，但因病未赴任。

作品前两番情节的主要发生地在茌平及淮安府，后两番安学海、安骥及其二妻归家后，故事的发生地转移到京城——安家所在地。作者文康是北京人，熟悉京腔京韵和北京人的生活习惯，所以比起山东等其他故事发生地，作品的北京烙印更加突出，即作品充满了浓厚的“京味”。

（二）明确发生地与虚拟的环境

《儿女英雄传》还有古典小说地域文化特征的另一个方面：较为明确的故事发生地与虚拟的地理环境的结合。

---

① ［清］文康：《儿女英雄传》，中州古籍出版社2010年版，第26页。

② ［清］文康：《儿女英雄传》，中州古籍出版社2010年版，第42页。

中国古代小说受史传文学的影响较深，一般都要明确地交代故事发生的地点。作品一开始就将安家的家庭状况做了一番交代，到安学海这一代，合家居住在西山附近的庄园。安家公子安骥在经历一番历险回到家中之后，开始家庭的建设。二位妻子何玉凤与张金凤也趁安骥一心探求功名时开始操持家业。《儿女英雄传》中安家便有北京西郊大面积的“老圈地”，并有户部发给的“龙票”。

这项地原是我家祖上从龙进关的时候占的一块老圈地，当日大的很呢！南北下里，南边对着我家庄门那座山的山阳里，有一片枫树林子，那地方儿叫作红叶村，从那里起，直到庄后我合你说过的那个元武庙止；东西下里，尽西头儿有个大苇塘，那地方叫作苇滩，又叫作尾塘，从那里起，直到东边亢家村，我那座青栊桥，这方圆一片大地方，当日都是我家的。自从到我手里，便凭庄头年终交这几两租银。听说当年再多二十余倍还不止。大概从占过来的时候便有隐瞒下的，失迷掉的，甚至从前家人庄头的诡弊，暗中盗典的都有。这话连我也只听得说。①

“这方圆一片大地方”成为安家二三十口之家的主要经济来源。作者借何玉凤之口讲出了安家困顿的原因，“年久日深，失迷的也有，隐瞒的也有”“甚至被庄头盗典盗卖的都有”，这反映了当时旗人经济状况的一个方面。这段定位准确的地域描写增加了文章的可信度。但事实却并非如此。作品第三十三回“申庭训喜克绍书香　话农功请同操家政”中作者借说书人的口吻跳出来，说了一段自相矛盾的话：

列公，若果然围着京门子会有老圈地，家里再娶上一个北村里的村姑儿、一个南山里的孤女儿做儿子媳妇，认真都这么神棍儿似的，倒也是世上一桩怪事。好在我说书的是闲口弄闲舌，你听书的也是梦中听梦话，见怪不怪，且自解闷消闲。②

这番借说书人身份发出的议论，令读者或听者迅速从小说中清醒过来。仿佛是故意在提醒小说的虚拟性，小说的地理环境也因此变得虚拟且复杂。

① ［清］文康：《儿女英雄传》，中州古籍出版社2010年版，第495页。

② ［清］文康：《儿女英雄传》，中州古籍出版社2010年版，第506页。

二、《儿女英雄传》中的“京味”

《儿女英雄传》作者为京籍旗人，作品中主人公安家在北京，他们说着京片子，不愿放外任官，处处显示一种北京印记，带有浓厚的京味。作为旗人，满洲语、满洲词和满洲礼仪也频频出现在他的小说中，作者有意无意地在作品中对这种独特的京味进行了描写。

（一）北京城与“京味”小说

地处苍莽萧瑟的幽燕故地的北京经历了长久的文化变迁。自元至清，曾作为金代中都的蓟城，历经元代大都到明、清两代帝都的变迁，成为政治中心，号为首善之区，为时人所向往和歌咏。北京的城市发展至此达到了相当高的程度，地域色彩也增加了新的内涵，独特的京味开始萌发。

首先，北京的城市性质发生了根本的变化，从单纯的北部边陲重镇变成了全国政治、文化、商贸的中心。为了巩固和强化政权，元、明、清三代在建朝之初都调拨巨大的财力、物力和人力在京都大兴土木，建筑皇城、寺庙，规划衙署、街坊。其次，随着北京国都地位的确立，城市人口不断增加。与此同时，都市经济也迅速发展起来。经济的发展、城市的繁荣，直接导致市民阶层也随着扩大，市民文化勃兴与繁荣起来。在这一时期内，由于国都功能的需要和国都地位的吸引，全国各地有大批文人涌入北京。这就使北京人的文化素质得到了极大的提高。市民的儒雅之风日增，在相当程度上改变了古幽燕时代骄悍、古朴、粗豪的特性。[①]北京城的地域文化特色相应地也同时具备了宫廷和市井两个面向，一方面崇贵重礼、政治色彩浓厚，另一方面市民文化活泼繁盛。《儿女英雄传》开卷便说：

> 这部书近不说残唐五代，远不讲汉魏六朝，就是我朝大清康熙末年、雍正初年的一桩公案。我们清朝的制度，不比前代，龙飞东海，建都燕京，万水朝宗，一统天下。就这座京城地面，聚会着天下无数的人才。真是个冠盖飞扬，车马辐辏！与国同休的，先数近支远派的宗室觉罗，再就是随

---

① 吕智敏：《论京味文学的源流及发展》，《中国文化研究》1997年冬之卷（总第18期），第84页。

> 龙入关的满洲、蒙古、汉军八旗、内务府三旗，连上那十七省的文武大小汉官，何止千门万户！说不尽的“九天阊阖开宫殿，万国衣冠拜冕旒”！这都不在话下。[①]

这是明清两代的建设成果累积的结果。北京城不仅成为全国政治中心，而且商业繁荣，娱乐事业如妓业、古玩业等也极为发达。在城市发展的过程中，地域文化在语言、制度以及市民形象等方面都鲜明地表现出来，这时，“京味”的内涵也逐渐丰盈起来。

对“京味”小说进行探讨之前，首先要进行界定。对北京文化研治经年的吕智敏先生是这样论述的：

> 这一类作品多诞生于北京作家之手，又多以北京人的生活为反映对象，显示出一种具有独特的北京文化氛围绝顶契合的审美品味，因之便被人们称作“京味小说”。[②]

所谓“京味”文学至少应满足两个条件，第一，专门描写北京本地生活和各种人物；第二，体现出北京特有的文化精神。而最重要的是二者结合所形成的一种美学风格。[③]

“京味”小说主要是指一种“风格现象”。“京味”小说历来要算现当代文学史上最引人注目的城市文学类型之一。老舍先生是“京味”文学甚至现代文学史上的大师。提及“京味”文学，人们第一时间想到的往往是他。但是，“京味”文学的成熟并非一朝一夕的事情。自清之曹雪芹、文康开“京味”小说先声，经过蔡友梅、王冷佛，以及穆儒丐等清末民初诸家不懈经营，一跃而至20世纪三四十年代因老舍的杰出成就而名噪一时，也因为当代有王蒙、汪曾祺、邓友梅、刘心武、王朔等人的倡扬，而获得了很高的声誉，当代更形成了“京味”。这其中有一个完整的脉络。

《红楼梦》《儿女英雄传》这两部清代长篇小说，在创作语言和本地风习的展现

① ［清］文康：《儿女英雄传》，中州古籍出版社2010年版，第8页。

② 吕智敏：《艺术对象的地域化——谈京味小说的艺术特征》，《北京社会科学》1991年第1期，第4页。

③ 雷晓彤：《近代北京的满族小说家蔡友梅》，《满族研究》2005年第4期，第108页。

上，对后世的“京味”文学产生了一定的影响，二者可以称之为“京味”文学的先声，但不能称之为“京味”文学。《红楼梦》的旗人与北京特色并非有意为之，甚至小说还故意模糊了小说发生的真实地理环境。《儿女英雄传》以北京籍人为作者，反映出北京风土人情，运用鲜活的北京语言，但是其内在的精神并不是反映北京城或北京人的特质，作者创作时并未将注意力放在刻画地域文化方面，所以这两部被胡适誉为“绝好的京语教科书”的小说并不是严格的京味小说，只能算作具备“京味”元素的源头之作。

（二）《儿女英雄传》中的“京味”

本节从叙事与内容文化两个方面对《儿女英雄传》中的“京味”元素进行分析探讨。

“京味”小说以说见长，它的叙事方式和内容都有京味的特质。从叙事方式来看，《儿女英雄传》是以评话完成的，作品在表达方式上自然带有一些评话的特色。前文在论及模糊的地理环境和北京城的繁华景致时曾引用带有明显说书人口吻的论述。《儿女英雄传》第二十九回自陈叙述上的疏漏：

> 据我说书的看来，那燕北闲人作第十二回《安大令骨肉叙天伦，佟孺人姑媳祝侠女》的时候，偶然高兴，写了那么一个十三妹的长生禄位牌儿，不过觉得是新色花样，醒人耳目，及至写到这回，十三妹是娶到安家来了，这个长生牌儿不提一句罢，算漏一笔；提一句罢，没处交代。……大约那燕北闲人也是收拾不来这一笔，没了招儿，搒了汗了，就搜索枯肠，造了这一片漫天的谎话，成了这段赚人的文章！①

这段文字，除了补充说明外，还有评话小说自我调侃、自我解嘲的作用。作者故意仿拟说书的情境，以此来做案头的小说。作品中安学海每每大发议论，也是长篇累牍。

《儿女英雄传》的语言充满了浓郁的地域色彩，在人们的谈话中有大量的方言词汇。比起《红楼梦》，《儿女英雄传》中出现了鲜活的下层民众口中的土得掉渣的语言。第十四回“红柳树空访褚壮士　青云堡巧遇华苍头”中安老爷坐不惯小车：

① ［清］文康：《儿女英雄传》，中州古籍出版社2010年版，第427—428页。

老爷也不禁大笑，及至坐好了，走了几步，腿又溜下去，险些儿不曾闪下来。那推小车子的先说道：“这不行啊！不我把你老‘萨杭’罢。”老爷不懂这句话，问：“怎么叫‘萨杭’？”戴勤说：“拢住点儿，他们就叫‘煞上’”。老爷说：“狠好，你就把我‘萨杭’试试。”①

这是鲜活的、典型的民间语言，就是北京上层人物也不能理解。“京味”小说的语言有一种北京人特有的耍贫嘴的味道，滔滔不绝，连贬带损，在艺术表达力上以幽默为特色，有时喜用调侃、夸张等修辞，达到滑稽的效果。

那长姐儿脸上那番得意，他直觉得不但月里的嫦娥、海上的麻姑没梦见过这么个乐儿，就连个虞姬跟着黑锅底似的霸王，貂蝉跟着个一篓油似的董卓，以至小蛮、樊素两个空风雅了会子，也不过“一树梨花压海棠”一般的跟着白香山那么个老头子，那都算他们作冤呢！②

这番描写是写安家的婢子长姐儿的得意神情，这些所举的“大人物”与长姐的下人身份形成一种讥讽。这番连贬带损的口气，“京味”十足。

总体来说，《儿女英雄传》的语言风格是亦庄亦谐，雅俗合一的。既有庄重严谨的叙述，又有诙谐幽默的调侃。作品中有很多略显不符合小说风格的安老爷立言之段落，大段谈及儒家伦理，引经据典，雅致至极，作者又心生调侃之意，谐语连珠。如第三十三回：

太太可真被这位老爷怄得受不得了，说：“老爷，咱们爷儿们、娘儿们现在商量的是吃饱饭，那位孔夫子但凡有个吃饱饭的正经主意，怎的周流列国的时候，半道儿会断了顿儿，拿着升儿籴不出升米来呢？这难道不是老爷讲给我们听的吗？”安老爷道：“此正所谓‘君子固穷’，又‘浮海’、‘居夷’，所以发此浩叹也。”③

---

① ［清］文康：《儿女英雄传》，中州古籍出版社2010年版，第171—172页。

② ［清］文康：《儿女英雄传》，中州古籍出版社2010年版，第592页。

③ ［清］文康：《儿女英雄传》，中州古籍出版社2010年版，第498页。

这也体现出“京味”小说语言雅俗合一的境界。“俗”是“京味”小说语言的一个核心。京白多出自普通民众之口，它表明了语言的平民化和通俗化。而“雅”是一种审美感受，是由“俗”生发出来的艺术效应。早期京味小说的语言俚俗而不庸俗，它们中很少掺入脏话、粗话，而极尽脆亮、鲜活之美，所谓“京腔京韵自多情”。①

作为京白重要特征的儿化音在《儿女英雄传》中也比比皆是，“京片子”的儿化音为语言增色添彩，反映了丰厚的生活气息。

> 这个当儿，就把个长姐儿忙的，又要伺候老爷、太太，又要张罗两位奶奶，已经手脚不得闲儿了。他还得耳轮中聒噪着探花，眼皮儿上供养着探花，嘴唇边儿念道着探花，心坎儿里温存着探花。难为他只管这等忙，竟不曾短一点过节儿，落一点儿神情。②

在名字后面加“儿”是儿化音的一种，“长姐儿”便是例证。她是侍奉安如海夫妻的丫头。这番长姐忙而不乱的形容读起来如珠落玉盘，叮当作响。

> 你这话，我听出来了，想是不知我说的是个甚么人家儿，甚么人物儿。我索性明明白白的告诉你，我要给你提的，就是你方才见的这个安公子。你瞧瞧，门户儿、模样儿、人品儿、心地儿，大约也还配得上妹妹你罢？③

十三妹救了落难的安公子和张金凤，化身红娘，促成二人姻缘。几个儿化音把十三妹俏皮利落、热心爽朗的江湖儿女的性情刻画得清楚明白。

《儿女英雄传》中的“京味”元素在内容方面主要是来源于对北京城和北京人特征的描写。有研究者认为，京味之来源大致有三：一是作为历代国都的京城，皇室权贵及其后裔的生活方式、行为模式所构成的帝都遗风。二是前清遗老、八旗子弟和众多小生产者等组成的成分极为复杂的市民阶层的崇官重礼习气。三是由五行八

① 葛永海：《试论早期京味小说的市井情味——以〈小额〉、〈春阿氏〉为例》，《北京社会科学》2004年第4期，第142页。

② ［清］文康：《儿女英雄传》，中州古籍出版社2010年版，第572页。

③ ［清］文康：《儿女英雄传》，中州古籍出版社2010年版，第111页。

作、三教九流等下层市民体现的行业行为特征。[①]《儿女英雄传》中较多体现的是八旗子弟的缙绅文化。

北京号为首善之区、礼仪之邦，北京人十分重视礼仪。《儿女英雄传》描写了安骥与十三妹的婚礼，从第二十四回到第二十八回，用了四个回目描述所有细节，涵盖八字、纳聘、验身、仪式、合房诸多细节。婚礼仪式当天情景，作者用了两个回目详述。从第二十七回新郎到新娘家祠堂“奠雁”始，包括新娘的上轿前准备，花轿来接新人安放的方位，新娘在花轿里的坐法等。到了第二十八回，对婚礼的描写更为细致，有新郎迎花轿、拜天地、祭祖以及入洞房后的一系列流程，包含吃子孙饽饽、挑长寿面、金钱撒帐等。这四个回目的描述，可以称得上是一本“婚俗指南”。

除了优雅多礼外，清朝马上得天下，燕赵之地多豪壮之士，所以北京也有尚武的风习。“师老爷不知道，我们这位小爷，只管像个女孩儿似的，马上可‘巴图鲁’，从小儿就爱马，老爷也常教他骑，就是劣蹶些儿的马也骑得住。真要去，那长行牲口倒不必愁。”[②]连安骥这种见了女孩儿脸红的公子都善骑马，更不必说小说中塑造得最为精彩和令人称道的人物侠女十三妹。这个武艺高强，侠肝义胆，不输男儿的女英雄历来被研究者认为是整部小说塑造得最为成功的人物。

生活在都城，北京人文化生活的丰富也是“京味”来源之一。北京人爱看戏，京戏之有名，闻于全国。《儿女英雄传》第三十二回有一段对听戏的描写就很传神，“瞧了瞧那些听戏的，也有咂嘴儿的，也有点头儿的，还有从丹田里运着气往外叫好儿的，还有几个侧着耳朵不错眼珠儿的当一桩正经事在那里听的。看他们那些样子，比那书上说的闻《诗》闻《礼》还听得入神儿！”[③]可见北京人对京戏的痴迷。北京人对京戏的浸淫很深，以至于京戏的内容已逐渐进入日常生活，影响着人们的言行。如第四回，“公子见了，闹了个‘点手唤罗成’，朝他点了一点手儿。”[④]此语在京戏《锁五龙》中由单雄信所唱，原为“点手又唤罗成来”，后来逐渐变为北京俗语。此外，可见这个京戏里的动作也深为人知，像安公子这样的中等人家的少爷，也会比画。

---

① 许自强：《再谈“京味小说”派——兼评〈化俗为雅的艺术——京味小说特征论〉》，《北京社会科学》1995年第2期，第52—53页。

② ［清］文康：《儿女英雄传》，中州古籍出版社2010年版，第34页。

③ ［清］文康：《儿女英雄传》，中州古籍出版社2010年版，第472页。

④ ［清］文康：《儿女英雄传》，中州古籍出版社2010年版，第50页。

综上所述，《儿女英雄传》中的“京味”大概从叙事模式、语言艺术、描写对象来说，都有表达。北京人幽默、喜调侃，爱艺术、追求享受的性格特征使得小说中常见利落的京片子，让读者容易获得语言上的快感。在描写对象上，首善之区的优越感使北京人彬彬有礼，有时候礼节的烦琐甚至到了令人生厌的程度。满汉文化的双重熏陶、燕赵悲歌的苍凉和满族弓马骑射的传统被世俗化，使得北京人骨子里爱英雄。这些“京味”正是小说中的地域文化气脉。

（三）旗人与“京味”

“京味”不只与京城分不开，与京城人也分不开。地域文化研究中在地作家群是重要研究对象。北京作家也是如此。至少在当代以前，“京味”小说家基本上都是满族人，这是一个很有意思的现象。满族在入主中原后，迅速地开始学习汉族文化，北京城满、汉文化的发展最为均衡，融合程度最高，这使得北京文化发展出了自己独有的特色。

京旗满族人的方言从讲满语到讲“京味”北京方言，历经了几代人的变化。渐渐地满语水平逐渐衰退，汉语北京方言表达能力迅速提升。同时，满族在文学创作中所运用的京腔艺术性语言，也随之表现出高水平。中国人写小说，仅从语言艺术的精彩、漂亮上面着眼，十八世纪曹雪芹的《红楼梦》，十九世纪文康的《儿女英雄传》，二十世纪老舍的《骆驼祥子》《正红旗下》等都是可以作为作家创作模板的作品。三位作者均系满人，这当然不是巧合。由根本上讲，满人擅长口语表达，他们的语言天分和语言积累，具有独特的艺术语言的醉人魅力。①

自明代长篇小说兴盛，白话口语的文学创作获得极大发展。现存的几部经典小说，《三国演义》还是半文半白，《水浒传》《金瓶梅》用山东方言，《西游记》《儒林外史》用长江流域官话，到了《红楼梦》开始运用北京话写作，充分展现出曹雪芹非凡的语言艺术才华，他对北京话进行锤炼加工，使《红楼梦》语言自然流畅，准确生动，兼具华美与朴素之长，达到了炉火纯青的成熟境界，成为中国文学语言发展史上的一座丰碑，对于近世北京话的形成具有重大意义。②

---

① 关纪新：《清代满族文学与“京腔京韵”》，《黑龙江民族丛刊》2007年第6期（总第101期），第171页。

② 张菊玲：《满族和北京话——论三百年来满汉文化交融》，《文艺争鸣》1994年第1期，第76页。

《红楼梦》的语言，展现的是乾隆中期旗人文化圈内所通用的“京腔京韵”的最高成就。标志着京旗语言造诣新峰值的又一文人创作便是《儿女英雄传》。文康是镶红旗满洲人，他纯正的满族血统和所受的文化熏陶，在长篇章回小说《儿女英雄传》中体现得淋漓尽致。因为章回体采用评话的方式，小说着意吸收当时流行口语，凡四十回，近六十万字，实为研究京白语体艺术发展提供了丰富语料。不管我们翻开作品的任何一节任何一页，扑面而至的，全都是标志着19世纪京师满人最高口语水准的言谈和句式，纯正、动听、明快、酣畅并且富有气韵张力的“京片子”，在字里行间俯拾即是①：

> 一套话，公子一个字儿也不懂，听去大约不是甚么正经话，便羞得他要不的，连忙皱着眉垂着头，摇着手说道：“你这话都不在筋节上！”跑堂儿的道：“我猜的不是？那么着，你老说唦！”②
>
> 那个胖女人却也觉得有些脸上下不来，只听他口儿嘈嘈道：“那儿呀！才刚不是我们打伙儿从娘娘殿里出来吗，瞧见你一个人儿仰着个颏儿尽着瞅着那碑上头，我只打量那上头有个什么希希罕儿呢，谁知道脚底下横不楞子爬着条浪狗，叫我一脚就造了他爪子上了。要不亏我躲的溜扫，一把抓住你，不是叫他敬我一乖乖，准是我自己闹个嘴吃屎。你还说呢！”③

在中国古典小说的发展历史上，《儿女英雄传》这部小说艺术成就虽不敌《红楼梦》等作品，但是其语言成就获得诸多名家肯定，他们还不约而同地指出了在旗人文化背景下文康语言跟雪芹语言是同一流脉。胡适说：“《儿女英雄传》是一部评话，他的特别长处在于言语的生动，漂亮，俏皮，诙谐，有风趣。这部书的内容是很浅薄的，思想是很迂腐的；然而生动的语言与诙谐的风趣居然能使一般的读者感觉愉快，忘了那浅薄的内容与迂腐的思想。旗人最会说话，前有《红楼梦》，后有《儿女英雄传》，都是绝好的记录，都是绝好的京语教科书。”④郑振铎说，“我们在《红

① 关纪新：《〈儿女英雄传〉管见》，《民族文学研究》2011年1期，第66页。

② ［清］文康：《儿女英雄传》，中州古籍出版社2010年版，第51页。

③ ［清］文康：《儿女英雄传》，中州古籍出版社2010年版，第51页。

④ 胡适著，姜义华主编，曹伯言编：《胡适学术文集：中国文学史》下，中华书局1998年版，第1093—1094页。

楼梦》见的却是最自然的叙述，最漂亮的对话"[1]，《儿女英雄传》"特点却未尝没有，那就是：全书都以纯粹的北京话写成，在方言文学上是一部很重要的著作，那样的流利的京语，只有《红楼梦》里的文学可以相比"[2]。胡适关于《儿女英雄传》语言的议论，还有一点亦很精到，他看出了自乾隆时雪芹创作到同治时文康创作这中间的百多年里，京旗语言不是凝固的，而是变化发展的。他谈道："《儿女英雄传》出世在《红楼梦》出世之后一百二三十年，风气更开了，凡曹雪芹时代不敢采用的言语于今敢用了；所以《儿女英雄传》里的谈话有许多地方比《红楼梦》还更生动，充满着土话，充满着生气。"[3]《儿女英雄传》亮相于晚清，这时，京旗族众中对北京话的迷恋正如醉如痴，子弟书八角鼓热以及次第走红的评书、相声等市井语言艺术，更似烈火烹油，把个字正腔圆的京片子语体，径直推向了无以复加。"满族作家用京旗语言风格留下的众多作品，在文言创作势力依旧盘踞近代文苑的后期，已经构成一股集团式的冲击力。于今看去，这些小说无不具有引领早期白话创作风骚，开启'京味儿'文学先河之功用价值。"[4]

除了语言外，《儿女英雄传》还关注旗人在当时的生活。以安家为例，作品不止一次地如实反映出了旗人生计困难这一经济问题，小说中大段大段地叙述安家经济困乏，生活捉襟见肘，危机渐露的情形。这说明文康在日常生活中也注意到了这个问题。小说的第三十三回"申庭训喜克绍书香　话农功请同操家政"是一章集中处理安家经济问题的章节，何玉凤与张金凤二人将处理经济问题作为当家的一大举措。作者借此机会由二人之口道出自己关于解决旗人生计困难的举措。文康给旗人指出的出路就像安家那样，何玉凤、张金凤苦心孤诣把安公子"懒驴逼上了磨道"，飞黄腾达光宗耀祖，家里两位女人便开始积极丈量土地，调查地契，确定年贡的数额，两人同心协力操持家政。总之，作者认为挽救八旗没落之道在于：思想上遵奉礼教，保持八旗古风，以科举立业，取功名，保祖产；加强和改善田庄管理，以增加收入。八旗子弟缙绅的生活状况是决定文化面貌的重要因素。他们荫蔽在开国祖宗武功的

① 郑振铎：《文学大纲：下册》，广西师范大学出版社2003年版，第180—183页。

② 郑振铎：《文学大纲：下册》，广西师范大学出版社2003年版，第487页。

③ 胡适著，姜义华主编，曹伯言编：《胡适学术文集：中国文学史》下，中华书局1998年版，第1095页。

④ 关纪新：《清代满族文学与"京腔京韵"》，《黑龙江民族丛刊》2007年第6期（总第101期），第175页。

光辉下，缺少灵活性和进取心，从文康指出的道路可见“京味”保守和带有一定封建性的一面。“入仕”和“清地”所反映出的皇权专制和地主制度正是封建大厦的基石。这个方案在《红楼梦》中曹雪芹借秦可卿托梦王熙凤时已经提及了。曹雪芹身处“盛世”，却已敏感地预见到了这个封建大家族“树倒猢狲散”的必然结局，而文康“身处末世运偏消”，却还沉醉在梦幻之中，想要力挽狂澜，追效先祖，再求扶大厦之将倾，这显然是极不现实的。

旗人小说家在“京味”小说创作方面成绩特别突出，他们擅长讲述的特长被表现得淋漓尽致。正是由于他们，我们才能看到这些反映当时北京城面貌和旗人生活状态的鲜活记录，也正是因为这些作家的尝试和努力，“京味”小说才能一直发展下去。

四、结语

《儿女英雄传》这部作品中的“地方感”，一方面具有古典小说在反映地域文化过程中的一些特点，如地域广阔、虚实结合等，另一方面具有鲜明的区域特征，是“京味”小说的先声。“京味”的形成经历了一个长久的过程，“京味”小说也不是无源之水、无本之木。《儿女英雄传》在京味小说的发展过程中扮演了重要的角色。作品鲜活优美的“京腔京韵”和一些不经意透露出的民族文化特质都是组成“京味”文化的要素。“地方感”的探讨离不开人的经验累积，京味小说至今仍在发展，并且有了新的题材和聚焦点，国际化大都市北京的新面貌也通过各种手段被全方位展示。对京味小说源头之作《儿女英雄传》“地方感”的探讨是溯源工作，也具有一定的时代意义。

古代方术对《红楼梦》创作的影响

刘　铭

内容提要：古代方术是中国传统文化的一部分，对古代小说的创作有着重要的影响。《红楼梦》中，作者利用古代方术所构建的马道婆魇魔法的故事，可以管窥封建大家庭内部错综复杂的矛盾斗争，暗示它必然走向衰亡的结局。同时，该故事作为全书总体结构中的一个单元，又很好地起到了承上启下，贯通连锁，表达主题的作用。

关键词：古代方术　魇魔法　《红楼梦》　影响

一

古代方术是博大精深的中国传统文化的一部分。它最初起源于原始社会的巫术。《国语·楚语》云："古者民神不杂。民之精爽不携贰者，而又能齐肃衷正，其智能上下比义，其圣能光远宣朗，其明能光照之，其聪能听彻之，如是则明神降之，在男曰觋，在女曰巫。"[①]进入阶级社会后，巫术有所衰退，但仍然有不少被保留下来。如殷卜、周筮等，实质上都是通过龟兆和卦相等方式向鬼神询问吉凶祸福的巫术的遗存。

古人很早就有服用不死之药而得长生的观念，到了战国前期，在这种观念的指导下，逐渐形成了一种专以求药成仙为目的的方仙术。据《史记》记载，赵国乐巨

作者简介：刘铭，山东农业大学马克思主义学院教授、硕士生导师，主要从事中国古代小说研究。

① 邬国义、胡果文、李晓路撰：《国语译注》，上海古籍出版社2017年版，第525页。

公、魏国石申夫、韩国侯生，齐国徐福、韩终，燕国宋毋忌、正伯侨、充尚、羡门子高等人皆善此术。战国末年，齐国邹衍的阴阳五行说大兴，巫师和方士吸收这种学说，逐渐形成了以神仙信仰为核心思想，融合巫术、方仙术等法术为一体的古代方术。

古代方术的内容很广泛，如相术、占星术、符咒、魇魔法等都属于它的范畴。它“体现了古代中国人对宇宙自然与社会人生的关系的认识，反映了中国人的思维方式和民族特性，是理解中国民间文化、宗教信仰、庶民生活的极佳入门之阶”[①]。古代方术从古到今流传不衰，与国人的日常生活紧密地结合。可以说，用特定的方术表现人们的信仰、人们的精神寄托，是中国人生活的一个重要组成部分。这一点在许多的古代文学作品中都有反映，尤其是有着“尚奇”传统的古代小说，对古代方术的描写更是非常常见。

二

《红楼梦》是中国古代小说创作的最高峰，被誉为“中国封建社会的百科全书”，它全方位地再现了封建社会生活的历史图景，其中自然少不了表现古代方术的内容，对马道婆魇魔法的描写便是这些内容的重要体现。

所谓的“马道婆魇魔法”，出现在《红楼梦》的第二十五回：“魇魔法叔嫂逢五鬼，通灵玉蒙蔽遇双真。”实施这种魇魔法的是宝玉的寄名干娘马道婆，其目的是帮助赵姨娘暗中算计自己的眼中钉、肉中刺——宝玉和凤姐。

马道婆经常在贾府走动，并与赵姨娘来往密切。为了帮助赵姨娘出气，马道婆在收了赵姨娘的财物之后，便答应帮助她暗害宝玉和凤姐。马道婆“又向裤腰里掏了半晌，掏出十个纸铰的青面白发的鬼来，并两个纸人，递与赵姨娘，又悄悄的教他道：‘把他两个人的年庚八字写在这两个纸人身上，一并五个鬼都掖在他们各人的床上就完了。我只在家里做法，自有效验。千万小心，不要害怕！’”[②]后来，这魇魔法果真发挥了作用，宝玉不仅头疼得要死要活，而且“将身一纵，离地跳有三四

① 万晴川：《中国古代小说与方术文化》，中国社会科学出版社2005年版，第3页。

② ［清］曹雪芹：《红楼梦》，齐鲁书社1994年版，第432—433页。

尺高，口内乱嚷乱叫，说起胡话来了”[①]。凤姐儿更是“手持一把明晃晃钢刀砍进园来，见鸡杀鸡，见狗杀狗，见人就要杀人”[②]。然后，叔嫂二人便“愈发糊涂，不省人事，睡在床上，浑身火炭一般，口内无般不说”[③]，“看看三日光阴，那凤姐和宝玉躺在床上，亦发连气都将没了”[④]。最后，幸得癞头和尚与跛足道人到来，二人才得到解救，脱了灾难。

马道婆所运用的魇魔法，又叫魇胜法，是古代流行的方术之一。魇，就是人梦中惊叫，或觉得被什么东西压住不能动弹，说不出话，称梦魇。这种巫术，不需要与对方接触，而通过对方的姓名、生辰、布偶、木人等象征指代物对之施加某种影响，以达到加害对方的目的。

这种巫术由来已久，先秦时期，就有这种利用偶人、画像等物来进行伤害活动的巫术。《太平御览》载：“武王伐殷，丁侯不朝。太公乃画丁侯于策，三箭射之。丁侯病困，卜者占云：‘祟在周。’恐惧，乃请举国为臣。太公使人甲乙日拔丁侯着头箭，丙丁日拔着口箭，戊己日拔着腹箭，丁侯病稍愈。四夷闻，各以来贡。”[⑤]汉代这种方术依然非常流行，《汉书·公孙贺传》载：“安世遂从狱中上书，告敬声与阳石公主私通，及使人巫祭祠诅上，且上甘泉当驰道埋偶人，祝诅有恶言。”[⑥]

汉代以降，这种方术依然大行其道，各种文献记载层出不穷。《晋书·顾恺之传》载：“（顾恺之）尝悦一邻女，挑之弗从，乃图其形于壁，以棘针钉其心，女遂患心痛。恺之因致其情，女从之，遂密去针而愈。”[⑦]《隋书》载：“（隋炀帝）阴作偶人，书上及汉王姓字，缚手钉心，令人埋之华山下。”[⑧]清袁枚《子不语·阿龙》云：“次日，阿龙痴迷不食。韩氏召女巫眕之，巫曰：‘取县官堂上朱笔，在病者心上书一正字，颈上书一刀字，两手书两火字，便可救也。’韩氏如其言，书至左手火字，阿龙张目大叫曰：‘勿烧我，我即去可也。’自此怪遂绝。阿龙至今犹存。”[⑨]

---

① ［清］曹雪芹：《红楼梦》，齐鲁书社1994年版，第435—436页。
② ［清］曹雪芹：《红楼梦》，齐鲁书社1994年版，第436页。
③ ［清］曹雪芹：《红楼梦》，齐鲁书社1994年版，第437页。
④ ［清］曹雪芹：《红楼梦》，齐鲁书社1994年版，第437页。
⑤ ［宋］李昉等：《太平御览》，中华书局1960年版，第3267—3268页。
⑥ ［汉］班固：《汉书·公孙贺传》，中华书局1962年版，第2878页。
⑦ ［唐］房玄龄等：《晋书》，中华书局1974年版，第1604页。
⑧ ［唐］魏徵等：《隋书·庶人秀传》，中华书局1973年版，第1242页。
⑨ ［清］袁枚：《子不语》，岳麓书社1985年版，第18页。

三

《红楼梦》具有高超的叙事艺术，作者善于运用真实而丰满的细节描写来以小见大，表达丰富的思想内涵。这些“家庭琐事，闺阁闲情”的描写不但真实可信，而且充分显示了曹雪芹对现实生活敏锐的观察力和表现力。在洋洋百万言的《红楼梦》中，马道婆的魇魔法这一故事似乎无足轻重，但如果从整部书的构思着眼，却能显示出作者安排这一故事并非随意而为，而是独具匠心。曹雪芹利用方术中的魇魔法构建了这样一个故事，起到了“勺水兴波”的妙用，对小说的思想内容和结构艺术都有着深远的意义。

从《红楼梦》的思想内容表达来说，马道婆魇魔法的故事，可以让我们管窥到封建大家庭内部错综复杂而又残酷激烈的矛盾斗争。

封建社会结构的一个重要特征是家国同构。简单地说，家国同构就是“家庭—家族与国家在组织结构方面的共同性”[①]。这种社会结构下，家庭、家族和国家密不可分，家是国的缩影，国是家的放大。这就使得小说家可以利用家与国的这种对应象征模式，通过对家族兴衰的描写来反映国家的命运，折射社会的盛衰。张竹坡评点《金瓶梅》中道出了个中三昧，“夫作书者必大不得于时势，方作寓言以垂世。今止言家，不及天下国家，何以见怨之深而不能忘哉？故此回历叙运艮峰之赏，无谓诸奸臣之贪位慕禄，以一发胸中之恨也”[②]。《红楼梦》正是通过描写以贾府为主的贾、史、王、薛“四大家族”的兴衰，来展示封建社会兴衰历史的代表性作品。

对于贾府衰落的原因，《红楼梦》的作者是有着自己主观上的认识的。由于时代和自身认识的限制，曹雪芹具有浓厚的宿命论思想。“这种思想的产生，主要是由于作家对封建统治阶级不可避免地走向衰亡、对生活在那一社会里的人们的不幸和痛苦还缺乏正确的理解，还不懂得必须从社会的根源上去寻找原因。作家常常‘无可如何’地把它归之于‘命’，归之于所谓‘运终数尽’。因此，在《红楼梦》的人物、情节背后，常常附着一层宿命论的阴影。”[③]从这一主观认识出发，曹雪芹认为

① 冯天瑜、何晓明、周积明：《中华文化史》，上海人民出版社2005年版，第164页。

② ［明］兰陵笑笑生著，［清］张道深评：《金瓶梅》，齐鲁书社1991年版，第1069页。

③ 蒋和森：《红楼梦概说》，上海古籍出版社1979年版，第104—105页。

贾府的衰落就是因其气数已尽。小说中借宁、荣二公之口云："吾家自国朝定鼎以来，功名奕世，富贵传流，虽历百年，奈运终数尽，不可挽回者。"①

但是，《红楼梦》又是一部现实主义的巨著，而现实主义就是要真实客观地再现现实生活。巴尔扎克说："从来小说家就是自己同时代人们的秘书。"②又，"法国社会将要做历史家，我只能当它的书记。编制恶习和德行的清单，搜集情欲的主要事实、刻画性格、选择社会上主要事件、结合几个性质相同的性格的特点揉成典型人物，这样我也许可以写出许多历史家忘记写的那部历史，就是说风俗史"③。而曹雪芹也是一个现实主义小说家，对于《红楼梦》的创作，他主张"至若离合悲欢，兴衰际遇，则又追踪摄迹，不敢稍加穿凿，徒为供人之目而反失其真传者"④。

于是，曹雪芹本着现实主义的精神对贾府的衰落进行了真实描写，为我们具体揭示了贾府衰落的客观原因。

一是由于贾府生活的奢靡无度。"历览前贤国与家，成由勤俭破由奢"⑤，无节制的穷奢极欲的生活的确是许多封建大家族衰亡的重要原因。正如冷子兴所云："（贾府）如今生齿日繁，事务日盛，主仆上下，安富尊荣者尽多，运筹谋画者无一，其日用排场费用，又不能将就省俭。如今外面的架子虽未甚倒，内囊却也尽上来了。"⑥贾府后代坐享其成而又腐败堕落，终会导致彻底断送父祖之家业。

二是由于贾府后继无人，人才匮乏。小说中写道："谁知这样钟鸣鼎食之家，翰墨诗书之族，如今的儿孙，竟一代不如一代了！"⑦男权社会中，"贾府的爷们儿"整体上才干荒疏，能力平庸，空有虚浮的外壳，而精神空虚委顿。正如焦大所骂："那里承望到如今生下这些畜牲来！"⑧这些不肖子孙根本无法承担起家族长治久安的大任，贾府的衰落难以避免。

三是贾府内部你死我活的矛盾斗争。这应该是像贾府这样的封建大家族衰落的

① ［清］曹雪芹：《红楼梦》，齐鲁书社1994年版，第100页。

② ［法］巴尔扎克：《"古物陈列室""钢巴拉初版序言"》，《古典文艺理论译丛》1965年卷四第10册，第1896页。

③ 李健吾译：《巴尔扎克文选》，上海文艺出版社1958年版，第104页。

④ ［清］曹雪芹：《红楼梦》，齐鲁书社1994年版，第5—6页。

⑤ 周建国：《李商隐集》，凤凰出版社2007年版，第94页。

⑥ ［清］曹雪芹：《红楼梦》，齐鲁书社1994年版，第33页。

⑦ ［清］曹雪芹：《红楼梦》，齐鲁书社1994年版，第33页。

⑧ ［清］曹雪芹：《红楼梦》，齐鲁书社1994年版，第146页。

最重要的原因。家族内部斗争会大大耗损其内部的凝聚力，使得家族人心涣散，人人自危，正如开了皮的饺子，根本无法聚成一团。俗话说："人心齐，泰山移；人心散，诸事完"，无休止的内斗对于家族来说，无疑是一种"慢性自杀"，最后的结局只能是家族的土崩瓦解。但对于这层原因，《红楼梦》作者并没有明显地说出，而是通过众多故事情节的勾画而暗示出来，马道婆魇魔法的故事就是其中之一。

贾府的内部斗争激烈而残酷。正如书中人物探春所说："咱们倒是一家子亲骨肉呢，一个个不像乌眼鸡，恨不得你吃了我，我吃了你！"[①]如，贾赦和贾政兄弟之间明里暗里的争斗就颇为激烈。贾赦十分不满贾母对贾政一家的偏爱，第七十五回，他不仅通过讲笑话的机会，影射贾母的偏心。而且对于贾母、贾政不喜欢的贾环也大为赞赏，甚至表示"将来这世袭的前程定跑不了你袭呢"[②]。而谁都知道，贾宝玉才是贾府重点培养的"接班人"，贾赦这是在向贾政和贾母示威。

不仅兄弟之间有着残酷的斗争，贾府婆媳、妯娌、妻妾之间的争斗也很可怕。邢夫人对深得贾母宠信的王夫人和凤姐儿非常嫉妒，平时便与她们就明争暗斗。一旦得到机会，邢夫人便会兴风作浪，非得将对手置于死地而后快。如，在绣春囊事件发生后，邢夫人终于找到了报复王夫人和凤姐的机会，不仅狠狠打击了她们两人，而且引发了抄检大观园的行动，不仅使许多无辜的人受难，也加剧了贾府内部的矛盾，加速了它的瓦解。

在封建大家庭的内部，妻妾之间的矛盾是很微妙的。由于利益的驱使，二者之间往往存在着不可调和的矛盾，产生你死我活的争斗。但由于妻妾之间地位高下的不同和贵贱的区别，再加上封建礼教的束缚，她们之间，特别是妾对妻的斗争只能表现在暗处。封建大家庭中，妾的地位虽然很低，但"母以子贵"的宗法礼制，却让她们有了翻身的机会。《春秋公羊传》云："桓何以贵？母贵也。母贵则子何以贵？子以母贵，母以子贵。"[③]这使得妾有可能通过儿子而提高自己的地位。因此妻妾之间斗争的焦点往往集中于嫡庶之争上，而魇魔法的故事正好反映了这一点。

《红楼梦》中的赵姨娘是贾政的妾，有一子贾环，赵姨娘不但身份卑贱，而且为

① ［清］曹雪芹：《红楼梦》，齐鲁书社1994年版，第1169页。

② ［清］曹雪芹：《红楼梦》，齐鲁书社1994年版，第1182页。

③ 齐豫生：《春秋公羊传》，北方妇女儿童出版社2006年版，第1页。

人也“有些倒三不着两”[1]，连亲生女儿探春都看不上她的为人，而她又偏偏争强好胜，希望能提高自己的地位。女儿指望不上，她只能寄希望于儿子贾环，但“人物委琐，举止荒疏”[2]的贾环连贾政都不喜欢，更难以得到老祖宗贾母的欢心。于是，赵姨娘便将满腔的怨恨都集中到了宝玉身上。宝玉不仅衔玉而生，而且“神彩飘逸，秀色夺人”[3]，深得贾政和王夫人的喜爱，更是贾母的心肝宝贝，在贾府里有着特殊的地位，承载着贾府的希望。

赵姨娘认为是宝玉抢走了人们对贾环的宠爱，是贾环上升过程中的绊脚石，因此必欲除之而后快。凤姐是王夫人的内侄女，靠着贾母和王夫人的宠信，在荣府一手遮天，不仅对下人尖酸刻薄，而且根本不把赵姨娘放在眼里，动辄对之进行训斥，让赵姨娘恨之入骨，而又敢怒不敢言。

充满了仇恨的赵姨娘总想寻机报复，可在明处她是没有机会的，只能在暗处想办法。她一方面向贾政进谗言，离间他和宝玉的感情。另一方面她又不惜血本，贿赂马道婆，让她暗中作法来帮助自己，害死宝玉和凤姐。因为宝玉死了贾环就有了机会。而凤姐死了也可以让她解了心头久积的仇恨。所以，当宝玉和凤姐被折磨得快死时，“赵姨娘，贾环等自是称愿”[4]。

马道婆的魇魔法让贾府家宅反乱，“天翻地覆，没个开交”，“园内乱麻一般”。[5]可以想见，家庭内部的争斗对家庭的破坏是很严重的，时间长了，这种斗争就会导致“祸起于萧墙之内”的结果，诱发贾府的地震，而使之分崩离析。正如探春所言：“可知这样大族人家，若从外头杀来，一时是杀不死的，这是古人曾说的‘百足之虫，死而不僵’，必须先从家里自杀自灭起来，才能一败涂地！”[6]

四

从小说的结构艺术上来看，马道婆魇魔法的故事作为全书总体结构中的一个单

① ［清］曹雪芹：《红楼梦》，齐鲁书社1994年版，第875页。
② ［清］曹雪芹：《红楼梦》，齐鲁书社1994年版，第394页。
③ ［清］曹雪芹：《红楼梦》，齐鲁书社1994年版，第394页
④ ［清］曹雪芹：《红楼梦》，齐鲁书社1994年版，第438页。
⑤ ［清］曹雪芹：《红楼梦》，齐鲁书社1994年版，第438页。
⑥ ［清］曹雪芹：《红楼梦》，齐鲁书社1994年版，第1158页。

元，很好地起到了承上启下，贯通连锁，表达主题的作用。

《红楼梦》具有高超的结构艺术，它打破了中国古代小说单线结构的方式，采取了更接近于生活的网状结构。

青埂峰下的顽石与神瑛侍者合二为一，下凡历劫后，又重新回归到原始，这在全书形成了严密而又契合天地循环的圆形结构。在这一神话世界的统摄之下，以神话世界太虚幻境的投影——大观园这一理想世界为舞台，着重演绎了宝黛的爱情悲剧，同时，体现了贾府及整个社会这个现实世界由盛到衰的没落过程。“这样全书三个世界构成了一个立体的交叉重叠的宏大结构。”[①]在具体的叙事中这种结构又表现为多条线索的齐头并进，有条不紊，而有时各条线索之间又需交相联结以表现人物和事件之间互相制约、互相影响的关系。

具体来说，一方面，在马道婆魇魔法的故事中，多条线索在这里联结，来自书中三个世界的人物相继登场，既有现实世界中的贾府主子奴才，也有神话世界中的“一僧一道”，还有理想世界中的“世外仙姝”。他们之间相互交叉，在这里相聚，故事情节也真真假假、虚虚实实，“你方唱罢我登场”，情节复杂而又有条不紊。而之所以能做到如此，就是因为作者把马道婆魇魔法的描写作为了小说的关目，可以使读者以此为基点，抓住小说结构的要害，掌握住理解作品的钥匙。

另一方面，马道婆的魇魔法，作为小说结构的重要一环，虚幻的、理想的以及现实的人物和事件在这里纵横交错，筋连脉接，互相影响、互相制约，还可以有效服务于全书主题的表达。

在马道婆的魇魔法发生之前，红楼梦的故事主要是讲贾府上下，主子奴仆们今日赏花，明日赋诗，后日宴乐的幸福生活。然而，就在这表面上的“花柳繁华地，温柔富贵乡”中，却也是暗流涌动，矛盾丛生。“魇魔法姊弟逢五鬼”的情节，从结构上来看，这样的安排不仅巧妙，而且从主题的表达来说，也有深意存焉。小说上回写到宝黛等众姐妹按照元妃的意思搬进大观园，大小主子奴才都过上了一派“安富尊荣”的平静生活。这时候平地起风雷，突然发生了“逢五鬼”的事故，这一派温柔富贵的气氛中突然暴发的人祸，使贾府主子们内部白热化的斗争，你死我活倾轧的地火，如岩浆般喷薄而出，冲破了贾府“盛世”的假象，暗示了它必然走向衰落的结局。

① 袁行霈：《中国文学史》第四册，高等教育出版社1999版，第371页。

总之，曹雪芹利用古代方术中的魇魔法构建的故事，无论是从《红楼梦》的思想内容还是结构艺术上来说都具有重要的意义，对这一故事的解读，可以让我们领略到小说非凡的价值，对鲁迅先生所说的“自有《红楼梦》出来以后，传统的思想和写法都打破了”[①]这一评价有了更加深刻的理解。

① 鲁迅：《中国小说史略》，齐鲁书社1997年版，第382页。

从小说《红楼梦》看中国古代的组织传播

穆怀林

内容摘要：《红楼梦》作为一幅广袤、鲜活，描述入微的明清时期生活画卷，呈现着中国古代大家族内部的传播方式、过程、特色。所以本文依托《红楼梦》中贾府“烈火烹油，鲜花著锦之盛”的大事件作为对象进行古代封建大家族内传播形态的研究：将广义的组织传播网络理论带入贾府“元妃受封”与“修建省亲别院”两个大场景，用传受关系来定位大家族的社会关系并且对其中体现的古代传播思想进行简单归纳。

关键词：《红楼梦》　组织传播　传播方式

把传播作为一门学科来研究是从20世纪初由西方学者发起的，但是“在中国文明史中，有大量的先人总结的传播观点与原理，有不计其数的传播事件和现象”，《华夏传播论》作者孙旭培提倡用分析与综合，归纳与演绎的方法来分析中国古代的传播事件和现象[①]。于是，《红楼梦》的文化传播学意义就呈现出来了。

作为一本跨学科古典小说巨著，自问世以来带给诸多不同学术背景的学者以启迪遐思甚至新的研究思路。如果选取《红楼梦》[②]16—18回目关于元妃受封及修建省亲别院的内容，管中窥豹，则可以对古代（明清时期）封建家族的组织传播活动进行简单的归纳。

作者简介：穆怀林，苏州大学传播学院博士在读。

① 孙旭培：《华夏传播论》，人民出版社1997年版，第1页、5—7页。

② 本文选用《红楼梦》版本为以甲戌本及庚辰本为底本的《脂砚斋重评石头记》，天津古籍出版社2006年10月第1版。

在贾府这个贵族家庭内进行组织传播的讨论，有其客观可操作性。一，作为典型的近代封建家族家庭，贾府自成体系，有着严密的组织结构和制度[1]；二，虽受技术水平所限缺失了现代化的传播媒介，但是传播的基本要素——传播者、接收者、信息与媒介却都真实广泛地存在。这就意味着我们完全可以用广义的组织传播理论去分析探究古代封建家族中的传受关系，并以此来看待与定位存在于其中的各种社会关系。

广义的组织传播网络理论包含了组织内的内向传播、人际传播、群体子系统传播（群体传播）、组织传播、组织间传播。在选取的《红楼梦》章节中，“获封一建园一省亲”呈现的时间相对集中，参与人群则涉及了皇室朝廷以及宁荣二府自上而下的几乎全部人力，使得传播行为较多元地集中呈现，对我们进行古代传播活动的窥探提供了很好的素材。因人际传播与组织传播对事件的推动作用非凡，获得了曹雪芹浓墨重彩的讲述，所以本文将所选章节内的人际传播、组织传播作为研究重点。又因组织内某个人的内向传播，对章节内主体事件的推动作用极其微弱，又与本文研究古代的传播活动特点的目标背离，故略去关于内向传播的分析。

人际传播

元妃受封这件大新闻的传播是典型的自上而下的人际传播。元妃受封一事的传播从贾政知晓至贾府最后一个奴仆知晓，有着一个逐步推进的过程，这恰恰与我们在现代大众传媒中看到的内容多有不同。热播的以明清为背景的电视剧呈现的场景往往是乌泱泱跪了满院子的人等待接旨，然后一道圣旨阖府皆知。成书于清朝的《红楼梦》呈现给我们的画面则翔实得多，这件大新闻的传播包含了封建最高统治者向下的、发生在皇室与贵族之间的、贵族内部的、主仆之间的、仆人之间的几段传播。

贾政生日当天六宫都太监夏老爷的到来与降旨拉开了整个传播的序幕，在封建制度中宣旨的太监是皇权的代表，所以荣府的人“忙止了戏文，撤去酒席，摆香案，启中门跪接”。这里夏太监的宣旨内容是“立刻宣贾政入朝，在临敬殿陛见”，也就是太监与圣上口谕一道作为媒介完成了皇帝与贾政之间的信息传播过程，属于我国古代由君至臣的特色人际传播方式。除了宣贾政入宫这个显性消息，夏太监的到

① 徐扬杰：《宋明家族制度史论》，中华书局1995年版，第513—521页。

来、贾政的奉旨入宫这一系列行为还承担了非语言传播的功能，传达了更深的含义：贾府马上要有大事发生，并且这件大新闻是贾政率先有权知晓。由于封建社会皇权至高无上，皇家拥有消息的绝对控制权，即使贾府阖府的人都想得知皇帝传召的实质含义，却对皇家传达的消息绝对不可置疑及多问，所以他们无从得知，只能“心神不宁”。在与皇帝的传播过程中呈现了完全不对等的状态，这也是封建社会涉及皇权的传播特色。

贾政奉召入宫后，以贾母为首的人迫不及待地想得知“大事件”的具体内容，所以他们“不住的使人飞马来往报信”。“飞马报信”[①]也是我国古代常用的传播方式，往来于传受两端的驿者带着或书面或口头的信息内容，与书信一起承担了媒介的功能，完成了借助媒介的人际传播过程。

接下来，在朝堂内与贾府内两个不同的场所发生了一系列连环传播行为。贾政入朝觐见，传播者是觐见的对象，接收者是贾政，皇帝亲自在临敬殿向贾政下达了贾元春受封贤德妃这个大喜事，以表皇恩浩荡；贾母及各位太太则是由奉命回府的管家们当面传达了这个喜讯。虽然面对面的是管家与贾母等贵妇人，但是实际传播主体是贾政与贾府的老太太及太太们，管家只是“奉老爷命”传达了“速请老太太带领太太等进朝谢恩”等语并做解释，贾母等接收了信息后“按品大妆”入朝；贾赦贾珍等老爷们获取此消息应与贾母同步甚至更早，因为贾母带领女眷等在仪门内，管家“喘吁吁跑进仪门报喜”前很可能已经碰到门外的老爷们，根据他们“亦换了朝服”的举动可知贾政也有消息传达给他们；各位年轻的少主与薛姨妈随贾母在一处等着，他们与贾母等同时作为喜讯的信息接收者，但无须进宫；每位主子的大丫鬟（贴身随从）因职位便利得以与主子同时获得喜讯，也正是由她们把信息传达给不在场的丫鬟，传播主体就是大丫鬟对小丫鬟，小丫鬟对杂役等底层奴仆，这样一传十，十传百，最终宁荣两府“欣然踊跃”“个个面上皆有得意之状”“言笑鼎沸不觉”。这些是典型的自上而下的传播，从制度化的皇命传达，到贾府场面上有条不紊地熟练应对获取信息，到最后皆大欢喜的局面，我们看到封建自上而下的传播过程一切皆在掌控，一路畅通无阻。

贾府中发生过几次非常鲜明的自下而上的传播（例如刘姥姥二进荣国府的内容，袭人对上的传播等等），在贵妃省亲的大氛围中虽不甚明显，但是可以在十六回

① 这里指的“飞马报信”是民间行为，应与政府组织的“邮驿”传播方式区分。

中，打断贾琏夫妇日常午餐的两次拜访里获取片段信息。首先到访的是赵嬷嬷，她是贾琏的乳娘，比一般奴仆来得尊贵，只算半个奴才，所以平儿为她在“炕沿下设下一机子，又有一小脚踏”。传者赵嬷嬷特地选取了她的目标受众贾琏与王熙凤都在家的时候来拜托事情，她先是做小伏低“疼顾我些吧”，又大大夸赞了王熙凤的权威与能力“倒是来求奶奶是正经”，在王熙凤影射贾琏行为不端时又力证贾琏的清白，竭力示好于两夫妇，这是为了“那两个儿子”——希望贾琏夫妇将儿子安排给某个小头目做下手；接下来到场的是贾蓉与贾蔷，贾蓉来担当父亲贾珍的信使，贾蔷来禀告自己的受命，有着获取贾琏首肯的意思。二人都属于贾琏的侄子辈，所以他们对贾琏的传播过程也属于自下而上的对话。贾蔷在与贾琏交谈时“近前回”，对贾琏的质疑自谦“学习着办”，悄问贾琏“要什么东西，顺便织来孝敬叔叔”，对王熙凤做人情安插下手的做法很卖乖：“忙陪笑‘正要和婶子讨两个人呢’。”《红楼梦》中每每涉及类似情节，节奏会立马从风花雪月中抽离而呈现紧张感，即便表面谈笑风生，暗地里也是波涛汹涌，各怀鬼胎。这些进行着自下而上传播的人是十分不易的，他们需要找准时机，谨慎谋略，取悦上级，多数时候还要准备物质“打点”。

上述的人际传播既有直接传播也有间接传播，传播过程中是否借助媒介，则依封建制度、封建礼仪，与便利性选取。封建社会的人际传播通常以自上而下为主流，重大的信息主要从权力的控制中心向边缘扩散传播：皇权至高无上，代表皇权的宦官作为特殊媒介而高位存在；大家族内则按照功名、辈分、嫡庶、血缘亲疏，男女来顺序排位，分别拥有依次递减的信息知悉权。由于等级制度森严，上下级存在着绝对的不对等，由下至上的传播就显得困难重重，虽然本文中的两例自下而上的人际传播都产生了良好的传播效果，但他们都需要借助外力因素来达成，并且与自上而下传播时的“传者本位”特性不同，他们往往需借助“受者本位”来取悦自己信息的接收者。

组织传播

脱离了组织，组织传播根本无从谈起，研究组织传播需选取合适的组织[①]。恰巧，

① 如果以完整的荣宁二府作为组织传播的研究对象，对《红楼梦》的内容节选则要大大扩展，篇幅也会变得冗长，于是此处选取汇集宁荣两府大部分人手的造园人力系统内的传播做研究。

在元妃受封之后省亲之前，贾府的活动基本围绕着一件大事——建造省亲别院，这庞大而又细致的造园活动为我们研究贾府的组织传播提供了很好的范例。建造大观园的组织团队是以贾政为首、拼凑两府的可用之人成立的临时组织，我们姑且称之为“造园委员会”。贾政拥有三位助手：大观园的总设计师山子野，施工总监贾赦，涉及内府事物的总内务王夫人。之所以定位这三个人为助手而非下属，源于文中描写“一应点景之事，又有山子野制度”“下朝闲暇，不过各处看望看望，最紧要处和贾赦商议商议”“连王夫人并上房丫鬟等众，皆一时不得闲的”，贾政不善不喜俗务，本就无心包揽，正逢山子野是园林专家，贾赦熟知两府人事，王夫人一直负责统理内眷，所以大小任务根据属性划分给三位助手，几乎全由他们定夺。

总的来讲，造园组织的管理层有四级，第一层为贾政；第二层是总设计师，总监工以及总内务；第三层算是大总管们：贾珍，贾琏，王熙凤；第四层为分总管：贾蓉，贾蔷，宁府管家赖大，荣府管家来升、林之孝、吴新登，贾政清客詹光、程日兴。虽到了第四层，权力依旧不小，每人都有专门负责的项目，例如贾蓉“单管打造金银器皿”，贾蔷“下姑苏聘请教习，采买女孩子，置办乐器行头等事”。自权力第三层起，从属关系因利益纠葛开始错综复杂，盘根错节，这是封建大家族不可避免的通病，本图只能依表层关系绘制。另有贾蔷带领的来管家两个儿子，单聘仁、卜固修两位清客，赵嬷嬷的两个儿子等人应属于第五层大批“执事人”，这批人规模相当可观，并且不属于权力核心所以没有尽录。虽然荣宁二府“也都萧疏了，不比先时的光景”，但因了贵妃受封举二府之力修建省亲别院，还是声势浩大，“到底气象不同”。①

发生在颇具规模的造园委员会内的传播，属于典型的组织传播。在组织里，因有了明确的组织目标，就必须允许自上而下与自下而上的传播同步进行，密切配合。关于组织传播的细节，《红楼梦》中特地描述了以贾赦为节点的传播。他的直接下属贾珍等有事则来回明或写略节呈上向他请示；当他有话说便传人领命。另有十七回中，贾珍等回贾政“园内工程俱已告竣，大老爷瞧了，或有不妥之处，再行改造”。在获得贾政的肯定回应后，贾珍“先去园中知会众人”，然后在园门“带领许多执事人来，一旁侍立”。组织中的成员各司其职，在细节问题方面，上级也不可能知晓所有下级的工作进展，所以贾珍集聚了专项负责人来应对贾政的问询，体现了组织内传播

① ［清］曹雪芹：《脂砚斋重评石头记》，天津古籍出版社2006年版，第14—15页。

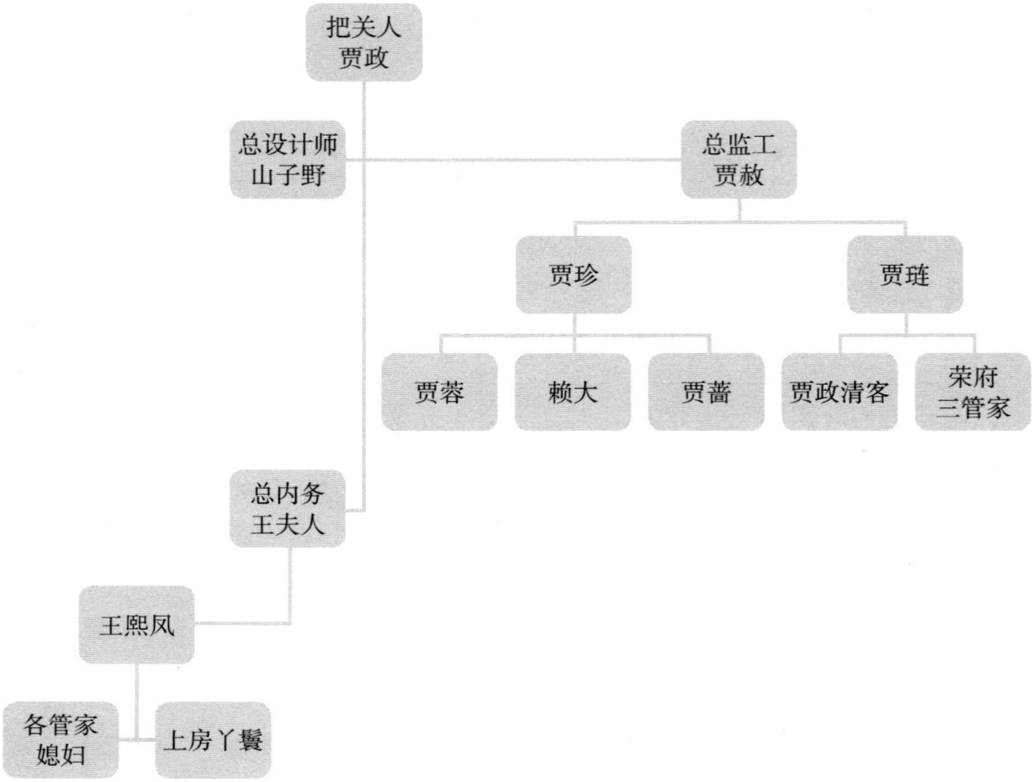

大观园造园组织的权力层级

对象必须精准特定。果不其然，贾政问询了关于帘幔陈设的问题，这并不在贾珍的管理范围，贾政得知“此事不是贾珍的首尾”，唤人传贾琏。贾琏以最快速度出现在施工现场，还从靴子里拿出“一个纸折略节”来，作为工作备案精准应答贾政的问题。在这几个由曹雪芹向我们展示的古代组织传播场景中，我们可以看到，组织内的沟通对象特定，过程相对简洁高效。不同于上文的人际传播，在组织内，自上而下的传播者并未过分强调自身，下级对上级的回话——贾珍与贾琏也没有说出明显的为取悦贾政而脱离事实的言语。这是因为在组织传播中，“传者本位”与“受者本位”都不能很好地提高沟通的效率，只有“组织本位”才能促进组织目标高效达成。

在贾府拼凑出的这个造园委员会中，组织传播行为既体现着与现代组织传播相同的特性：传播对象特定，传播具有强制性，双向传播，组织本位，也有着古代社会的特殊印记。如组织成员的地位高低与封建家长制度是完全吻合的，体现着如人际传播一般的森严等级排位。虽然因术业有专攻，上级亦需同专业的下手“商议”意见，但是下级至多因此获得助手的位子，而远不可能无视等级制度获取真正的升级。同时受儒家思想的影响，封建家族内的组织传播亦讲究“以德服人”，熟读圣贤书的贾政传播都谨慎遵守着儒家的行为规范，他的传播方式符合儒家的主流价值观——比起善于欺凌弱小的贾赦，他也确实收到了荣府内更多的尊重与拥护。

子系统传播与组织间传播

在造园委员会修建大观园、准备省亲事宜的过程中，组织内子系统的传播（组织内群体传播）也比比皆是，例如贾琏夫妇各自小财团的内部勾结交流，王夫人所辖内眷事宜的商议，贾蔷对戏班女孩子的培训，这些关于群体传播的描写虽略略带过，但在组织的实际运转中占有一席之地。由于这些群体的性质迥异，或背离孔孟之道，或以技术结群，并不能以这些群体的传播行为来窥探中国古代传播思想。但是在传播理论角度来看，它们仍存在者共同点，那就是群体中一位甚至数位“意见领袖”的催生。王夫人的内院事物中，凤姐是她的得力助手，也是管家媳妇并上房丫鬟群体的意见领袖；在贾蔷的戏班子里，龄官因才能出众勇敢率性担当了戏班精神领袖的角色；在以凤姐为首聚集的赢取私利的小群体中，除去凤姐身为群体领袖可以毫无疑问地发号施令，平儿则是群体成员众望所归的意见领袖。第十六回中旺儿媳妇来找凤姐，却被平儿轻松劝回，凤姐在事后的追问中也非常满意平儿的说法。可以说应对群体内的传播平儿都游刃有余，平儿的建议在群体中受到一致认可。

节选章节的组织对外传播（组织间传播）主要体现在大观园修建过程的首尾两端。十六回中，贾蔷回应贾琏的开销问题时提到，银子需要从甄家支取，并说“明日写一封书信会票我们带去”，这是贾府与甄府两大家族组织间的传播，只言片语间能见封建大家族之间交往的稳妥之处，礼节周全之下还存着诚信为本的交往准则。宁府正派玄孙、书信、本票，这些既是组织间传播的媒介又是信物，体现出中国古代封建家族间的传播重诚信，无信不立，贾府与甄府的组织传播很顺畅，贾府可以“先支三万，下剩二万存着”，而且两家一直维持着不错的关系。两个家族组织的交往完全符合儒家对于交往的要求：“往而不来，非礼也；来而不往，亦非礼也。”①“人而无信，不知其可也。大车无輗，小车无軏，其何以行之哉。”②第十八回

① ［元］陈澔注，金晓东校点：《礼记》，上海古籍出版社2016年版，第6—7页。

② ［春秋］孔子著，杨伯峻、杨逢彬注释：《论语》，岳麓书社2018年版，第26页。

中，当园林验收满意，“幸皆全备”，又“请贾母色色斟酌”后，组织总领导贾政做出最关键的组织对外对上（皇权）的传播“择日题本”，“本上之日，奉朱批准奏”，虽然贾府领了恩旨后更不得闲，起码造园委员会的组织工作算是圆满告一段落。

虽然封建贵族家庭仅是古代社会的一隅，却是非常重要的一隅，通过皇亲国戚上可触及朝堂，通过丫鬟杂役下可波及市井，研究古代封建大家族的广义组织传播，从一个细小的角度打通了古代由朝廷至底层民众的传播路径。在《红楼梦》以及其他中国古典名著典籍中，有关传播的内容比比皆是，本文仅仅是以组织传播的角度将书中一件大事加以梳理。在大事件、大新闻中，古代的传播方式、传播思想会体现得尤为集中；信息尤其是大新闻的产生与传递，加上其产生的传播效果，往往在这些大事中承担着支撑作用，既能上通下达推动事件发展，亦能显著或隐晦地透露着事件本质与内在的思想逻辑，如果多加归纳演绎，必能对“华夏传播”的系统研究添砖加瓦。

《石头记》诗词叙事中的方凿圆枘

张同胜

内容摘要：《脂砚斋重评石头记》中的脂评作为副文本参与了《石头记》正文的叙事及其意义表现。脂批曾云："余谓雪芹撰此书，中亦为传诗之意。"小说中的诗词曲赋，分为纪实情境中的记忆追录和虚构文化生态中的艺术重构。后者悬拟想象中存在着不尽合情理之处，原因就在于作者有"传诗之意"以及以诗词为己辩诬的意图。从而脂批所点出的"无材可去补苍天"实为"书之本旨"。

关键词：《红楼梦》　曹雪芹　诗词叙事　曹頫　创作意图

引　言

《红楼梦》中的诗词之研究，荦荦大端，蔚然成国，兹不赘述。本文仅仅从《红楼梦》诗词叙事中所存在着的不合情理之处出发，探讨它何以如此、为何如此的内在缘由和深层结构，并进而探求《石头记》[①]的创作意图。

情理批评，是古代中国叙事文学理论批评的传统。如张竹坡在《〈金瓶梅〉读法》中认为，"做文章不过'情理'二字"[②]。脂批的一个重要思想和批评实践，就是点评《石头记》的艺术真实即合乎情理真实的叙述。笔者在《论脂评的情理真实

作者简介：张同胜，兰州大学文学院教授、博士生导师。主要研究方向为中国古代小说与比较文学。

① ［清］曹雪芹著、脂砚斋评：《红楼梦脂评汇校本》，吴铭恩汇校，万卷出版公司2013年版。

② 黄霖：《金瓶梅资料汇编》，中华书局1987年版，第77页。

观》[①]中做过论析，此处从略。虽然《石头记》的作者、批者都坚持和提倡小说创作的情理真实，然而，手不应心、力不从心的创作也在所难免，从而《石头记》的叙事书写中仍然存在着诸多不合情理之处。

陈寅恪在《寒柳堂集》中曾指出：“或有执《石头记》述贾政放学差及任江西粮道，王夫人、赵姨娘、周姨娘皆不随往以相难。鄙意《石头记》中，不合事理者颇多，如晴雯所补之孔雀毛裘，乃谓出自俄罗斯国之类。”[②]孔雀生活在热带、亚热带地区，故陈寅恪认为孔雀毛裘出自俄罗斯是不合情理的。在《元白诗笺证稿》中，陈寅恪认为，“据今日病理家理论，吞金绝不能致死。《红楼梦》记尤二姐吞金自尽事，亦与今日科学不合也”[③]。在《论再生缘》中，陈寅恪批评《红楼梦》作者疏漏之处云：“悼红轩主人极力摹写潇湘妃子，高逸迈俗，鄙视科举，而一时失检，使之赋此腐句，颂圣终篇。”[④]有清一代，根本不存在皇妃省亲制度。但是，《石头记》却以贾元春省亲代写康熙南巡。《石头记》第75回，贾赦对贾环说：“以后就这么做去，方是咱们的口气，将来这世袭的前程定跑不了你袭的。”这一说法也令人疑窦丛生，因为贾环生母为赵姨娘，他身为庶子怎么能够有资格承袭爵位呢？如此等等，兹不具论，只是结合《石头记》中的诗词叙事，试谈为什么《石头记》中的诗词言志与叙事生态之间存在着不合情理之处。

本文依据的版本为《脂砚斋重评石头记》。之所以采用这个版本，是因为笔者认为120回本《红楼梦》后40回与前80回的叙事线和叙事结存在着不完全一致之处，后40回多多少少改变了作者的创作意图。作为副文本的脂批是《石头记》有机合成的必不可少的一部分。[⑤]它与李卓吾、金圣叹、张竹坡等人的小说批点不一样，后者是小说成书若干年之后才出现的话语，不是当时作者、论者共同体同时进行的整体叙事，即前者是完整的叙事共同体，后者则是对他者文本叙事的赏鉴和评论。从而脂批，正如历史学家余英时所说的，是论证《红楼梦》的“最有力的旁证”[⑥]。

---

① 张同胜：《论脂评的情理真实观》，《红楼梦学刊》2009年第2辑，第147—166页。

② 陈寅恪：《寒柳堂集》，三联书店2009年版，第103页。

③ 陈寅恪：《元白诗笺证稿》，三联书店2001年版，第359页。

④ 陈寅恪：《寒柳堂集》，三联书店2009年版，第53页。

⑤ 张同胜：《作为叙事的脂批》，《中国古代小说戏剧研究》2019年，第147—159页。

⑥ ［美］余英时：《〈红楼梦〉的两个世界》，上海社会科学院出版社2002年版，第38页。

一、《石头记》“中亦为传诗之意”

《脂砚斋重评石头记》中存有大量的诗词，据统计，共190余首，总计13000多字，占《石头记》的1/50。正由于此，《石头记》可称之为诗体小说，或诗性小说。这是它与其他小说迥异不同的独特地方之一。反过来看，假若将《石头记》中的诗、词、曲、赋等韵文全部删除，则《石头记》不复为《石头记》了。

《石头记》第1回，小说写道，今又正值中秋佳节，（贾雨村）不免对月有怀，因而口占五言一律“未卜三生愿”。脂批云：“这是第一首诗。后文香奁闺情皆不落空。余谓（曹）雪芹撰此书，中亦为传诗之意。”①从《石头记》的全篇来看，此诚不为虚言。诗词在作者曹雪芹看来，正是他的艺术生命中的精髓。作者认为“闺阁中本自历历有人，万不可因我不肖，则一并使其泯灭也”，故亦有使闺阁中女子的诗篇传世之意。那么，《石头记》中的诗词，是按头制帽的艺术创作呢，还是实录其亲身经历及其生活记忆的再加工呢?

《石头记》中的诗词，叶嘉莹将其分为三类：预述故事情节类、代小说人物创作类、小说作者感慨类。叶嘉莹认为，前两类属于小说创作中的一部分，其艺术性不甚了了；但是，第三类富有诗性，“这些借书中情事写作者自己悲慨的诗是值得注意的。因为这类诗表现了作者真正写作《红楼梦》这本小说的内心的感情，他内心的真正的动机”②。此诚为卓见。小说作者曹雪芹“悲慨”什么呢?

《石头记》既然依据脂砚斋的说法是“中亦为传诗之意”，那么小说中的诗词似乎分为两类更为妥帖：一类是实录整理类，一类是作者新创类。实录整理类诗词指的是，“作者本意为记述当日闺友闺情”，追忆过去生活中海棠社、桃花社众女子的诗作或联句等，笔录其实际生活中闺友旧友的诗作。古人有“立言”不朽的思想意识，因此意欲通过小说的叙述，将现实生活中的诗作顺带传世。否则，曹雪芹即使再有才情，一个人也不可能代不同性情的女子分别杜撰出合乎其性格、身份的诗词来。古人说得好，文如其人，诗如其人。每一个人的性情、才华各有

---

① ［清］曹雪芹著、脂砚斋评：《红楼梦脂评汇校本》，吴铭恩汇校，万卷出版公司2013年版，第14页。

② 叶嘉莹：《漫谈〈红楼梦〉中的诗词》，《陕西师范大学学报》2004年第3期，第61页。

千秋，笔下行文亦各有禀性长短和惯性措辞，一个人岂能所堪各各代言捉刀？贾宝玉一读《桃花行》就知道是林黛玉写的，即使是薛宝琴跟他开玩笑说是自己写的，他也不相信，因为诗即其人。从而《石头记》中实录整理类诗词似乎都应是作者后来追忆实录，小说的叙事（包括叙事生态、语境、逻辑等）才会是合乎情理和事理的。

在《石头记》中，这一类诗词大致包括：贾宝玉大观园题额、大观园题咏十一首、大观园即事诗、“女儿”酒令五首、咏白海棠诗四首、白海棠和韵二首、菊花诗十二首、螃蟹咏三首、牙牌令七首、赋得红梅花三首、怀古绝句十首、五美吟、柳絮词五首、中秋夜大观园即景联句三十五韵、姽婳词三首等。令人奇怪而恰好可以作为证据的是，120回《红楼梦》中后40回的诗词数量远远少于前80回，这是何故？贾府被籍没之后，树倒猢狲散，风吹云散，“飞鸟各投林”，于是曹雪芹手头也没有了昔日闺友的新创诗词：这岂不正好证明了《石头记》实有传原有诗词之意？此其一。第二，补撰者创作诗词的才分可能也远不如曹雪芹，因而80回之后诗词的艺术性也远逊于80回之前的。甚至完全可以说，第81回之后，《石头记》中像样的诗词十分罕见。从这个角度来看，《石头记》的创作之所以“实为传诗之意”，正在于这一类诗词不是出自曹雪芹之手，而是小说作者的笔录其实。

第二类则是诗词内容、艺术情感与生成它的具体语境相抵牾而不合情理之诗词叙事。这一类诗词，创作于贾府被籍没抄家之后，贾府盛席华筵散场之后，主子奴婢皆星流云散之后，如曹頫被枷号八年。此时此际创作出的诗词充斥着悲苦哀怨，作者无法写实，但又有“传诗之意”，故将这些哀怨悲伤的诗词穿插在大观园繁花似锦、烈火烹油之时，从而造成了诗词的言志抒情与《石头记》叙事环境不合情理之叙事。例如，林黛玉生活在她外祖母家，锦衣玉食，饱食终日无所事事，从哪儿来的“一年三百六十日，风刀霜剑严相逼”？固然，偶尔有不顺心不遂意的事，这也是人之常情，因为人活在世间“不如意事十之八九”，但是何至于一年三百六十日每一天都是“风刀霜剑”？这一叙述情境，如果是放在曹頫被枷号的八年之间，庶几近之。回想在《石头记》第3回中，林黛玉告诉她外祖母说：“如今还是吃人参养荣丸。”贾母道：“正好，我这里正配丸药呢。叫他们多配一料就是了。”亲外祖母岂有不疼爱自己外孙女的？第5回，小说写道：“林黛玉自在荣府以来，贾母万般怜爱，寝食起居，一如宝玉，迎春、探春、惜春三个亲孙女倒且靠后。”第22回，脂评云“黛玉乃贾母溺爱之人也。”[①]……更何况，正如扎拉嘎所言，“《红楼梦》是满汉文化交融的伟大结晶”[②]。《红楼梦》是“清代最早的（满洲）府邸世家兴衰破败的典型写照。”[③]贾府三门之内，上至主子，下至奴婢，履行实践的是满族文化，如晴雯、麝月等奴婢对贾宝玉可以直呼其名，或称之为“宝二爷”而不是“贾二爷”[④]；而满族重内亲是其民俗传统，从而林黛玉此处的情感悖论，岂不是无的放矢且难以理喻？

甲戌本《脂砚斋重评石头记》之林黛玉撰《葬花吟》诗云“一朝漂泊难寻觅”“人去梁空巢也倾”，岂非贾府（或其原型曹家）被抄家之后人与物的隐喻？春尽、花落、红颜老死、万艳同悲：贾府被籍没之后，家人、奴婢或星散或被卖或出家。《石头记》第70回中，林黛玉所填的柳絮词《唐多令》云：“粉堕百花洲，香残燕子楼。一团团逐队成。漂泊亦人命薄，空缱绻，说风流。草木也知愁，韶华竟白头！叹今生谁舍谁收？嫁与东风春不管，凭尔去，忍淹留。”[⑤]漂泊母题在《石头记》中一再出现，然而，林黛玉撰写这些诗词的时候，她并没有流落草莽、漂泊无着。《石头记》叙事文本之外，雍正元年（1723），曹頫的舅舅李煦被抄家后，二百多人的家奴在苏州站街被拍卖了一年，由于他们是旗人及其包衣，从而没有人敢购买。之后雍正让大将军年羹尧挑拣，年羹尧被抄家后那些奴婢又不知被转手或被卖到哪里去了。雍正五年（1727），曹頫被抄家后，一百多口家奴先是被赏赐给隋赫德；隋赫德势败后，家奴不知又被辗转到何处去了，真可谓人去楼空、漂泊不定。这一类诗词，难道是贾府被抄家之前的创作吗？

第28回，《石头记》写道：“试想林黛玉的花颜月貌，将来亦到无可寻觅之时，宁不心碎肠断！既黛玉终归无可寻觅之时，推之于他人，如宝钗、香菱、袭人等，亦可到无可寻觅之时矣。宝钗等终归无可寻觅之时，则自己又安在哉？且自身尚不

① ［清］曹雪芹著、脂砚斋评：《红楼梦脂评汇校本》，吴铭恩汇校，万卷出版公司2013年版，第303页。

② 扎拉嘎：《满汉文化交融的伟大结晶——〈红楼梦〉》，《红楼梦学刊》2003年第2辑，第102页。

③ 金启孮：《金启孮谈北京的满族》，中华书局2009年版，第175页。

④ 张同胜：《贾宝玉的称谓问题》，《红楼梦学刊》2016年第6辑，第138—149页。

⑤ ［清］曹雪芹著、脂砚斋评：《红楼梦脂评汇校本》，吴铭恩汇校，万卷出版公司2013年版，第945页。

知何在何往，则斯处、斯园、斯花、斯柳，又不知当属谁姓矣！”[①]这段叙述，恰好证明了《葬花吟》写于曹家被抄家后人去楼空、物是人非、风吹云散之际。

《葬花吟》诗又云：“桃李明年能再发，明年闺中知有谁？三月香巢已垒成，梁间燕子太无情！明年花发虽可啄，却不道人去梁空巢也倾。一年三百六十日，风刀霜剑严相逼。明媚鲜妍能几时？一朝漂泊难寻觅。”甲戌脂批：“埋香冢葬花乃诸艳归源，《葬花吟》又系诸艳一偈也。”甲戌侧批：“余读《葬花吟》至再至三四，其凄楚感慨，令人身世两忘，举笔再四不能加批。有客曰：‘先生身非宝玉，何能下笔？即字字双圈，批词通仙，料难遂颦儿之意。俟看过玉兄后文再批。’噫嘻！阻余者想亦《石头记》来的？故停笔以待。”[②]批者为何难以下笔？“玉兄后文”谓何？后文是关键，玉兄乃枷号之曹頫否？后文乃作于被籍没之后？“诗言志”，但非空想悬拟之志。白居易认为，“文章合为时而著，歌诗合为事而作。”无缘无故，一贵族女子空发悲音？若无时事，此作岂非无病呻吟？

回到《石头记》的文本，难道仅仅因为怡红院里的婢女闹情绪没有给开门，林黛玉就感到生不如死？生活在贾府大观园里，锦衣玉食，知己相伴，诗词唱和，林黛玉从何而来的“血和泪”？“污淖陷渠沟”，委尘成泥，生活在人间仙境大观园何以会是如此？大观园乃太虚幻境在人世间的投影，是理想的美好世界，飞尘不到，俨然梵界净土，林黛玉何以会产生愁苦悲戚、风刀霜剑严相逼的感觉？这首诗的叙事，与林黛玉在贾府中的生活实际完全不相符合。诸艳之归源，即十二金钗之离世。这是哀伤闺友死葬之作，奈何出自十五六岁公门千金小姐之手？

脂批云“看过玉兄后文”方知，此诚为知言。笔者认为，这首诗明为林黛玉“似谶实真”，实际上是贾宝玉即现实生活中曹頫或曹雪芹被抄家之后悲惨生活的无奈哭诉。曹府被抄家之后，举家被迫北迁到京城崇文门外蒜市口地方房十七间半，“茅椽蓬牖，瓦灶绳床”，过午不食，生活艰难。试想，曹頫被撤职、抄没、枷号追债，443两2钱银子七年才还了141两（雍正十三年十月二十一日，乾隆帝宽免曹頫骚扰驿站案内欠银302两2钱），天天被追逼还债却分文没有，靠全家人省吃俭用一

---

① ［清］曹雪芹著、脂砚斋评：《红楼梦脂评汇校本》，吴铭恩汇校，万卷出版公司2013年版，第391页。

② ［清］曹雪芹著、脂砚斋评：《红楼梦脂评汇校本》，吴铭恩汇校，万卷出版公司2013年版，第388页。

年时间才能挤出来20两银子还债，这实在是无异于“一年三百六十日，风刀霜剑严相逼”。脂评所云“玉兄后文”，此之谓欤？

或曰，这首诗是对“封建势力的愤怒控诉”。或以为它源自“封建势力给她造成的沉重精神压力”[①]。这些持论皆高而不切，实乃对政治口号的强制阐释。试问，对贵族小姐林黛玉而言谁是封建势力？林黛玉又因何而控诉？封建势力何以给她精神压力？她之所以能够“不稼不穑”“不狩不猎”而饫甘餍肥，难道不是封建势力之赐予？她又怎么会对其愤怒控诉？

除却《葬花吟》，林黛玉撰写的《秋窗风雨夕》《桃花行》等诗词，所表达的情愫与她所身处的理想世界大观园也是格格不入的。针对林黛玉的《代别离·秋窗风雨夕》，林从龙问道：“细玩诗意，又不象抒发诗人父母双亡、寄人篱下之感。这时，她的意中人宝玉尚在身边，那么她怀念的远人又是谁呢？”[②]任何人在“锦衣纨绔之时”，“富贵不知乐业”，都不会悲悲戚戚、哭哭啼啼、哀哀怨怨、凄凄惨惨、哀祭远人。那么，林黛玉何以在此怀远伤怀呢？前人对林黛玉这一类诗词的赏鉴和评析，立意过高，游离于小说文本之外，如将林黛玉视作封建阶级的叛逆者或是反封建礼教的斗士云云。诸如此类的假大空的赏析或评论实在是对时代性口号的生搬硬套。

或曰，《石头记》尤其是其中的诗词是反封建礼教的。果真如此吗？《石头记》第8回写道：“李嬷嬷便上来道：‘姨太太，酒倒罢了。’[甲戌眉批：余最恨无调教之家，任其子侄肆行哺啜，观此则知大家风范。]”[③]第22回，小说写道：“宝钗原不妄言轻动，便此时亦是坦然自若。[庚辰双行夹批：瞧他写宝钗，真是又曾经严父慈母之明训，又是世府千金，自己又天性从礼合节，前三人之长并归一身。前三人向有捏作之态，故唯宝钗一人作坦然自若，亦不见逾规越矩也。]故此一席虽是家常取乐，反见拘束不乐。[庚辰双行夹批：非世家公子断写不及此。想近时之家，纵其儿女哭笑索饮，长者反以为乐，其理不法，何如是耶！]”[④]第24回，邢夫人见了他

① 贺新辉主编：《〈红楼梦〉诗词鉴赏辞典》，紫禁城出版社1990年版，第290页。

② 贺新辉主编：《〈红楼梦〉诗词鉴赏辞典》，紫禁城出版社1990年版，第292页。

③ [清]曹雪芹著、脂砚斋评：《红楼梦脂评汇校本》，吴铭恩汇校，万卷出版公司2013年版，第124页。

④ [清]曹雪芹著、脂砚斋评：《红楼梦脂评汇校本》，吴铭恩汇校，万卷出版公司2013年版，第315页。

来，先倒站了起来请过贾母安，[庚辰侧批：一丝不乱。] 宝玉方请安。[好规矩。] 邢夫人拉他上炕坐了，方问别人好，又命人倒茶来。[庚辰侧批：好层次，好礼法，谁家故事？][①]……《石头记》根本就没有一丝一毫反对封建礼教；相反，它一直在高度赞赏簪缨世家之知书达理，如“大家风范”“好规矩”“好礼法”等。与之相应的是，《石头记》总是鄙夷暴发户的不恪守礼法，没有礼法教养。

《葬花吟》在情、事、景上为什么表达得如此不合时宜呢？这并不是林黛玉反封建社会专制制度或反封建礼教，而是《石头记》的叙述，其意图本来就有“传诗之意”。然而，《石头记》没有写完，作者可能也不想写完，如金圣叹特意砍去后半截的《水浒传》，取《周易》六十四卦“不终于《既济》而终于《未济》”之义；或者无法写完，因为当时的人无论是友朋还是敌人大多还活着，作者也不知他们的结局究竟如何。如此一来，被抄家之后贾宝玉或曹頫创作的诗词曲赋如何才能传世呢？无可奈何，比较可行的法子就是插入到小说的前80回中。这可能就是《石头记》诗词间或许存在着不合情理之处的一种可能性原因。

二、脂批对诔文的字词加注读音、出处，实在是一种诡异的做法

《石头记》第78回写道，晴雯由于被悍妇、诐奴诬陷，被王夫人赶出了大观园，回家后不久即贫病而死。贾宝玉为之写了一篇诔文《芙蓉女儿诔》，它是《石头记》中最长的一篇诗文，也是最富有身世寄寓的一篇文字。

> 孰料鸠鸩恶其高，鹰鸷翻遭罦罬；[《离骚》：“鸷鸟之不群兮。”又：“吾令鸩为媒兮，鸩告余以不好。雄鸠之鸣逝兮，余恶其轻佻。”注：鸷特立不群，故不群，故不于。鸩羽毒杀人。鸠多声，有如人之多言不实。罦罬，音孚拙。《诗经》：“雉离于罦。”《尔雅》：“罬谓之罦。”][②]

① [清] 曹雪芹著、脂砚斋评：《红楼梦脂评汇校本》，吴铭恩汇校，万卷出版公司2013年版，第332页。

② [清] 曹雪芹著、脂砚斋评：《红楼梦脂评汇校本》，吴铭恩汇校，万卷出版公司2013年版，第1072页。

这一篇诔文，在整部《石头记》中篇幅最长，情感最浓郁，文采最华丽。在中国文学史上，其独特性则在于，脂评竟然标注其间语词的读音、引文的出处，并作阐释。这实在是《石头记》所具有的鲜明独特性。试问，评点者如果不是作者本人，谁会去标注语句中疑难字词的读音和出处呢？《石头记》委实是这么做了，那么就只有一种可能，那就是批书人即作书人，因此批书人顺便将诔文诗句的源流出处点注出来。考镜源流，辨章学术，这是古代学人的一般做法，而小说在古代乃不登大雅之堂的“小道”，何至于会有人专门花费心思考其源流，且加注读音和解释？

下面《芙蓉女儿诔》的愤激悲歌，道出了晴雯及其一类人包括林黛玉、贾宝玉等的主要死因。

> 薋葹妒其臭，茝兰竟被芟鉏！［庚辰双行夹批：《离骚》。薋、葹皆恶草，以辨邪佞。茝兰芳草，以别君子。］花原自怯，岂奈狂飙；柳本多愁，何禁骤雨。偶遭蛊虿之谗，遂抱膏肓之疚。故尔樱唇红褪，韵吐呻吟；杏脸香枯，色陈颇颔。［《离骚》：“长颇颔亦何伤。”面黄色。］诼谣謑诟，出自屏帏；荆棘蓬榛，蔓延户牖。岂招尤则替，实攘诟而终。［《离骚》：“朝谇夕替。”废也。“忍尤而攘诟。”诟同攘，取也。］既忳幽沉于不尽，复含罔屈于无穷。高标见嫉，闺帏恨比长沙；［汲黯辈嫉贾谊之才，谪贬长沙。］直烈遭危，巾帼惨于羽野。［鲧刚直自命，舜殛于羽山。《离骚》曰：“鲧婞直以亡身兮，终然殀乎羽之野。”］①
>
> 汝南泪血，斑斑洒向西风；梓泽余衷，默默诉凭冷月。呜呼！固鬼蜮之为灾，岂神灵而亦妒。箝诐奴之口，罚岂从宽；剖悍妇之心，忿犹未释！［《庄子》：“箝杨墨之口。”《孟子》谓：“诐辞知其所蔽。”②

上述《芙蓉女儿诔》引文中隐喻、史实并列铺陈的是同一个母题，即都是被嫉妒、被诽谤、被谗废而死亡。晴雯仅仅是这一类人身世叙事的表征符号之一，寄寓着作者真实的家族哀伤。以《芙蓉女儿诔》诔晴雯可也，以此诔林黛玉可也，以此

---

① ［清］曹雪芹著、脂砚斋评：《红楼梦脂评汇校本》，吴铭恩汇校，万卷出版公司2013年版，第1072页。

② ［清］曹雪芹著、脂砚斋评：《红楼梦脂评汇校本》，吴铭恩汇校，万卷出版公司2013年版，第1073页。

诔贾宝玉可也，以此诔作者曹雪芹的亲身遭际亦可也。与此密切相关的曹雪芹文献无征。然而，曹氏家族的败亡，却是由被谗毁所致。曹頫被革职、被严审、被枷号，一方面由于他确实是经济事务能力短乏，如《石头记》中的贾宝玉那样厌恶仕途经济，整日里在闺阁里鬼混，不务正业；另一方面也由于他遭遇非同寻常的奸谗毁谤。如雍正五年（1727）正月十八日，两淮巡盐噶尔泰奏曰："访得曹頫年少无才，遇事畏缩，织造事务交与管家丁汉臣料理。臣在京见过数次，人亦平常。"雍正行间朱批曰"原不成器""岂止平常而已"。[①]细读《石头记》文本，作者为其"无材可去补苍天"做辩护的意图昭然若揭。

《芙蓉女儿诔》这一篇诔文，不合情理之处在于其文体不符合古代中国士绅礼仪的严格规定。《说文解字》云："诔，列其行迹以作谥号。"[②]在古代，人们撰写诔文的目的，是为了确定死者的谥号。古人极其讲究尊卑长幼有序，故西周时明文规定："贱不诔贵，幼不诔长。"[③]刘勰《文心雕龙》曰："诔者，累也；累其德行，旌之不朽也。"[④]诔文本是用来对逝者歌功颂德的，然而，晴雯乃贾府的一名丫鬟，有何功德可颂？更有何德行可累？吴讷在《文章辨体序说》中指出："大抵诔则多叙事业。"[⑤]晴雯除了尽心伺候主子，又有何业绩可言？《芙蓉女儿诔》主要表达贾宝玉对晴雯的悼念、哀伤、悲痛之情，因此它在文体功能上与其说是诔，不如说是吊文、祭文[⑥]。这篇诔文的题目虽然为诔，然而贾宝玉所述的"我想着世上这些祭文都蹈于熟滥了，所以改个新样"也表明曹雪芹在诔、祭文等文体上不甚区分。说得好听，《芙蓉女儿诔》在文体上是新创；实则为破体。

从字面上来看，《芙蓉女儿诔》是贾宝玉为其丫鬟晴雯所写的诔文。然而，脂砚斋对《芙蓉女儿诔》批道，"明是为阿颦作谶""又当知虽诔晴雯，而又实诔（林）黛玉也"。又云："究竟不知是为谁之谶。"[⑦]联系到曹家的家族史，钟云霄认为，《芙

---

① ［清］胤禛：《朱批谕旨》第39册，清雍正刻朱墨印本，第92页。

② 汤可敬：《〈说文解字〉今译》，岳麓书社2001年版，第364页。

③ 钱玄译注：《礼记》，岳麓书社2001年版，第269页。

④ ［南朝梁］刘勰著、詹锳义证：《文心雕龙义证》，上海古籍出版社1989年版，第427页。

⑤ 吴讷：《文章辨体序说》，人民文学出版社1962年版，第54页。

⑥ 王丹：《曹雪芹的哀祭文体观》，《红楼梦学刊》2009年第1辑，第271—285页。

⑦ ［清］曹雪芹著、脂砚斋评：《红楼梦脂评汇校本》，吴铭恩汇校，万卷出版公司2013年版，第1078页。

蓉女儿诔》是“曹寅诔念姬妾的诔文”[①]。在笔者看来，这篇诔与其说是诔林黛玉，不如说是诔贾宝玉或者是诔作者曹雪芹自己。

晴雯死于谗佞流言，其判词云：“寿夭多因毁谤生。”谁迫害晴雯？为了什么缘由迫害晴雯？或云，“是当时的黑暗政治和封建制度的种种罪恶”，“封建邪恶势力”是迫害晴雯的罪魁祸首。这显然是政治上的无限拔高，高到了九霄云外，以至于肤廓到不知所云。黑暗政治、封建制度的罪恶、封建邪恶势力等的具体所指究竟是什么？晴雯是“传统道德的叛逆者”？具体地说，什么是鬼蜮、蛊虿、悍妇、诐奴？晴雯是被谁撵出了大观园？蒙垢受谤？高标见嫉？王夫人严令将晴雯驱逐出大观园，她是凶手吗？王夫人是贾宝玉的母亲，但是几条人命都死在她的手上，如金钏、晴雯等。《芙蓉女儿诔》的创作意图，在于“为晴雯辩诬”[②]。这是字面上的行文，归根到底，这篇诔文是在为作者自己辩诬。从宏观来说，《石头记》是一部为己辩诬之作。

三、从上述诗词叙事的不合情理之处看《石头记》的创作意图

小说叙事的创作意图，当从小说的文本内部中探求。《石头记》的创作意图，自然也是如此。《顽石偈》是《红楼梦》开宗明义的第一首诗，诗云：“无材可去补苍天，枉入红尘若许年。此系身前身后事，倩谁记去作奇传？”其中的“无材补天”，脂评云：“书之本旨。”[③]针对“无材补天”“幻形入世”，脂砚斋批道：“八字便是作者一生惭恨。”[④]

依据《石头记》，什么是“无材补天”的具体所指？曹玺媳妇孙氏为康熙保姆，曹寅为康熙侍读，曹寅一女为讷尔苏王妃，曹玺、曹寅、曹颙、曹頫皆先后相继出任过江宁织造，一时荣华富贵、风光无两。曹寅死后，没有三年，其独子曹颙

---

① 钟云霄：《〈芙蓉女儿诔〉到底是“谁”为“谁”写的》，《铜仁学院学报》2012年第4期，第31页。

② 张云：《〈芙蓉女儿诔〉的文章学解读》，《红楼梦学刊》2008年第1辑，第156页。

③ ［清］曹雪芹著、脂砚斋评：《红楼梦脂评汇校本》，吴铭恩汇校，万卷出版公司2013年版，第6页。

④ ［清］曹雪芹著、脂砚斋评：《红楼梦脂评汇校本》，吴铭恩汇校，万卷出版公司2013年版，第5页。

也因病而逝。曹寅一支人丁不旺，只好从其兄弟曹荃（又作曹宣）那儿过继侄子为嗣子。曹頫在生父母家排行第四，即曹寅作诗所夸奖的“成材在四三”之第四。曹頫入嗣曹寅家，前有曹颙，即贾珠之原型，故排行第二，是为二爷，是宝二爷的艺术原型。曹頫作为唯一的成年男子被曹府里的孙氏、李氏等人寄予厚望，以为曹家后继有人。曹寅死时，由于江宁织造曾四次接驾过康熙南巡，亦由于曹家一直“奢靡太过”，再加上他们误以为“皇帝的银子往皇帝身上使”不用还债，所以“银子花得像海水似的”，结果导致了曹家债台高筑、债海无穷。等得知必须还债时，其心理压力之巨大可想而知。为了弥补亏空，康熙让曹寅、李煦多年轮流任巡盐御史，以两淮盐课偷补巨额亏空。雍正即位后，亏空依然尚未补完。雍正宽限三年，曹頫仍然没有补完，他也没有办法补完。康熙年间，江南三织造曾为皇室代卖人参，康熙死前，曹頫尚有九千多两银子未缴纳。曹頫“好古嗜学”，他虽然在诗词创作上才华富赡，在人品上“忠厚老实”，但是在仕途经济上却是如同贾宝玉一样“天下无能第一”“古今不肖无双”“潦倒不通世务”（此等言语实乃自况）。曹頫织造事务委之于家奴丁汉臣；向皇帝进贡的丝绸掉颜色，被罚薪一年；骚扰驿站，多勒索银两，依法被追责还债；曹頫暗地里转移家产，被兄弟（极有可能是他亲三兄曹欣，曹頫被枷号时，雍正赐“福”字给曹欣；《石头记》明文“盖作者实因鹡鸰之悲、棠棣之威，故撰此闺阁庭帏之传。”①）告发：终于引发雍正皇帝暴怒，下令严审、革职、抄没。曹家彻底败落，一败涂地。这便是曹頫“无材补天”的实际内容。

《石头记》第1回写道，甄士隐在家门口抱着甄英莲，癞头和尚对他说：“施主，你把这有命无运、累及爹娘之物，抱在怀内作甚？”甲戌眉批道：“八个字（按指：有命无运、累及爹娘）屈死多少英雄？屈死多少忠臣孝子？屈死多少仁人志士？屈死多少词客骚人？今又被作者将此一把眼泪洒与闺阁之中，见得裙钗尚遭逢此数，况天下之男子乎？看他所写开卷之第一个女子便用此二语以定终身，则知托言寓意之旨，谁谓独寄兴于一‘情’字耶！武侯之三分，武穆之二帝，二贤之恨，及今不尽，况今之草芥乎？家国君父事有大小之殊，其理其运其数则略无差异。知运知数

① ［清］曹雪芹著、脂砚斋评：《红楼梦脂评汇校本》，吴铭恩汇校，万卷出版公司2013年版，第32页。

者则必谅而后叹也！”[①]曹頫由于骚扰驿站导致被枷号、被抄家，从而被骂作“有命无运，累及爹娘”是极有可能的。否则，甄英莲乃一无知小孩，五岁时被人偷拐而去，何曾“累及爹娘”来？这种叙事，应该就是小说作者曹雪芹的分身叙事，以此为己辩诬罢了。第3回，王夫人对林黛玉说：“我有一个‘孽根祸胎’。”甲戌侧批：“四字是血泪盈面，不得已无奈何而下。四字是作者痛哭。”[②]“累及爹娘”“孽根祸胎”云云，对曹頫而言，当是诛心之论。曹雪芹认为这是冤枉、诬陷，故以“真应怜”“原应叹息”等暗指曹頫或其自身，这也是一种辩诬。

甄英莲即后来被改名为香菱、秋菱者，她死于被夏金桂诬陷厌胜。晴雯即前之檀云，死于被诬陷为“女儿痨”。柳五儿，死于被诬陷偷窃茯苓霜与玫瑰露。尤二姐，死于一失足成千古恨，秋桐造她谣说孩子是杂种。贾宝玉挨打。呆霸王薛蟠受怀疑、被冤枉。薛宝钗偷听到了小红、坠儿的私语，将嫌疑引到了林黛玉身上。傻大姐捡的香袋儿，王夫人误以为是贾琏带进园子里去的。就连贾宝玉，也主动或被动地背了很多黑锅，正如凤姐所云：“宝玉为人不管青红皂白爱兜揽事情。别人再求求他去，他又搁不住人两句好话，给他个炭篓子戴上，什么事他不应承。”彩云偷拿了王夫人的东西送给贾环，宝玉主动应承自己拿了。金钏含羞赌气投井自杀，贾环诬陷贾宝玉强奸不遂打了金钏一顿……如此种种，皆涉及冤屈，此是何故？奸谗害人，《石头记》将一把辛酸泪洒向闺阁，其实是作者为人、为己辩诬，当然，根本上是为己辩诬。

陈寅恪在论述《再生缘》的结构时说：“至于吾国小说，则其结构远不如西洋小说之精密。在欧洲小说未经翻译为中文以前，凡吾国著名之小说，如《水浒传》《石头记》与《儒林外史》等书，其结构皆甚可议。”[③]此说固然有其道理，但是即以《石头记》来说，其创作意图既然为传诗、为辩诬，其他故事情节的结撰构想自然不是作者要斟酌的重点了。

要言之，对《石头记》诗词叙事中的不合情理之处略做分析，结合脂评的副文本叙事，可推知小说作者曹雪芹的创作主旨就是“无材可去补苍天”之后的为己辩诬以及“中亦为传诗之意”。

① ［清］曹雪芹著、脂砚斋评：《红楼梦脂评汇校本》，吴铭恩汇校，万卷出版公司2013年版，第11—12页。

② ［清］曹雪芹著、脂砚斋评：《红楼梦脂评汇校本》，吴铭恩汇校，万卷出版公司2013年版，第45页。

③ 陈寅恪：《寒柳堂集》，三联书店2009年版，第67页。

余 论

黄宗羲认为，“诗之与史，相为表里。”[①]叶嘉莹针对《红楼梦》中的诗词说：《红楼梦》“是作者真正地从内心中抒写出来的，是他自己生活的经历，是透过他自己对于生命的体验写出来的作品”[②]。因此无论是《石头记》中的诗、词、曲、赋、联句、对联，还是档案方志里的曹家文献，都是解读《石头记》时应予以细读的“诗之与史”，它们形成互文性，共同言说着《石头记》这部伟大小说书里书外的历史记忆和文学想象。

《石头记》第25回写道，“却恨面前有一株海棠花遮着，看不真切”。脂砚斋评点说：“余所谓此书之妙皆从诗词句中泛出者，皆系此等笔墨也。试问观者，此非‘隔花人远天涯近’乎？”[③]从中可以看出小说作者的诗词修养以及作者长于从诗词中演绎故事的卓异能力。曹頫“好古嗜学”，诗词曲赋，样样精通。此人在经济仕宦方面可能确实是没有禀赋，也没有兴趣；但是，在文学艺术的王国里可真是称王称霸。这一点，他与曹寅的唱和诗词可以为证。《石头记》的作者曹雪芹亦然，贾宝玉的“杂学旁收”其实就是曹雪芹的影子叙事。贾宝玉不热衷于八股文章，但是他兴趣广泛，嗜好颇多，书画风筝、古玩器皿、戏曲小说等不仅涉猎成癖，而且极为谙熟。这种有闲阶级所造就的艺术素养，是《石头记》之所以能够博大精深，堪称百科全书的现实条件。《石头记》的诗性得益于其中的诗词创作，而诗词创作恰恰是曹頫所擅长和引以为得意的。因此曹雪芹与曹頫之间的关系，从知人论世的维度来看，似乎就很值得做进一步的深入探究。

---

① ［清］黄宗羲：《黄宗羲全集》（第十册），浙江古籍出版社1993年版，第76页。

② 叶嘉莹：《漫谈〈红楼梦〉中的诗词》，《陕西师范大学学报》2004年第3期，第62页。

③ ［清］曹雪芹著、脂砚斋评：《红楼梦脂评汇校本》，吴铭恩汇校，万卷出版公司2013年版，第346—347页。

自觉·自由·自主

——鲁迅的精神历程和小说创作

解洪祥

内容摘要：鲁迅的精神历程是探索和阐明现代自觉、自由、自主的实现条件、实现方式的思维过程。从鲁迅的精神历程看他的小说创作，如果说《呐喊》是其救国之梦的实施，《彷徨》（主要是《孤独者》和《在酒楼上》）是其救国之梦的受挫，那么，《故事新编》中的《非攻》（墨子）和《理水》（大禹），则是其救国之梦的实现，是圆梦之作。鲁迅以小说的形式表现其救国之梦，虽不能说圆满，但大体是实现了的。

关键词：鲁迅　精神历程　小说创作

一、精神历程

假如说，鲁迅的一生，是自觉地为中华民族、中国民众争取现代新生，亦即争取现代自由、现代自主的一生的话，那么鲁迅的精神历程，就是探索和阐明这种自觉、自由、自主的实现条件、实现方式的思维过程。基于这种理解，本文认为，鲁迅的精神历程大体经过了两个阶段。留学日本时期为第一阶段，从五四到鲁迅离世为第二阶段。

第一阶段由三个环节构成。1903年为第一个环节。1906年幻灯事件为第二个环

作者简介：解洪祥，山东大学文学院教授、博士生导师。

节。1907、1908年为第三个环节。

1903年，鲁迅形成了自己的独特的精神结构。这一结构由三篇文章构成：《中国地质略论》《斯巴达之魂》和《自题小像》。

《中国地质略论》原是一篇述说中国地质、地矿的科学论文。但本文看取的不是其科学价值，而是其思想史、精神史价值。文章用不小的篇幅谈到中国地矿面临被外强攫取的危险，表现的则是中华民族将被瓜分的民族忧患。

民族将被瓜分，中国出路何在？

《斯巴达之魂》明确回答：用生命，用牺牲，抵御外侮，保卫祖国。《斯巴达之魂》的《小序》说得极分明：“我今掇其逸事，贻我青年。呜呼！世有不甘自下于巾帼之男子乎？必有掷笔而起者矣。”①

《自题小像》表达的是个人志向。其结构意义在于，确立和宣布了鲁迅个人同中国社会现实、中华民族历史命运一体的关系。

本来，从某种意义说，这一思想结构所表达的也是一种精神自觉，一种关于民族独立、自由的自觉：民众的觉醒，民众的责任意识、使命意识是民族独立自由的条件，就是说，没有民众的觉醒，没有民众的责任意识、使命意识，所谓民族独立是不存在的，也是不可能存在的。当时的鲁迅也正是以自己的这种精神自觉启发国人的自觉。他的这种忧时救时的意愿是洞然可见的。

但是，1906年的幻灯事件，用残酷的事实把鲁迅推至精神的深渊。那些围观的麻木的看客，铁样地证明：中国不存在“斯巴达武士”，中国也就不存在《斯巴达之魂》所昭示的救时之路。

这对鲁迅是极强的震撼，几乎是致命的一击。假如说，《中国地质略论》使鲁迅痛切感到了民族将被瓜分的外部危机，那么，幻灯事件则是使鲁迅痛切感到民族内部的危机，人的危机，人的精神的危机。

第一阶段的第三个环节，1907、1908年的数篇长篇论文，则是对民族内部危机，人的精神危机的大疗救，是摆脱民族内外危机的根本出路，是鲁迅根本性的精神自觉，尤其是关于民族独立自由的根本性自觉。

同1903年思想结构相比，1907、1908年的思想要丰富得多、也复杂得多了。以至有研究者把1907、1908年的思想结构视为鲁迅精神的逻辑起点。其实不是。逻辑

① 鲁迅：《集外集·斯巴达之魂》，《鲁迅全集》第七卷，人民文学出版社2005年版，第9页。

起点还在1903。

1907、1908年思想结构的根本价值，在于明确提出、确立了立人的思想。但需要注意的是，不能把鲁迅的“立人”，理解为人是目的。不是。根本目的还是忧时救时，还是救国立国，还是民族的独立自由。鲁迅的思想逻辑是，立人立国，通由立人以立国，立国是根本目的，立人是立国的手段。这里，我们看到的是立人立国的一致性。但一致并非相同，并非一回事。以立人而立国，是对洋务派黄金黑铁和改良立宪国会的超越，是鲁迅思想的根本，是鲁迅的旗帜，而且是贯穿一生的根本和旗帜。要说特点，这才是鲁迅的特点。

这里的关键是如何理解鲁迅的立人。本文认为，从精神历程看，1907、1908年的立人思想实际上是提出和论证了人的自觉和自由的自觉的问题。

人的自觉。

1907、1908年鲁迅思想结构的重要内容在于提出并一再强调了自觉的重要。《文化偏至论》：“……则国人之自觉至，个性张，沙聚之邦，由是转为人国。”[①]这里的自觉，显然是针对幻灯事件中看客的麻木而言的。但也同时指出了人与国的关系，指出了人的自觉是人国的条件。鲁迅的逻辑是，麻木的看客，只能组成沙聚之邦，麻木的人是沙聚之邦的条件；而自觉的人，才能组成人国，自觉的人是人国的条件。把麻木的人变成自觉的人（立人），是把沙聚之邦变成人国的根本途径。

但问题是，如何把麻木的人变成自觉的人？换言之，人，怎样才能获得自觉，也就是人的自觉的实现方式。不认识、不解决自觉的实现方式这一问题，自觉就只能是一种空想。1907、1908年鲁迅思想结构的重要价值、重要贡献之一，在于指出了自觉的实现方式——《文化偏至论》：“此所为明哲之士，必洞达世界之大势，权衡较量，去其偏颇，得其神明，施之国中，翕合无间。外之既不后于世界之思潮，内之仍弗失固有之血脉，取今复古，别立新宗，人生意义，致之深邃，则国人之自觉至……”；[②]《摩罗诗力说》：“意者欲扬宗邦之真大，首在审己，亦必知人，比较既周，爰生自觉。”[③]

自由的自觉。

① 鲁迅：《坟·文化偏至论》，《鲁迅全集》第一卷，人民文学出版社2005年版，第57页。

② 鲁迅：《坟·文化偏至论》，《鲁迅全集》第一卷，人民文学出版社2005年版，第57页。

③ 鲁迅：《坟·摩罗诗力说》，《鲁迅全集》第一卷，人民文学出版社2005年版，第67页。

自由很重要，民族独立，社会解放，获得自由很重要。问题在于如何获得自由，亦即自由的实现条件，实现方式。不认识、不解决自由的实现条件，实现方式这一问题，自由就只是一种空想。1907、1908年思想结构的一个重要内容、重要贡献在于相当充分地回答了自由的实现途径、实现方式的问题：战取自由，自由，只能通过战斗获得。《摩罗诗力说》洋洋洒洒说了那么多话，讲了那么多事，那样高度评价“不克厥敌，战则不止”的战斗精神，之所以明知“此篇本意，固不在是”，却仍以很大的篇幅大讲德国战胜法国的大文章，并强调指出“然时之怀热诚灵悟如斯状者，盖非止开纳一人，举德国青年，无不如是。开纳之声，即全德人之声……不为国家，不为皇帝，不为兵刃，国民而已”[①]。

五四时期。

1934年，鲁迅曾在《〈草鞋脚〉小引》一文中谈到五四，谈到“文学革命”：“最初，文学革命者的要求是人性的解放，他们以为只要扫荡了旧的成法，剩下来的便是原来的人，好的社会了”[②]。这，既是对五四“文学革命”的一种概括，也是联系的一种精神自觉，就是说，人性、人道、人情、人，等等，是作为旧的封建的传统的对立物出现的，只有批判旧传统，这种新的人文、人道、人性的东西才能确立。五四时期，鲁迅的所作所为，正是这种自觉精神的体现。

五四作为鲁迅精神历程第二阶段的第一个环节，其主要特点在于人文主义、人道主义思想观念，或可名之曰伦理主义充分展现。进入人文、人道、伦理主义时期的标志性文章是《我的节烈观》。之后，《热风》《呐喊》、这一时期的译文序跋，主旨多在伦理主义方面。

首先，也是最醒目的，是《热风》对“人”的直接的热切的呼唤：“中国的孩子，只要生，不管他好不好，只要多，不管他才不才。生他的人，不负教他的责任。虽然‘人口众多’这一句话，很可以闭了眼睛自负，然而这许多人口，便只在尘土中辗转，小的时候，不把他当人，大了以后，也做不了人。”“中国娶妻早是福气，儿子多也是福气。所有小孩，只是他父母福气的材料，并非将来的‘人’的萌芽，所以随便辗转，没人管他，因为无论如何，数目和材料的资格，总还存在。即使偶

① 鲁迅：《坟·摩罗诗力说》，《鲁迅全集》第一卷，人民文学出版社2005年版，第72—73页。

② 鲁迅：《且介亭杂文·〈草鞋脚〉小引》，《鲁迅全集》第六卷，人民文学出版社2005年版，第21页。

尔送进学堂，然而学校和家庭的习惯，尊长和伴侣的脾气，却多与教育反背，仍然使他与新时代不合。大了以后，幸而生存，也不过‘仍旧贯如之何’，照例是制造孩子的家伙，不是‘人’的父亲，他生了孩子，便仍然不是“人”的萌芽。”[①]

此外，便是对生命的珍视和关切。

《呐喊·兔和猫》：

但自此以后，我总觉得凄凉。夜半在灯下坐着想，那两条小性命，竟是人不知鬼不觉的早在不知什么时候丧失了，生物史上不着一些痕迹，并S也不叫一声。我于是记起旧事来，先前我住在会馆里，清早起身，只见大槐树下一片散乱的鸽子毛，这明明是膏于鹰吻的了，上午长班来一打扫，便什么都不见，谁知道曾有一个生命断送在这里呢？我又曾路过西四牌楼，看见一匹小狗被马车轧得快死，待回来时，什么也不见了，搬掉了罢，过往行人憧憧的走着，谁知道曾有一个生命断送在这里呢？夏夜，窗外面，常听到苍蝇的悠长的吱吱的叫声，这一定是给蝇虎咬住了，然而我向来无所容心于其间，而别人并且不听到……

假使造物也可以责备，那么，我以为他实在将生命造得太滥，毁得太滥了。[②]

第三，是对爱情的少有的直接而热切的呼唤。

《热风·四十》：

有一首诗，从一位不相识的少年寄来，却对于我有意义。——

爱　情

我是一个可怜的中国人。爱情！我不知道你是什么。

我有父母，教我育我，待我很好；我待他们，也还不差。我有兄弟姊妹，幼时共我玩耍，长来同我切磋，待我很好；我待他们，也还不差。但是没有人

① 鲁迅：《热风·随感录二十五》，《鲁迅全集》第一卷，人民文学出版社2005年版，第311—312页。

② 鲁迅：《呐喊·兔和猫》，《鲁迅全集》第一卷，人民文学出版社2005年版，第580页。

曾经“爱”过我，我也不曾“爱”过他。

我年十九，父母给我讨老婆。于今数年，我们两个，也还和睦。可是这婚姻，是全凭别人主张，别人撮合：把他们一日戏言，当我们百年的盟约。仿佛两个牲口听着主人的命令：“咄，你们好好的住在一块儿罢！”

爱情！可怜我不知道你是什么！

诗的好歹，意思的深浅，姑且勿论；但我说，这是血的蒸气，醒过来的人的真声音。

爱情是什么东西？我也不知道。中国的男女大抵一对或一群——一男多女——的住着，不知道有谁知道。

但从前没有听到苦闷的叫声。即使苦闷，一叫便错；少的老的，一齐摇头，一齐痛骂。

然而无爱情结婚的恶结果，却连续不断的进行。形式上的夫妇，既然都全不相关，少的另去姘人宿娼，老的再来买妾：麻痹了良心，各有妙法。所以直到现在，不成问题。

可是东方发白，人类向各民族所要的是“人”，——自然也是“人之子”——我们所有的是单是人之子，是儿媳妇与儿媳之夫，不能献出于人类之前。

可是魔鬼手上，终有漏光的处所，掩不住光明：人之子醒了；他知道了人类间应有爱情；知道了从前一班少的老的所犯的罪恶；于是起了苦闷，张口发出这叫声。

……

我们还要叫出没有爱的悲哀，叫出无所可爱的悲哀。①

第四，同样不容忽视的，是这时期诸多译文序跋中对人性、人道的反复强调。《一个青年的梦·译者序》：“我对于‘人人都是人类的相待，不是国家的相待，才得永久和平，但非从民众觉醒不可’这意思，极以为然，而且也相信将来总要做到。现在国家这个东西，虽然依旧存在；但人的真性，却一天比一天的流露：欧战未完时候，在外国报纸上，时时可以看到两军在停战中往来的美谭，战后相爱的至情。他们

① 鲁迅：《热风·四十》，《鲁迅全集》第一卷，人民文学出版社2005年版，第337—339页。

虽然还蒙在国的鼓子里，然而已经像竞走一般，走时是竞争者，走了是朋友了。”①

此外，《爱罗先珂童话集·序》，1922.1.28；《〈一篇很短的传奇〉译者附记》，1921.11.15；《译了〈工人绥惠略夫〉之后》，1921.4.15等，也都表达了类似的观念。

五卅时期。

与五四时期不同，作为中国现代史的源头，五四的特点是精神觉醒，而五卅，则标志着中国现代史进入了现实社会斗争时期。1923年“二七”惨案，1925年“五卅”惨案，1926年“三一八”惨案，乃至北伐战争，这一切，都是中国现代史进入现实的社会斗争期的重要的标志性事件。

鲁迅卷入了现实的斗争。斗争推动着鲁迅精神的发展。女师大风潮使鲁迅看清了学校当局、教育当局、正人君子们的阴险卑劣，“三一八”惨案的血火，青年学生——包括鲁迅自己的学生，刘和珍、杨德群——的饮弹殒身，使鲁迅看到了可怖的“死地”，“五卅”惨案则使鲁迅发出血的呼喊——“其实，这原因是很容易了然的，就因为我们并非暴徒，并未赤化的缘故”，所以，这期间鲁迅反复强调，“世上如果还有真要活下去的人们，就先该敢说，敢笑，敢哭，敢怒，敢骂，敢打，在这可诅咒的地方击退了可诅咒的时代。”②反复强调，“改革最快的还是‘火与剑’。”这一切都说明，鲁迅已经清楚地意识到，需独立，需解放，需自由，只能依靠现实的社会的强力，实现社会的现实的变革。没有这强力，没有这变革，一切自由，只是空想、空谈。这，当然是思想上的大的进步，精神上的新的自觉。只是，限于历史条件，这时的鲁迅还没有找到现实的社会强力，现实的“火与剑”。所以，这里的所谓“火与剑”还是精神的，“火与剑”也还只是发生并停留于意识层。

当历史条件发生变化，当鲁迅意识到“地火”“在底下运行，奔突”，当鲁迅得知北伐胜利进军的情况时，很明显，鲁迅所渴望的“火与剑”正从其意识层向现实层迅速推移。

直到上海十年，只有当鲁迅深感“无产阶级革命的风涛怒吼起来”，只有当鲁迅深深意识到并明确指出“现在中国最大的问题，人人所共的问题，是民族生存的

---

① 鲁迅：《译文序跋集·一个青年的梦·译者序》，《鲁迅全集》第十卷，人民文学出版社2005年版，第209页。

② 鲁迅：《译文序跋集·一个青年的梦·译者序》，《鲁迅全集》第三卷，人民文学出版社2005年版，第45页。

问题。……而中国的唯一的出路，是全国一致对日的民族革命战争”[①]，并明确表示“中国目前的革命的政党向全国人民所提出的抗日统一战线的政策，我是看见的，我是拥护的，我无条件地加入这战线”[②]的时候，只有当鲁迅亲见那自主，现代自主，“切切实实，足踏在地上，为着现在中国人的生存而流血奋斗者”[③]这变革现实的社会强力确确实实出现在中国现实的大地的时候……一句话，只有当“火与剑”完全变成现实的东西的时候，中华民族中国民众才真正具备了实现现代独立自由的条件。千寻万找，千思万想，鲁迅终于找到了这条件，终于形成了这关于现代自由的自觉。

与自觉、自由处于同一系列、具有同等分量的问题是——自主，现代自主。同对于自觉、自由问题一样，鲁迅对自主、现代自主问题也进行过长时间的探索，有着深刻的认识和高度的自觉。

1932年4月20日，鲁迅在《林克多〈苏联闻见录〉序》中说：“作者是平常的人，文章是平常的文章，所见所闻的苏联，是平平常常的地方，那人民，是平平常常的人物，所设施的正是合于人情，生活也不过像了人样，……而一个簇新的，真正空前的社会制度从地狱底里涌现而出，几万万的群众自己做了支配自己命运的人。”[④]

“几万万的群众自己做了支配自己命运的人”——可以说，这就是“现代自主”的确切定义，是“现代自主”的最高境界，是鲁迅所追求的最高目标，也是中华民族、中国民众的做好的榜样。这认识，这观念，在鲁迅是清楚透彻、刻骨铭心的，以至1935年2月9日，鲁迅在《致孟十还》的信中说：“我想先生且不要厌弃〈人世间〉之类的稿费，因为稿费还是从各方面取得的好，卖稿集中于一个书店，于一个作者是很不利的，后来它就能支配你的生活。”[⑤]“支配你的生活”，也就是个人自主的丧失。稿费，本是小而又小的事，但这“小而又小”显示的却是观念之大：自主性。“几万万的群众自己做了支配自己命运的人”可说是“大而又大”的，“卖稿集

---

① 鲁迅：《且介亭杂文末编·论现在我们的文学运动》，《鲁迅全集》第六卷，人民文学出版社2005年版，第613页。

② 鲁迅：《且介亭杂文末编·答徐懋庸并关于抗日统一战线问题》，《鲁迅全集》第六卷，人民文学出版社2005年版，第549页。

③ 鲁迅：《且介亭杂文末编·答托洛斯基派的信》，《鲁迅全集》第六卷，人民文学出版社2005年版，第610页。

④ 鲁迅：《南腔北调集·林克多〈苏联闻见录〉序》，《鲁迅全集》第四卷，人民文学出版社2005年版，第435—436页。

⑤ 鲁迅：《书信·350209致孟十还》，《鲁迅全集》第十三卷，人民文学出版社2005年版，第382页。

中于一个书店，于一个作者是很不利的”可说是“小而又小”的，而这“大而又大”和“小而又小”其实是等同的，它们是同一观念之母：自主性。

自主性的反面的奴隶性。奴隶性是自主性的丧失，自主性是奴隶性的克服。鲁迅在自主、现代自主问题上的自觉，主要表现在鲁迅深知中华民族、中国民众的自主性的丧失，深知中华民族、中国民众的奴隶性的由来：异族奴役。

据许寿裳回忆：“有一天，谈到历史上中国人的生命太不值钱，尤其是做异族奴隶的时候，我们相对凄然。……我们又常常谈着三个相联的问题：（一）怎样才是理想的人性？（二）中国民族中最缺乏的是什么？（三）它的病根何在？……至于（三）的症结，当然要在历史上去探索，因缘虽多，而两次奴于异族，认为是最大最深的病根。……唯一的救济方法是革命。”①基于这种认识，鲁迅把批判的锋芒自觉指向清王朝，同时指向现实的奴性。

对清王朝奴化政策的揭露——

《且介亭杂文·隔膜》：“满洲人自己，就严分着主奴，大臣奏事，必称‘奴才’，而汉人却称‘臣’就好。这并非因为是‘炎黄之胄’，特地优待，锡以嘉名的，其实是所以别于满人的‘奴才’，其地位还下于‘奴才’数等。”“但是，清朝的开国之君是十分聪明的，他们虽然打定了这样的主意，嘴里却并不照样说，用的是中国的古训：‘爱民如子’，‘一视同仁’。一部分的大臣，士大夫，是明白这奥妙的，并不敢相信。但有一些简单愚蠢的人们却上了当，真以为‘陛下’是自己的老子，亲亲热热的撒娇讨好去了。他那里要这被征服者做儿子呢？于是乎杀掉。”②

《且介亭杂文·病后杂谈之余》：“现在不说别的，但看雍正乾隆两朝的对于中国人著作的手段，就足够令人惊心动魄。全毁，抽毁，剜去之类也且不说，最阴险的是删改了古书的内容。乾隆朝的纂修《四库全书》，是许多人颂为一代之盛业的，但他们却不但捣乱了古书的格式，还修改了古人的文章；不但藏之内廷，还颁之文风较盛之处，使天下士子阅读，永不会觉得我们中国的作者里面，也曾经有过很有些骨气的人。”“清朝不单自掩其凶残，还要替金人来掩饰他们的凶残。据此一条，可见俞正燮入金朝于仁君之列，是不确的了，他们不过是一扫宋朝的主奴之分，一

① 许寿裳：《我所认识的鲁迅·回忆鲁迅》，转引自鲁迅博物馆、鲁迅研究室编《鲁迅年谱》（增订本）第一卷，人民文学出版社1981年版，第83—84页。

② 鲁迅：《且介亭杂文·隔膜》，《鲁迅全集》第六卷，人民文学出版社2005年版，第45页。

律都作为奴隶，而自己则是主子。”①

《且介亭杂文·买〈小学大全〉记》：“近来明人小品，清代禁书，市价之高，决非穷读书人所敢窥觎，但《东华录》，《御批通鉴辑览》，《上谕八旗》，《雍正朱批谕旨》……等，却好像无人过问，其低廉为别的一切大部书所不及。倘有有心人加以收集，一一钩稽，将其中的关于驾御汉人，批评文化，利用文艺之处，分别排比，辑成一书，我想，我们不但可以看见那策略的博大和恶辣，并且还能够明白我们怎样受异族主子的驯扰，以及遗留至今的奴性的由来的罢。”②

对现实的奴性的揭露——

由于鲁迅先生对国人的奴性深恶痛绝，所以对现实中的奴性的种种表现往往一而再、再而三地反复揭露批判。比如，1921年，鲁迅曾写过一篇短文，《“生降死不降”》“大约十五六年以前，我竟受了革命党的骗了。”“他们说：非革命不可！你看，汉族怎样的不愿意做奴隶，怎样的日夜想光复，这志愿，便到现在也铭心刻骨的。试举一例罢，——他们说——汉人死了入殓的时候，都将辫子盘在顶上，像明朝制度，这叫做‘生降死不降’！”“生降死不降，多么悲惨而且值得同情呵。”“然而近几年来，我的迷信却破裂起来。我看见讣文上的人，大抵是既未殉难，也非遗民，和清朝毫不相干的；或者倒反食过民国的‘禄’。而他们一死，不是‘清封朝议大夫’，便是‘清封恭人’，都到阴间三跪九叩的上朝去了。”③而这同一意思，1925年又写了一篇，《集外集拾遗·我才知道》：“时常看见些讣文，死的不是什么‘清封什么大夫’便是‘清封什么人’。我才知道中华民国国民一经死掉，就又去降了清朝了。”④又比如，1936年9月27日，鲁迅写过一篇短文，《且介亭杂文末编·“立此存照”（七）》，针对有人主张“杀害外侨，这比较杀害自国人民，罪加一等”，鲁迅指出：“这‘大国民的风度’非常之好，……不过我们站在中国人的立场上，却还‘希望’我们对于自己，也有这‘大国民的风度’，不要把自国的人民的生命价值，估计得只值外侨

① 鲁迅：《且介亭杂文·病后杂谈之余》，《鲁迅全集》第六卷，人民文学出版社2005年版，第188—189页。

② 鲁迅：《且介亭杂文·买〈小学大全〉记》，《鲁迅全集》第六卷，人民文学出版社2005年版，第60页。

③ 鲁迅：《集外集拾遗补编·“生降死不降”》，《鲁迅全集》第八卷，人民文学出版社2005年版，第121页。

④ 鲁迅：《集外集拾遗·我才知道》，《鲁迅全集》第七卷，人民文学出版社2005年版，第300页。

的一半，以至于‘罪加一等’。主杀奴无罪，奴杀主重办的刑律，自从民国以来（呜呼，二十五年了！）不是早经废止了么？”“大朋友，我们既然生着人头，努力来讲人话罢！”[①]第二天，也就是9月28日，在《致黎烈文》中又说：“……此次《儿童专刊》上一文，竟主张中国杀日本人，应加倍治罪，此虽日本人尚未敢作此种主张，此作者真畜类也。”此外，鲁迅在《我谈堕民》中说：“为了一点点犒赏，不但安于做奴才，而且还要做更广泛的奴才，还得出钱去买做奴才的权利，这是堕民以外的自由人所万想不到的罢。”[②]对于奴性的深入骨髓，鲁迅是多么惊讶、多么痛心啊！而《南腔北调集·漫与》一文，则对于安于奴隶生活、叹赏奴隶生活的现象表示了极大的愤慨：“一个活人，当然总想活下去的，就是真正老牌的奴隶，也还在打熬着要活下去。然而自己明知道是奴隶，打熬着，并且不平着，挣扎着，一面‘意图’挣脱以至实行挣脱的，即使暂时失败，还是套上了镣铐罢，他都不过是单单的奴隶。如果从奴隶生活中寻出‘美’来，赞叹，抚摩，陶醉，那可简直是万劫不复的奴才了，他使自己和别人永远安住于这生活。就因为奴群中有这一点差别，所以使社会有平安和不安的差别，而在文学上，就分明的显现了麻醉的和战斗的不同。”[③]

如同鼓励战斗性，是为了获取自由；这里，批判奴隶性、奴性，则是为了争得自主。

总结起来，似乎可以说，鲁迅自觉地为中华民族、中国民众争取现代自由、现代自主的斗争，在现代中国有了相当的深入的进展；而从精神历程说，鲁迅对这种自觉、自由、自主的实现条件、实现方式的探索，由于中国现代工农革命、由于苏联十月革命的成功，是基本完成、至少说是接近完成了的。

二、《呐喊》《彷徨》

假如从鲁迅的精神历程看他的小说创作，那么，大体可以说，《呐喊》对应着五四时期，《彷徨》则对应着五卅时期。

---

① 鲁迅：《且介亭杂文末编·“立此存照”（七）》，《鲁迅全集》第六卷，人民文学出版社2005年版，第658—659页。

② 鲁迅：《准风月谈·我谈堕民》，《鲁迅全集》第五卷，人民文学出版社2005年，第228页。

③ 鲁迅：《南腔北调集·漫与》，《鲁迅全集》第四卷，人民文学出版社2005年，第604页。

《呐喊·自序》中说："我在年青时候也曾做过许多梦，后来大半忘却了，但自己也并不以为可惜。所谓回忆者，虽说可以使人欢欣，有时也不免使人寂寞，使精神的丝缕还牵着已逝的寂寞的时光，又有什么意味呢，而我偏苦于不能全忘却，这不能全忘的一部分，到现在便成了《呐喊》的来由。"①

这是说，《呐喊》与早年的梦有关。其实，不仅《呐喊》，《彷徨》也这样。

"年轻的时候"也就是留日时期，确曾做过许多梦；但最大、最重要的一个梦，则是1903年的精神结构，经过1906年的幻灯事件，到1907、1908年所呈现出的民族复兴的总体构想：中国必须有自己的"斯巴达武士"，中国必须有如同1813年德国战胜拿破仑的抗争的"国民"（"故推而论之，败拿破仑者，不为国家，不为皇帝，不为兵刃，国民而已"），中国必须依靠自己的摩罗诗人，依靠中国自己的精神界之战士去唤醒国人，以建成"人国"。尽管，这救国之梦，这总体构想，难免流于某种空疏，与实际有一定的距离，但它宏大清晰、明确自觉，更重要的是，梦者有充分的自信和实施的决心。可以说，这之后的实践，就是圆梦的过程。表现在小说创作上，《呐喊》是这梦的实施，《彷徨》则是这梦的受挫。

《呐喊》有多方面的内容。一个突出的方面，可以《狂人日记》为代表，对封建宗法社会、对传统礼教"吃人"本质进行揭露，这是广为人知的。又一方面，可以《阿Q正传》为代表，对所谓国民劣根性进行批判，也是不必多说的。但有两点，本文愿意重复强调，一是，《阿Q正传》的精神实质，如用一个字或一句话来表达，那就是：逃，逃避，逃跑。这是鲁迅反复指出的，造出许多奇妙的逃路。揭露逃、批判逃，实际即是呼唤抗争。另一点，就是这样一个阿Q，也有革命的要求，并有革命的"行动"。尽管是自发的、朦胧的，但又是真诚的、强烈的。所以当有人怀疑、否定阿Q的革命性时，鲁迅就毫不犹豫地为他辩护，一再明确肯定他的革命性。这一点很重要。这里的革命性，也就是抗争，也就是逃的反面。指出革命性，肯定革命性，这在很大程度上反映、显示出鲁迅思想倾向、精神倾向的重要的根本的方面，也是《呐喊》蕴含着的、本有的方面。

此外，还有两个方面，本文也愿意反复强调。

一方面，对儿时美好情谊的追怀。《故乡》里有这样的话："这时候，我的脑里忽然闪出一幅神异的图画来：深蓝的天空中挂着一轮金黄的圆月，下面是海边的

① 鲁迅：《呐喊·自序》，《鲁迅全集》第一卷，人民文学出版社2005年版，第437页。

沙地，都种着一望无际的碧绿的西瓜，其间有一个十一二岁的少年，项带银圈，手捏一把钢叉，向一匹猹尽力的刺去，那猹却将身一扭，反从他的胯下逃走了。……阿！闰土的心里有无穷无尽的希奇的事，都是我往常的朋友所不知道的。他们不知道一些事，闰土在海边时，他们都和我一样只看见院子里高墙上的四角的天空。可惜正月过去了，闰土须回家去，我急得大哭，他也躲到厨房里，哭着不肯出门。但终于被他的父亲带走了。他后来还托他的父亲带给我一包贝壳和几支很好看的鸟毛，我也曾送去一两次东西，但从此没有再见面。"[①]

这里，一面是"深蓝的天空"，"海边的沙地"，一面是"院子里高墙上的四角的天空"，褒贬好恶，尽在其中。

和《故乡》一样，《社戏》也有对儿时生活的追忆：阿发、双喜、航船、罗汉豆……

这些，在《呐喊》里并不多，但重要，很重要。因为，这些儿时的东西，是和现实相对立的，儿时的故乡是和现实的故乡对立着的，儿时的情谊是和现实的一声"老爷"、现实的"隔绝"对立着的。"老屋离我愈远了；故乡的山水也都渐渐远离了我，但我却并不感到怎样的留恋。我只觉得我四面有看不见的高墙，将我隔成孤身，使我非常气闷；那西瓜地上的银项圈的小英雄的影像，我本来十分清楚，现在却忽地模糊了，又使我非常的悲哀。"[②]而现实的"隔绝"，又是鲁迅现实观中的核心和根本的观念。鲁迅在《俄文本〈阿Q正传〉序及著者自序传略》中说："我虽然已经试做，但终于自己还不能很有把握，我是否真能够写出一个现代的我们国人的魂灵来。别人我不得而知，在我自己，总仿佛觉得我们人人之间各有一道高墙，将各个分离，使大家的心无从相印。这就是我们古代的聪明人，即所谓圣贤，将人们分成十等，说是高下各不相同。其名目现在虽然不用了，但那鬼魂却依然存在，并且，变本加厉，连一个人的身体也有了等差，使手对于足也不免视为下等的异类。造化生人，已经非常巧妙，使一个人不能感到别人的肉体上的痛苦了，我们的圣人和圣人之徒却又补了造化之缺，并且使人们不再会感到别人的精神上的痛苦。我们的古人又造出了一种难到可怕的一块一块的文字；但我还并不十分怨恨，因为我觉得他们倒并不是故意的。然而，许多人却不能借此说话了，加以古训所筑成的高墙，

① 鲁迅：《呐喊·故乡》，《鲁迅全集》第一卷，人民文学出版社2005年版，第502—504页。

② 鲁迅：《呐喊·故乡》，《鲁迅全集》第一卷，人民文学出版社2005年版，第510页。

更使他们连想也不敢想。我们现在所能听到的，不过是几个圣人之徒的意见和道理，为了他们自己；至于百姓，却就默默的生长，萎黄，枯死了，像压在大石底下的草一样，已经有四千年！”[①]

而如何打破这种“隔绝”，使人们相互关心，又是鲁迅人文观念的重要内容。

另一方面，是对生命的挚爱。

这一点，在上文谈鲁迅五四时期伦理主义精神倾向时已摘引了《兔和猫》里的一段文字。这里还想补充一点，即作者对猫的仇视——

> 嗥的一声，又是两条猫在窗外打起架来。
>
> “迅儿！你又在那里打猫了？”
>
> “不，他们自己咬。他那里会给我打呢。”
>
> 我的母亲是素来很不以我的虐待猫为然的，现在大约疑心我要替小兔抱不平，下什么辣手，便起来探问了。而我在全家的口碑上，却的确算一个猫敌。我曾经害过猫，平时也常打猫，尤其在它们配合的时候。但我之所以打的原因并非因为他们的配合，是因为他们嚷，嚷到使我睡不着，我以为配合是不必这样大嚷而特嚷的。
>
> 况且黑猫害了小兔，我更是“师出有名”的了。我觉得母亲实在太修善，于是不由的就说出模棱的近乎不以为然的答话来。
>
> ……
>
> 那黑猫是不能久在矮墙上高视阔步的了，我决定的想，于是又不由的一瞥那藏在书箱里的一瓶青酸钾。[②]

这里，“氰酸钾”是很重的一笔。这“重”，就文本说，《兔和猫》，篇名尽管二者并重，但整篇作品的重心无疑在兔，在兔的玲珑可爱；而猫，始终只是一个阴影。这“重”，尤在精神结构。鲁迅，对生命，是那样珍惜，那样挚爱；但这珍惜、这挚爱，是笼罩在巨大的强大的回护、呵护里的，他不允许这生命受到丝毫的侵扰，

① 鲁迅：《集外集·俄文译本〈阿Q正传〉序及著者自序传略》，《鲁迅全集》第七卷，人民文学出版社2005年版，第83—84页。

② 鲁迅：《呐喊·兔和猫》，《鲁迅全集》第一卷，人民文学出版社2005年版，第581页。

对于任何侵扰，他都会投入毁灭性还击。“氰酸钾”就是这毁灭性。有了这毁灭性，才是鲁迅生命哲学的全盘，爱的哲学的全盘，人道主义的全盘。本文十分重视这“全盘”，离开了“全盘”的生命哲学、爱的哲学、人道主义，或许有吧，但那不是鲁迅的。

《彷徨》却是鲁迅救国之梦的受挫。

《呐喊》《彷徨》尽管一向并提，其实是不同的。假如说《呐喊》的特点在“呐喊”，那么《彷徨》的特点则在“彷徨”。关于《彷徨》，鲁迅说：“后来《新青年》的团体散掉了，有的高升，有的退隐，有的前进，我又经验了一回同一战阵中的伙伴还是会这么变化，并且落得一个‘作家’的头衔，依然在沙漠中走来走去，不过已经逃不出在散漫的刊物上做文字，叫作随便谈谈。有了小感触，就写些短文，夸大点说，就是散文诗，以后印成一本，谓之《野草》。得到较整齐的材料，则还是做短篇小说，只因为成了游勇，布不成阵了，所以技术虽然比先前好一些，思路也似乎较无拘束，而战斗的意气却冷得不少。新的战友在那里呢？我想，这是很不好的。于是集印了这时期的十一篇作品，谓之《彷徨》，愿以后不再这模样。”①

“战斗的意气却冷得不少”，这不是谦辞，是实话。

但是，《彷徨》十一篇作品，也并非篇篇“彷徨”的。《肥皂》《高老夫子》中的揭露与讽刺、《长明灯》里的执拗与决绝，就一点也不彷徨，战斗的意气一如既往。《祝福》《离婚》，尽管给人以重压，但我们仍能感受到作者压抑着的悲愤和怒火。甚至《伤逝》，也不必列入“彷徨”之列。因为《伤逝》不管怎样悔恨、悲哀、痛心、忧伤，其实这一切的一切，都是在作者精神的烛照里的——“自由固不是钱所能买到的，但能够为钱而卖掉”。《伤逝》写作的前一年里，也就是1924年，鲁迅在《娜拉走后会怎样》的讲演里所说的这一句话，实际是《伤逝》的思想基础和精神依据。鲁迅在讲演里解释说：“然而娜拉既然醒了，是很不容易回到梦境的，因此只得走；可是走了以后，有时却也免不掉堕落或回来。否则，就得问：她除了觉醒的心以外，还带了什么去？倘只有一条像诸君一样的紫红的绒绳的围巾，那可是无论宽到二尺或三尺，也完全是不中用。她还须更富有，提包里有准备，直白地说，就是要有钱。”“梦是好的，否则，钱是要紧的。”“所以为娜拉计，

---

① 鲁迅：《南腔北调集·〈自选集〉自序》，《鲁迅全集》第四卷，人民文学出版社2005年版，第469页。

钱，——高雅的说罢，就是经济，是最要紧的了。”[①]经济、经济制度、社会制度、社会改革，才是个性解放、恋爱自由的基础。涓生、子君的悲剧，就是因为没有这个基础。在这样的精神的朗照里，是不会有什么“彷徨”的。所以，《彷徨》里真正彷徨的篇什，是《孤独者》和《在酒楼上》。

真正让鲁迅惊讶不已，真正触动鲁迅的精神的根子，真正处在鲁迅的精神烛照之外而使鲁迅救国之梦受挫的，是《孤独者》里的魏连殳和《在酒楼上》的吕纬甫。

这里所谓“鲁迅的精神的根子”，即留日时期所形成的救国之梦：中国必须有自己的“斯巴达武士”，中国必须有如同1813年德国战胜拿破仑的抗争的国民；中国必须依靠自己的摩罗诗人，必须依靠自己的精神界之战士去唤醒国人，以生命和牺牲，保卫国家，并建成自己的“人国”。在鲁迅的设想里，觉醒并抗争的青年知识分子魏连殳、吕纬甫本应就是这样的精神界之战士，本应就是中国的“开纳”。然而，事实竟是这样：魏连殳、吕纬甫竟然都放弃了自己的神圣的使命和责任，一个做了杜师长的顾问，一个则完全颓唐。这多么残酷、多么严酷，却又都是事实，铁一样的事实。

这铁一样的事实，无情地冲击着并生生地改变着鲁迅的一个根本性的观念，关于文化人、知识人的观念。

关于文化人、知识人在民族独立和社会解放中的历史作用，鲁迅的看法有一个根本性的变化。早年留日时期，由于幻灯事件的刺激，鲁迅痛感民众精神上的麻木，而非体质上的孱弱，才是民族独立的根本障碍，于是立志改革国民精神，决心提倡文艺运动，所以把文化人、知识者看得很重，视为关键。但后来，通过长期社会革命的实践，知识人暴露出许多问题，致使鲁迅对于知识者的看法有了很大的改变。这种改变，《对于左翼作家联盟的意见》说得很清楚：“我以为在现在，‘左翼’作家是很容易变成‘右翼’作家的。……倘若不和实际的社会斗争接触，单关在玻璃窗内做文章，研究问题，那是无论怎样的激烈，‘左’都是容易办到的；然而一碰到实际，便即刻要撞碎了。”[②]之后，又多次谈到。1934年12月10日《致萧军萧红》：“义军的记载看过了，这样的才可以称为战士，真叫我似的弄笔的人惭愧。我觉得文人的性质，是颇不好的，因为他们智识思想，都较为复杂，而且处在可以东倒西歪

① 鲁迅：《坟·娜拉走后怎样》，《鲁迅全集》第一卷，人民文学出版社2005年版，第167—168页。

② 鲁迅：《对于左翼作家联盟的意见》，《鲁迅全集》第四卷，人民文学出版社2005年版，第238页。

的地位，所以坚定的人是不多的。”[1]1935年4月23日《致萧军萧红》：“我看中国有许多智识分子，嘴里用各种学说和道理，来粉饰自己的行为，其实却只顾自己一个的便利和舒服。”[2]魏连殳、吕纬甫当然不是这种改变的唯一原因，但至少是一个重要原因。

当然，对于魏连殳、吕纬甫，鲁迅的态度还是不同的，因为他们的情况原本不同。魏连殳不但放弃斗争，而且屈节事敌。所以，对于魏连殳，惊讶之余，是愤慨和批评。吕纬甫则不同，对于他的颓唐，鲁迅是惊讶和痛惜，但又伴着某种程度的忧伤和哀婉。

何以忧伤，何以哀婉呢？

假如人确有历史主义（社会本位、历史本位）和伦理主义（人本位、人性人情本位）两个方面、两种精神倾向，那么，吕纬甫的颓唐，主要是在历史主义方面，放弃理想、放弃斗争；而在伦理主义方面，在人性人情方面，吕纬甫似乎天良未泯。这从为小弟迁坟和给阿顺买剪绒花二事可以见出。尽管，吕纬甫把这两件事都视为无聊，敷敷衍衍，骗骗母亲，其实并不尽然。第一，这两件事都是母亲牵肠挂肚、再三嘱咐的，而吕纬甫是很不愿意让母亲失望的。这就是天地良心。第二，吕纬甫对他弟弟的态度也能见出这一点——他说，“我当时忽而很高兴，愿意掘一回坟，愿意一见我那曾经和我很亲睦的小兄弟的骨殖”，但当发现尸骨全无时，他的眼圈微红了，吕纬甫接着说，“其实，这本可以不必再迁，只要平了土，卖掉棺材，就此完事了的。……但我不这样，我仍然铺好被褥，用棉花裹了些他先前身体所在的地方的泥土，包起来，装在新棺材里，运到我父亲埋着的坟地上，在他的坟旁埋掉了。”——分明是亲情缱绻。这就是天地良心。尤其能见出吕纬甫心地善良、重情重义的是第三点，给阿顺买剪绒花。吕纬甫说：“我对于这差使倒并不以为厌烦，反而很喜欢；为阿顺，我实在还有些愿意出力的意思的。前年，我回来接我母亲的时候，有一天，长富正在家，不知怎的我和他闲谈起来了。他便要请我吃点心，荞麦粉，并且告诉我所加的是白糖。……我被劝不过，答应了，但要求只要用小碗。他也很识世故，便嘱咐阿顺说，‘他们文人，是不会吃东西的，你就用小碗，多加糖！’然而等到调好端来的时候，仍然使我吃一吓，是一大碗，足够我吃一天。……我生平

① 鲁迅：《致萧红萧军》，《鲁迅全集》第十三卷，人民文学出版社2005年版，第287页。

② 鲁迅：《致萧红萧军》，《鲁迅全集》第十三卷，人民文学出版社2005年版，第445页。

没有吃过荞麦粉，这回一尝，实在不可口，却是非常甜。我漫然的吃了几口，就想不吃了，然而无意中，忽然间看见阿顺远远的站在屋角里，就使我立刻消失了放下碗筷的勇气。我看她的神情，是害怕而且希望，大约怕自己调得不好，愿我们吃得有味。我知道如果剩下大半碗来，一定要使她很失望，而且很抱歉。我于是同时决心，放开喉咙灌下去了……我由此才知硬吃的苦痛……然而我毫不抱怨，因为她过来收拾空碗时候的忍着的得意的笑容，已尽够赔偿我的苦痛而有余了。所以我这一夜虽然饱胀得睡不稳，又做了一大串噩梦，也还是祝赞她一生幸福，愿世界为她变好。”“我先前并不知道她曾经为了一朵剪绒花挨打，但因为母亲一说起，便也记得了荞麦粉的事，意外的勤快起来了。我先在太原城里搜求了一遍，都没有；一直到济南……”①

值得注意的是，吕纬甫的话刚说到这里，作品出现了这样一笔：“窗外沙沙的一阵声响，许多积雪从被他压弯了的一枝山茶树上滑下去了，树枝笔挺的伸直，更显出乌油油的肥叶和血红的花来。”②——山茶花的重现！说“重现”，因为作品开始时曾写到山茶花，一石居楼上空空如也，“任我拣得最好的坐位：可以眺望楼下的废园。这园大概是不属于酒家的，我先前也曾眺望过许多回，有时也在雪天里。但现在从惯于北方的眼睛看来，却很值得惊异了：几株老梅竟斗雪开着满树的繁花，仿佛毫不以深冬为意；倒塌的亭子边还有一株山茶树，从暗绿的密叶里显出十几朵红花来，赫赫的在雪中明得如火，愤怒而且傲慢，如蔑视游人的甘心于远行。我这时又忽地想到这里积雪的滋润，著物不去，晶莹有光，不比朔雪的粉一般干，大风一吹，便飞得满空如烟雾”。③这时，吕纬甫还没有出场，当然不是写吕纬甫。这是写“我”的，写“我”的情绪。什么情绪？抗争的情绪，是对索漠、孤独、感伤、低回等等的抗争。是抗争，又是诀别，是分道扬镳，是“我”要愤然前行。但与此不同，山茶花的重现，则是写吕纬甫的，是对吕纬甫给阿顺买剪绒花的善意的颂赞。来自谁的颂赞？当然不是吕纬甫的自颂，而是“我”的颂赞，作者鲁迅的颂赞。总之，由于吕纬甫天良未泯，真性犹存。所以，鲁迅在对他政治上的颓唐感到惊讶和痛惜的同时，不能不忧伤和哀婉了。

① 鲁迅：《在酒楼上》，《鲁迅全集》第二卷，人民文学出版社2005年版，第28—31页。

② 鲁迅：《在酒楼上》，《鲁迅全集》第二卷，人民文学出版社2005年版，第31页。

③ 鲁迅：《在酒楼上》，《鲁迅全集》第二卷，人民文学出版社2005年版，第25页。

从鲁迅的精神历程看他的小说创作，如果说《呐喊》是其救国之梦的实施，《彷徨》（主要是《孤独者》和《在酒楼上》）是其救国之梦的受挫，那么，《故事新编》中的《非攻》（墨子）和《理水》（大禹），则是其救国之梦的实现，是圆梦之作。墨子和大禹，实际是救国的社会强力的象征性表现。鲁迅本想正面描写救国的社会力量，正面写红军的斗争，因材料不足，未能实现，却象征性地实现在《非攻》和《理水》里了。这样，似乎可以说，鲁迅以小说的形式表现其救国之梦，虽不能说圆满，但大体是实现了的。

语言伦理与20世纪中国小说的审美形态

温奉桥　李萌羽

内容摘要：五四“白话文学观”开启了20世纪中国小说语言的新伦理。在启蒙主义与民粹主义纠合交缠的历史语境下，“大众本位”逐渐成为20世纪中国小说的主流语言伦理。20年代后期兴起的“革命文学”、30年代“大众文学”、40年代“工农兵文学”，构成了“大众本位”语言伦理的完整链条。新时期以来，“大众本位”的语言伦理逐渐被“本体论”文学语言观所取代，中国小说语言伦理再次完成了否定之否定的过程。语言伦理的嬗变深刻影响了20世纪中国小说的整体审美建构和审美品格。

关键词：20世纪　小说　语言　伦理　审美形态

五四新文学诞生距今已逾百年，如何评价“五四”以来百年文学实践，特别是白话本位基础上建构起来的文学语言伦理及其与20世纪中国文学审美建构之间的内在关系，是每一个现代文学研究者都不得不思考、面对的问题。新的文学语言伦理的辩证生成，其本质是新的文学审美建构的开始。整体而言，大众本位构成了20世纪中国文学语言的基本伦理，并深刻制约了20世纪中国文学的整体风貌和美学品格。

作为“语言的艺术”，语言及其伦理在最基础的意义上构成了文学的唯一实在。何谓“伦理”？“伦”即关系，“理”即道理、规则，“伦理”原指人际关系的秩序和

基金项目：本文系国家社科规划项目“中国新时期小说隐喻叙事研究”（项目编号：15BZW0035）。

作者简介：温奉桥，中国海洋大学文学与新闻传播学院教授，博士生导师，主要研究方向：中国现当代文学。李萌羽，博士，中国海洋大学文学与新闻传播学院教授，主要研究方向：比较文学与世界文学。

法则。本文之谓“语言伦理”，更指向于语言的内在组合关系和辩证生成机制，因为一般而言，语言并非直接反映世界，而是通过符号和符号构成的组合关系建构世界，这种语言的组合关系即语言伦理。这里所说的“语言”，包括语言符号体系和言语行为两个层面。

一、白话本位与新文学的发生

五四文学的发生始自语言变革，故五四新文学运动又称“白话文运动”，可见语言变革之于这场文学运动的基础性意义。五四新文学肇始于语言的变革，具有一定偶然性，这从胡适《逼上梁山——文学革命的开始》即可得知。然而，这并不能遮蔽白话文运动背后的深层动因。新文学运动的直接原因，也许正如周作人指出的：“到了洪宪时代上下都讲复古，外国的东西又不值钱了，大家卷起袖子，来做国粹的小说。于是玉梨魂派的艳情小说，技击余闻派的笔记小说，大大的流行。”[①]然而，这些“大大的流行”的小说，却并未提供新的思想内涵和情感方式，特别是艳情小说的畸形繁荣，在一定程度上加剧了人们对民初小说的恶感，这构成了五四新文学革命发生的背景，更是其逻辑起点。

对于民初小说的语言，学界鲜有关注。有的学者研究发现民初小说语言“空前驳杂”：“文言俗语相间，汉语英文夹杂，官话方言并行”[②]，这其实只是问题的一个方面；白话文兴起的另一更直接的动因则是骈文小说的“异军突起”，学者刘纳将这一现象称为民初小说的“奇景”。骈文本是一古老文体，民初的突然兴盛有其复杂的社会和文化背景。但是，作为现成的反面教材，骈文小说的确构成了五四文学变革的最好“藉口”，胡适把“文胜质”作为文学堕落之根由，其所指主要就是此时的骈文小说，其中，最受诟病的是徐枕亚的《玉梨魂》。《玉梨魂》虽属当时“第一流作品”[③]，其艺术性远超当时流行的一般骈文小说，即便如此，刘半农所批评的“空泛、肉麻、无病呻吟”，也确为当时骈文小说之通病。

---

① 周作人：《论“黑幕”》，见严家炎编：《二十世纪中国小说理论资料》（第2卷），北京大学出版社1997年版，第73页。

② 陈迪强：《“五四”文学革命之前的小说语言状况考论——以1914—1916年的小说杂志为中心》，《中国现代文学研究丛刊》2014年第9期，第42页。

③ 曹聚仁：《文坛五十年》，东方出版中心1997年版，第103页。

针对民初小说矫揉造作、柔靡妍丽的文风，陈独秀、胡适所倡导的白话文运动便有了“靶子”，这是新文学运动首先指向语言变革的根由之一。无论陈独秀的“三大主义”，还是胡适的“八事”，几乎条条都是针对语言一文体的。胡适在《建设的文学革命论》中更是进一步提出：“一切语言文字的作用在于达意表情；达意达得妙，表情表得好，便是文学。”白话文学应“有什么话，说什么话；话怎么说，就怎么说”①，从一般日常语言伦理而言，胡适的白话主张没有问题，但从文学语言而言，“话怎么说，就怎么说”则恰恰是违反文学语言伦理的。按照胡适这一语言伦理，不可能“达意达得妙，表情表得好”，也就更不可能实现“国语的文学，文学的国语”之“唯一宗旨”。事实上，无论是“国语的文学”还是“文学的国语”，其根本旨归在“国语”，而非一般意义上的文学语言。胡适的理论武器是进化论，并由此提出了“死文字”和“活文学”概念：“无论如何，死文字决不能产生活文学。若要造一种活的文学，必须有活的工具……我们必须先把这个工具抬高起来，使它成为公认的中国文学工具。”②胡适挟“历史的文学观念”，但在逻辑上却未必站得住脚，这反映了胡适在文学语言问题上的矛盾性。

客观而言，胡适的语言伦理有其特殊时代语境。“五四”一代学者普遍把文学革命看作思想革命的先导，这是时代的共识。显然，陈独秀、胡适的文学革命从“白话文”入手，具有一种“策略性”。自新文化运动开始，文学就担负起了启蒙、动员、组织民众的任务，这既是新文学的优良传统，在一定程度上又深刻影响了新文学的美学品格。胡适很早就意识到“文字是文学的基础”，但其提倡白话文的初衷在于为中国的政治、思想打下“革新的基础”，即“五四新文学从语言变革入手，旨在破坏与语言相联系的文化价值系统和情感系统，造成了传统文学的解体”③。显然，白话文学观，其核心在“白话”，而不在文学自身。

陈独秀、胡适等提倡的五四文学革命，从语言入手提出了白话文学、平民文学的理念，触及新文学的某些根本问题，为新文学的诞生做出过重要贡献。但胡适关

① 胡适：《建设的文学革命论》，见《中国新文学大系·建设理论集》（影印本），上海文艺出版社1980年版，第129页。

② 胡适：《逼上梁山》，见《中国新文学大系·建设理论集》（影印本），上海文艺出版社1980年版，第19页。

③ 刘纳：《嬗变——辛亥革命时期至五四时期的中国文学》，中国社会科学出版社1998年版，第245页。

于文学语言的观点，只是“粗浅地触及”“文学上根本问题”[①]，陷入了“只考虑口语忽视文学语”的“口语中心论”[②]，无疑是一个“过于简捷的判断”[③]。穆卡罗夫斯基把语言分为“标准语言”和“诗的语言”，虽然胡适的《文学改良刍议》等，其出发点是“诗的语言”，而事实上胡适的论述更多停留在“标准语言”层面，未能真正深入到文学语言的内在本质。甚至在文学与语言的关系上，胡适也存在一些较为模糊的认识。虽然五四文学语言上的成就客观上远远超过了胡适的“标准”，但是也应看到，五四白话本位的语言伦理观对20世纪中国文学的审美建构产生了潜在的复杂影响。

二、大众化、民间本位与文学民粹主义

然而，在另一意义上胡适的白话本位开启了20世纪中国文学的大众化之门，特别是其“建设一种浅近的，明瞭的，通俗的，平民的，写实的文学”[④]理念，客观上为20世纪中国文学的大众化运动提供了舆论前提和逻辑起点。在20世纪中国文艺思潮的历史演进中，文艺大众化思潮的发生无疑具有重要意义，甚至在很大程度上改变了中国文学的发展方向，成为一种整控性力量。

20世纪30年代持续展开的文艺大众化讨论，有其复杂背景和深层动因，事实上，早在20年代中期成仿吾就提出了“民众艺术”的概念，只是影响甚微。“文艺大众化”反映在语言伦理上，则是五四时代既已“预留”的语言大众本位与30年代民粹主义思潮的合流。“说得出，听得懂，写得顺手，看得明白”[⑤]几乎是文艺大众化的“共识”，郭沫若更是以其诗人特有的语言呼吁：“通俗！通俗！通俗！我向你

---

① 朱德发：《为大中华造新文学——胡适与现代文化暨白话文学》，人民出版社2016年版，第156页。

② 郑敏：《世纪末的回顾：汉语语言变革与中国新诗创作》，《文学评论》1993年第3期，第17页。

③ 刘纳：《嬗变——辛亥革命时期至五四时期的中国文学》，中国社会科学出版社1998年版，第242页。

④ 胡适：《答黄觉僧君〈折衷的文学革新论〉》，见《中国新文学大系·文学论争集》(影印本)，上海文艺出版社1980年版，第68页。

⑤ 陈望道：《关于大众语文学的建设》，见文振庭编《文艺大众化问题讨论资料》，上海文艺出版社1987年版，第212页。

说五百四十二万遍通俗！”[①]在这一过程中，最清醒的是鲁迅，鲁迅曾明确反对文学“设法俯就”大众，反对“迎合”“媚悦”大众[②]，但鲁迅的声音并未引起足够重视。文艺大众化问题的论争，在理论和实践层面开启了20世纪中国文学之大众化审美旨趣。

语言的变化是社会、文化等各种因素合力造成的，民粹主义的兴起则是文艺大众化的思想根源。民粹主义是20世纪中国长期占主流地位的文化思潮，其基本特征是“从民间文化和大众中间寻求现代化的动力”[③]，在特殊的历史语境中，民粹主义因为与启蒙主义缠绕共生，从而获得了某种“合法性”。20世纪中国文学从观念到实践都具有明显的民粹主义色彩，可以说，民粹主义构成了20世纪中国文艺思潮的一种“隐性结构”，表现在语言上就是民间本位主义。瞿秋白是30年代初民粹主义文艺思潮的主要代表人物之一。瞿秋白深受苏联“拉普”文学的影响，较早提出了“革命文艺的大众化”，系统考察瞿秋白文艺思想即可发现其核心命意并非语言的“大众化”，而是“革命文艺”，也即瞿秋白是在“革命文艺”视域下考虑“大众化”问题的，目的是用“大众化”来规约和达成“革命文艺”的初衷。这是由瞿秋白兼具文学家和政治家的特殊身份所决定的。《普洛大众文艺的现实问题》集中体现了瞿秋白对未来中国文学的方向性思考，在这篇长文中，瞿秋白明确提出“革命的作家要向群众去学习”，“造成新的群众的语言，新的群众的文艺”。众所周知，瞿秋白一直对五四白话持尖锐批评态度，指责“五四”白话是“假白话文”，是“非驴非马的骡子话”，鉴于此，瞿秋白提出了“第三次文学革命”的命题，其要旨则是“澈底的俗话本位的文学革命”[④]。在这一点上，瞿秋白与胡适的论述极其相近，都把未来新的文学语言说成“活人的话”，瞿秋白把“用什么话写”看作中国未来文艺的首要问题，这也与胡适的思路是一致的。瞿秋白的这一文艺思想，直接开启了“工农兵文学”的先河，“《讲话》的工农兵方向与革命大众文艺运动的大旗的底色是瞿秋白精心涂抹上去的”[⑤]。

文艺大众化在一定意义上将五四“人的文学”引渡到了“工农兵文学”的新时

---

① 郭沫若：《新兴大众文艺的认识》，见文振庭编《文艺大众化讨论资料》，上海文艺出版社1987年版，第11页。

② 鲁迅：《鲁迅全集》第7卷，人民文学出版社1981年版，第349页。

③ 杨春时：《现代性与中国文化》，国际文化出版社2002年版，第169页。

④ 瞿秋白：《瞿秋白文集》（文学编）第1卷，人民文学出版社1985年版，第4页。

⑤ 胡明：《瞿秋白“普洛大众文艺”的设计理念与终极追求》，《中国现代文学论丛》2008年第2期，第17页。

代，并最终整控了中国当代文学的发展取向和美学品貌，“工农兵文学”是文学大众化的必然结果。事实上，早在1931年“左联”就要求：“作品的文字组织，必须简明易解，必须用工人农民所听得懂以及他们接近的语言文字……作家必须竭力排除知识分子式的句法，而去研究工农大众言语的表现法。”[①]1942年毛泽东在延安文艺座谈会上对文艺创作的语言问题提出了尖锐批评：“有些天天喊大众化的人，连三句老百姓的话都讲不来，……实在他的意思仍是小众化”，毛泽东指责许多作品不但“语言无味”，“而且里面常常夹着一些生造出来的和人民的语言相对立的不三不四的词句”[②]。无论是瞿秋白还是毛泽东，皆把语言看作大众文艺的“先决问题”，《在延安文艺座谈会上的讲话》实际上是以毛泽东为代表的共产党人对五四以来中国文艺的一个基本判断，同时又为未来中国文艺的发展提出了新的要求。

从四十年代开始，中国文学语言伦理开始整体性向民族化方向转型，这一点以赵树理为代表的解放区文学尤为明显。历史选择赵树理来体现中国文学的大众化方向有其历史具体性，《讲话》发表不久，《小二黑结婚》等大众通俗小说在解放区迅猛崛起，这是由当时的具体历史语境所决定的。赵树理明确表示“五四”文学充斥着“学生腔调”“做作太大”[③]，并把群众“听得懂，愿意听”“看得懂，愿意看”作为创作的根本指向，赵树理因之被称为“具有新颖独创的大众风格的人民艺术家”[④]。赵树理曾经把“五四”后的中国文学概括为“两个传统”：一个是“进步知识分子的新文艺传统”，另一个是“未被新文艺界承认的民间传统”。赵树理显然代表了中国文学的“民间传统”，最典型的是小说《登记》：

> 诸位朋友们：今天让我来说个故事。这个故事题目叫《登记》，要从一个罗汉钱说起……，有个农村叫张家庄。张家庄有个张木匠。张木匠有个好老婆，外号叫个“小飞蛾”。小飞蛾生了个女儿叫“艾艾”，算到一九五〇年阴历正月十五元宵节，虚岁二十，周岁十九。庄上有个青年叫“小晚”，正和艾艾搞恋爱。故事就出在他们两个人身上。

---

① 上海鲁迅纪念馆编：《中国无产阶级革命文学的新任务》，《纪念与研究》（第二辑）1980年版，第110页。

② 毛泽东：《毛泽东文艺论集》，中央文献出版社2002年版，第52页。

③ 赵树理：《赵树理文集》（第4卷），工人出版社1980年版，第1833页。

④ 周扬：《论赵树理的创作》，《解放日报》1946年8月26日。

赵树理之后，中国文学迎来了一个“民间传统”逐渐取代“新文艺传统”的过程。为了强化大众文学的合法性，新中国成立前后组织出版了“大众文艺丛书”“工农兵文艺丛书”等大型丛书，实则是未来中国文学的样本。单纯从语言层面观之，五四形成的现代文学语言伦理进一步遭到了全面清算，一种适合工农兵的语言伦理借助政治力量得以确立。以小说为例，大众化、通俗化带来民族化的回归，五四时期形成的个性化、多元化文学格局逐渐改变。抒情小说、心理小说、诗化小说等五四确立的现代小说体式逐渐被故事性更强的章回体、评书体、英雄传奇等传统小说体式所取代，小说的故事化、通俗化得以强化，建立在个体情感体验基础上的五四文学传统逐渐淡出文坛，而那些稍带作家个体风格的作品如邓友梅的《在悬崖上》、郭小川的《深深的山谷》、宗璞的《红豆》、路翎的《洼地上的战役》、王蒙《组织部来了个年轻人》等皆受到质疑和批判。为了更好适合工农大众的阅读习惯与欣赏口味，新中国成立后许多现代作家甚至开始纷纷修改旧作，即把那些过于“文人化”的语言修改为工农大众语言。

客观而言，这种以大众化、通俗化为根本取向的语言伦理，具有其特定的历史语境。事实上，从30年代左翼文学开始，一种新的文学场域与语言伦理得以生成，与之相伴而生的是文学创作的公式化、概念化，20世纪中国文学整体上粗糙的语言风格、粗糙的文体形式、粗粝的审美品貌，以及简单、实用的价值追求，都与“大众化”这一核心追求密切相关。大众本位的语言伦理既是其先决条件，更是其必然结果，二者互为因果，共同造就了20世纪中国文学的景观。

三、先锋小说与文学语言伦理的重构

语言意识的觉醒是语言伦理重构的前提。大众本位语言伦理的一个致命弱点是它的非审美化和非文学性。20世纪80年代初伴随着西方文学思潮的涌入，中国文学的“新时期”又一次从语言变革开始了。

率先思考并打破传统语言伦理的是王蒙。作为“更自觉地意识到文学是语言的艺术”[①]的作家，王蒙1980年前后发表的一系列充满探索精神的小说，呈现出了一种新的可能性：“路灯当然是一下子就全亮了的。但是陈杲总觉得是从他的头顶抛出去

① 刘再复：《〈王蒙小说语言研究〉序》，《语文建设》1988年第5期，第42页。

两道光流。……槐树留下了朴质而又丰满的影子。”(《夜的眼》)“咣的一声，黑夜到来了。一个昏黄的、方方的大月亮出现在对面墙上。”(《春之声》)

一般认为，文学语言具有“语义”和“体验”双重品格，其语言伦理“旨在冲破常规语言的这种局限，创造一种以感知而不是告知为其主要功能的艺术语言，以变异的艺术符号寄寓自己的情感，以之启发和激活读者的联想和想象。”[①]王蒙新时期小说创作，在语言上显然更注重体验性、主观化，王蒙小说的创新在一定程度上源于语言艺术的“变异”。如果说《夜的眼》开启了新时期文学语言伦理重构的先河，《来劲》则完全颠覆了教科书关于文学语言伦理的叙述：“您可以将我们的小说的主人公叫作向明，或者项铭、响鸣、香茗、乡名、湘冥祥命或者向明向铭向鸣向茗向名向冥向命……以此类推。三天以前，也就是五天以前一年以前两个月以后，他也就是她它得了颈椎病也就是脊椎病、龋齿病、拉痢疾、白癜风、乳腺癌也就是身体健康益寿延年什么病也没有。”这是语言的游戏？是“呓语”？然而“游戏”的背后有其明确的“意识形态性动机”，即对传统语言规则和语言伦理的解构和颠覆，故意割裂或延宕语言“所指”与“能指”的僵硬关系，进而冲破了文学语言个性化、审美化的疆域。

王蒙小说的语言探索，启发了后来先锋作家的语言自觉。随着西方语言学理论的传入，传统文学语言伦理遭到了全面质疑：“文学语言不是‘意义’的衣服，它是‘意思’的皮肤连着血肉和骨骼。文学语言不是‘意义’歇息打尖的客栈而是‘意思’安居乐业生儿育女的家园。文学语言不是把你摆渡到‘意’的对岸去的桥或船，它自身就既是河又是岸。”[②]特别是余华、苏童、格非、叶兆言、孙甘露等，更是自觉掀起了一场文学语言的实验运动。中国先锋作家如余华、莫言等大都较早接受了现代主义作家福克纳小说的影响，“福克纳对中国新时期作家在文体革新方面的重要影响在于，解放了禁锢在他们头脑中的机械的、僵化的小说观念，唤醒了他们的文体自觉意识”[③]。其中，最早唤醒的是语言意识。余华认为当代小说充斥着太多的“日常语言”即“消解了个性的大众化语言”，为此提出了“不确定语言”[④]的概念

---

① 叶国泉、罗康宁：《语言变异艺术》，广东教育出版社1992年版，第18页。

② 黄子平：《文学的“意思”》，浙江文艺出版社1988年版，第40—41页。

③ 李萌羽、温奉桥：《威廉·福克纳与中国新时期小说的文化寻根》，《山东师范大学学报》(人文社会科学版)2019年第1期，第46页。

④ 余华：《虚伪的作品》，人民日报出版社1998年版，第158页。

以对抗语言的大众本位，因为在余华看来大众语言提供的是“一个无数次被重复的世界”，而文学的使命却是“展示一个不被重复的世界”。[①]先锋作家把语言置于文学的核心位置，提出了“文学是语言学”的命题，提倡语言的游戏性和超意义功能，余华的《往事与刑罚》《鲜血梅花》，孙甘露的《信使之函》《访问梦境》，吕新的《南方遗事》《中国屏风》等，都是先锋文学语言变革的典范作品。事实上，新时期语言的觉醒，并非局限于先锋作家，汪曾祺就曾明确提出：“语言不只是一种形式，一种手段，……语言是小说的本体，不是附加的，可有可无的。”[②]汪曾祺的“写小说就是写语言”的论断，比许多先锋作家来得更直接，更透彻。先锋文学以反逻辑、个性化为核心内涵的“语言革命”，本质上是一种新的语言伦理和实验的生成。

新时期以来，从大众化到个性化，从工具论到本体论，中国文学语言伦理在一个更高层面上完成了重构。托多洛夫说“诗学所探索的是文学语言这种特殊语言的属性”，80年代中期以后，中国文学真正在自觉的意义具有了“诗学”性质，这一次语言自觉和语言伦理的重构，把20世纪中国文学语言提升到了一个崭新的艺术层面，“不仅中国小说语言的表现力、可能性、丰富性得到了最大程度的发挥，而且以语言为契机中国文学的面貌和中国文学的观念都有了根本性的改观，其最突出的征象就是文学向其主体性和本体性的复归”[③]。语言变革“先于”文学变革是文学史的一个基本事实。维特根斯坦指出，想象一种语言就意味着想象一种生活方式。对文学而言，语言伦理的改变意味着审美意识和美学方式的变化。80年代中期以先锋文学为代表的语言伦理转型，提升了当代文学语言的审美性、自足性，并在一定程度上重构了中国新时期小说的表意系统，打破了传统小说文本与现实的简单平面关系，丰富了小说的意义旨域，使小说主题意蕴呈现为立体的开放式审美结构，进而促进了中国文学整体审美风格和审美品貌的转变。

---

① 余华：《中国当代作家选集丛书：余华》，人民文学出版社2001年版，第432页。

② 汪曾祺：《中国文学的语言问题》，《汪曾祺文集》（文论卷），江苏文艺出版社1993年版，第1—2页。

③ 吴义勤：《中国当代新潮小说论》，江苏文艺出版社1997年版，第114页。

论《蛙》的未完成的“忏悔”

丛新强

内容摘要：《蛙》中的姑姑创造并供奉泥塑娃娃的行为属于“认罪”之后的“自我”赎罪方式，表现为缓解恐惧的一种自我安慰，与所谓的“忏悔”意识相去甚远。具有“忏悔”精神的不是作为计划生育执行者的姑姑，而是提供忏悔契机的收信者杉谷义人和作为“受害者”的剧作家蝌蚪。蝌蚪在计划生育事件中发生的“无罪之罪”的层面上具有“忏悔”意识；但在后续的代孕事件中发生的“共同犯罪”的层面上，又显示出“罪恶”的再生和“忏悔”的未完成性。

关键词：《蛙》　忏悔　无罪之罪　共同犯罪

从1985年的中篇小说《爆炸》开始触及“计划生育”，到2009年的长篇小说《蛙》，莫言的思考和写作经历了并不短暂的时期。虽然在《爆炸》中已经出现作为妇科医生及手术负责人的“姑姑”，也出现了回乡动员妻子执行计划生育的当事者“我”，但其主导精神仍然是一种“爆炸”式的感觉和情绪。这也是莫言在那个特殊的中国文学时段所表现的主要特色。其中，计划生育事件至多是展开叙事的一个虚化的背景。而在《蛙》中，计划生育事件已经走上前台，成为所要反映的对象本身；其主旨在于“写人”，作为妇科医生的“姑姑”和返乡的“我”也已经成为所要表现的主体。

作者简介：丛新强，山东大学文学院教授、博士生导师。山东大学莫言与国际文学艺术研究中心主任。

一

《蛙》以剧作家蝌蚪给日本作家杉谷义人通信的方式结构故事和人物，与写作内容相得益彰。小说所讲述的正是“计划生育”中的“中国故事”，所表现的正是“计划生育”中的“中国人”。“中国故事”因其独特性不一定融入“世界”，而“中国人”必将凭借普遍价值而融入“人类”。作品创造了当代中国文学中的独特的女性形象——姑姑，这是一个处于历史语境与伦理叙事裹挟中的悲剧式人物。本是接生过无数新生命的妇产科医生，而在当代中国计划生育国策的历史叙事中，姑姑的角色却成为不断限制甚至扼杀新生命的“计生主任”。相应地，姑姑也就从一个有口皆碑的“活菩萨”转换为令人毛骨悚然的“活阎王”。在姑姑眼里，违反计划生育者其实等同于罪犯，就必须要“抓捕归案”①。

在执行计划生育的过程中，姑姑为什么能够义无反顾、残酷无情甚至大义灭亲、不惜流血，哪怕面对一连串的生命死亡也毫不动摇，其实除了对于国家政策的深刻理解和坚决贯彻外，也可以从姑姑的革命出身、蒙冤受屈、血书明志、平反回归、感恩戴德、践行血书这样的生命历程中找到端倪。所以姑姑说：“我告诉你们，姑姑尽管受过一些委屈，但一颗红心，永不变色。姑姑生是党的人，死是党的鬼。党指向哪里，我就冲向哪里！”②这里，显然是对此前“血书”的再次重复和强调。而且，计划生育事件中的当事人也都体会到这一点。蝌蚪的妻子王仁美在被迫同意去做手术的时候，面对部队来配合工作的杨心主任，和姑姑发生了下面的对话：

> “我哪里能跟姑姑相比？”王仁美说，“姑姑是共产党的忠实‘走狗’，党指向哪里，她就咬向哪里……”
>
> “别瞎说了！”
>
> “我哪里瞎说了，”王仁美道，“这不是明摆着的事吗？党让姑姑爬刀山，姑姑就去爬刀山；党让姑姑去跳火海，姑姑就去跳火海……”

---

① 莫言：《蛙》，上海文艺出版社2012年版，第160页。

② 莫言：《蛙》，上海文艺出版社2012年版，第87页。

“好啦，好啦，”姑姑道，“别说我了，我做得还很不够，还得继续努力呢。……”①

对于姑姑来说，如果做不到这一点，那么当年的“血书”也就成为一纸空话和谎言，也就很可能会再次发生革命出身受怀疑、蒙冤受屈被迫害的经历，这是姑姑内心深处最为恐惧的情形。所以连蝌蚪的父亲都无法理解姑姑所表现出来的职业行为，“责任心强到了这种程度，你说她还是个人吗？成了神了，成了魔啦！”②或许，只有自己成神成魔才能避免被神魔操控的命运，其实又何尝不是对神魔的恐惧。

总是神圣地迎接新生命也疯狂地限制并剥夺新生命的姑姑，在退休来临之际，本应期待着生活趋于平静，本应期待着安度晚年，却意外地发生新的精神危机。在宣布退休的夜晚，醉酒后的姑姑独自回家，偶然间陷入“蛙声一片”的包围中，切身体会到深入骨髓的恐惧与战栗。惊恐万分的姑姑，几乎赤身裸体地相遇制作“月光娃娃”的郝大手。冥冥之中，姑姑走向属于自己的救赎之路。

姑姑的人生的确复杂。一方面如其所总结的，“五十年来，姑姑没吃过几顿热乎饭，没睡过几个囫囵觉，两手血，一头汗，半身屎，半身尿，你们以为当个乡村妇科医生容易吗？”③另一方面也如其自觉意识到的，“姑姑的手上沾着两种血，一种是芳香的，一种是腥臭的”④。就是这同一双手，将数千名婴儿接到人间，也将数千名婴儿送进地狱。姑姑将自己沉浸在“有功”还是“有罪”的分辨中不能自拔。每当失眠的时候，姑姑就恐惧地认为“是报应的时辰到了”，“到了他们跟我算总账的时候了”。⑤每当失眠的时候，姑姑就回顾自己的一生，“按说我这辈子也没做什么恶事……那些事儿……算不算恶事？”⑥到底算不算“恶事”，到底是不是“罪人”，成为姑姑能否继续活下去的心结。所以蝌蚪说：“姑姑，那些事算不算‘恶事’，现在还很难定论，即便是定论为‘恶事’，也不能由您来承担责任。姑姑，您不要自

① 莫言：《蛙》，上海文艺出版社2012年版，第133页。
② 莫言：《蛙》，上海文艺出版社2012年版，第150页。
③ 莫言：《蛙》，上海文艺出版社2012年版，第307页。
④ 莫言：《蛙》，上海文艺出版社2012年版，第323页。
⑤ 莫言：《蛙》，上海文艺出版社2012年版，第338页。
⑥ 莫言：《蛙》，上海文艺出版社2012年版，第338页。

责，不要内疚，您是功臣，不是罪人。”[①]虽然“她不做这事情，也有别人来做”[②]，但别人来做就可能是另外的情形了。人活着总要找到活下去的理由，姑姑遇到郝大手，也就找到活下去的方式。所以蝌蚪在信中希望杉谷义人能够理解自己的“愚昧”认知，尤其应该理解姑姑们的心理选择。“一个自认为犯有罪过的人，总要想办法宽慰自己，就像您熟知的鲁迅小说《祝福》中那个捐门槛的祥林嫂，清醒的人，不要点破她的虚妄，给她一点希望，让她能够解脱，让她夜里不做噩梦，让她能够像个无罪感的人一样活下去。”[③]

研究者往往一般性地认为姑姑具有忏悔意识，并从忏悔意识的层面去理解姑姑焚香供奉泥娃娃的行为。但仔细追究，姑姑的心理和行为选择其实一直属于“有罪”还是“无罪”的范围。即便最终承认自己是一个“罪人”，也并不必然就同步具有或者导向忏悔意识。因为真正的忏悔“不是一个简单的认不认罪的问题”，“而是人的隐蔽的心理过程的充分展开”。[④]从这个意义上来看，《蛙》并没有充分展开姑姑的隐蔽的心理过程，展示的仍然是一个认不认罪的问题。自始至终，姑姑并没有对自己所从事的计划生育工作本身产生什么理性的质疑，至多有某些情绪波动和牢骚气话，甚至无比坚信自己的工作对于中国发展乃至人类进步都具有正当性和重要意义。虽然导致意想不到的甚至不应有的非人道的负面结果，但姑姑对计划生育政策本身并没有任何反思性的心理，哪怕是在事后也没有。尤其对于自己在计划生育工作中所表现出来的非同寻常的意志，也基本归因于党的号召，归因于对党的忠诚，即便一般群众都感觉到她已经不是人而是神、妖、魔，甚至认为她是假公济私、公报私仇，充满嫉妒心理和不平衡心态，姑姑也丝毫没有对自己行为的内在动机有过任何的思考和反省。相反地，她一再强调的是自己彻底的唯物主义立场。“我不怕做恶人，总是要有人做恶人。我知道你们咒我死后下地狱！共产党人不信这个，彻底的唯物主义者是无所畏惧的！即便是真有地狱我也不怕！我不下地狱，谁下地狱！”[⑤]既然如此，为什么退休后的姑姑开始畏惧“青蛙”，开始恐惧“地狱”？又为什么开始寻求并走向所谓的

① 莫言：《蛙》，上海文艺出版社2012年版，第338页。
② 莫言：《蛙》，上海文艺出版社2012年版，第270页。
③ 莫言：《蛙》，上海文艺出版社2012年版，第272页。
④ 刘再复、林岗：《罪与文学》，中信出版社2011年版，“导言”第19页。
⑤ 莫言：《蛙》，上海文艺出版社2012年版，第130页。

“唯心主义”？显然，姑姑的内在心理动机及其转换本来相当复杂，但是又特别遗憾地缺乏基本的表现和揭示。

二

姑姑的思维和行为其实一直停留在“血债要用血来还”的外在层面，看起来无比正当、大义凛然，实际上缺乏内省、南辕北辙，终究是归于模糊价值判断、寻求心理安慰。

在执行关于张拳妻子耿秀莲的工作中，因为耿秀莲之死而受到视察计划生育工作的省领导的过问调查，姑姑的反应异常激烈：“我们出力、卖命，挨骂、挨打，皮开肉绽，头破血流，发生一点事故，领导不但不为我们撑腰，反而站在那些刁民泼妇一边！你们寒了我们的心！……张拳一棍打破了我的头，算不算犯法？我们跳到河里救她，我为她献血500cc，算不算仁至义尽？”[①]在姑姑眼里，孕妇的死亡也就属于“一点事故”，对方属于“刁民泼妇”，而受害者却是自己。而且通过自己献血，已经“仁至义尽”，已经还清血债。姑姑从来没有想到，对方却是鲜活的生命的消逝。在执行关于蝌蚪妻子王仁美的工作中，面对王仁美在手术中的死亡，姑姑说“怪我责任心不强……我听候上级处理”[②]。而公社书记则表示姑姑“没有错”，“这是个偶然事件，是你女儿的特殊体质决定的”[③]，那么谁又有错呢？难道是死者的错误导致自己成为死者？结果，姑姑被王仁美的母亲在悲痛欲绝的情况下用剪刀捅伤大腿。这时候，姑姑的反应是：“王家嫂子，我为你女儿抽了600cc，现在，你又捅了我一剪子，咱们血债用血还清了。……我要感谢你呢，你这一剪刀，让我放下了包袱，坚定了信念。”[④]还是“血债要用血来还”，但是二者完全不可相提并论，况且这又能抵偿一个鲜活生命的消逝吗？在执行关于陈鼻妻子王胆的工作中，面对王胆的死亡，姑姑若有所思，并且和小狮子一起救活婴儿陈眉。等到日后陈鼻前来讨要孩子并且指责“你们欠着我一条命”的时候，始终信奉姑姑的小狮子的回答也

① 莫言：《蛙》，上海文艺出版社2012年版，第122页。

② 莫言：《蛙》，上海文艺出版社2012年版，第141页。

③ 莫言：《蛙》，上海文艺出版社2012年版，第142页。

④ 莫言：《蛙》，上海文艺出版社2012年版，第142页。

肯定符合姑姑的意思："王胆那情况，根本就不应该怀孕，你只顾自己传宗接代，不管王胆的死活！王胆死在你的手里！"[①]甚至于姑姑直接定性陈鼻"你犯了遗弃人口罪"，反倒使得陈鼻"认错，认罪"。[②]

我们并不否认姑姑们执行计划生育政策的正当性、合法性和牺牲精神及其表达的真实情形，我们也并不否认耿秀莲之死有先天性心脏病的因素、王仁美之死有特殊体质的原因、王胆之死更有身体缺陷的情况，但不容忽视的另一个事实是，她们都并非第一次生育。所以无论如何解释，三位孕妇的死亡都与姑姑的行为脱不了干系。那种无所顾忌的围追堵截和各方施压所带来的当事者的胆战心惊和无处安身，至少也是危及生命的重要原因。但在姑姑那里，我们看不到任何层面的对于造成意外结果的良心发现，看不到任何程度的对于她们之死与己有关的表达，反而一再地强调对方自身的因素使然，更谈不上所谓内在灵魂的自我挣扎和潜在对话。假如姑姑没有遭遇"蛙声一片"的包围，没有深陷"蛙声一片"的恐惧，那么也就不会产生所谓的"罪感"，也就不会寻找什么解脱。所以，姑姑创造、供奉泥娃娃的行为主要还是属于意识到自我"有罪"之后而进行"自我"赎罪的方式之一，而且这种方式也更多地表现为缓解恐惧的一种自我安慰，与所谓的"忏悔意识"还相去甚远。如果说姑姑通过割腕而实施的第一次自杀让人刻骨铭心，也让获救后的姑姑锤炼出了此后的坚强意志的话，那么姑姑通过上吊而实施的第二次"自杀"，则明显属于象征性的"行为艺术"，不能不说正好与话剧舞台的表演性相类似。既是真实的动作，又是虚假的心理；既表露自己的态度，又掩盖自己的内心；既得到受他人认可的满足和安慰，又实现自我解脱的诉求和愿望。获救后的姑姑也就可以自然而然甚至心安理得地继续生活了，不仅不再需要任何形式的"忏悔"，甚至连"赎罪"也已经终结。

我们毫不否认而且高度评价姑姑的绝对忠诚、为国奉献和自我牺牲，但也不能拔高乃至神化姑姑的精神境界和灵魂向度。其实，蝌蚪在写给杉谷义人的信中已经不自觉地流露出这一点："尽管我已经在某些方面尽量地'为长者讳'了，但还是将许多令她伤心的事情披露出来。"而且，"怕万一发表之后，会惹姑姑生气。"[③]蝌蚪

① 莫言：《蛙》，上海文艺出版社2012年版，第189页。
② 莫言：《蛙》，上海文艺出版社2012年版，第190页。
③ 莫言：《蛙》，上海文艺出版社2012年版，第179页。

当面说姑姑不是“罪人”，是“好人”；说姑姑的手“不但是干净的，而且是神圣的”；说耿秀莲的死、王仁美的死、王胆的死……“都不能怨您！绝对不能”[①]。但是在给杉谷义人的信中，蝌蚪又明确表示“姑姑制作泥娃娃的想法”“不过是自我安慰”。因为“每个孩子都是唯一的，都是不可替代的”。[②]所以，所谓的“赎罪”不过是虚妄，而又绝对不能点破。而且蝌蚪进一步发出追问：“沾到手上的血，是不是永远也洗不净呢？被罪感纠缠的灵魂，是不是永远也得不到解脱呢？”[③]这已经不再是针对姑姑而言，而是向着自己发难了。真正的“忏悔意识”，是“对无罪之罪与共同犯罪的意识”。“它不是把罪归于‘替罪羊’，而是反思共同的人性弱点和共同责任。这也不是追究‘谁是凶手’，而是从良知上感受到自身是在一个人与人息息相关的社会里，一切苦难与悲剧都与我相互关联，在这种甚深的感知中领悟到灵魂的不安，听到灵魂的呼唤。”[④]从这个意义上说，具有“忏悔意识”的反倒不是作为计划生育执行者的姑姑，而是作为计划生育受害者的剧作家蝌蚪，甚至还包括未出场的收信者和故事倾听者杉谷义人。

三

《蛙》通过剧作家蝌蚪给日本作家杉谷义人写信的方式讲述关于姑姑的故事，也同步把自己的故事带入其中，既可以充分圆融地作为姑姑故事的有机组成部分，也可以完全独立地构成不可替代的自我表达。相对于姑姑生存形态的外在行为主体表现，蝌蚪内在心路历程的自我揭示更为明显。

蝌蚪，也就是“我”，是姑姑接生的第二个孩子，自始至终受到姑姑的无私关爱。“我”和王仁美的婚姻，姑姑竭力支持。在女儿出生之后，姑姑特别叮嘱“我”和妻子要更加严格地执行计划生育政策。在得知妻子计划外怀孕并被举报到所在部队后，“我”陷入无法选择的重重矛盾。

面对母亲的忧伤劝说，“我”也表示愿意接受，“但谁能保证就是个男孩呢？”

① 莫言：《蛙》，上海文艺出版社2012年版，第338—339页。

② 莫言：《蛙》，上海文艺出版社2012年版，第281页。

③ 莫言：《蛙》，上海文艺出版社2012年版，第281—282页。

④ 刘再复、林岗：《罪与文学》，中信出版社2011年版，“导言”第19页。

当母亲说即便再生个女孩也是依靠的时候，“我”说：“部队有纪律，要是生了二胎，我就要被开除党籍，撤销职务，回家种地。我奋斗了这么多年才离开庄户地，为了多生一个孩子，把一切都抛弃，这值得吗？”[①]母亲的回答是：“党籍、职务能比一个孩子珍贵？有人有世界，没有后人，即便你当的官再大，大到毛主席老大你老二，又有什么意思？”[②]

面对妻子王仁美的以死相威胁和不要党员、不当干部、回家种地的劝告，“我”说这不是个人的事，“涉及我们单位的荣誉”[③]。

面对袁鳃对“我”未来的儿子“金榜题名，光宗耀祖”的恭维之辞，“我”心里感到莫名其妙的欣慰。“是啊，假如真能生出这样一个儿子……”[④]

母亲、妻子乃至袁鳃的态度，不能不对“我”产生影响。所以“我”沮丧地乞求姑姑网开一面，“党籍我不要了，职务我也不要了……”没想到被姑姑断然拒绝，“你太没出息了！”“这不是你一个人的事！”“难道你要给我们破例？”[⑤]

显而易见，蝌蚪的矛盾心态暴露无遗：想生又不敢生。“想生”当然是出于个人考虑，“不敢生”更是出于个人的后顾之忧和对功名利禄的算计。

甚至随着王仁美和母亲的相继离世，本来打算转业的“我”，听说杨主任的赏识，听说可以提前晋职，随即又开始动摇。既承认自己是“名利之徒”，“有攀龙附凤的想法”[⑥]，也总是能找到借口自我原谅。“所以，当姑姑又来找我谈话时，我的态度就变了。所以，当姑姑提出要我与小狮子结婚，我虽然依然拿着王肝痴恋小狮子十几年说事，但心里的防堤，已经开始崩溃。”[⑦]又是在姑姑的撮合之下，蝌蚪和小狮子走到一起。在办理结婚登记手续的时候，“我”想到王仁美，但随即又想到“人生一世，许多事，都是命中注定的。逆水撑船不如顺水推舟，……我已经害了一个女人，不能再害第二个了”[⑧]。其中包含着内疚，更包含着借口甚至冠冕堂皇的理由。

---

① 莫言：《蛙》，上海文艺出版社2012年版，第113页。
② 莫言：《蛙》，上海文艺出版社2012年版，第113—114页。
③ 莫言：《蛙》，上海文艺出版社2012年版，第115页。
④ 莫言：《蛙》，上海文艺出版社2012年版，第118页。
⑤ 莫言：《蛙》，上海文艺出版社2012年版，第120页。
⑥ 莫言：《蛙》，上海文艺出版社2012年版，第154页。
⑦ 莫言：《蛙》，上海文艺出版社2012年版，第154页。
⑧ 莫言：《蛙》，上海文艺出版社2012年版，第159页。

无耻至极的是，“我”竟然还把小狮子和王仁美做比较。蝌蚪错了吗？似乎没有，并且自然而然，也是人性的共同特点。这里已经淋漓尽致地展示出蝌蚪的心理过程，也为其忏悔意识的发生准备了前提。

在“我”和小狮子去袁鳃的牛蛙养殖场途中，遇到叫卖泥娃娃的王肝，不仅相逢泯恩仇，而且选中的泥娃娃竟然神似陈鼻和王胆的女儿陈眉。后来，被火灾毁容的陈眉恰恰成为他们的代孕者，其实在此已经埋下伏笔。当小狮子抚养的陈眉被陈鼻抱走之后，小狮子的母性大发。所以姑姑说：“姑姑这辈子，已经定了局了，而你们的好日子，才刚刚开始，去吧，工作是次要的，先生个孩子出来，抱回来给我看……”[①]姑姑仿佛也变了，而此时，所谓的计划生育形势也已经发生巨大变化——“有钱的罚着生”，“没钱的偷着生”，“当官的让‘二奶’生”，“只有那些既无钱又胆小的公职人员不敢生”。[②]国家的计划生育政策，顺势异化为罚款的依据。“不孝有三，无后为大”的观念，不仅没有减弱，反而更加流行。袁鳃的公司名义上是所谓的牛蛙养殖场，实际上却是市场潜力无限的“代孕中心”。当生育的愿望彻底无法实现的时候，小狮子也把希望寄托在“代孕”上。“而这个替我孕子的毁容姑娘，不是别人，正是我的老同学陈鼻的女儿陈眉。她的子宫里，正在孕育着我的婴儿。”[③]这样的既成事实，一度让“我”无法接受，甚至产生沉重的犯罪感。连曾经追随姑姑严厉执行计划生育政策的小狮子，也完全转向另一方面：“我这样做，完全是为你着想。你只有女儿，没有儿子。没有儿子，就是绝户。我没能为你生儿子，是我的遗憾。我为了弥补遗憾，找人为你代孕，为你生儿子，继承你的血统，延续你的家族。你不感激我，反而打我，你太让我伤心啦……”[④]毫无疑问，“我”担心的仍然是相继而来的现实困难（如何落户）、面子问题（如何见人）、伦理纠结（如何称呼陈鼻以及是否属于乱伦）和个人名誉（如何面对组织）等。而这一切，都随着李手的不容辩驳的解释得到逐步消解。“只要有钱，基本上没有办不成的事”，“你不要以为世界上的人都在关心你的事”，“你跟陈眉毫无血缘关系，乱的哪门子伦”，“组织没那么多闲心管你这事。你以为你是谁？”“人生最大的快乐，莫过于看到一

① 莫言：《蛙》，上海文艺出版社2012年版，第191页。

② 莫言：《蛙》，上海文艺出版社2012年版，第228页。

③ 莫言：《蛙》，上海文艺出版社2012年版，第231页。

④ 莫言：《蛙》，上海文艺出版社2012年版，第248页。

个携带着自己基因的生命诞生，他的诞生，是你的生命的延续。”[①]及至经历后续的被辱骂、被追打、被误解之后，“我”在婴儿广告牌前“顿悟人生”，仿佛听到最神圣的召唤，仿佛受到庄严的灵魂洗礼，刹那间激发出对于生命的无限热爱。“我感到我过去的罪恶，终于得到了一次救赎的机会，无论是什么样的前因，无论是什么样的后果，我都要张开双臂，接住这个上天赐给我的赤子！”[②]而且，再也感觉不到丝毫的羞耻，并且开始理解妻子类似着魔的行为。事到如今，蝌蚪的心理变化尽管已经相当复杂，但基本上还是生存在“罪与赎罪”的层面，需要的仍然是某种自我安慰。“我为了自己的所谓前程，断送了王仁美的命，也断送了她腹中孩子的命。……我安慰自己，这个孩子其实就是那个孩子，他晚来了二十多年，但毕竟是来了。”[③]其实，任何形式的自我安慰都无法达成救赎的目标。“自我”救赎的实现，还需要外来“他者”的介入，这个“他者”形象就是通信者杉谷义人。

我们不管蝌蚪是不是对应着莫言本人，也不管杉谷义人是不是对应着大江健三郎，尽管在现实层面确实有着诸多相似性。我们关心的是，作为事件的缺席者杉谷义人对于事件的当事者蝌蚪到底产生了怎样的生命影响。作为侵华日军的后人，其实也是战争的受害者，但却以一己之力代表过世的父亲向“我们”谢罪，使“我们”深受感动。“您父亲驻守平度城时，您才是一个四五岁的孩子，您父亲在平度城犯下的罪行，没有理由让您承担，但是您承担了，您勇敢地把父辈的罪恶扛在自己的肩上，并愿意以自己的努力来赎父辈的罪，您的这种担当精神虽然让我们感到心疼，但我们知道这种精神非常可贵，当今这个世界最欠缺的就是这种精神……”[④]这种精神是什么，就是“忏悔精神”，是对于“无罪之罪”的自觉确认和自我承担。显然，如果没有杉谷义人的替父赎罪精神，也就激发不出蝌蚪的内在“忏悔”意识，他也就依然停留在内心愧疚与自我安慰的层面，因为自身也是计划生育政策的受害者。但是杉谷义人提醒我们，受害者也同样可能有罪，更不用说受害者有时候同时还是迫害者。蝌蚪就是如此。“王仁美和她腹中的孩子——当然也是我的孩子——之死，尽管我可以用种种理由为自己开脱，尽管我可以把责任推给姑姑、推给部队、

---

① 莫言：《蛙》，上海文艺出版社2012年版，第249—251页。

② 莫言：《蛙》，上海文艺出版社2012年版，第265页。

③ 莫言：《蛙》，上海文艺出版社2012年版，第268页。

④ 莫言：《蛙》，上海文艺出版社2012年版，第77—78页。

推给袁腮，甚至推给王仁美自己——几十年来我也一直是这样做的——但现在，我却比任何时候都明白地意识到，我是真正的罪魁祸首。是我为了那所谓的‘前途’，把王仁美娘儿俩送进了地狱。我把陈眉所生的孩子想象为那个夭折婴儿的投胎转世，不过是自我安慰。”[①]“忏悔”不再是去寻找“替罪羊”，而是领悟到灵魂的不安，接受内心的呼声，自觉彻底地归咎于“自我”；“忏悔”并不必然地导向救赎，所谓的“自我安慰”在某种程度上也是一种“自我欺骗”。

四

作为一名剧作家，蝌蚪期望通过写作的方式而实现救赎，“但剧本完成后，心中的罪感非但没有减弱，反而变得更加沉重”[②]。为什么“更加沉重”，因为自己参与其中的新的“罪恶”已经再度发生。如果说计划生育事件中的“罪恶”还是“无罪之罪”的话，那么“代孕”事件中的“罪恶”已经是“共同犯罪”了。围绕着“代孕”而发生的对陈鼻父女尤其是陈眉的“共同犯罪”中，“忏悔”又在哪里呢？

九幕话剧《蛙》既是姑姑故事的有机组成和自然延伸，更是集中展示人性“共同犯罪”的舞台。为了彻底消除代孕者陈眉与新生儿之间的情感纽带，“我们”合谋并精心制造孩子一出生就死亡的假象。不仅抢走孩子，而且顺便扣掉应有的劳务费。殊不知，本来打算代孕结束、偿还父债后就自杀的陈眉，却因为与胎儿的情感而重新燃起生的希望。于是就有了陈眉的不断登场和不停呼唤，却被定性为精神病患者而陷入无边的苦难。就是这样的“惊天大案”，在现代社会体系中也得不到任何的渠道平反，甚至发展到“伪造现场”和“杀人灭口”的边缘。本来属于出淤泥而不染的善良女子，却陷入由人性之恶施加的无底深渊。“第六幕”的“金娃满月盛宴”，众人煞有介事地表演，假戏真做，而完全无视受害者的痛苦挣扎。满月喜宴变成真相的曝光，变成一场建立在罪恶基础上的虚伪的盛宴。苦难深重的、靠着堂吉诃德式的假想生活麻醉自己才能活下去的陈鼻，深刻地反思自己对不起每一个家人，“爹害了你们，爹是罪人，爹是废人，爹是一半死了一半活着的死活人……”[③]

---

① 莫言：《蛙》，上海文艺出版社2012年版，第281页。

② 莫言：《蛙》，上海文艺出版社2012年版，第281页。

③ 莫言：《蛙》，上海文艺出版社2012年版，第314页。

他自认为“不是一个好人”，是“老天报应我”。[①]但是对于女儿陈眉的不幸命运，他却发出震撼人心的追问，“女儿为你代孕（怒指蝌蚪），赚钱为我偿还住院费，可是你们，你们这些老同学，你们这些伯伯、叔叔，你们这些剧作家，你们这些大老板，竟然编造谎言，说她的孩子生下来就死了。你们赖掉了她四万元代孕费……头上三尺有青天啊！天老爷，您怎么就不睁开眼睛看看呢？看看这些横行霸道的坏人……电视台的同志，你拍啊，把这些都拍下来，拍我，拍她，拍他们，向全体人民曝曝光……”[②]这是喜庆背后的人性之恶，与袁鳃的说法正好形成相反的对照：“咱们都是品德高尚的正派人，怎么能干那种丑事呢？”[③]平心而论，这些人也的确不是“横行霸道的坏人”，但人人都是“罪人”，包括姑姑和小狮子，更包括蝌蚪。

“许多当年做梦也梦不到的事物出现了，许多当年严肃得掉脑袋的事情变成了笑谈。”[④]历史已经变迁，然而苦难如影随形。陈眉从诞生时的悲惨弃儿到青春年华时的悲苦命运，人生之艰难、悲凉与辛酸，无疑也是被历史掩盖的永恒侧面。怀抱孩子的陈眉被追赶着而进入民国戏的拍摄现场，她把最后的希望寄托于老百姓心目中的清官判案。殊不知，剧组走的是市场路线，导演和演员已经不是古代的包青天，只要赞助金钱，一切都是糊涂案件。剧中的“高梦九”，依然是“昏官”。这一幕，类似于前面的“金娃满月盛宴”，文中文，戏中戏，众人假戏真做，继续作恶。传统的道德，人性的罪恶，最终都抵不过流通的金钱。电视戏剧片的拍摄转换成现实生活的舞台，人人都是演员，人人都是“罪人”。与此前如出一辙，蝌蚪同样参与其中。

当姑姑刹那间意识到“演戏归演戏，现实归现实……我们亏对了陈眉”的时候，蝌蚪的意识竟然回归到姑姑当初的表现：“姑姑，您千万不要为这事内疚。我们已经做到了仁至义尽。给了她双倍的补偿，还送她进医院治疗，包括陈鼻，我们也没亏待他。”[⑤]又是那么熟悉的“仁至义尽”，姑姑那里的“血债要用血来还”，到蝌蚪这里，转换成万能的金钱。九幕话剧的最后，又是一个所谓的“大团圆”，所谓的“母子”终于相安，所谓的“乳汁”犹如喷泉。殊不知，这样的团圆却又掩盖了多么

① 莫言：《蛙》，上海文艺出版社2012年版，第325页。
② 莫言：《蛙》，上海文艺出版社2012年版，第326页。
③ 莫言：《蛙》，上海文艺出版社2012年版，第321页。
④ 莫言：《蛙》，上海文艺出版社2012年版，第242页。
⑤ 莫言：《蛙》，上海文艺出版社2012年版，第337页。

可怕的悲惨。一切的大团圆，无不伴随着受害者的无言，受害者的声音再也不会出现。“蝌蚪口口声声地说要忏悔，要赎罪，而又一而再、再而三地以自我为中心地进行辩解，进行开脱。为了要这个孩子，从法律、伦理等方面为自己寻找借口，并站在道德的制高点上指责别人无理。”[①]不知蝌蚪是否想过，如果没有“我们”的“共同犯罪”在先，陈眉的病又从何而来，又谈何“送她进医院治疗”？《蛙》提供“忏悔”的契机，又把“忏悔”推向远方，终究属于未完成的“忏悔”，而“罪恶”的再生乃至循环则预示着“忏悔”的任重而道远。

在众多的关于《蛙》的研究中，倒是莫言女儿管笑笑的文章非常明确地指出这一点：“实际行动上的无所作为，文字意义上的虚伪忏悔，蝌蚪的赎罪可谓苍白乏力。但罪孽不曾因为我们刻意的淡忘和漠视而消失，它悖论般地因赎罪衍生出新的黑暗幽灵。”[②]从蝌蚪的角度来说，《蛙》的叙述比较充分地呈现出其曲折的心理过程，也深刻揭示出其隐秘的灵魂状态，在计划生育事件中发生的“无罪之罪”的层面上具有“忏悔”精神；但在后续的代孕事件中发生的“共同犯罪”的层面上，又显示出“罪恶”的再生和“忏悔”的未完成性。真正的“忏悔”与彻底的“救赎”，还是漫长的人性革命。

① 张学军：《反复叙事中的灵魂审判——论莫言〈蛙〉的结构艺术》，《当代作家评论》2017年第1期，第152页。

② 管笑笑：《发展的悲剧和未完成的救赎——论莫言〈蛙〉》，《南方文坛》2011年第1期，第73页。

创伤与疗愈

——论余华小说中的童年叙事

雷　雯

内容摘要：本文通过对余华小说及自传性散文中的童年书写做参差对照式的阅读与分析，认为其写作是一种区别于“童年记忆”而偏重于心理经验的童年叙事。孤独是其童年的情感底色，“父子冲突”作为创伤症结扩展为他创作的潜在结构，“大字报”记忆成为暴力书写的想象源泉。童年是他创作实践中最重要的资源，童年叙事则成为他疗愈心理创伤的路径。

关键词：余华　童年叙事　童年经验　疗愈

余华并没有书写什么和童年生活有关的小说，即便被很多人指认为为成长小说、先锋小说而使他崭露头角的作品的《十八岁出门远行》《四月三日事件》，也只是他借了一个少年视角虚拟的一个故事，与其本身的生活并没有太多关系。他只是“提取了一种‘非成人化视角’，这种视角更主要的是被运用于提供那种反抗既定语言秩序的感觉方式和语言表达方式”，其更大的意义在于叙事性上，“而不是人物或角色的真实的生活视点和心理时空。”①他与同辈的作家苏童、毕飞宇在创作之初习惯从童年生活入手的做法很不一样，他似乎在竭尽全力地保持作品与自己生活的距离，

作者简介：雷雯，江西师范大学文学院讲师。

① 陈晓明：《胜过文法：绝望的心理自传——评余华〈呼喊与细雨〉》，见《余华研究资料》，山东文艺出版社2006年版，第88页。

直到他写出《在细雨中呼喊》。这部被认为是他现实主义回归的转型之作，尽管主人公不叫“余华”，身世也与余华的真实背景有很大出入，但是读者还是很容易就从字里行间所透露出来主人公的精神气质和生活细节等地方嗅到浓浓的自传性的味道。余华放弃那些花枝招展的叙事技巧，终于回到真实的童年生活，如陈晓明所述，他书写了“一个绝望童年的心理自传”。这个总结里最重要的修辞就是“心理”，因为无论是《在细雨中呼喊》，还是紧接着发表的《阑尾》《我胆小老鼠》这两个短篇小说，其故事内容主体上都是虚构的，我们甚至很难在其中找到与余华童年生活记忆对应的片段，那么大家所感受到的这种“自传性”其实是一种色彩，是一种心理真实，而非事实童年。心理真实与童年现实之间的区别正是他重现童年时光时与别的作家所采用的叙事策略的差别所在。

一、童年记忆与童年经验

在一般的童年叙事中，童年生活常常以一种无限接近历史事实的面貌作为故事的主要情节或者次要片段进入文本，这种对童年生活进行原生性复现的书写可以界定为“童年记忆”的叙事。从文体上看，这种方式多选用散文这一文体重现自己的童年生活，或者寄托自己对纯真的童年生活的怀恋；或者带有自省意味地审视过去，做一份个人化的社会历史记录。假设有关童年生活的回忆性散文可视为无限接近真实的本体，那么与此相关的小说则是由这个本体所衍生的多个变体。现代小说里的那些童年回忆体小说，如鲁迅的《祝福》、萧红的《呼兰河传》等往往具有“情节淡化”“散文化”“片段化”的美学特征，正是因为现代小说家直接让原生态的童年记忆进入小说而未将其功能与纪实性散文的功能拉开距离。新时期以后的两个偏爱“童年书写”的作家毕飞宇与苏童虽然也将真实的童年回忆植入小说且多作为小说的主体内容，但他们俩，一个拼接童年幻想构造一个诗性的童年寓言，另一个则对记忆的某一部分进行拉伸、扭曲、改造，以文学的形式完成童年时代悬而未决的可能性幻想。无论是前者的美学实践还是后者的补偿性心理实践，其童年叙事本质上还是一种有关童年记忆的叙事。但是余华的童年叙事却是一种彻头彻尾的有关童年经验的叙事。

童年经验与童年记忆不同，它更偏重于一种心理性的体验，是指“一个人在童年（包括从幼年到少年）的生活经历中所获得的心理体验的总和，包括童年时的各种感受、印象、记忆、情感、知识、意志等”[①]。童年记忆是过去的生活在人的头脑中留下的印象或者形成的片段，不带有一种任何感情色彩，不具有一种生命本体论的内涵。而童年经验，则是一种带有强烈感情色彩的心理活动，它以生命为根基，藏在人的潜意识中，是一种隐秘却无法消除的内心感受。作家常常借助不同的故事，用不同情境不自觉地复现或者深化这种感受，使童年体验上升成一种审美体验，渗透于作家不同的作品之中，具有创作发生学上的意义。所以，有关“童年记忆的叙事”直接进入文本，作品生成以后就如一个孩子承袭了父母的显性基因，极容易识别；而以“童年经验叙事”为手段的作品，表面上看起来虽然不似父母，却在精神气质上与父母如出一辙，是一种灵魂的浸润。

以《在细雨中呼喊》《我胆小如鼠》《阑尾》为例，兼与他记录童年生活的散文《父子之战》《医院里的童年》《麦田里》《土地》《最初的岁月》等做一番参差对照的阅读，我们便可窥见余华的童年记忆里到底哪些是美妙的感受令人不可忘怀，哪些又成为疮疤镌刻在心，以及这些与他一生的写作之间又存在一种什么样的互动关系。

二、孤独之勇：生命底色

《我胆小如鼠》中的“我”，一个叫杨高的男孩，六岁不敢与人说话，八岁不敢一个人睡觉，十岁还不敢把身体靠在桥栏上。除此以外，“我”还怕狗，怕女孩子都不怕的鹅，为此“我”被语文老师贴上“胆小如鼠”的标签。“我”的标签也被贴到开车谨慎的父亲身上。工作以后，因为“胆小”，朋友欺负我，领导欺负我，“我”默默忍受，从不反抗。父亲在“我”的撺掇下闭着眼睛开了一回大胆车差点撞上拖拉机，结果被拖拉机上的人打了个半死。被激怒的父亲以同归于尽的方式开车撞向了拖拉机，“我”被父亲的行为震撼了，并效仿父亲提刀找欺负“我”的朋友报仇，然而最终我的“勇敢”在朋友们的笑声中昙花一现，找朋友报仇的结果就是“我”遭受到了更大的侮辱。

在《医院中的童年》一文中，余华写还没上小学的自己在夏天的夜晚，看见父亲和同事们坐在桥栏上聊天，看到父亲的身体和桥一起晃动而“胆战心惊”；在

① 童庆炳、程正民：《文艺心理学教程》，高等教育出版社2001年版，第92页。

《最初的岁月》中，他说“我是一个很听话的孩子”，“不吵也不闹，让我干什么我就干什么”，在幼儿园中总是独自一个人坐在那里，不会离开座位，也不会去跟别的小朋友玩耍。《我胆小如鼠》里那个胆小的小男孩并非余华，那些故事自然是虚构的，但我们仍然可以从这个孩子身上看到余华的一些特别的童年体验甚至包括性格中的一些心理状态，比如他确实胆小，比如他从小就有点“离群索居”的孤僻，而这些性格在《在细雨中呼喊》的孙光林身上也同样得到体现。小说一开头就描述了幼年孙光林的孤独与害怕：

> 1965年的时候，一个孩子开始了对黑夜不可名状的恐惧……一个受惊的孩子睁大恐惧的眼睛……我是那么急切和害怕地期待着另一个声音的来到，一个出来回答女人的呼喊，能够平息她哭泣的声音，可是没有出现。现在我能够意识到当初自己惊恐的原因，那就是我一直没有听到一个出来回答的声音。再也没有比孤独的无依无靠的呼喊声更让人战栗了，在雨中空旷的黑夜里。[①]

“孤独的无依无靠的呼喊声”与其说是孙光林成年后参悟自己幼年时惊恐的原因，不如说是余华童年的一种心理体验。余华的父母都是医院的医生，父亲因为做手术忙得连饭都吃不上，母亲经常在医院值夜班，他的祖父母在他没出生就去世了，外祖父母在另一个城市，得不到大人照管的他和哥哥只能被“放养”。给他最深印象的就是那些父母不在家的夜晚，他和哥哥被锁在家里，两个人在房间常常打架，一打架余华就吃亏，“吃了亏就哭，我长时间地哭，等着我父母回来，让他们惩罚我哥哥。这是我最疲倦的时候，我哭得声音都沙哑后，我的父母还没有回来，我只好睡着了”[②]。在读小学以后，余华的家搬到医院宿舍楼，对面就是太平间。后来的日子，“我就在哭声中长大”，听够了各种不同的哭声。那种漫长没有回应的哭泣，无论是属于他自己的还是属于别人的，所带来的绝望感很难说不是余华借着孙光林的感受而展现出来的战栗的原因。

童年的孤独一方面给了余华一种看起来内向孤僻的怯懦，另一方面也“成就”

---

① 余华：《在细雨中呼喊》，上海文艺出版社2004年版，第2—3页。小说引文皆出于此处，后面不再标记。

② 余华：《最初的岁月》，《美文》（下半月）2007年1月，第21页。

了他一种非常态的“勇敢”。《细雨》中的孙光林从孙荡镇的养父母家回到南门不受父兄待见，村里的孩子也不和他玩，使他处于一种失群的状态。哥哥、弟弟联合起来对孙光林的诬告使他被父亲绑在树上暴揍，这造成了他与家人永远无法修补的隔阂。他羡慕苏宇、苏杭兄弟情，对当医生的苏父用手覆在额头上试体温的行为产生依恋。他有着像雷达一样敏锐的感受力，可以感受到世人对他发出的任何一点善意，也涌动着无限对于爱的渴望，但是他却选择远离人群。由此可见，从渴望走向逃避，一面是未免受伤，一面可见内心的创伤之重。

在余华的很多小说中我们都会看到弱势胆小的人物一再试图从封闭的世界突围而出，他们或者使自己变得勇敢以反抗世界，或者对这个世界抱有善意主动取悦于人，如《我胆小如鼠》中的杨高，《十八岁出门远行》中的“我”。然而他们的努力总是让他们遭受到更大的羞辱。远离人群方可安全，与其说是年幼的孙光林对于社会的认知，不如说是童年的余华对于世界的认知。孙光明死时，孙光林由于内心的障碍，与弟弟死亡的第一现场保持着距离，直到弟弟被埋葬后，他一个人晚上坐在池塘边长久地看着弟弟的坟墓，感觉“此刻他正坐在我的身旁。弟弟终于也和我一样远离了父亲兄长和村中百姓”。一个孩子以死者为伴，他内心的荒凉简直令人触目惊心。与这一幕遥相呼应的便是记忆中在医院的童年，他说“我小时候不怕看到死人，对太平间也没有丝毫恐惧，到了夏天最炎热的时候，我喜欢一个人待在太平间”，“我在那张干净的水泥床上躺下来”，“感受到的却是无比的清凉，他对于我不是死亡，而是幸福和美好的生活”。

陈少华说：“一个小孩对死人见得多了，太平间固然可以不怕，但是不是一定把太平间记忆得这样富有诗意，那是很可疑的，精神分析学中讲到人的精神防御机制有一个词，叫作‘反向形成’，过于诗意的描述正好表达了余华童年对死亡的恐惧。”我们无从回到过去对余华的心理做一个准确的病理性分析，然而这种有违常人理解的“孤独的勇敢”却成为一种独特的心理体验融入余华的童年叙事之中，予以读者一种奇崛而震撼的阅读效果。

三、父子冲突：创伤之症结

如果说一个孩童“孤独”的心理体验贯穿了整部《细雨》乃至成为余华整个创作的生命底色，那么我们不禁要问，这种极致的“孤独”源自何处？从孙光林的角度来看，被众人排斥而无法融入集体是孤独的直接原因，但追根究底，造成这个原因的罪魁祸首便是那个可以随手将他送人，视他为家里多余的负累的父亲。父亲是苦难的施加者，是创伤的症结。因此父子关系成了全文的题旨，父与子的伦理结构便成了整部小说的情感框架。

《细雨》中父亲孙广才作为家中绝对的权威，暴力统治者。“我”这个被送走的孩子重返家中却被他认为是灾难，养“我”还不如养一头猪；最小的儿子为救人淹死了，他只想到借此事迹升官发财，等到幻想破灭后又想借此讹一笔钱。他凶狠狡诈卑鄙猥琐，既不高大也不慈悲，没有一点传统意义上的“父性”。他不但没有“父性”也没有“子性”，他时时巴不得自己的父亲早死，从虐父的阴谋中得到快乐。为了满足自己的生理欲望，他勒令妻子在别人家中满足自己的性欲；不惜把清贫的家中所剩无多的东西一件一件搬到寡妇的家里。他不讲伦理，没有道德，他的情感世界中只剩下原始野蛮的生理欲望。他是孙光林作业本上的一个大写的叉，是儿子生命里的一个仇恨标记。这样的父亲当然是需要打倒的，而这样的父子关系则是一种苦难。“我”在回忆中审视自己与父亲的关系时，也把目光投向他人。在小说中，除了以孙广才为中心的祖孙三代之间的父子关系以外，余华还写了多对父子关系。例如“我”与养父孙立强的关系。孙立强不像孙广才那样卑劣无行，“我”用绝食的行为反抗他的“暴行”，他会愧疚地背着我去面馆吃面；“我”拿他“情人”的秘密做要挟，试图逃脱打碎他最钟爱的酒杯的惩罚时，他会拉着“我”上街散步，跟“我”分享他的童年往事。这一切使“我”认为他“在很多地方更像父亲”，在怀念他的时候充满忧伤。然而尽管这样一个“我”认为比较像“父亲”的父亲形象可能仍然不是一个“我”理想的“父亲”，他依然在心情不好的时候强权专横，在“我”被诬陷的时候软弱地把“我”推出去。他虽然军人出身，看起来高大强壮，内心世界却不及那个风一吹就会生病的养母那般强健有力。又比如好友国庆，他的父亲冷漠无情，在他九岁的时候将他一个人扔在老房子里，自己组建新家庭，即使在街上偶遇也不愿意让他喊自己作父亲，这样的父子关系名存实亡，而国庆却一直活在对于父亲的敬畏里，甚至幻想有一天父亲生病了需要自己照顾时就会重新做回他的父亲。在国庆的世界里，“父亲”的所指已经不重要，“父亲”符号式的存在就是意义，而这一点空洞的意义很可能是九岁孩童作为一个生命体在这个世界上仅存的要追寻的意义。即便父子关系是苦难是创伤，他也会视它为必须抓住的“最后一根救命稻草”。又比如“我”偶然认识的小朋友鲁鲁，他连自己父亲是谁都不知道，每次与别的孩子打架只能虚拟一个“哥哥”出来填补“父位”的空缺。如是种种，常常会被学者们指认为一种对“父法”的嘲弄，对“父亲”的控诉，然而我们却不难发现，在每一次儿子从父亲那里“受难”以后，成年的“我”总会跳出来对往事用抒情的语调进行一番抚慰性的讲解，脉脉温情一直在冰冷淡漠的童年叙事中闪闪烁烁，似乎让人看到孩子们集体“父位”缺失的背后其实是童年时期对于理想“父道”一种深情的渴望。

理想的“父道”就是给孩子们教育、培养、关爱；理想的“父亲”是赐予孩子们生命的血缘纽带，是孩子们道德品行的榜样，是生命中安全感的来源。然而《细雨》中的父亲，即使不是都如孙广才一般劣迹斑斑，也各有自己不光彩不道德的那一面，年少的儿子们同样并不都纯洁、善良，他们亦有自己的人性之恶。父亲没有成为英雄供儿子崇拜，儿子也并非父亲的骄傲。

《阑尾》中，当医生的父亲跟儿子们大谈阑尾的无用和害处，并夸张地编造了一个医生靠着镜子自己给自己割阑尾的故事让儿子们感到惊奇和激动。当父亲阑尾炎发作时，他们希望父亲可以完成自己给自己割阑尾的“壮举”，在现实中树立“了不起的父亲”这个形象，以实现孩子们对父亲潜在的崇拜意愿。最后父亲差点因此丧命，痊愈以后连身体的强壮也不复存在。小说的末尾，父亲跟母亲抱怨：“说起来，你给我生了两个儿子，其实你是生了两条阑尾，平日里一点用都没有，到了紧要关头害得我差点丢了命。”

余华曾经因为跟父亲装病以获取“美妙关系”，却被父亲误以为患了阑尾炎而使得自己的阑尾无辜地被割掉。《阑尾》的故事很可能是他对这段童年经验恶作剧式的改写。小说中的“阑尾”代表着儿子，更是现实中“父子关系”的总结：儿子于父亲是一种无用却致命的存在，父亲于儿子是必须打败的权威，父子关系就是一种“敌对关系”。他在散文《父子之战》中亦总结了自己与儿子，自己与父亲之间存在的一种轮回式的“敌对关系”：

> 我注意到我儿子现在对付我的手段，很像我小时候对付自己的父亲。儿子总是不断地学会如何更有效地去对付父亲，让父亲越来越感到自己无可奈何；让父亲意识到自己的胜利其实是短暂的，而失败才是持久的；儿子瓦解父亲惩罚的过程，其实也在瓦解着父亲的权威。人生就像是战争，即便父子之间也同样如此。当儿子长大成人时，父子之战才有可能结束。不过另一场

战争开始了，当上了父亲的儿子将会去品尝作为父亲的不断失败，而且是漫长的失败。[①]

陈晓明把《细雨》看作“胜过父法的写作”，他借用罗兰·巴特的文学观点解释说，“胜过”不是直接对抗、论辩式的较量，不是一个权威代替另一个权威，而是“真正的超越”。从故事的层面看，《细雨》是强权的父亲对于弱势的儿子们的压制，儿子们在现实中无法反抗，只能从心理层面进行自卫、反击以瓦解这种天生的“霸权”。然而余华在叙写这种“对抗关系”的时候并不非此即彼，他常常引入一个成年后的声音去消解这种“二元对立”的“对抗”。比如，多年以后“我”看到自己在语文本上用来记录父亲、哥哥对我殴打的标记时，“……我难以清晰地去感受当初立誓偿还的心情，取而代之的是微微的惊讶。这惊讶的出现，使我回想起了南门的柳树。我记得在一个初春的早晨，突然惊讶地发现枯干的树枝上布满了嫩绿的新芽。这无疑是属于美好的情景，多年后在记忆里重现时，竟然和暗示昔日屈辱的语文作业簿紧密相连。也许是记忆吧，记忆超越了尘世的恩怨之后，独自来到了”[②]。“昔日的屈辱”曾经刻骨铭心，“我”大概以为童年的创痛将永远烙印在心，永不痊愈，未料时间仍是最好的良药，多年以后重新翻出记忆中“耻辱”的记录，仇恨早已消弭于无形之中。“枯枝上的嫩芽”正是象征着一种“劫后新生”的释然。成人以后的“我”隔着漫长的时光为年少的“我”抚平伤痛，也让自己以更超然的姿态前行。“胜过父法的写作”最大的意义就在于此，对抗或许是一种必然的形式，却并不是一种必然的结果。在创作主体一次次返回童年记忆，以他者的目光，以父的身份重新审视、思考、体味时，其中的内涵早已超越生活、历史而上升到哲学层面——成长的苦难从父子之战开始，父子关系却不是症结所在。然而不管症结在哪里，父子关系确实成为余华反复书写的主题，“父与子”的伦理结构也成为主要结构，并扩展到他整个写作生涯。

---

① 余华：《没有一条路是重复的》，《余华随笔》，作家出版社2014年版，第28页。

② 余华：《在细雨中呼喊》，第9页。

四、记忆中的“大字报”：暴力想象之源

从1987年《北京文学》刊出《十八岁出门远行》开始，余华以“井喷”的方式发表了一系列中、短篇，如《死亡叙述》《西北风呼啸的中午》《四月三日事件》《一九八六》《河边的错误》《现实一种》，这些作品被王德威称为“伤痕即景，暴力奇观”[①]，洪治纲则称其为“一次刀锋上的行走”。这些小说与真实生活毫无关系，甚至也有违日常伦理，最大的特点就是血腥，好像死亡报告一般，余华在其中变着法子玩弄暴力。他对自己的“嗜血如狂”自有一番解释：1986年他意外地与卡夫卡相遇，其颠覆性的艺术给他带来重大的启示。余华发现“以往那种就事论事的写作态度只能导致表面的真实以后，我就必须去寻找新的表达方式。寻找的结果使我不再忠诚所描绘的事物的形态，我开始使用一种虚伪的形式。这种形式背离了现状世界提供给我的秩序和逻辑，然而却使我自由地接近了真实”[②]。由此说来，这些非经验型的存在场景乃是余华通过想象力建构出来的，是一种隐喻着创作主体对人性与生命存在思考的内心真实。可是，我们不禁要问，这种内心真实生发出来的暴力想象的源头又在哪儿？

很多研究者都会指证余华在医院的童年经历，比如他回忆父亲每次从手术室出来时，“身上都是血迹斑斑”，“护士几乎每天都会从里面提出一桶血肉模糊的东西，将它们倒进不远处的厕所”[③]，又比如他家住在太平间对面，每天都要听到不同的哭声，再到他中学毕业以后还做了八年牙医，见血更是家常便饭……特殊的经历使他对于“血”和“死亡”习以为常，导致他在创作的时候不会忌讳文明理念里一直被规避的两个概念“暴力和死亡”。这种推理在逻辑上自然是成立的，但却并不充分，毕竟《现实一种》里的“死亡盛宴”，《一九八六》中的“酷刑大观”，对暴力细节的精雕细琢，对施暴行为予以一种感官化的全面曝光式的叙事并非一般的创作想象即可完成。余华父母都是正派的医生，家境尚可，六十年代出生的他既没上过山下过乡，也没进过工厂，从他的自传看来，他过得顺顺当当，平平稳稳，

---

① 王德威：《伤痕即景，暴力奇观》，《读书》1998年第5期。

② 余华：《虚伪的作品》，见洪治纲：《余华研究资料》，天津人民出版社2007年版，第48页。

③ 余华：《没有一条路是重复的》，《余华随笔》，作家出版社2014年版，第34页。

“文革”并未以血淋淋的面目进入记忆。那么，余华的这种非一般的暴力想象又从何而来？

余华说自己念中学的时候迷恋上了街道上的大字报，每天放学回家，他都会在大字报前消磨一小时。大字报上都是互相攻击、造谣与谩骂，内容广泛，“有追根寻源挖祖坟的，也有编造色情故事”，“在大字报的时代，人的想象力被最大限度发掘了出来，文学的一切手段都得到了发挥，什么虚构、夸张、比喻、讽刺……应有尽有”。[①]大字报发掘了“文革”时代人们的想象力，也让余华大开眼界。他回忆起这段经历时把大字报视为自己最早接触到的文学，那些层层红纸上虚构出来的刀戟相向、露骨丑闻倒是成了一粒粒文学的种子，在他心里生根发芽。这些在纯真童心上勃发的暴力想象最后外化成文学的形式，那些他日渐懂得的人与人的脆弱关系、对道德秩序的思考便以一种夺人耳目的极端暴力形式呈现出来。一直到《细雨》发表，他小说中的杀气与血腥气才逐渐退去，然而暴力仍然暗寓其中。这部最贴近他童年心理的作品没有展示他一贯喜爱的血肉模糊的表层，却将剑锋指向一种以日常化的生活细节去叙写的剑拔弩张、空气凝结氛围中的心理暴力。如孙光林被诬告写了打倒老师的反动标语，他如何在简单的言谈中陷入好朋友的圈套，两个老师把他关在小屋子里软硬兼施地盘问：从被老师误解的委屈，到被朋友诬告的伤心，再到对养父不信任的绝望、被养母信任又燃起希望，最后因为渴望被赞美而走入老师的圈套承认了诬告……这一波多折的情绪变化里没有丝毫血光却处处刀光剑影，充满杀机，这完全是一个没有信任感的世界中强势丑陋的成人对于真挚纯洁的童心最凶狠的杀戮。又如，曹丽与音乐老师的情事被揭发，老师迫不及待地读曹丽的交代材料。学生摘出其中有性暗示的话语作为谈资，人性的灰暗之处被勾勒得纤毫毕现，而以上这些逼真得令人战栗的描写正是余华最钟爱的暴力叙事，只是它们由显入隐，以最接近生活的方式复现了余华最真实的童年体验。从中，我们依稀可以看到因为藏起手术室的记录本被护士们威逼利诱差点吐露真相内心无比煎熬的小余华的样子，也可以看到那个驻足在大字报前把各种真真假假的丑闻当小说一般读得津津有味的少年余华的身影。这些极致的书写从某种意义上看，很可能是余华对自己少年时所见到的各种大字报内容的一种解读。虽然余华于“文革”只是一个在动乱的边缘、缝隙处自由放逐没有丝毫利害关系的孩童，然而，童年的记忆却成了

① 余华：《没有一条路是重复的》，《余华随笔》，作家出版社2014年版，第35页。

他文学的根，“文革”时代的成长背景像滋养根的土壤，“文革”与童年一起成为余华创作实践中最重要的资源。用他自己的话说，他一生的生活道路和写作方向，在他童年和少年时已经完成了，“接下来我所做的不过是重温”，“我只要写作，就是回家”。

五、虚伪的形式：书写疗愈之径

特殊的年代，孤独的童年，无序的成长，以及个体认知世界的方式让余华在很长时间里都是一个愤怒而冷漠的作家。他从卡夫卡那里感受到了创作主体强烈的灵魂自由，开始注意到一种虚伪的形式，“这种虚伪的形式背离了现状世界提供给我的秩序和逻辑”，使他有关“精神真实观”得以确立。这种内心的真实观不但释放了他的想象力，也调和了日常经验与挖掘人性之间的尴尬，于是当别的先锋作家还陶醉在语言的游戏之中，他已经抢滩精神的先锋性，在那些违背日常逻辑的暴力与死亡中呈现人类苦难的境遇，探索人存在的荒诞性。就在他创作了一批实验色彩浓厚的先锋作品、找到了一个稳定的创作思路以后，他写了自己的第一个长篇小说——《在细雨中呼喊》。研究者多把这部长篇视为他创作历程的转折点，是他从先锋向现实主义的回归。

然而我们细细分析《细雨》这部作品就发现，虽然这部长篇不再那样大张旗鼓地使用暴力性的叙事话语，但其叙事策略上表现出来的创作动机却并没有发生改变。从《十八岁出门远行》到《在细雨中呼喊》，余华都习惯采取一种过去的时态叙事，多采用一种少年儿童的视角，小说总体上会呈现出一种回忆的性质。暴力、死亡以及有关自我的言说皆是建立在一种回忆上，这种回忆常常指向童年。

陈少华在分析其童年记忆时把胆小的余华不怕死人，把太平间描绘得诗意盎然的心理描述为人的精神防御机制里的“反向形成”。诗意的描述恰恰表达了余华对死亡的恐惧，并且呈现出创伤的特征。一切推断都只是评论家、研究者的推断，他是否真的有“死亡情结”、是否真的出现了“反向形成”都不太重要，但他确实承认了记忆性写作于他的益处。他说：

> 回忆在岁月消失后出现，如同一根稻草漂浮到溺水者眼前，自我的拯救仅仅只是象征。同样的道理，回忆无法还原过去的生活，它只是偶然提醒我

们：过去曾经拥有过什么？而且这样的提醒时常以篡改为荣，不过人们也需要偷梁换柱的回忆来满足内心的虚荣，使过去的人生变得丰富和饱满。我的经验是写作可以不断地去唤醒记忆，我相信这样的记忆不仅仅属于我个人，这可能是一个时代的形象，或者说是一个世界在某一个人心灵深处的烙印，那是无法愈合的疤痕。我的写作唤醒了我记忆中无数的欲望，这样的欲望在我过去生活里曾经有过或者根本没有，曾经实现过或者根本无法实现。我的写作使它们聚集到了一起，在虚构的现实里成为合法。十多年之后，我发现自己的写作已经建立了现实经历之外的一条人生道路，它和我现实的人生之路同时出发，并肩而行，有时交叉到了一起，有时又天各一方。因此，我现在越来越相信这样的话——写作有益于身心健康，因为我感到自己的人生正在完整起来。[①]

他在洪治纲对他的访谈中也数次谈到童年记忆对于写作的制约作用："人在成年以后，新的经验其实是在不断修改他的童年记忆。"[②]他的种种说法都在向我们传递童年记忆与写作之间的关系，写作于他本身的意义。

童年是一个人与这个世界的一生关系的基础，写作不过是一次次回到童年修改记忆，这样的修改更确切地说是一种修补，是一种对于脆弱的童年期一直积郁在心的创伤的疗愈。从疗愈的角度来看余华的写作变迁，一切都变得合理了。

杰克·斯佩克特在他的《艺术与精神分析》中说："艺术，或者说艺术的作用就像'治疗'一样。"[③]余华在早期那些先锋味浓厚的作品中不断重复书写暴力、死亡事件，塑造冷漠愤怒的自我形象，不过是借着文字的暴力抒发童年时的积郁，试图像一个暴君一般控制曾经无法把握的一切，使自我重回一个清澈有序的秩序中，起到疗愈创伤的作用。事实上心理治疗中最常见的一种办法"疏泄法"就是让有心理创伤、经历挫折的治疗者以诉说、摔打东西、拳击等发泄性行为等不同的方式进行治疗。从这个角度看来，重复暴力叙事恰是作家用一种独特的方式给

① 余华：《温暖和百感交集的旅程》，作家出版社2013年版，第145页。

② 余华、洪治纲：《火焰的秘密心脏》，见洪治纲：《余华研究资料》，天津人民出版社2007年版，第7页。

③ 陈少华：《写作之途的变迁——作家余华精神现象试读》，《华南师范大学学报（社会科学版）》1999年第4期。

自己的童年创伤进行治疗。在经历了七八年这种充满“暴力与死亡”的重复写作以后，疗愈的作用确实发生了，《在细雨中呼喊》这部转型之作的感情基调虽不高扬却也已少了许多血腥，那种对于通过写作寻求创伤疗愈的诉求借助“虚伪的形式”更是清晰可见。

这部作品以孙光林的成长为主线，以第一人称“我”做回忆性姿态的叙事，其中暗含着两重视角：一个是从孩童时代的孙光林出发的有限视角，一个是从成年后的孙光林出发的隐蔽的全知全能视角。“我”通过回忆的方式来叙述往事，然而整个往事并不按照有序的方式讲述，它似乎散漫游弋，又互相牵连，整个文本呈现出一种碎片化的状态。余华似乎是刻意用一种“内心化”的方式去挣脱时间的一维性，保存记忆无时间逻辑的碎片化的真实性，这当然还是延续了他在《虚伪的作品》中所强调的“精神的真实观”。然而在这种“混乱”的“真实”背后却隐藏着余华理性清晰的有关创伤疗愈的心理诉求。

幼年的“我”与成年的“我”这两重视角实际上分别代表着尖锐和温和两套话语系统，交替进行。童年的苦难总是交由“幼年”的“我”承担，于是我们跟着他可以听到黑夜里女人的呼喊，感受到一个孩子无比的恐惧，看到他被父亲绑在树上吊打时的愤怒，体会他远离人群与死者为伍的孤独，旁观他被诬告时的委屈、被信任时的感动，窥见他对青春期萌动而无法克制的性欲心中充满的羞耻感。与此同时，我们也会看到“幼年”孙光林的身后有个成人的影子若隐若现，他默默地注视着“我”的惊惧、孤独、委屈、感动、羞耻，又看着“我”如何用孩子的宽厚、仁慈与健忘化解这些童年灾难，适当的时候默默地站出来安抚“我”童年的不安。这样一来，成年后的自己借助文字的时空对童年受伤的自己进行迟到的心灵抚慰，完成了父亲未竟之责。

从重复解剖虚构的死亡与暴力事件疏泄内心的积郁到直面童年创伤进行自我抚慰，我们可以看到无论是余华所秉持的内心的真实观、偏爱的虚伪的形式，又或者是对于朴素的回归，他的创作动机都是要回到童年，完成自我的成长，不断修正自己对于世界的看法。他说，“童年生活对一个人来说是一个根本性的选择，没有第二或第三种选择的可能”，童年“是一个人和这个世界一生的关系的基础”。[①]所以，

① 余华、洪治纲：《火焰的秘密心脏》，见洪治纲：《余华研究资料》，天津人民出版社2007年版，第1—8页。

在他写作《细雨》之前，他回首往事，童年或许在他心里是被忽视的孤独，被压抑的痛苦，是医院，是鲜血与死亡；在写《细雨》之时，他已经把这种苦难归结为一种理想“父道”的缺失；在《细雨》之后，他又往更高处去寻找答案，在《活着》《许三观卖血记》中，童年里的那些不可理解的苦难、不可治愈的创伤已经成为一种无法摆脱的轮回，是命运，是永恒的存在。

研究者在分析《细雨》以后的“苦难”主题说：“那不只是孙光林一个人的受难，而是孙光平、孙光林、孙光明、国庆、苏宇、苏杭、郑亮、曹丽等一代人在无序成长中的集体式受难。爱的严重缺席，伦理体系的空前衰落，道德管束的彻底破产，都使得南门到孙荡的中国乡村社会，充满了某种无序的癫疯状态，人们常常以最为原始的行为行走在现实的角角落落，伤害与被伤害成为日常生活中最具活力的成分。”[①]把苦难归于某个特殊时代的这种小说的解读在当时层出不穷，似乎什么时候真的有一个充满真善美的理想时代存在过。批判的现实主义的文学习惯把人的厄运归咎于他们所处的环境与时代，于是新时代对于旧时代的指控、革命、推翻的行为在历史的进程中总是一遍遍重演，以至于很少有人去思考“人生皆苦”的哲学命题。苦难作为一种遭遇，它的确是会过去和消失的。如果它是一种存在，它将贯彻整个人生之中，永不会消失。苦难是人存在的基本状况，或者说，人就是害怕苦难而又不能不忍受苦难的一种存在，正如叔本华所言：“欲求和挣扎是忍的全部本质，完全可以和不能解脱的口渴相比拟。但是一切欲求的目的却是需要，缺陷，也就是痛苦；所以，人从来就是痛苦的，由于他的本质就是落在痛苦的手心里。”[②]当余华从个人化的痛苦体验中抽身而出，他对困难本质的理解便走入了更为广阔的空间，当他意识到人的现实生活与理想生活几乎不可调和，死亡成为人们对命运、现实唯一的反抗方式时，即便他的创作完全成为一种悲剧性的哲学观的表达，他却再也无法保持他的冷血与无情，他的写作开始传递出一种强烈的对于人的悲悯。余华是给中国当代文学带来真正变化的几个作家之一，他对于人性、世界的独特理解构建了一个新的世界框架，这种精神上的先锋性比起在先锋的形式里讲陈旧的故事的先锋性更具备一种哲学的深度，能深入到艺术内部，带来真正的艺术革新，然而，作为一个作家，只有当他对这个世界对整个人类能有一种情感化的生命体恤，确立了一

① 洪治纲：《悲悯的力量——论余华的三部长篇小说及其精神走向》，《当代作家评论》2004第6期。

② 谢有顺：《余华的生存哲学及其待解的问题》，《当代作家评论》2002年第2期。

种博大的悲悯情怀时，他笔下的苦难才会彰显出一种人性的光辉，而这种人性的光辉才具备永恒的先锋性。

余华说："我只要写作，就是回家。"[①]回家的路也许有很多，而直面童年正是最近的一条。余华通过童年叙事找到了他回家的捷径。

① 余华、杨绍斌：《"我只要写作，就是回家"》，见吴义勤主编：《余华研究资料》，山东文艺出版社2006年版，第25页。

略论《赵德发文学年谱初编（1955—2019）》的特色与价值

姬志海

内容摘要：2020年4月，由亓凤珍、张期鹏先生撰著的《赵德发文学年谱初编（1955—2019）》由山东大学出版社正式出版。这部《年谱初编》不仅具有翔实丰富的史料性、客观生动的传记性和历史还原的现场性等特色亮点，从裨益于当代文学的“历史化”和“经典化”的价值维度来看，该书与2018年9月出版的《张炜研究资料长编（1956—2017）》一样，无疑都具有拾遗补阙、嘉惠学林的功用。

关键词：史料性　传记性　现场性　“历史化”　“经典化”

历经近两载对原始资料的整理、钩沉、辑佚、爬梳和评价的艰辛工作，由亓凤珍、张期鹏先生撰著的《赵德发文学年谱初编（1955—2019）》（以下简称《年谱初编》）已于2020年4月由山东大学出版社付梓出版。全书总计近44万字，采用编年体的惯例，虽名为“年谱”，其实毋宁说是对赵德发先生2020年之前60多年间的生平、创作的整体总结，它近乎全景式地呈现了这位文学大儒此一时期的文学发生史、文学成长史和精神探索史。它的问世，不仅夯实了作家赵德发现有研究的地基，更为后来学者的进一步研究提供了一个系统全面、扎实生动而又不可或缺的重要参考底本。

《年谱初编》包括的年代，起自1955年7月赵德发先生的出生，终至2019年12月底。亓凤珍、张期鹏在编写的时候，不仅以丰富、准确的资料把发生在各年的重要事件一一罗列出来，而且在书中插入了大量反映谱主的生活历史、行止际遇、精神面貌、主

作者简介：姬志海，山东科技大学文法学院中文系讲师，主要研究方向为中国当代文学。

要贡献的珍贵照片、原始书影、作家自述、新闻报道、名家评述等，这样的编撰方法，对作者来说是极其烦琐，而对读者来说，却是极大的方便。因为这种图文并茂、综合立体的形式，无疑更利于读者在阅读中更加完整、清晰地了解赵德发先生的文化地理背景、文学渊源和社会活动等方方面面，对赵德发先生创作思想观念的演变和创作分期的来龙去脉一目了然。这充分彰显了《年谱初编》两位作者那细致严谨的学术态度。

具体而微，这部《年谱初编》具有如下几个特色：

一、翔实丰富的史料性

为了全面反映此一时期赵德发的生平与思想，能够为当代文学学术界人士提供研究方便，作者下了很大功夫，在《年谱初编》中通过多种途径提供了大量详细丰富的真实资料。书中所记谱主的大部分条目都以发表在不同时期有案可稽的期刊、杂志为依据。这些发表在期刊、杂志上的小说、散文、创作谈等都是当年留下的真实书面记录。这些资料，一是为这部《年谱初编》学术上的权威性奠定了基础，二是加深了读者对赵德发创作思想与文学活动的理解。三则弥补了赵德发早期研究资料留存稀少的不足。除了期刊、杂志外，作者还从以下方面做了资料收集工作：A.当代著名评论家如白桦、雷达、吴义勤、施战军、孟繁华、张清华、程光炜、黄发有、霍俊明等人的评价性文字；B.当代著名作家张炜发表在不同时期对赵德发小说的评论文章；C.收录在多种权威版本的中国当代文学史或文学史类教材图书的引文，如1999年朱栋霖、丁帆和朱苏进主编的《中国现代文学史》（下），同年洪子诚编著的《中国当代文学史》以及2009年由杨匡汉主编的《共和国文学60年》等等；D.知网硕士论文及其作家在北京大学等高校所作的文学演讲；E.还有一类属于口碑性史料，作者访问了近40位曾经同赵德发一起工作或与他接触过的作家、学者、编辑和同事。关于此点，作者在“后记”中这样回顾：“我们永远不会忘记那些从各个方面给予我们帮助的老师和朋友……仅在这部《赵德发文学年谱初编》之中，就凝聚着多少师友的真诚关怀和热情帮助！张炜先生、刘增人先生、王红勇先生、刘致福先生、黄发有先生、谭好哲先生、李掖平先生、魏建先生……”[①]

---

① 亓凤珍、张期鹏：《赵德发文学年谱初编（1955—2019）》，山东大学出版社2020年版，第316—317页。以下该书所有引文均出自这一版本，不再另注。

纵观全书，不难发现，亓凤珍、张期鹏先生不仅在搜集材料方面下苦功夫，在鉴别、选择、整理这些材料时，亦是经过了反复的推敲和琢磨，充分地将史料撰写中专注于史料真实性的科学性原则、力求史料形式丰富性的多样性原则以及遴选最具有代表性史料的典型性原则有机地结合起来。可以预见的是，基于上述种种优点，它必将大大有利于当下、将来的研究者在《年谱初编》提供的丰富史料基础上，提出一些具有知识增量意义的学术新创见，从而为进一步研究作家赵德发开拓新的空间。

二、客观生动的传记性

《年谱初编》的另一个鲜明的表征就是在依托客观史料的基础上，别出心裁地采用了传记文学的笔法，从而增加了文本的可读性，规避了一般年谱类写作的干巴枯燥。限于篇幅，笔者这里仅就以下两点稍做展开：

第一，轻重有别、主次分明，凸出谱主的生平和创作主线。对一个成熟作家的了解和研究的线索是复杂和多方面的，要想在年谱中把谱主不同时期的生平、思想尤其是重大创作事件梳理清楚，就必须抓住作家在一些重要年份的文学活动主线。谱主作为山东文学界乃至整个中国当代文学乡土小说的重要作家，创作时间起点很早、跨度很长，这就决定了年谱作者对谱主各个时期的史料都须仔细遴选、有所侧重。这其中，谱主那些具有代表性作品的创作、发表、社会反响和文坛评价等事件无疑就是年谱撰述工作重中之重的主线所在。对于谱主此一时期生平主线上的内容，在材料的取舍上，要多列条目，尽力挖掘，用力详写；而非主线上的、一般性的材料则少选少写。这反映在《年谱初编》中就是在谱主80年代中前期的时段所占篇幅较少，记载普遍简略，像1963年、1965年和1967年仅仅一笔带过，而像1964年甚至在书中没有任何记载。而自1985年前后，谱主的文学创作开始步入正轨，这以后的年谱记载内容明显篇幅加大，条目增多。释卷细思后不难发现作者的良苦用心：如果在叙述中不加遴选、面面俱到，就可能使谱主主线上的创作思想和重要创作事件被淹没在喧宾夺主的次要史料中，既无法突出谱主此一时期在创作上对当代文坛做出的主要贡献，也无法区别谱主与其他乡土小说作家相比较的特色所在。

第二，草蛇灰线、暗中伏脉，注意反映谱主各阶段活动之间的内在联系。倘若具体到某年某月某日的话，年谱的写作形式一般是一日一条或一日数条地单独成立，这种单纯罗列史料的做法，如果不注意彼此之间的前后照应，就会给人一种平铺直叙的呆板之感。事实上，谱主不同阶段的行为活动之间往往都是有紧密联系的，倘若年谱的作者能够采取恰当的方法，表现谱主各阶段活动之间的联系，就能使年谱的写作更有助于读者从整体上理解和把握谱主的思想发展和创作历程。在《年谱初编》中，为了使读者对谱主的生平行止和创作活动在时空方舱中有一个相对集中完整的认识，亓凤珍、张期鹏先生在部分条目中直接采用了纪事本末体的写法。但谱主更多活动的展开是有一个较长历史过程的，有时跨月，甚至有时会跨年，这就使得纪事本末体的写法不能胜任了。像这种情况，作者便只能分条逐步叙述。对此两位作者采用了上述已经述及的凸出主线、纲举目张的方法，将相关的材料依次铺排在这一由作者精心编织的文本内在网络上。这就使得细心的读者在阅读中很容易就能看出在形式上分立的材料之间那内在的紧密联系（类例可参见书中有关“农民三部曲”和“传统文化三部曲”的撰写部分），从而使读《年谱初编》的读者和读一般作家的传记一样，谱主此一时期横跨六十余年的生平创作史就在这些排列的材料中被一一点亮。合卷之后，谱主那特色鲜明、呼之欲出的人物形象便得以在读者心目中自然而然地被树立起来。

三、历史还原的现场性

栩栩如生地复原重要文学事件发生时的“历史现场”场域是《年谱初编》的又一特点。在《年谱初编》的一些重要条目里，作家不仅对“谱主”的生活环境、成长过程、文学启蒙、教育经历作出简要勾勒，更对其重要作品的酝酿、创作、发表/出版的情况作了详尽梳理。除此之外，更为可贵的是，作者还努力呈现了与谱主同时期的批评家之间的对话与互动，在很大程度上还原了该代表作品产生的“历史现场”场域。如围绕着谱主在1989年酝酿创作、次年1月在《山东文学》付梓发表的成名作《通腿儿》，亓凤珍、张期鹏在《年谱初编》中写道：“1989年，34岁，暑假（此时谱主在山大中文系作家班学习，笔者注），完成短篇小说《通腿儿》。此期间，通过山大中文系作家班的学习，他对自己的创作之路进行了认真回顾和反思，并且慢慢找到了自认为能够写好的题材：沂蒙山往昔生活。”，接着，作者又通过在年谱中直接安插谱主相关著作中的有关篇章，让谱主现身说法，自己对小说《通腿儿》的创作动机进行夫子自道：“首先进入我的艺术视野的是一群老妪。在沂蒙山区还作为抗日根据地的时候，有许多妇女踊跃送郎参军，然而等到她们的‘郎’成为城市的主人，‘郎’们却不愿意做乡下发妻的主人了……六年之后，我用一种全新的眼光重新打量她们，这才有了新的发现。这样，在1989年的暑假，我动笔写了短篇小说《通腿儿》。”此后，“这篇小说最初投给《青年作家》，三个月后被退稿。后来得到《山东文学》编辑燕冲肯定，并按燕冲提出的意见进行了修改”。于是，小说最终发表在了1990年第1期的《山东文学》上，同时配发刘玉堂的评论《苦难的温情——读〈通腿儿〉札记》。同年的《山东文学》4、5、7三期，也随之先后发表了丁振家、孔范今、牛云清和震博的四篇针对小说《通腿儿》的评论文章。这以后，随着该小说获得了《小说月报》第四届百花奖（1989—1990），以及在《小说评论》《当代作家评论》等刊物上被广泛探讨，深受好评，《通腿儿》遂成为赵德发的成名作和短篇小说代表作。可见，亓凤珍、张期鹏撰述的这部《年谱初编》不仅对小说的创作缘起、投稿风波、后期的修改与发表的过程做了详细呈现，而且借小说的获奖、评价、由近及远的影响以及其对谱主后期整个小说创作生涯的分水岭意义均做了延展性的陈述。这无疑在加深读者对作品理解的同时，也栩栩如生地复原了当年“文学现场”的氛围。

四、结语

在谈及编写这部《年谱初编》的初衷时，亓凤珍、张期鹏先生在“后记”中坦言，他们认为“撰写年谱是系统地了解一个人、深入地学习一个人的最好方式和途径”，继而谦虚地将这种搜集、整理和选择、取舍材料的研究过程视为一个快乐的学习过程。事实上，倘若上升到当代文学的“历史化”和“经典化”高度来看，这部《年谱初编》与2018年9月出版的《张炜研究资料长编（1956—2017）》一样，无疑都是拾遗补阙、嘉惠学林的大事。

长期以来，但凡谈到中国当代文学，就往往会出现要么捧杀、要么棒杀的两种对立声音。前者常常是鼓吹其如何优秀，后者则处处贬低其如何不堪。事实上，这两种态度均有失理性和审慎。对待似乎处于“永远进行时”的当代文学之态度，理应穿透其山峦层叠、迷雾重重的外在表象，首先对其进行披沙拣金、芟汰冗杂的内在整合，然后才能站在一个相对客观的距离上对其进行冷静的审视和中肯的判断。正基于此，眼下的学术批评应该舍弃那种对旋生旋灭的时髦理论的追逐，当务之急是应该呼唤更多像亓凤珍、张期鹏先生这样的学者，肯脚踏实地地下“笨功夫”，做一些系统的史料搜集和整理工作。他们的此种努力对推动当代文学的“历史化”研究不可或缺，同时也是当代文学“经典化”的必要前提。

所谓当代文学的“历史化”，意即把当代文学的作家作品或阐释范畴“重新放置到其产生时的特定社会及历史关联中去，恢复其在特定历史语境中的原初意义。这种历史主义的研究方法致力于探讨文学作品（文本）与其所产生的社会背景——既有政治的、经济的、文化的等外在化背景，也有包括作品的创作、接受和批评的传统的内在化的背景——之间的关系，并据此来对作品进行阐释、评判，对作家的地位、贡献等进行历史定位，寻找出导致其创作得失与偏颇的可能根源，以期为后来者提供可能的经验、教训、启示、借鉴”[①]。反观亓、张所从事的这种“年谱”类学术撰述，虽然其中没有多少花样翻新、令人目眩的新潮理论，但其努力以充满丰富细节的线性延续研究策略还原历史事实的客观性做法，却无疑是作为文学研究中尤其利于历史主义研究的方式。从当代文学的“经典化”维度而言，经典并非只是存在于过往时间的文物化石，与当下毫无关系，“一时代有一时代之文学”，一个作家、一部作品的现场批评与史料建设是其自身得以从许多平庸作家作品中脱颖而出实现突围的经典化过程的开端。当代学者应该对当代作家、作品进行必要的检视与筛选，积极建设属于自己时代的经典文本，然后再将其放进接续古今、奔流不息的文学史的时间河流中去淘洗。而亓、张所从事的这种资料的整理和筛选正是确立经典的基础性工作——这种“年谱”撰写可以通过对当代文学的“现场状态”之“历史事实”和“经典化轨迹”等沉潜性原始材料积累，做出系统的发掘、清理、归整和考辨，然后依据时序坐标，努力使得这些作家的生平、著作逐年可考，这种行为本身即是当代文学作家、作品“经典化”进程中的一个不可或缺的必要构成环节。

---

① 姚建彬：《走向马克思主义阐释学：詹姆逊的阐释学研究》，北京大学出版社2013年版，第92—93页。

批判传统：肖江虹小说《百鸟朝凤》被忽视的主题

罗长青

内容摘要：已有评论大多肯定肖江虹小说《百鸟朝凤》对传统文化的同情理解，而不太关注小说对传统文化的反省批判。从教育角度来说，如果不重视孩子的兴趣爱好和天赋特长，而是强调对权威的服从，那么就不可能培养出具有开拓精神和创新意识的传统文化传承者。从传承角度来说，多代单传的师徒相授模式带来极大的传承风险，以德为先的吹奏方式减少了唢呐受众，唢呐班固守“多代单传”师徒相授传统和“以德为先”的吹奏方式则决定了其不能顺应时代发展。从伦理角度来说，“君主圣明，天下依附”代表的是人治社会最为核心的秩序伦理，必然与现代法制社会“人皆生而平等”伦理秩序构成冲突，唢呐必然发展为自由艺术，而不是糅合道德审判权于一体的礼乐。

关键词：肖江虹　《百鸟朝凤》　传统文化　批判主题

肖江虹的《百鸟朝凤》是中国当代一部知名的传统文化题材小说。小说讲述的是主人公游天鸣拜焦三爷为师学习吹唢呐的故事，同时也展示出以唢呐为代表的传统农耕文化在现代城市文明时代所遭受的冲击。小说《百鸟朝凤》最初发表在2009年《当代》第2期，后被2009年第11期《新华文摘》全文转载。2012年，曾执导过《人生》《老井》《变脸》等知名电影的吴天明执导拍摄同名电影《百鸟朝凤》。与吴贻弓、张暖忻、黄健中、滕文骥等人一道，吴天明会被研究者当成“第四代导演”

作者简介：罗长青，广东外语外贸大学中国语言文化学院教授。

的代表，而电影《百鸟朝凤》也具有农村中心题材、开放式结构、自然质朴风格等“第四代导演”作品的共性。2014年，导演吴天明因病逝世。2016年，影片《百鸟朝凤》在中国大陆上映。由于电影《百鸟朝凤》上映后票房情况并不乐观，制片人方励借助网络直播平台，通过下跪和磕头方式恳求全国影院为《百鸟朝凤》增加排片。制片人“下跪求排片”做法引发争议，但随后电影《百鸟朝凤》票房情况有所好转。有研究者认为这是“看似无奈之举，实质上演变成为一次事件营销”①。

已有评论大多针对电影《百鸟朝凤》进行分析，而对改编前的小说原作缺乏应有的关注。截至笔者撰稿之时（2019年6月5日），中国知网（www.cnki.net）总库以“百鸟朝凤”为题名检索出的“戏剧电影与电视艺术”类文献达204篇，而以“百鸟朝凤”为题名的“中国文学”类文献仅有11篇。在极为有限的11篇文献当中，只有宋涛《艺术生产与传统艺术的终结——评小说〈百鸟朝凤〉》②、王远柏《肖江虹：〈百鸟朝凤〉的贵州故事》③、舒炜《乡间早没人能吹百鸟朝凤了——对话作家肖江虹》④三篇文献与小说《百鸟朝凤》主题相关，仅有宋涛《艺术生产与传统艺术的终结——评小说〈百鸟朝凤〉》一篇文献为专题性小说作品分析。或许是受电影《百鸟朝凤》的拍摄、宣传、上映影响，已经有评论对以唢呐为代表的传统文化持同情理解态度，如李冰燕《从〈百鸟朝凤〉看传统文化的传承困境》⑤和胡静《民俗匠心的挽歌与传统文化的哀歌——论〈百鸟朝凤〉的电影改编》⑥。

与老舍《断魂枪》、李杭育《最后一个渔佬儿》、冯骥才《神鞭》类似，小说《百鸟朝凤》对待传统文化的态度也是辩证性的：传统文化既有精华又有糟粕，对积极向上的内容应该保持和发扬，对落后和腐朽的内容必须改造和剔除。在叙述传统文化与现代文明冲突的过程，小说《百鸟朝凤》既肯定了传统文化的合理之处，又表达了传统文化的批判反省。本文围绕唢呐班与唢呐曲所象征的传统文化，从教育

---

① 李莎莎：《〈百鸟朝凤〉“下跪”事件的传播学审视》，西南大学硕士学位论文，2017年。

② 宋涛：《艺术生产与传统艺术的终结——评小说〈百鸟朝凤〉》，《石家庄学院学报》2017年第1期。

③ 王远柏：《肖江虹〈百鸟朝凤〉的贵州故事》，《当代贵州》2016年第43期。

④ 舒炜：《乡间早没人能吹百鸟朝凤了——对话作家肖江虹》，《廉政瞭望（上半月）》2016年第6期。

⑤ 李冰燕：《从〈百鸟朝凤〉看传统文化的传承困境》，《电影文学》2016年第18期。

⑥ 胡静：《民俗匠心的挽歌与传统文化的哀歌——论〈百鸟朝凤〉的电影改编》，《语文学刊（外语教育教学）》2016年第9期。

教学、传承模式、伦理秩序三个方面，通过文本细读方法解读小说《百鸟朝凤》的批判与反省传统文化主题。

一、从教育教学角度看小说的传统文化批判

教育应该尊重孩子的选择。小说《百鸟朝凤》叙述了一个拜师学艺的故事，但唢呐并不是主人公游天鸣自己的选择，而是源于父亲对他的人生安排。小说对这个问题交代得很清楚：

> 我不喜欢念书，可我也不喜欢做唢呐匠，我也说不清为什么不喜欢做唢呐匠，可能是从小到大总听见父亲在耳边灌输唢呐匠的种种好，听得多了，也腻了，就厌恶了。而且我断定，我的父亲之所以希望我成为一个吹唢呐的，目的就是图那几个乐师钱。（引自2009年《当代》第2期《百鸟朝凤》，下同）

“我也不喜欢做唢呐匠”这句话说明，游天鸣将吹唢呐看成是手艺，吹唢呐与当木匠、石匠、泥水匠一样，是赚钱谋生的手段。游天鸣误认为父亲只是为了钱才将孩子送去学唢呐，这也间接证实游天鸣认为唢呐就是赚钱谋生工具。

游天鸣确实误会了他的父亲。游本盛没有实现吹唢呐的人生梦想，所以将自己未能完成的梦想寄托在孩子身上。尽管如此，这又涉及一个严肃的教育学话题——什么样的父母有资格要求孩子实现自己未能完成的梦想？父母希望孩子能够实现自己未能实现的人生梦想无可厚非，但只有那些愚蠢的父母才会强迫孩子这样做。《打造孩子的核心竞争力》这本家庭教育读物就持这样的观点：

> 每个人的成长过程中都会留下未能实现的目标，若是父母把孩子看成自己生命的延续，将自己的理想寄托到孩子身上，孩子就会成为父母成功道路上的替代品，从而丧失自我。有些孩子会因此产生逆反心理，最终导致“希望越大失望越大”的结局。[①]

① 周云炜：《打造孩子的核心竞争力》，郑州大学出版社2015年版，第169页。

即便我们选择的是支持立场，假设父母在条件允许的情况下有资格让孩子去实现自己的梦想，那么也要从理性角度考虑，通过这样一种方式去实现自己未能完成的梦想，这样做的可能性及其带来的风险问题。从梦想角度来说，如果父母对所要实现的梦想了解得越多，越尊重孩子的兴趣爱好，那么孩子就越有可能实现梦想，但小说中的游本盛并不了解唢呐。当焦三爷说游天鸣不是学唢呐的料，游本盛回答说游天鸣平时吼他妹妹的声音全水庄都能听见。这说明游本盛对唢呐的无知，同时也暗示游天鸣的唢呐学习之路的艰辛。从教育的角度来说，只有熟悉孩子的兴趣爱好，理性看待孩子的优势与不足，这样才有可能取得成功。从孩子角度来说，游天鸣对唢呐并不感兴趣，而且也没有表现出任何学习唢呐的天赋（详见下表）。在焦三爷不愿收和游天鸣不愿学习的情况下，游本盛一意孤行送儿子学唢呐，这样注定会有极大的风险，而对当事人游天鸣来说则是一场豪赌。

游天鸣并没有表现出任何学习唢呐的天赋

	蓝玉	游天鸣
拜师测试	蓝玉轻描淡写地就完成了测试，不仅我惊讶，连师傅都有些惊讶了。	没能用芦苇秆吸尽一瓢水。焦三爷说，他不是做唢呐匠的料子。
练习进展	蓝玉是有天分的，他才来一个月，就接到师傅递给他的一人多高的芦苇秆了。	我到这一步比蓝玉整整多用了一个月时间。
学艺先后	拜师在后，但学艺在先。	拜师在先，但学艺在后。
学艺态度	蓝玉总是起得比我早，甚至比师傅师娘还早，为此他还得到了师傅的夸奖。	说实话，我也想像他那样起得早的，我也想得到师傅的夸奖的，可我就是起不来，硬着头皮爬起来也是昏昏沉沉的，好一阵子满世界都在乱转。到后来我索性不起来了，夸奖也不想要了，只要让我多睡一会儿就阿弥陀佛了。
路人评价	过往的土庄人会停下来仔细听一听，听完了就远远地喊说焦家班后继有人了。	我则没有这样的待遇，过往的听见我的唢呐声拔腿就跑了。
师门评价	他吹奏的是一段喜调，曲子轻快地在屋子里跳跃，他脑袋和调子一起左摇右晃的，吹得一屋子喜气洋洋。吹奏完了，大师兄就摸蓝玉的大脑袋，说不得了不得了，其他师兄也说好，只有师傅不说话，大口大口地吸烟。	我战战抖抖地把唢呐塞进嘴里，呜呜地憋出几个滑音和颤音，然后我低下头，说我就会这点了。一屋子都无话了，只有油灯在轻轻地跳动。师兄们都神情肃穆地看着师傅，师傅还是低着头吸烟。

小说并没有直接点明，游天明学习唢呐的最终技艺如何，但从蓝玉与游天明的学习对比来看，游天明学艺过程应该不无艰辛。在窦老支书的葬礼上，游天鸣竟然忘记《百鸟朝凤》，这说明游天鸣对唢呐曲《百鸟朝凤》不熟。考虑到游天鸣既没有吹唢呐的兴趣爱好，又没有蓝玉那样的天赋，他作为唢呐班的班主忘记吹奏《百鸟朝凤》，这样的"意料之外"其实也属"情理之中"。

与游天明的不肯学不愿学但不得不学形成鲜明对比的是，蓝玉想学愿学却没有机会学。在传声仪式结束之后，焦三爷就不再允许蓝玉留下。蓝玉甚至当面质问师傅："我吹得比天鸣都好，天鸣能学《百鸟朝凤》，我为什么不能？"结合蓝玉"咬着牙说话"和"将左手中指都抠出血来"两个细节，读者不难感受蓝玉对学艺的渴望。蓝玉甚至幻想，只要留在师傅身边，他就能学会《百鸟朝凤》，但焦三爷并没有给他这样的机会。就是被选为继承人的游天鸣都觉得师傅这样做不太合理，因而发出这样的感慨："其实师傅是不对的，蓝玉天分比我好，他确实是比我精灵了一些，可人精灵点有什么不好的呢？"

蓝玉想学愿学却没有机会学再一次证实，学习者自发流露出来的兴趣爱好及其主动作出的人生选择并没有被置于重要的位置，而那些事实上对唢呐并无真正兴趣的孩子却因为逆来顺受而颇受欢迎。既然唢呐可以被看成是传统文化的象征，那么小说所展示出来的这种违背教育规律的传承方式，又怎么不可以被看成是对传统文化的批判呢?

焦三爷选定游天鸣作为继承人，这已经是游天鸣所能实现的最佳赌运，但人生和事业的成功不能总是依靠运气。对唢呐缺乏真正爱好的游天鸣，即便是学会了《百鸟朝凤》，他也不可能肩负起传承唢呐的重任。竞争是不可避免的，即便不谈西洋器乐，传统器乐还包括古筝、锣鼓、喇叭、二胡等，哪怕是就唢呐而言，也需要同其他唢呐队进行竞争。小说的结果是讽刺的，学成归来的游天鸣并没有让游本盛如愿以偿，唢呐班能接的活越来越少，几乎赚不到几个钱。"听母亲说，父亲想让我做一名唢呐匠其实并不完全为了钱"，这句话中的"并不完全"实际上告诉读者，游本盛让孩子学唢呐的另一个目标就是为了钱。结合"人家师傅说了，父亲这人鬼精鬼精的，不是吹唢呐的料"这句话，我们可以判断游本盛年轻时想学唢呐却多次被拒绝，其中很可能的原因是学习动机不纯，或许就是因为过于看重"乐师钱"。当初游本盛渴望孩子通过学唢呐赚钱的愿望有多强烈，那么后来他就将遭受多强烈的失望。假如游本盛原本就没有让孩子通过学唢呐赚钱的想法，那么他自然不会有什么失望。

苏格拉底曾经说过："教育不是灌输，而是点燃火焰。"[①]《百鸟朝凤》中的唢呐学习强调的不是创造而是顺从。首先，小说以"不管师傅问什么，都要顺着他"作为开篇，这相当于点明"顺从"在唢呐学习和继承中的核心地位。其次，父母不约而同地将游天鸣顺从焦三爷当成学好唢呐的必要条件。父亲对游天鸣的告诫是，"不管师傅问什么，都要顺着他"。母亲则说，"要勤快，眼要尖，要把你那根全是懒肉的尾巴夹好"。最后，焦三爷在教学过程中的简单粗暴则可以看成是师徒顺从关系的具体表现形式。师傅让做什么，徒弟就做什么，不需要解释说明；像选定继承人这样的头等大事，连当事人游天鸣都被蒙在鼓里；焦三爷不想让蓝玉继续学习吹唢呐，蓝玉就得回家，连个解释也都不会有。假如说唢呐学习代表的是传统文化传承，那么这样一种以下级接受上级的顺从模式无疑是小说所要批判的。

创造力的培养则是现代教育极为重要的训练目标之一。凡是对教育教学略有了解的人们都明白，在教育教学中过于强调学生对教师的顺从，并不利于激发学生的创造力。在这个意义上，焦三爷确实代表的是传统意义上的唢呐匠，他不可能培养出具有独立思考能力和创造精神的徒弟，而能够让焦三爷选定为继承人的徒弟自然是像焦三爷自己一样的唢呐匠，而不会是具有创造和革新精神的唢呐文化传承者。对游天鸣来说，他留在无双镇坚守，而不是进城务工赚钱，这只是源于他对师傅的承诺，而不是出于对唢呐的真正爱好。没有尊重孩子的选择，培养的孩子缺乏主体性。吹唢呐一直是外部强加的结果，甚至最后留下来吹唢呐，那也是因为"答应了师傅"。作为一个成年人，也是游家班的班主，为了践行自己的承诺才留下来吹唢呐，这显然不是一个成熟的唢呐班班主，也不是唢呐艺术爱好者应该说出来的话。

从某种意义上说，游家班的衰落与游天鸣缺乏改革意识和创新思维确实不无关系。当无双镇出现了城里请来的乐队，"我（游天鸣）痛苦地捂着脑袋蹲在院子里"，这说明他害怕竞争和不愿意迎接挑战。大师兄站在山梁上喊，"去看看吧！如今无双镇的唢呐都成他们（火庄）的天下了"。这暗示作为游家班的班主游天鸣，他对唢呐行业发展的状况不了解，或者是已经了解但采取了回避的态

① ［古希腊］苏格拉底：《苏格拉底的教化哲学》，吉林出版集团有限责任公司2013年版，第248页。

度，否则为何要在山梁上“喊”呢？大师兄的喊更像是在叫醒梦中人。虽然游天鸣信守自己对师傅的承诺“将唢呐吹下去”，但他没有选择进城务工更像是一种姿态而不是一种选择，因为他守在乡下也并没有想尽各种办法将唢呐班做大做强：他既没有像火庄唢呐班那样推行“土洋结合”的改革，又没有像他师傅那样招募培训徒弟。

退一步而言，进城赚钱与吹唢呐也未必是水火不相容的矛盾。小说结尾那位衣衫褴褛老乞丐吹奏的是一曲纯正的《百鸟朝凤》。这固然可以理解为唢呐人进城谋生的不易，从而解读出传统艺术在现代社会所遭遇的困局，吹唢呐的老乞丐极其不利的人生处境则可以看成是这种困局的象征。尽管如此，同样的场景也可以理解为唢呐艺术的现代涅槃，由于不再将唢呐艺术绑定传统的道德伦理评价，唢呐发展成为与小提琴、吉他、手风琴等西洋乐器一样的自由艺术。这让人联想起，伦敦、巴黎、纽约等欧美大城市街头艺人通过自己的文艺才华为市民欣赏艺术或者表演提供了另外一种可能。令人遗憾的是，游天鸣梦回萦绕的并不是现代社会的个体化自由艺术，而是传统社会的集体化礼乐。

> 年轻的部长很豪迈地一挥手，说去把他们都叫回来，费用我们来出。他的语调和姿势让我热血一下涌了上来，我仿佛看到了我的游家班整齐出场的场景，那是多么让人神往的一个场面啊！七八个人一字排开，悠悠扬扬地吹上一场。我梦里经常出现这样的场景。

假如游天鸣是出于对唢呐的真正爱好，那么吹唢呐的方式应该是多种多样的，不一定非得七八个人排成一排，也不一定非得红白喜事才能吹，甚至还不一定是留守在无双镇水庄吹唢呐。

这并不是游天鸣本人犯下的错误，而是他的父亲游本盛一意孤行和他的师傅刚愎自用的结果。为了成全父亲一辈子都未能实现的梦想，游天鸣付出了非比寻常的努力，而且也遭受了原本就不应该遭受的痛苦。为了践行自己对师傅的承诺，游天鸣觉得自己应该永远留在无双镇，哪怕是穷到了连安葬父亲的钱也拿不出，他也没有离开无双镇的念头。从道德角度而言，游天鸣确实值得仿效，但从人性角度来说，游天鸣却只能让人同情。心不甘情不愿地被送去学唢呐，糊里糊涂地接受唢呐班继承人的任命，这样如同牵线木偶一般的人生更像是一出悲剧而不是喜剧。

二、从艺术传承角度看小说的传统文化批判

传统艺术是中华文化文明与域外文化交流传播结出的硕果，这应该是没有什么争议的，像唢呐曲《百鸟朝凤》这类知名作品，其实也并没有例外。唢呐起源于西亚地区，随着丝绸之路的开辟传入中国。唢呐系阿拉伯语Surna（祖尔纳）的音译。[①]持一种狭隘的民族主义观点去反对唢呐艺术，这样的观点显然是愚蠢的。原在民间流传的《百鸟朝凤》结构松散，没有高潮，即兴发挥时，公鸡啼晓、母鸡生蛋，甚至连小孩的哭叫声等都随意加入。唢呐自由地模拟各种禽叫鸟声，惟妙惟肖地表现了百鸟争鸣的情景。这首曲子原是流行于山东、安徽（主要为皖北地区）、河南、河北等地的民间乐曲，系“山东鼓吹”衍变发展而来。1953年春，由山东省菏泽专区代表队作为唢呐独奏参加全国会演，受到热烈欢迎。[②]无论是从唢呐传入与民族化的过程来看，还是从唢呐曲《百鸟朝凤》的衍变发展来看，唢呐艺术应该秉持开放而不是保守的特征。小说《百鸟朝凤》中的唢呐传承却表现出极端的封闭性，其中包括但不限于以下三个方面：

（一）多代单传方式增大了传承风险

一个唢呐班只有班主一人有资格吹奏。老班主只教一名徒弟吹奏，且老班主在教会新班主吹奏之后，自己就失去吹奏资格。名曰《百鸟朝凤》，却不允许“人人有份，个个能吹”。这样一种传承方式无疑存在诸多风险。公允地说，是存在客观和主观两方面的风险，如师傅无法寻找到德才兼备合适传承的徒弟，遇身体原因无法教会徒弟吹奏，出于私心让徒弟做长工，以及唢呐班内部因此引发传承争斗等，这些都可能导致神曲《百鸟朝凤》失传。小说中就出现过这样的场景。在窦老支书的葬礼上，游家班班主游天鸣竟然忘记吹奏《百鸟朝凤》，这似乎在暗示单传一人的唢呐随时有可能失传。在场的师傅焦三爷并没有代劳，即便人群中有人建议“焦三爷吹一个不就行了”，焦三爷还是固执地将唢呐折成两截。

从土庄的焦家班到火庄的游家班，这种单传模式的风险最终暴露出来。与无双

① 曾遂今：《中国乐器志·气鸣卷》，人民音乐出版社2010年版，第181页。

② 陈辉：《高山流水》，浙江工商大学出版社2016年版，第29—31页。

镇其他庄子相比，火庄房屋和道路都比较落后。是否是由于火庄人穷则思变的原因，小说对此并没有交代，但火庄出现了多个唢呐班，这是不争的事实。火庄出现的多个唢呐班，有可能是徒弟另立门户，师傅仍然在接活；也可能是同门师兄弟，自由另立门户。焦家班和游家班并不是不可以这样做，而是他们遵循多代单传模式不愿意这么做：游家班班主游天鸣忘记吹奏《百鸟朝凤》，人群中有人建议焦三爷吹一曲，但在场的师傅焦三爷并没有代劳；游天鸣的师弟蓝玉非常想学《百鸟朝凤》，但焦三爷不愿意将曲子传授给两个徒弟，估计焦三爷更不愿意接受两个徒弟另立门户的设想。这样一种单传模式让继承人游天鸣也觉得无法理解：

> 最后我觉得我那几个师兄也可怜，为什么师傅不全给传了呢？那样就整齐了，人人有份，个个能吹《百鸟朝凤》，焦家班、蓝家班、游家班，还不响亮死啊！

假如说唢呐代表的是传统艺术，吹唢呐是弘扬和发展传统艺术，那么更多人吹唢呐意味着队伍的壮大和力量的增加，对弘扬和发展唢呐传统艺术不无裨益。从这个意义上说，从焦家班到游家班的单一传承模式事实上并不利于弘扬和发展唢呐艺术。当游天鸣仍然固守着四台、八台、百鸟朝凤的模式，火庄出现了十六台唢呐；当水庄游天鸣还是无双镇农民装束，火庄唢呐班班主则穿上西服和扎了领带；当游天鸣无活可接的时候，火庄的唢呐班却没有闲着。这些都应该看成现实带给唢呐单一传承模式的教训。

（二）以德为先的吹奏方式减少了受众

小说通过游本盛之口直接点明《百鸟朝凤》“只在白事上用”，“受用的人也要口碑极好才行”，又通过师娘之口说明，四台、八台、《百鸟朝凤》的层级关系，读者从中知道，能够听到八台已非易事，至于《百鸟朝凤》则大多是一个传说：即便是近水楼台的土庄人，运年好的话一年也就能听上一两回而已。老庄叔说，他此前听《百鸟朝凤》是十年前，焦三爷在肖大老师去世时给吹过一次。这又佐证了吹奏《百鸟朝凤》的不易。非但如此，甚至与天鸣一起学过唢呐的蓝玉，想听《百鸟朝凤》也是满怀期待而不得。在焦三爷固执地将唢呐折成两截之后，蓝玉从地上捡起断成两截的唢呐，他说的就是“看来我这辈子是听不了《百鸟朝凤》了”。作为焦三爷的徒弟，竟然说自己这辈子听不到《百鸟朝凤》，这说明从焦家班至游家班延续的唢呐吹奏方式，根本就没有考虑和顾及过唢呐听众的感受。此外还包括游天鸣的父亲游本盛，从送儿子学习唢呐到离开人世，一直没有听过儿子吹奏《百鸟朝凤》。这固然说明游天鸣严格执行师承传承，但也再次说明听《百鸟朝凤》的不易。

焦家班和游家班都奉行，只有那些德高望重的人去世才能吹奏《百鸟朝凤》。这样的出发点可能是好的，在一个缺乏法制的封闭社会也确实有必要通过人伦道德来维持社会秩序。但这样做的弊端也极为明显，因为这样做是以剥夺大多数人欣赏《百鸟朝凤》的自由作为前提。老庄叔说十年前听过一回《百鸟朝凤》，蓝玉说这辈子再也听不到《百鸟朝凤》，这都说明焦三爷和游天鸣固守的唢呐传承模式根本就无视听众的期待。正如那些不尊重读者阅读感受的作品很可能会销路不畅，那些不考虑听众期待心理的吹奏很有可能会为听众抛弃。

在无双镇与外界交流极为有限的封闭时代，从焦家班到游家班的单一传承模式尚能维持，但在无双镇与外界交流变得日益频繁之后，如果说西洋乐队和演唱会占领了年轻人的文化服务市场，那么以火庄为代表的土洋结合唢呐队则抢占了中老年人的文化服务市场。当游家班仍然在坚持以德为先的原则，其他的唢呐班则省掉了接师礼和运送工具的规矩。从唢呐班的服务意识角度，我们也能够理解为何游家班日后沦落到无活可接的境地。

（三）与时代前进步伐格格不入的保守心态

顽固保守心态直接体现在对外界的变化缺乏必要的感知。在马老爷子的葬礼上，作为游家班的班主游天鸣，非常惊讶地感受到，对唢呐班深感厌恶的不仅是西洋乐队，而且包括对西洋乐队产生兴趣的年轻人。唢呐班班主游天鸣之所以没有任何心理准备，是因为他想当然地认为唢呐将像过去一样仍然是无双镇人们的挚爱，甚至像金家那样给钱哀求也吹不上《百鸟朝凤》，却仍然需要小心翼翼地招待以免发生怠慢。与其说这是源于唢呐班班主游天鸣的天真，还不如说这是源于一种郁于过去时的艺术保守心态。诚如小说所描述的那样，这样一种顽固保守心态不仅导致了对唢呐接受程度的自负，而且导致了对不同艺术公平竞争的排斥。当乐队以唢呐班竞争者的身份出现之时，唢呐班没有任何一个人做好与乐队公平竞争的心理准备。“到底是搞哪样卵哦！”“这些狗日的是从哪里冒出来的！”“哎呀！”“哦哟！”除了惊讶和愤怒之外，也只有沮丧和痛苦。唢呐班班主游天鸣听到吉他声，以至于“痛苦地捂着脑袋蹲在院子里”。从行为方式来看，唢呐班更是以自我为中心，根本不考虑受众的感受，而是以一种近乎无赖的方式去干扰乐队的吹奏。文化传承的是文明，其中体现出对文化传承者和传承对象的尊重。不合时宜的吹奏最终引发了年轻人的厌恶，导致了年轻人柳三和唢呐匠蓝玉之间的混战。这不仅是柳三和蓝玉之间的个人对立，更是深层次的价值观冲突。

你们吹一次能得多少钱？他说。

和你有关系吗？我答。

我付你双倍的钱，条件是你们不要再吹了。

我摇头说那不行。

没人喜欢听你们几根长鸡巴吹出来的声音。

那我也要吹。

这时候我的师弟站出来了，他过来推了年轻人一把。说柳三你干啥？叫柳三的说关你啥事？蓝玉说就他妈关我的事，咋了？

无论是游天鸣的“和你有关系吗”“那不行”“那我也要吹”，还是蓝玉的“就他妈关我的事，咋了”，这些言语之间透露的是不愿意合作，拒绝沟通和解释。相比之下，柳三先是以“双倍价钱”进行谈判，然后是以“没人喜欢听”来施加压力。虽然柳三在此期间出言不雅，但迷于乐队无心打架斗殴，倒是蓝玉先动手打人，拳头奔着柳三的脑袋呼啸而去。唢呐班的唯我独尊不是偶然的，焦三爷在收徒之初的不近人情、在金老爷丧事上的极度傲慢、在传声过程中的神秘莫测，这些都说明唢呐班已经发展成为一种顽固保守的文化。

如果说整篇小说的焦三爷及其唢呐传承故事揭示了传统文化遭遇的传承问题，那么小说结尾衣衫褴褛的老乞丐吹奏《百鸟朝凤》则寄喻了传统文化的再生。“车站”“广告牌”“闪烁”象征着现代社会，“衣衫褴褛的老乞丐”和“凄凉的夜色”是传统文化遭遇传承问题的隐喻，唢呐曲《百鸟朝凤》的“高远”和“纯正”则暗示着传统文化的涅槃与新生：

在车站外一块巨大的广告牌下，一个衣衫褴褛的老乞丐正举着唢呐呜呜地吹，唢呐声在闪烁的夜色里凄凉高远。这是一曲纯正的《百鸟朝凤》。

这时的《百鸟朝凤》已经恢复了“民间”与“自由”特征。吹奏者不再是令人敬畏的唢呐班班主，而是衣衫褴褛的老乞丐。《百鸟朝凤》的吹奏不再是此前限定的“白事”场合，也无须德高望重的死者。吹奏不需要经济资助，也省去了烦琐的礼仪，老乞丐可以根据个人意愿自行吹奏。这与“焦家班”和“游家班”因为人手或经济原因而解散形成了鲜明的对比。小说描述唢呐声“凄凉高远”，其中的“高远”当然可以理解为声音传播之远，但同样可以理解为，以唢呐为代表的传统文化经过凤凰涅槃，萌发出传统文化与自由艺术结合的希望。在这个意义上，小说最后一句“这是一曲纯正的《百鸟朝凤》”，其中的“纯正”既是对老乞丐吹奏唢呐艺术本身的正面评价，又可以看成对唢呐艺术自由传承的积极肯定。

三、从伦理秩序角度看小说的传统文化批判

小说以汉语词典“百鸟朝凤”词条作为开头，特地标注“索引”二字。这等同于告诉读者：“百鸟朝凤”是整个小说的隐喻。小说特别列举“百鸟朝凤”的释义“旧时喻指君主圣明而天下依附，后也比喻德高望重者众望所归”，这象征着传统中国最为重要的秩序伦理“明君圣主，百姓归顺”。

无双镇一共有五个村庄，按照中国古代道教哲学的系统观“五行”作为划分依据，分别取名金庄、木庄、火庄、土庄、水庄。这暗示“无双镇”实际上就是中国传统的缩影。在无双镇，红白喜事若没有唢呐，“主人面子上过不去，客人也会觉得少了点什么”，这表明了唢呐不可或缺的地位。只有“德才兼备”的唢呐匠才会被师傅教会吹奏《百鸟朝凤》，也只有“德高望重”的人去世才配得上吹奏《百鸟朝凤》，这可以看成“明君圣主”的象征。一个唢呐班只有班主一人可吹奏《百鸟朝凤》，老班主教会一名徒弟吹奏《百鸟朝凤》即失去吹奏资格，这与君主继承关系也颇为类似。

既然无双镇的唢呐很好地体现着中国传统秩序伦理，那么小说对唢呐的叙述必然会体现对这种伦理的批判，按照这样的假设能够寻找到相应的证据。游天鸣特别提及装唢呐的两个布袋，是由“师傅的内裤”和“师娘贴肉的裤衩”改造而来。

> 我装唢呐的布袋子是师娘缝的，碎花青布，唢呐刚好能放进去，可熨帖了；蓝玉的唢呐也有布袋子，是藏青棉布缝制的，后来我才发现，装蓝玉唢呐的布

> 袋子的前身是师傅的内裤。这个秘密我一直没有给蓝玉讲，再后来我又发现，我的布袋子是师娘贴肉的裤衩改的。

在无双镇，唢呐具有崇高的地位，以男性“内裤”和女性“贴肉的裤衩”制作装唢呐的布袋，这实际上是在亵渎唢呐的神圣。既然唢呐传承和唢呐曲《百鸟朝凤》很好地体现中国传统秩序伦理，那么以男性“内裤”和女性“裤衩”制作装唢呐的布袋破坏了唢呐象征中国传统秩序伦理所带来的神圣。这似乎暗示叙述者对传统秩序伦理提出了质疑，否则叙述者为何要突出两个特殊的唢呐布袋呢?

无双镇极为封闭的社会环境和以班主为统领的唢呐传承模式造就了焦三爷这样的唢呐王，他们借助唢呐在当地人们精神生活中的重要位置，争夺乡村道德审判权、拥有较高的社会地位、享用较为富裕的物质生活。在唢呐班衰落之前，唢呐班最不缺的就是“烟”“酒”“钱”，所以，唢呐班事实上成为传统秩序伦理的既得利益者。

关于烟，小说提及72次。在无双镇，金庄烟叶质量是最好的，所以游天鸣去看师傅的时候，买的就是金庄烟叶。但焦三爷吸一口就知道味儿不对，再吸一口就能准确判断出来：

> 我给师傅装了一锅刚带来的烟叶，师傅吸了一口，再吸一口，说没买准，金庄最好的烟叶在高昌山下，那片地种出来的烟叶才是最地道的，这烟叶儿不是高昌山下的。

假如说金庄烟叶是一个地域品牌，那么高昌烟叶则是这个地域品牌中的极品。焦三爷能够吸一口就能判断，吸两口就能确定，这说明焦三爷平时经常吸金庄烟叶，而且高昌烟叶也没少吸，否则就不可能训练出如此高超的鉴别能力。小说并没有解释金庄烟叶是否昂贵，但金庄烟叶名声在外，供需关系未必平衡，至于高昌烟叶则是奇货可居。

关于酒。“烟酒茶是一刻不能断的”，其中就包括酒。小说29次提及酒。焦三爷并不酗酒，游天鸣学艺三年都没有见过焦三爷在家喝酒，但焦三爷却是有酒量的，游天鸣回去看望师傅时，焦三爷喝了三碗高度烧酒。正如鉴别高昌山下烟叶的本事是抽出来的，三碗高度烧酒的酒量也喝出来的。焦三爷不酗酒却有酒量，这说明不是有没有酒喝的问题，而是愿不愿喝的问题。游天鸣回去看望师傅的时候，师傅搬出陈年老酒就很能说明问题：

> 晚饭时辰，师傅搬出来一土壶烧酒。
>
> 十年了差不多，师傅一脸兴奋地说，火庄陈家酒坊的，那年给陈家老爷出活的时候到他酒房子里接的，没掺一滴水。

“搬”是指将物体从一个位置移动到另一个位置。焦三爷有干农活的习惯，从“搬”字可以看出，这一壶烧酒并不轻。“没掺一滴水”说明酒的纯度高，同时也可以理解为酒的质量好。“十年了差不多”说明囤积时间长。在农耕文明时代，只有那些非富即贵的名门望族才能做到长期囤积大量高质量的酒。毕竟，在缺衣少食的时代，为了避免浪费粮食而禁止酿酒的政令并不鲜见。

关于钱。与72次提及烟，29次提及酒相比，小说只有21次提及钱。其中包括：“父亲想让我做一名唢呐匠其实并不完全为了钱。”“给钱是规矩，收钱是规矩，连推辞都是规矩的一部分。”“前几天你二师兄来过一趟，说你们那边乐师钱出得很阔呢！”“我付你双倍的钱，条件是你们不要再吹了。”“别人的儿子每年都能给家里寄回来数目不等的钱，我却只能坐在家里吃吃喝喝。”“我用卖牛的钱将父亲安葬了”“看来，城里这钱还真他奶奶的好挣。”虽然小说并没有直接点明钱如何重要，但在关键时间节点都能看到钱的相关性：游天鸣很长时间都认为，父亲送自己吹唢呐就是为了钱；《百鸟朝凤》不是随便吹的，焦三爷说给钱也不行；柳三说付双倍钱，前提是不要吹唢呐了，最后发生了冲突；父亲死后无钱安葬，只好卖牛得点钱；师兄弟都跑到城里去赚钱，没有多少人愿意留在乡里吹唢呐。这事实上等于同告诉读者：唢呐、金钱、秩序存在着一定的关联。

> “前几天你二师兄来过一趟，说你们那边乐师钱出得很阔呢！”师傅往地上啐了一口烟痰说。
>
> “不多的，就是有钱的那几家大方些！”
>
> “人心不足蛇吞象啊！”

如果说“吐烟痰”暗示着焦三爷对金钱的不屑，那么“蛇吞象”则是焦三爷对徒弟的提醒。文中提及的“二师兄”也是需要说明的。二师兄是焦三爷最满意的徒弟，天分好，也勤奋，但焦三爷并没有教他《百鸟朝凤》，很可能是因为二师兄过分关注钱：

> 大师兄说了，这是他吹唢呐以来领到的最多一回钱，二师兄在一边也说，钱是最多的一次，可吹得是最轻松的一次。
>
> “前几天你二师兄来过一趟，说你们那边乐师钱出得很阔呢！”
>
> （主人说过，钱不是问题）主人走了，二师兄看着师傅说：“师傅，查老爷子德高望重呢！”

从上述引文可以看出，二师兄比较关注钱的问题，再结合二师兄与焦三爷因为“进城打工”而发生的争执与冲突，这些都构成了完整的证据链：以唢呐曲《百鸟朝凤》为代表的伦理评价模式，其实不断地受到金钱腐蚀。甚至唢呐队没有正式声明就解散，其实也可以看成是金钱腐蚀的结果。例如，二师兄选择进城务工，以便赚更多的钱。焦三爷通过二师兄的话来提醒天鸣“人心不足蛇吞象”，焦三爷试图阻止二师兄进城务工，这些都可以看成道德理想主义者，在传统乡村秩序伦理受到挑战的情况下，试图去维持乡村秩序所作的努力。

“君主圣明，天下依附”是人治社会的秩序伦理之一，其主要特征是个人必须服从于集权，缺乏独立自主的个体意志和绝对的人身自由，无论是思想观念还是日常生活都受到集权模式的控制。小说并没有直接质疑焦三爷的道德人格，焦三爷严守自己的道德底线——从金老爷子出丧时拒绝吹奏《百鸟朝凤》，到窦老支书出丧时主动要求吹奏《百鸟朝凤》，但小说真正要阐释的问题是——将伦理判断交之于一人，只要集权者存在任何一点道德问题，那么就会带来极大的不确定性。小说《百鸟朝凤》中的师徒关系就是这样的。在无双镇封闭的人治社会中，焦三爷是唢呐吹奏和传承的主宰者。让不让你学，学什么，怎样学，学多久，这些都得看焦三爷的性格、脾气、心情，而作为学徒的游天鸣只能听天由命。游天鸣既没有猜想到自己所要遭受的惩罚——由于没有用芦苇秆吸上水，晚餐的米饭被减去半碗，也没有预料到自己会成为唢呐继承人——师傅并没有让聪明勤奋的二师兄学习《百鸟朝凤》，也没有让天赋极好的蓝玉学习《百鸟朝凤》。在传统人治社会，虽然通过思想控制和限制自由的方式，君主与百姓之间形成了相对稳定的施令与接受关系，但这种关系既不人道，也不稳定。小说演示了这样一种关系，学徒游天鸣对师傅焦三爷表示了极大的愤怒与不满：

> 我最不留恋的就是师傅，我还偷偷给他起了外号，叫焦黑炭。焦黑炭没有一点好，整天绷着脸不说，还不让我吹唢呐。想了好多，我的心里五味杂陈，喉咙一哽，就悄悄呜呜地哭起来，一直哭到天色微明，回家的路也能见着了，我才站起来离开，走出一段回头看了看，眼泪又下来了。

从给师傅取外号可以看出游天鸣当时极为愤怒，从彻夜长哭可以看出游天鸣当时非常痛苦。这激起了游天鸣的叛逆心理，不辞而别也可以看成是无言的抗议。焦三爷告诉游天鸣，游天鸣看到父亲摔伤掉下了眼泪，这是他收下游天鸣做徒弟的真正原因。焦三爷选择一位富有同情心的徒弟，这样做在道义上确实没有问题，但也不能说就完全没有私心，因为性格温和的游天鸣肯定比刚烈要强的蓝玉更为顺从而不是叛逆。小说叙述已经暗示却又没有挑明的是，焦三爷在此之前或许遇到过并不太听话的徒弟。

传统人治社会秩序伦理的最大挑战是不确定性。对集权者而言，挑战既可能来自内部，也可能来自外部。当坚船利炮敲开了古老中国的大门，以“君主圣明，天下依附”为代表的传统人治社会秩序伦理，受到了以“人皆生而平等”为基础的现代法制社会秩序伦理的冲击，任何试图去阻止或改变这种趋势的努力都将是徒劳，而且可能会付出相当沉重的代价。小说《百鸟朝凤》形象地证实了这一点：唢呐王的继承人游天鸣没有他的师傅那么幸运，无双镇开通了进城的公路，洋乐队受到年轻人的欢迎，曾经的唢呐王风光不再。由于固守传统而不思改革，唢呐班的班主游天鸣因为自己的保守付出了代价，他甚至连安葬父亲的钱也不是那么容易凑齐，只有将作为家中基本生产资料的牛卖掉。游天鸣的人生悲剧说明，坚守文化、伦理、秩序等传统需要放眼世界，只有在交流和创新过程中才能真正继承传统。

在叙述传统文化与现代文明冲突的过程，小说《百鸟朝凤》既肯定了传统文化的合理之处，又表达了对传统文化的批判反省。从教育角度来说，如果不重视孩子的兴趣爱好和天赋特长，而是反复强调对权威的服从，那么就不可能培养出具有开拓精神和创新意识的传统文化传承者。从传承角度来说，多代单传的师徒相授模式带来极大的传承风险，以德为先的吹奏方式减少了唢呐受众，而唢呐班固守“多代单传”师徒相授传统和“以德为先”的吹奏方式则决定了其不能顺应时代发展。从伦理角度来说，“君主圣明，天下依附”代表的是人治社会最为核心的秩序伦理，必然与现代法制社会“人皆生而平等”伦理秩序构成冲突，唢呐必然发展为自由艺术，而不是糅合道德审判权于一体的礼乐。

空间的悲剧

——孙频小说的悲剧原因探析

潘伍豪

内容摘要：作为擅长写悲情人物的作家，孙频笔下的故事多以悲剧形态展现。但无论是情感纠葛，还是身世环境，或者偶然遭遇所造成的悲剧，其背后的深层因素都是空间的变动。孙频小说中存在着三重空间，一重是人物凭借幻想和想象构建的心理空间；一重是人物成长时所缺失的、但又一直在追寻的家庭空间；一重是城市化进程中城镇建设所导致的城乡矛盾，乡村人失去了赖以生存的空间。空间的建构与变动是孙频小说悲剧产生的深层因素，也是悲剧发生的地点和场域。孙频小说中的悲剧是由空间引起的，在空间中发生的，以空间的变动为外在表现的。

关键词：悲剧　心理空间　家庭空间　城乡矛盾

作为80后作家群体中的一员，孙频并没有其他80后作家的标签化的风格，商业化的写作和孙频并不沾边。她更像是一个苦行僧式的严肃作家，以极为严谨苛刻的态度一丝不苟地进行着纯文学的书写。在文学创作变得轻佻浮躁的时代，她以严肃的创作态度、细腻的感知能力、灼热酷烈的语言和悲天悯人的情怀，书写了种种离奇怪诞的人生境遇、庸俗丑陋的众生百相，以及在这复杂的现实背后，那最难以捉摸的人性本身。孙频以女性特有的敏感和细腻，关注着那些处于各种不幸中的背负着苦难的人们，尤其是在险恶的环境中遭受各种不测的女性。无论是《乩身》中那

作者简介：潘伍豪，兰州大学文学院。

个自幼被父母抛弃、长大后又终日提心吊胆地活着的常勇，还是《无相》中那个因为家境而自卑、不得已接受侮辱式的资助的女大学生于国琴，抑或是《祛魅》中那个苦苦追寻爱情被却一再遭遇惨败的青年女教师。这些平凡卑弱的女人本就是社会的边缘人物，是生活中的弱者，即使无灾无难，要做一个同大家一样的正常人也不可得。更何况，那冷酷残忍的命运一次次把常人万难忍受的厄运降到她们身上，让她们在极端酷烈的环境中扭曲、挣扎、奋起又堕落……这些平凡的小人物的身上，显现出生命的顽强与坚韧。

但孙频并不是理想主义的作家，并非简单地以酷烈的境遇来映衬人性的伟大。孙频所描写的并不是百炼成钢的斗士，而是出生时就有各种先天不足的可怜人，这不足不仅是身体上与物质上的，更是精神与灵魂上的缺陷。或受家庭影响，或被疾病摧残，他们都是些在精神上与肉体上有些残缺的人。她们的人生里并没有多么高的目标，她们只是想做个和别人一样的普通人，即使是这样卑微的愿望也难以实现。她们面临的不是张爱玲笔下的柴米油盐的消磨，反而是更为残酷凶险、惊心动魄的生死考验，她们所要泅渡的是一条巨浪滔天的河流，命运毫不留情地对这些弱者施暴。但孙频笔下的人物并非单纯无辜的受害者，她们浑身也充满了人性的弱点，她们的软弱卑污、精明计较乃至虚荣自私正是进一步把他们推入无底深渊的魔手，她们面对利益纷争时的满腹算计，面对诱惑时的动摇犹疑都进一步促成了她们的悲剧命运。

孙频的作品多描写平凡卑弱的小人物们与冷酷离奇的命运遭遇、小人物的抗争与毁灭。因此，她笔下的故事多是悲剧性的。但孙频作品的悲剧特质不仅在于命运的无常以及人物的性格缺陷，还在于外在的空间或环境因素。空间或环境是人物生存的依托，也是故事情节展开的场所。但空间和环境并不只是客观中立的承受者与容器，空间和环境本身也具有社会属性，特定的空间与特定的社会环境密切相关，特定空间的变动也影响乃至塑造着人物的性格，并影响甚至决定了人物的命运。从这一点来看，孙频笔下的空间具有悲剧特质，她笔下的空间所承载的总是发生在悲剧人物身上的悲剧事件，空间又是促成这悲剧产生的重要因素，因此，悲剧与空间呈现出辩证的关系。悲剧总是空间性的，而空间也总是带有悲剧属性。

文本中空间关系的变动造成了人物命运的起伏变化，特定的空间本身生产出特定人物的命运悲剧，而特定人物的命运悲剧又体现为空间的变动。具体说来，孙频笔下的空间又分为三个层面，分别是个人的心理空间、个人所处的家庭空间以及更大范围的社会空间。这三层空间是以空间与人物的密切关系为依据划分的。个体的心理空间指的是个体的心理对于外在空间的感知以及由此形成的独一化的空间定位，这种心理空间具有个体性的标志，每个人所拥有的心理空间是不相同的，个体的心理空间是受个体的精神气质、性格禀赋的影响而形成的，个体的心理空间也是区分个体的重要标志。个体所处的家庭空间是影响乃至决定个体心理空间的最重要因素，个体所处的家庭空间也是塑造个体人格、影响个体命运的关键力量。个体所处的更大层面的社会空间是与个体所处的社会阶层和历史环境密切相关的，个体所处的社会空间不仅是个体经济状况与社会地位的反映，更是决定人物命运走向的决定力量。

个体心理空间的产生与毁灭

个体的心理空间是一个虚实交织的特殊存在，是一个没有客观实存却有着现实基础的空间。就其发生的根源来说，个体的心理空间的形成依赖于个体对外部世界的感知与理解，外在的客观的物理空间和社会环境是个体心理空间形成的基础，个体通过身体感官的感知和内在心理的调节，将外在空间转化为具有个体性的内在心理空间。因此，心理空间就其形成而言，有一个由外而内的内化过程，主体的身体感知和主观心理将内外刺激转化为独特的意识形式，并逐渐形成结构化的空间形态。从这一点上，心理空间的形成是主体的内在心理能力将直接的感官感知和经验内化为认知能力的过程。心理空间的建构过程也是自我主体意识的形成过程，个体的心理空间是承载自我主体意识的精神场域，也是自我主体意识的内在依托。与康德的作为一种先天直观形式的、不依赖于经验对象就可独立存在的空间观念不同，个体的心理空间形成的第一步是个体的直接的感官感知和体验，心理空间是以由视觉和触觉等感官形式直接获得的感官经验为基础，经由想象力和理性能力的排列、抽象和概念化，获得有序的空间感知。因此，心理空间是经由体验性的感官感知形成的。[①]

其次，心理空间不仅仅是个体内在心理的表征，更是社会文化和特定环境的产物。人们面临的从来不是客观的、中立的物理空间，而是被各种意识形态和文化语

① 参见张绣蕊、王爱芬：《心理空间的历史渊源和概念解析》，《教育理论与实践》2019年第25期，第49—53页。

境包裹着的空间，是被文化与政治建构起来的空间。正如勒斐弗所说，“空间是政治性的，它是战略性的”[①]。因此，个体的心理空间从其本源来说，是被处身于其中的社会所建构和规约的，个体的心理空间的形成与表现形态，和权力与政治息息相关。具体来说，个体的心理空间是外在社会关系、阶层划分与道德观念的隐性显现。个体的心理空间的形成受到性别、阶层、身份等与政治和权力关系密切的因素的影响，通过个体心理空间的存在形态可以洞悉塑形个体心理空间的深层因素。从这一点上，个体的心理空间的形成即是一个人社会化的过程，是象征体系（拉康语）对于内在自我的侵入和操控，个体的精神气质、人格心理都建基于这一被社会规约的心理空间。

从心理空间的形成来说，心理空间是个体与社会协作生产的产品。心理空间需要个体的感官感知和直接体验作为材料，并经由个体的天赋的想象力和直观形式加以系统抽象；同时，建构建立空间所需要的感官经验却是被社会文化和政治、权力等因素所提前规约好的，政治、权力决定了个体的感官可以感知到什么，不可以感知到什么，还决定了个体感官本身，个体的身体与感官感知的能力也是受到权力建构与规约的。个体的心理空间的形成与存在形态会影响到个体的自我意识，并进而影响对于外部世界的认知模式，乃至个体的世界观与人生观都是由心理空间所制约的，个体心理空间的稳固与否，直接影响到个体的生存状态乃至命运遭际。

就孙频的文本来说，小说中的主人公都是出身贫贱、身世悲惨的女性，她们直接的空间经验就来自她们居住的寓所。这种源初性的空间经验塑造了她们的空间感知，并由此塑造了她们的空间观念。她们所居住的逼仄狭小、肮脏卑污的处所构成了她们感知的最初对象，这种非人的居住环境所塑造的是被压抑的身体和扭曲的灵魂，肮脏狭小的处所限制了她们的感知能力，黑暗潮湿的地洞似的蜗居使她们像某种穴居的小动物，只能居住于黑暗与潮湿之中，畏惧阳光与公众。无论是《乩身》中常勇和爷爷所居住的那阴暗、狭窄的城中村，还是《无相》中山西大山中那充满了淫乱与屈辱的窑洞，抑或是《祛魅》中女教师所居住的阴森荒凉的窑洞，这些女性所居住的都是阴冷、荒凉、偏僻、封闭的地方，或者是大山深处封闭落后的贫困山村，或者是岌岌可危不知哪天就会拆迁的城中村，再或者是四周荒无人烟的孤地。

这些冷清、偏僻、荒凉、落寞的处所和空间是被遗忘的存在，它们本身是封闭的、内向的、偏僻的、一潭死水似的，是一个稳定的封锁的空间，没有外面的人进

① ［法］亨利·勒斐弗：《空间与政治》，李春译，上海人民出版2008年版，第5页。

入这个空间，这个空间中的人也走不出去。人物所处的整个空间就像是凝滞的死水，水中的人都在这黏稠的僵死的空间中挣扎。这样一个凝滞的僵死的并且地处偏僻几乎要与世隔绝的边缘的空间不是生命的寓所，而是灵魂的地狱。生活在这样一个外面的人进不来、里面的人又出不去的活棺材一样的地方的人，都是一些僵死的、麻木的、失却了灵魂的人，无论是却波街（《乩身》）里那些性欲旺盛的粗野男人，学校那些尖酸刻毒、喜欢飞短流长的女同事（《祛魅》），学校里那些禽兽不如的教师和趁火打劫的老光棍（《因父之名》），都是一些被生物的本能和人的自然情欲所支配的人，是一些愚昧、封闭、粗暴又原始的乡民。他们没有要走出这死水一般的居住地的愿望，沉迷麻醉于原始的近乎禽兽一般的生活。但这种生活不是健康的、自然的，而是愚昧的、病态的、僵死的。

孙频笔下的地方本身具有的封闭性造成了人的思想和行动的封闭性，长期居住于这些地方的人已经形成了一种近乎习惯的保守特性，他们既渴望能够在死水微澜的生活中得到新鲜的调味剂，又害怕外来的新鲜事物映衬出他们自身的愚昧与保守，于是怀着一种又期待又恐惧的奇特心理对待任何一个外来者和异类，怀着残忍而冷酷的心情，毁灭了这外来者。《乩身》中的常勇，《东山宴》中的采采，《无相》中的于国琴，《祛魅》中的李林燕，《我见过草木葳蕤》中的李天星，《因父之名》中的田小会，这些都是游离于她们所处的环境边缘的零余者，是被环境排斥和迫害的人，是格格不入的异类。双目失明的常勇被众多虎视眈眈的男人包围着，只有靠着女扮男装才能勉强活命，就连出门捡破烂也要趁着夜深人静时偷偷溜出去，白天只能蜷缩在那挡不住任何人的破烂房子里；被父母嫌弃的采采不但在家中没有立足之地，在白氏的家中依旧要遭受白眼和冷遇，父母和白氏毫不遮掩的嫌弃让她成了实际上的“孤儿”；住在窑洞中却不甘平凡，渴望有一天能靠着男人挣脱悲惨命运的李林燕是其他女教师眼中的异类和笑柄，她那些不切实际的幻想和悲惨的境遇成为周围所有人的笑柄。凡此种种，孙频小说中的主人公是被其所生存的环境所隔离和驱逐的边缘人，是被区别对待的异类，是无所依靠和无所寄托的零余者。正是这种实际的空间体验和被排斥的空间感受造成了主人公独特的心理空间。这种外在的封闭的、危机四伏的社会环境是主人公内在心理空间建构的深层因素。

在外在世界处处被排斥，事事都格格不入，周围的环境中所生存的人甚至正是造成她们悲剧命运的直接原因。在这种外在环境杀机四伏，而她们又没有能力摆脱这环境的情况下，她们在内心构建起了一个属于自我的、封闭的、仅供独处的空间，这个空间没有其他人，也没有外在侵入的危险，只有在这里她们才能获得片刻安宁与短暂喘息。这个封闭的、内向性的心理空间是阴暗的、逼仄的、冷清的，甚至是肮脏与恶劣的，但至少对她们来说是相对安全的，是可以凭附与依靠的。“不但我们的回忆是‘安居’的，我们所忘却的也是。我们的无意识也是‘安居’的。我们的灵魂就是居所。当我们回忆起‘家宅’‘房间’的时候，我们是在学习寓居在自己的心中。”①

对常勇来说，她的借以自保的心理空间就是那装神弄鬼的幻想时刻，“这些被她一手造出来的幻象是永远不会抛弃她的”，被众人忽视，被重重危险包围着的常勇只有在装神弄鬼的幻想中才能得到短暂的心安；被父母视作拖油瓶、被白氏视作吃白食的采采是一个自幼缺爱的女孩，在哪里都会被嫌弃，她只得用幻想为自己营造出一个可以立足的空间，在这个空间里她是众人关注的焦点，是集万千宠爱于一身的女人；失去了母亲的阿德寄托自己的空间是那个冰冷封闭的坟墓，只有在那里他才能感受到被母亲关怀的感觉；受尽众人嘲讽与讥诮的李林燕只有在一次次回忆与旅美作家的一夜情中才能获得些许安慰。总之，这些受难的女人们在外在环境的压迫之下，凭借想象力为自己营造了一个容身的庇护所，这些庇护所既是对于现实环境的逃避，又是对于不能实现的未来的奢望。她们渴望逃离外在危机四伏的环境，只得建构一个更为封闭、更为私密、更为阴暗与个体化的心理空间用来存放灵魂，外在环境的挤压使她们产生了虚幻而个人化的心理空间。而这心理空间也有外在的象征物，于常勇来说就是那破旧阴暗的房子，于李林燕来说就是那阴冷寂寞的窑洞，于田小会来说就是“干爸”那肮脏的床铺，这些环境恶劣的场所本来只应是悲剧发生的场地，但现在却是这些可怜的女人们安身立命的最后依托，是她们拯救自我灵魂的最后希望。她们所建构的心理空间是安放灵魂的家宅，她们所蜗居的寓所是接纳身体的处所。

然而，这心理空间终究是虚幻的、脆弱的、靠不住的，这些可怜人的虚假的幻梦终究要被撕碎，露出残酷而狰狞的现实本相。常勇栖身的城中村要被强行拆除，她一个举目无亲的盲女将无处可去；李林燕那用来守护自尊心的窑洞一再被男人闯入，又一次次用抛弃将她打回原形，完成了对生活和爱情的祛魅；田小会苟且在“干爸”的床铺上，却被父亲的偶然归来而打破。所有这些女人们自己建立的提供最

① ［法］加斯东·巴什拉：《空间的诗学》，张逸婧译，上海译文出版社2009年版，第25页。

后的安慰的心理空间再一次被挤压侵占，最后的容身之所也被剥夺，她们彻底成为没有立足之地的人，就连那虚幻的心理空间也不留给她们。她们的心理空间是内向的、虚幻的、封闭的、仅供自保的，是在举目无亲，没有立足之地的情况下自己虚构出来的乌托邦，也是被外在环境所驱逐和压抑的边缘人最后的容身之所。之所以会有这样的心理空间产生，就是不见容于外在环境的缘故。而就连这虚幻的寄托与安慰也终将消灭，最后的容身之所也要被种种意外所侵占和打破。他们没有任何地方可以存活，没有任何地方可以苟延残喘，悲剧就在这时发生。因此，孙频小说中的悲剧是空间的悲剧，是人与其生存环境之间的矛盾与冲突造成的悲剧，也是人失去了安身立命的家园，失去了依托之所之后的悲剧。这些虚幻的心理空间的建立是悲剧，而这些空间的消灭更是悲剧，人物悲剧命运的背后的操纵力量是空间的生产与消灭，这就是孙频小说悲剧产生的深层原因。

家宅的失落

巴什拉在《空间的诗学》中说："没有家宅，人就成了流离失所的存在。家宅在自然的风暴和人生的风暴中保卫着人。它既是身体又是灵魂。它是人类最早的世界。早在那些仓促下结论的形而上学家们所传授的'被抛于世界'之前，人已经被放置于家宅的摇篮之中。"[①]依据巴什拉的观点，家宅是人来到世界时处身的第一个空间场所，人总是诞生于家宅之中，而不是诞生于外在于家宅的世界里。巴什拉认为"存在是幸福，人的存在被置于一种幸福之中，和存在有着原始联系的幸福之中"[②]。而家就是人得以存在和栖身的基础，也是人获得幸福感与安全感的可靠依托。家宅是人获得安全感与幸福感的摇篮，也是为个人提供庇护和安慰的港湾，能够让漂泊的人和面临危险的人获得归属感和安全感。存在主义者的人类被抛入陌生的和充满敌意的世界其实并不是人生存的第一状态，而是出生于特定的家宅之中的人失去了家宅之后，才被抛入冷酷无情的外在世界之中，人存在于世界之中这一状态其实是次一级的状态。人首先存在于家宅之中，存在于充满了幸福与安全的庇护所之中。"家宅是我们在世界中的一角……它是我们最初的宇宙……最简陋的寓所不也是美好

① ［法］加斯东·巴什拉：《空间的诗学》，张逸婧译，上海译文出版社2009年版，第5页。

② ［法］加斯东·巴什拉：《空间的诗学》，张逸婧译，上海译文出版社2009年版，第5页。

的吗？”[1]家宅这个空间场域是人来到世界后首先面临的地方，对于刚出生的个体来说，家宅就是个体的全部世界。家宅是把弱小的个人与险恶的外部世界隔开的一堵界墙，也是抵御外在暴风雨的坚强堡垒。

在这一意义上，个体被抛入世界，其实是个体来到世界之后的第二种生存状态，是个体失去了家之后的生存状态。由于种种意外，个体失去了赖以生存的家园和庇护所，以一种手无寸铁的状态独自面对不可知的世界，从而产生了无家可归的流浪感和孤独感，产生了面对世界的格格不入的感觉。存在主义者的生存状态其实是从家园失落之后开始的，在感受到孤独与异化之前，存在主义者其实是有一个可以遮风避雨的家宅，把他和充满凶险的外在世界区隔开来，使他避免直接接触到世界的真面。正是由于过去有过一段安稳幸福的生活记忆，有过可以遮风避雨的处所，所以当这处所骤然失去的时候，人就会感受到强烈的不适感和孤独感，无处凭附、漂泊无依的感觉也油然而生。因此，个体的孤独感并不是天生的，而是由于家宅的原始失落而引发的。这里的家宅的失落不仅指的是客观物质形态的宅屋的陷落，凡是所有可以为人提供归属感和幸福感的处所都可以是家宅。“一切真正有人居住的空间都具备家宅概念的本质……所有的庇护所，所有的藏身处，所有的卧室，都有共同的梦境价值。”[2]

因此，家宅并不仅仅是家庭的实存客体，更是灵魂的依托和心灵的栖居之处，凡是所有可以提供安全感、归属感和幸福感的地方都可以被视为家宅，而所有给人造成疏离感、孤独感和不安感的地方，即使有着家宅的外壳，也不是真正的家宅。在这个意义上，家宅是一种象征性的存在，它代表着安全感、归属感和幸福感，失去家宅则代表着孤独、危险、漂泊和无所依托。

孙频笔下的人物充满了强烈的无所归依的疏离感和孤独感，他们无法融入外在于他们的世界，是一个格格不入的异类。无论是身体残疾的常勇，被视作拖油瓶的采采，受尽嘲笑与侮辱的女教师李林燕，或者是那个自幼失怙，一直寄人篱下的李天星，还是那个因为家贫而不得不接受羞辱般的馈赠的于国琴，她们身上深入骨髓、挥之不去的孤独感和不安感来自原生家庭带给他们的伤痕，来自象征着安全与归属的家的原始失落，家的失落在她们的身上留下了永远无法弥合的伤痕，也造成了她

① ［法］加斯东·巴什拉：《空间的诗学》，张逸婧译，上海译文出版社2009年版，第2页。

② ［法］加斯东·巴什拉：《空间的诗学》，张逸婧译，上海译文出版社2009年版，第3页。

们性格中的悲剧性的弱点。

《乩身》中的常勇一岁半的时候由于高烧烧瞎了眼睛便被父母抛弃，全然没有生存能力的她忽然失去了家的庇护，赤裸裸地暴露在弱肉强食的世界里，正是这一幼年时的痛苦经历在常勇的心中造成了不可愈合的伤害。害怕被再次抛弃、害怕再次失去安身立命的家园、害怕再次陷入无家可归的境地，成了常勇永远无法克服的恐惧。因此，她死命地抓住收养了她的爷爷，死命地抓住给她温暖和依靠的杨德清，甚至死命地抓住那要被拆迁了的破破烂烂的却波街，她怕被再次抛弃，再次尝到失去家园、孤苦无依的滋味。因此，她死命地抓着这些平常、庸俗，乃至恶劣的人或物，拼命想给本就孤苦无依的自己一些归属感和安全感。这些人或物都是她的家宅，是她遮风挡雨的港湾，让她不必直面凶险的世界。但即使是这样渺小而卑微的愿望也终究要破灭，那些给她温暖的家园终究要在她眼前破灭，无论是处处护着她的爷爷，还是相濡以沫的杨德清，甚至是那破破烂烂的肮脏危险的却波街，都要一一在她面前消灭，笼罩着她的依旧是无尽的恐惧与孤独。

常勇三次获得可以短暂栖身、暂时安放灵魂的家园，这家园却又被三次毁灭。父母的抛弃，爷爷和杨德清的离世，却波街的被拆迁，可怜的盲人常勇一次次得到安慰，却又一次次看着家园在自己面前陷落，无尽的孤独就像挥之不去的鬼影，常勇再怎么挣扎也依旧无法摆脱。常勇的悲剧就在于家园的三次得到又三次陷落，正是这种无处栖身、无家可归的感觉最终导致了常勇的自杀。却波街的拆迁是压垮骆驼的最后一根稻草，其背后的实质仍旧是空间的变动与转移，常勇失去了她安身立命的家园，重新变成一个无依无靠的盲人，这正是她悲剧的深层原因，而却波街的拆除从本质上也不过是爷爷和杨德清的去世的另一种形式的重演，这些所有的悲剧，根本上只是她幼年时被抛弃的惨剧的重复，支配这一切悲剧的实际上是家宅的失落，也就是空间的变化。

纵观孙频的前期创作，主人公悲剧命运的造成因素无一不是家宅的失落。《无相》中的于国琴虽然有着完整的家庭，但与她同处一室、睡在一个炕上的母亲却干着皮肉生意，这让作为女孩的于国琴觉得自卑而屈辱，即使到了学校也依旧提心吊胆，生怕别人看出她窘迫的家境；《祛魅》中的李林燕渴望能有一个托付终身的男人，但三次惨败终究还是孤家寡人的结果终于让她认清了现实；《我见过草木葳蕤》中的李天星自小就寄人篱下，父母的早逝让他极度缺乏安全感，只得依附于一个可以做他母亲的老女人来获取安慰；《因父之名》中的田小会因为父亲的缺位而遭到欺辱，她的家庭实际上并未对她起到庇护的作用，反倒是那个趁火打劫的老光棍给了她短暂的安全感和依靠感，为她提供了一个卑污的家宅。

总之，这些人物的悲剧中所上演的是家宅的重复失落，失去家宅、直面险恶的世界是她们悲剧的开始，也是她们悲剧的内核。而她们的悲剧人生则是在寻找这已经失去了的家宅的替代品中度过的，无论是费尽心机找男友，还是忍辱负重接受资助，或者是甘心被老光棍霸占，她们所追寻的无不是可以栖身保命、可以给她们提供安全感和归属感的空间，无论这个提供感觉的人或者空间有多么卑污下作。但可悲的是，她们寻找家宅、追求安全感的努力无一不遭到惨败，最终还是要直面那杀气重重的世界，最终还是要做一个寂寞的孤魂野鬼。

家宅的原始失落是孙频笔下人物悲剧命运的开始，而对于家宅的执着追寻与终于惨败则是人物悲剧命运的主线。人物的悲剧就在家宅的失与得中反复上演。

潜藏的城乡矛盾

众多批评家都把孙频视作专注人物内心描写的作家，认为她长于深刻细腻的人物心理的描写，以“善写身体、情欲，以表达孤独、绝望，以寻求突围与救赎，自成一格”[①]。孙频小说自然以深入细腻地描写人物的内心世界和生存状态见长，也执着于描写个人化的生命体验，但这并不代表孙频的作品就完全局限在个体化生命体验的框子里，丝毫不牵涉到国家、时代、历史等宏大课题。孙频本人并不刻意追求宏大叙事，在作品中也不刻意反映时代问题，但这并不影响孙频作品的时代气息，并不意味着孙频的作品描写的是抽离于特定语境的理想化的人，完全脱离于具体的时代。相反，作为“80后”山西作家群体中卓有成就的一位，孙频的创作既有对前辈作家的继承，又呈现出自己的特色。孙频的小说一如既往地保持着山西作家对于小人物的关注，同时又赋予了笔下的人物以时代内涵。她笔下的人物都是在特定历史语境之下肩负着时代的重负的普通人，呈现出与前辈作家笔下的人物不同的精神状态和生存境遇。

“从上个世纪90年代，作家们就开始处在一场巨大的社会变革和文学转型当中。

① 韩松刚：《孙频小说论》，《上海文学》2019年第7期，第31页。

在城市化的潮流中，很多自然村消失，城市规模却在急速剧增。”[①]作为“80后”作家，孙频亲身经历了改革开放的时代浪潮，见证了国企改制、市场经济的发展、城市化进程加快、贫富差距加大、大学扩招等一系列重大历史事件。孙频虽然并未直接反映时代巨变和人事更替，但她本身作为被时代洪流裹挟着前进的剧中人，在作品中会不自觉地透露出特定时代的蛛丝马迹。她笔下的悲剧看似荒诞不经、曲折离奇，似乎与琐屑庸常的日常生活相去甚远，孙频因此也受到了指责，“是和世界拧劲似的一步一步把人物往绝望上推，有时候就因为有些过度的编造失去了生活的逻辑性与生活的丰富性”[②]，不真实、违背生活逻辑被认为是孙频作品的缺点。

孙频的作品看似仅仅关注个体人物的内心世界和命运起伏，更注重个体化、私人化的生命体验的书写，不关注社会历史等外部现实。实际上，孙频的作品中人物的悲剧命运和悲剧处境是由于特定的时代所造成的，看似偶然的、神秘的悲剧命运的背后潜藏着社会政治权力的运作和社会空间形态的变动，人物的遭际和境遇实际上是社会时代变动与转型时期的典型反应，个体是被时代所左右和操纵的屈从体。“她的作品有一种宏阔的气象，试图将人物命运背后的大背景融入，是‘80后’比较难得的有大气象的作家。”[③]作为亲身经历了改革开放、城市化和高考扩招的一代，孙频对于时代变化对个体命运的影响有着深切的感受。她对于时代的感受和认知以无意识的方式在她的创作之中展现出来，作者主观或许无意指向具体的社会现实，但她在行文的过程中却不自觉地反映出特定时代的蛛丝马迹，她笔下的人物不知不觉间就带上了时代所给予她的重负。作为山西第五代作家中的佼佼者，“他们是文学转型的一代作家，是山西文学由乡村文学向城市文学过渡的一代……转型时期中国社会的特殊语境对他们小说创作的影响是不容忽视的”[④]。

孙频笔下的时代问题最突出的就是城市化所带来的城乡对立与冲突，与高晓声和路遥等作家不同，孙频并未直接描写乡村人进城的故事，而是在人物曲折离奇的命运之中内置性地嵌入了城乡对立的因素。城市化进程的加快，城市规模的急剧扩张，挤压侵占了农村的土地，大量农村用地变为城市楼房建筑，大量农村人口进城。

---

① 刘晓峰：《山西第五代作家小说创作研究》，沈阳师范大学2017年硕士学位论文，第1页。

② 周仲谋：《社会底层生存的精神镜像——对孙频小说风格的一种解读》，《枣庄学院学报》2020年第3期。

③ 《从个体走向时代》，《文艺报》2018年5月16日第012版，第1—2页。

④ 刘晓峰：《山西第五代作家小说创作研究》，沈阳师范大学2017年硕士学位论文，摘要部分。

建筑和制度方面的更易可以很快办到，但道德和社会心理的适应却需要一个很长的周期。习惯了乡村生活的乡村人骤然进城之后，因为生活习惯、文化心理、经济地位和社会阶层方面的差异会产生强烈的不适感。都市淡漠的人情、冰冷的金钱关系、纷繁复杂的社会现象和变化莫测的生活环境让习惯了稳定、保守生活的农村人感到强烈的孤独、寂寞、无所适从、悬浮无定，甚至感到与周围的大环境格格不入，虽然身在城市，却是一个被排斥在众人之外的异乡人，从根底上还是一个乡村人。城市单门独户的住宅格局造就了冷漠的邻里关系，城市工作场域的区隔造成了工作关系的区隔和社会阶层的区分，而城市对乡村的挤占和征用则造成了紧张的城乡关系。城市与乡村的每一次正面相遇，无一不是以乡村的溃败和退缩作为结束，乡村人进城也总是被侮辱与被损害的那一个。

具体说来，孙频小说中的城市空间对于农村空间的侵占又分为两种：一种是城市化改造和摧毁农村或小城镇，代表着欲望、阶层、权力和金钱的城市理性规则接管了乡村，原本退缩、居住在乡村以顽强自保的人被剥夺了最后一块生存之地，再无处可去。城市空间对于乡村的侵占造成的不只是空间形态的变动，更是社会心理和情感结构的变化。另一种则是原本生活在农村中的乡村人忽然进城，面对光怪陆离的都市景象、复杂危险的人际关系，居无定所的生存处境，产生了孤独、惶恐、压抑的情绪，体现了代表乡村文明的乡村人进城之后面对另一种文明形态时的生命体验和情感状态。这两种形态各有代表：第一种以《乩身》为代表，第二种以《无相》为代表。更为复杂的情况则是两种状态的缠绕与纠葛，人物的悲剧命运中既有城市空间与城市文明对于乡村与乡村人生活空间的挤占与侵略的原因，又有乡村人主动寻求进城机遇，千方百计想融入城市生活，但终归失败，依旧属于城市边缘人的状况。这种类型的代表是《我见过草木葳蕤》和《无相》。

在城市对乡村的主动入侵中，破落肮脏的城中村里的盲女常勇被剥夺了最后一块栖身之地，城市建设的挖掘机挖到了那个虽然迫害过她但终究为她提供了一席之地的却波街，举目无亲的常勇再无处可去，不得不以惨烈的自焚以示反抗。底层人在城市化进程中失去了安身立命的家园，就失去了生命的依托，不得不以死抗争。生存空间的被剥夺意味着生存机会的消失，孙频不过是以常勇这样一个极端案例来说明被剥夺了生存空间的边缘人和底层人的生存状况。

在乡村人积极主动渴望融入城市生活的案例中，来自山西贫困大山中的于国琴可谓尝尽了城市生活的屈辱。贫寒的家境使她遭受肉体与精神的双重折磨，囊中羞涩使她做贼般地生活在校园中，生怕被别人看到她寒酸而屈辱的处境；而生存的需要又使得她不得不接受别有用心的老教授的资助，最终遭受羞辱。极端贫困的家庭环境在吕梁山中是司空见惯的常态，于国琴并未觉得过分难堪；而当她进入城市，来到繁华的苏南，生存条件的巨大差异立刻让她感到羞耻而屈辱，周围同学的家境和高消费水平让于国琴的自尊心受到挫伤，而家境的贫寒以及想要继续留在大学里读书的愿望使她不得不接受屈辱的馈赠。于国琴只想做个不被周围同学关注到的普通学生，不想让别人一眼看出她那让人难堪的家境，即使这样卑微的愿望也难以达成。于国琴最终以冷酷的方式报复了欺辱自己的老教师，但她那份属于乡村人的淳朴和单纯也不复存在了。

《祛魅》和《我见过草木葳蕤》中的矛盾较为复杂。女教师李林燕怀着要逃离荒凉冷寂的窑洞的愿望，把希望寄托在三个不同类型的男人身上，但这三个男人没能助成她的愿望，反而让她完成了对于生活和爱情的祛魅。看似完全是私人情感纠葛的悲剧背后实际上隐藏着复杂的城乡关系与空间矛盾。李林燕之所以委身旅美作家，除了青春期的感情冲动之外，实际上还有借助旅美作家逃离荒凉惨淡的处境，融入梦幻般的高雅生活的盘算。李林燕以爱情为筹码，希望换取改变生活环境，进入城市生活的资格，但她的选择却错了。窑洞中的种种期待与幻想与其说是对爱情的渴望，不如说是对改善生活环境，提升生活质量，融入城市生活的渴望，她的悲剧实际上是从期望改善生存空间开始的，破败寂寞的窑洞的惨淡现状与浪漫美好的幻想之间的差距使得李林燕不堪忍受。为了转移出这个窑洞，获得进入都市生活的权利，她继续抓住了文化馆的诗人，期望他能为自己改变现状。但这个期待也落空了，飞黄腾达的诗人抛弃了他，独自去了省城。病急乱投医的李林燕最终选择了小自己十几岁的学生作为救命稻草，本以为看似憨厚老实的学生可以最终帮自己改变命运，但她却被一个来自城里的年轻姑娘轻轻松松地击败。她的三次挣扎至此彻底失败，改善生活空间的希望一次次破灭，李林燕由此彻底走到了悲剧的尽头。

李林燕所要追求的是爱情背后生存环境的改善和融入城市生活，但她进入城市生活的努力却一次次失败，最终使得这个抱有幻梦的女人不得不屈服，以惨烈的方式表达对冷酷现实和惨淡生活的反抗。而李林燕所选择的三个男人的来路也很有意思。旅美作家无疑来自城市，他对于出身寒微的李林燕不过是一夜情的情感游戏，利用城里人特有的狡猾和多变欺骗了单纯天真的乡村人李林燕，并使她在幻梦中沉浸了十年。旅美作家的诱骗与抛弃既是来自城市的道德信念对来自乡村的道德观念的摧毁和入侵，又是来自乡村的道德观念对于城市文明的人的主动示好与趋附。无论是被动入侵还是主动融入，来自乡下的李林燕彻底失败了。而第二个男人则来自县城，比旅美作家低了一档，李林燕降低了自己的标准和要求，想要靠这个男人来摆脱困境，但这个人成功之后却抛下她，独自一人去了繁华的大都市，改变了自己乡村人的身份；走投无路的李林燕最终放下了自己的尊严，选择了同样来自乡村，出身贫贱甚至比自己还弱小的学生作为赌注，希望自己的付出可以换来他的回报，能够让他带自己脱离这荒凉的窑洞。但没想到出身贫贱的学生一旦进入了城市，马上就学会了城里人的派头，抛弃了李林燕。李林燕想要改变境况的希望最终彻底破灭，无论是城里人、县城人，还是乡村人，都没有把她救出困境，都没有改变她的生活境况。

因此，看似个人化的情感悲剧背后实际上是代表城市的伦理道德观念对乡村人渴望改善生存境遇、提高生活条件的愿望的一次次嘲弄与羞辱，情感的背后隐藏的是伦理与文明的对抗，而形成这对抗的则是城市与乡村这两种不同的空间形态。

《我见过草木葳蕤》也是如此。李天星努力奋斗，考取大学文凭，想要摆脱小县城，融入更好的生活环境，但他总跟不上时代的拍子。他所学到的一切在大城市中总是没有用武之地，适应不了城市生活的他只能居住在潮湿阴冷的卧室里，靠着肉体关系麻痹自己，实在走投无路时还要回到小县城，去一个大他很多岁的女人那里去寻求安慰。而杨国红则因为国企改制而失去了赖以生存的百货超市，她只能以摆摊和小商店的生意过活，最终那一声拆除百货大楼的爆炸声彻底摧毁了他们的过去，他们从此成为彻底的无根者。李天星去大城市里几经辗转却每每铩羽而归，杨国红困守县城却被城市化的进程逼到绝路，城市对乡村的强势入侵和乡村人主动进城寻求认同这两条路都失败了，失去了家园和根基的乡村人应该怎么活，谁也不知道。

在这几段不伦之恋的故事中，导致故事悲剧产生的原因无不是空间变动所引起的矛盾，而这空间的变动与城市化进程和乡村生活空间的被挤压息息相关，这也正是改革开放以来我国社会面临的重大社会问题之一。城市化进程中所产生的矛盾导致的城乡对立和利益冲突，乡村人生存空间的消失所导致的生存危机和情感危机，这一系列重大社会问题在孙频的笔下都有所展现，只不过孙频用个人化的情感体验、残忍酷烈的故事情节、新奇诡异的文学手法把潜藏在个人情感之下的历史暗流遮掩住了。在孙频的残酷悲壮的个人命运的书写背后，实际上有着大时代的风云变幻和惊涛骇浪。

结 论

作为“80后”卓有成就的代表性作家，孙频以对人性的深刻洞察、严肃认真的创作态度、新奇多变的叙述手法和残忍酷烈的独特风格在文坛独树一帜。她对于底层边缘女性悲剧命运的书写使人们看到了孙频创作的坚守和良心，她对于小人物的关注与同情继承了现实主义的优良传统，她所创造的一系列具有独特性格的人物形象又为新时代文学提供了新的文学人物肖像，她在关注个人命运起伏的同时能够融入对于历史和时代的思考，展现出孙频作为一个有潜力的作家的气度与格局。孙频笔下的人物多是遭受了不幸的小人物，她们的不幸集中体现为空间的悲剧。无论是因为与周围环境格格不入而凭借幻想和想象自我创设的心理空间，还是由于原生家庭的缺失而不断追求的家庭空间，抑或是在城市化进程的历史大趋势面前被城市化夺取了生存之地的城乡对立，无不是空间的变动导致悲剧的发生，她们凭借幻想建立的心理空间，苦苦追寻的家庭空间，渴望融入城市而不得的更好的生存空间，是造成她们悲剧命运的深层因素，空间的构建与毁灭操纵着人物命运的起伏变化，也决定着故事的最终结局。对孙频小说中悲剧原因的分析有利于深入发掘孙频小说的深层内涵，纠正以往对这位作家的不公之论，也有利于重新认识文学补益世道人心、铁肩担道义的重要作用。

中国当代文学的现实态度与叙事策略

——以第六届鲁迅文学奖中篇小说为例

李丹梦

内容提要：本文以第六届鲁迅文学奖中篇小说为例，探讨中国当代文学的现实态度与叙事策略。论文从两方面展开，一是评奖层面上现实应对的“潜规则”，二是获奖文本中呈现的主体形象及叙事策略；着重论述“众”的想象与压抑，先锋的“转型”，文学对现实与历史的“丈量”，语言膜拜与文学救赎的关系等。“鲁奖”作品显露的姿态口吻、价值思想都是“常人”式的。主体对个我的执着营造，集中于外部可见的语言及叙事层面，甚少在意内部的反思与成长；在认知现实和寻求救赎时，出现了理性沉默失语的集体性弊端。“抒情”成为当代文学的叙述主调，这是一种跟自我疲软的理性认知相互妥协的主体生存形态。

关键词：现实态度　叙事　先锋　抒情

一、权力与公正

第六届鲁迅文学奖已尘埃落定。其间虽采用了实名投票、引入公证等革新方式，但依旧落下不少话题是非。归纳起来大致可分为两类：一是标准问题。提问的典型格式如下：鲁奖是谁的？究竟是以专家评审的精英口味为准，还是该寻求更多的大众支持？二是对评奖程序规则的质疑。譬如，实名制投票是否干扰压抑了评委的个

作者简介：李丹梦，华东师范大学中文系教授。研究方向为中国现当代文学。

人意志，以所谓透明、集体、公正的名义？

上述问题，实无定解。这种评判走向颇似金庸笔下独孤九剑的路数：但凡对手出招，必随现破绽。只需剑挑破绽，自可立于不败之地。笔者并非为鲁奖辩驳，作为国家性的文学奖项，鲁奖的实行本就是各方斟酌妥协的结果。对作品题材、作家地域、年龄等方面的平衡考量，便是一例，由此不难觉出国家奖项的“全面关照”与“综合公正”。早有论者指出：鲁奖乃是受控于国家权力的奖项。从制度层面看，它不啻为“自我评选、自行分配利益的奖项”①。观点虽不失精辟深刻，但也“一剑封喉”了继续探讨的可能。

把评奖视作权力的运作，跟目下时评中把大部分文化现象归咎于资本的特性一样，实是简省化约、“正确”精深的文化思维，但未免用得过滥了。其中最大的问题是去历史化。其实无论集权或资本，都非一成不变的概念，更找不到与之对应的固态实体。就学术探讨来说，与其上来便自陷于概念的框架体系，不如把国家、集权之类视为鲁奖事件发生的条件之一，以平和开放的心态来检视事件的发展历程，这或许会带来新的思想契机。

我们发现，国家集权是组织者与干预者，却不能全盘操控鲁奖。它有所顾忌！在国家单向控制力的实质性减弱里，能感受历史的动向或“进步”。本文以“文学的现实态度”为题，即想梳理这种综合的关联与变化，还原以鲁奖为核心的文学历史现场。它包括两方面：一是评奖规则层面折射出的现实应对策略，二是获奖文本中呈现的主体②的现实态度，这在当下文学中不无普适的意义与参照。为避免论述过于宽泛，我们将笔触聚焦于鲁奖的一个重头戏：中篇小说。

第六届鲁奖共评出五部中篇：格非的《隐身衣》、滕肖澜的《美丽的日子》、吕新的《白杨木的春天》、胡学文的《从正午开始的黄昏》与王跃文的《漫水》。五位作者中除滕肖澜是70年代生（1976）外，其余均为60后（王跃文1962，吕新1963，格非1964，胡学文1967）。就年龄而言，这体现了鲁奖一贯对中青年作

① 吴俊：《中国当代文学评奖的制度性之辨》，《当代作家评论》2011年6期，第27页。

② 本文言及的主体，与作者密切相关，但并不完全等同。它是作者在作品里不断追认的希望与之趋同的形象感召，系作者、叙述人与作品人物交织互动后得出的一个“我”之印象。

家倚重提携的传统[1]，由此传递出文坛稳中求进、欣欣向荣的讯息。

五位作者在创作界系公认的实力派：格非、吕新在1980年代的先锋文学运动中就已成名，王跃文的官场小说，胡学文的底层文学，滕肖澜的上海故事，也各具特色。就此而言，他们的获奖并不属黑马式的例外。鲁奖的颁发，在相当程度上是对文坛既定格局、等第，尤其是对创作界极具声望的核心文学期刊之审美趣味及判断的肯定与公认仪式[2]，不无顺应人心、顺水推舟之意。让人忧虑的专家口味，实际把控相当有限。

作为鲁奖最直接主动的一个环节——评委，我相信他们内里都有种担心：自己挑选的作品不能太豁边离谱。与其说压力来自某个明确的集权，不如说是公正意识本身的焦灼。对自己选出的作品，创作界怎么看？同行怎么说？媒体如何评论？百姓反应如何？此系对奖项“公信力”与“服众性”的预判或构想，而评选的过程很大程度上服务于这一预判。就此而言，鲁奖注定绝少真正的黑马。这并非文学界的独有现象，整个社会大体如此。中国自来尊古崇老，讲求名正言顺，此种传统思维很难断除，从历届鲁奖获奖者年龄中亦能感觉到这种思维的惯性。

但凡鲁奖获奖作品，给人的印象以平和中正居多。这话绝无贬义，笔者认为它恰是当下文学状态的真实写照。我们一直被所谓“和”的精神笼罩困扰着，这从20世纪90年代文学地位旁落就已开始。和的初衷，旨在圆满解决文学与大众的关系，把文学从政治的掌控中还给大众。这恐怕也是中国文学在和平年代的“现代”追求吧？前文所说的公正，也包含在和的逻辑理念中。简单说，“公”即是“众”；找到了“众”，便是“和”。文学要摆脱边缘的窘境，必须处理好与“众”的关系，作为媒介事件的鲁奖，对此更不待言。相比具体的集权，“众”的压迫在目下中国的语境中尤具威慑力。

---

① 笔者做了一个统计，就中篇小说来看，鲁奖获奖者的年龄段集中于35—55岁之间，最大的62岁（林希，第一届鲁奖），最小的31岁（田耳，第四届鲁奖；东西，第一届鲁奖）。另外，从平均年龄上考察，第六届鲁奖中篇获奖者的平均年龄是46岁，第五届44岁，第四届42岁，第三届46岁，第二届44岁，第一届44岁。

② 仍以中篇小说为例，截至2014年，六届鲁奖共评出33篇作品。其中，发在《人民文学》上的有9篇（占27%），《收获》5篇（15%），《十月》4篇（12%），《钟山》3篇（9%），《北京文学》2篇（6%），《大家》2篇（6%）。发在以上杂志的篇目共计25篇，占据了全部鲁奖中篇的75%。其他杂志，如《当代》《上海文学》等，各有一篇。本届鲁奖的五部中篇出自《人民文学》《收获》《十月》《钟山》和《湖南文学》。

某种程度上，可以把鲁奖的评选纳入中国正在摸索尝试的民主事业来加以考察：如何让选出的作品符合“民”意？一般说来，民主意味着对个体、个性的平等对待与尊重，但在实践中却常常与“众”的概念混淆起来。“众”的基础是多数，并由此辐射到世俗理性、人情常理、实用价值等，或可用海德格尔的“常人”（das Man）[①]状态来称呼它。从服众的角度看，把核心文学期刊与作者的名声当作重要的参照，不失为稳妥务实的选择。

“众”的绑缚不仅体现在评奖程序中，亦在创作精神与审美取向里表露出来。连续两届鲁奖在诗歌奖上均爆争议（“羊羔体”与“啸天诗”），原因有多种，其中重要的一点便是对大众口味与世俗精神的评价分歧。以王蒙对周啸天诗作的点评为例：“这里有一种平常心，写平常事，而平常人平常诗中出现了趣味，出现了善良，出现了生机，出现了至乐至公至和，在充满戾气的现代世界上，这实在是难得的和谐之音。”[②]一面是普通读者的发蒙气闷，一面却是名家的称道赞赏。后者对于“众”的文学趣味，其理解或预判是否太低了点？

纵观鲁奖历届中篇小说，甚少有思想震撼之作。它们的叙述技巧已足够圆熟，语言上较之现代文学史上的前辈作家也“进步”多了，但思想却逡巡在常人的维度。这里有的是细腻温煦，亦不乏机智博学；慨叹是忧伤的，针砭是委婉的。跟评奖层面的现实应对相似，它们预设了一个常人式的理想读者，理解投契和睦是主调。就此而言，鲁奖获奖作品与鲁迅精神之间，实有不小的参差。套用李泽厚的话：这是个思想家淡出、作家凸显的年代。

所谓思想家，并非意谓拥有了某个具体先进的理念，它指向一种建立在真切的怀疑省思上的内里褶皱与深度。但目下的中国作家却极少在意这种内部修为与经营。他们只是构思、叙事。小说一篇篇地被策动生产出来，乍看千姿百态，但其间透出的主体人格状态却仍是“那一个”，罕见成长与变化，更不用说对日常理念或世俗理性的冲击、升华了。本届鲁奖中篇亦存在这个问题，其间折射的现实态度让人深思。

---

① “das Man”是海德格尔生造的一个词，他把德语中的不定人称代词“man”大写并加上中性定冠词“das”，以此合成词来指陈那些处在一般日常状态中的人，亦即丧失了向来我属性的此在。

② 吴亚顺：《妙赏新科鲁奖诗人周啸天的“新闻诗”》，《新京报》2014年8月12日。

二、先锋的“转型”：“隐身衣”

文学切入现实的态度，涉及跟外在社会的物质较真与比对，但绝不仅限于此。事实上，这基本是个文学世界观或“前想象”范畴的问题。任何作者在进入具体的创作之前，首要应对和确立的不是语言或技巧，而是主体的自我定位。它涉及三方面：主体形象、主体与世界（包括虚构世界及周遭的现实、读者）的关联、主体与自身的关系。这三者是彼此渗透张连的，自我的形象需在与世界的关联中体现出来，而与世界的关联说到底是与自身的关联，我们很难在作者笔下的世界与其自身之间作明确的分野，就像张炜在回答“为谁写作”的提问时所说的：“我是在为遥远的‘我’写作，写作时总觉得在很高很远的地方另一个‘我’在看着我，我的写作要让那另一个‘我’满意。”[①]对此，格非讲得更明晰：写作就是一个发现读者与自我的过程。“一个作家采取怎样的叙事姿态，很大程度上取决于他（她）对自己读者的想象与设定。”[②]“写作中的读者都是虚设的，它是一个开放的结构。我的虚设读者首先是我自己。”[③]

在这个意义上，《隐身衣》[④]的出现，不啻为主体态度的宣喻或表征。所谓“隐身”，其字面亦是核心的意思，指向一个不易被觉察的、安全和平的观察位置。这在小说主人公兼叙述人、一个胆机制造者“我”（小崔）身上得到了应验。小崔的客户来自社会各个阶层，他们在小崔面前高谈阔论毫无顾忌，当他几乎不存在，一个实际功能上的“隐身者”。小崔由之见识了人性本色。这种低微隐没的自我感知轨仪，亦扩展到小崔的全部生活中。他就像个被拨来拨去、不晓得疼痛的棋子或橡皮。前妻玉芬以跟单位主任“好上了”为由，大大方方向他提出离婚；姐姐为了让离婚的他尽早搬家，竟给他介绍了一个患有癌症的女友……

上述细节倘若流到写作《敌人》（1990）时期的格非笔下，画面不知会怎样残酷阴冷，但《隐身衣》的基调却是温情幽默的。结尾处姐姐终于收到弟弟小崔的电话，

---

① 张炜：《午夜来獾》，作家出版社2011年版，第270页。

② 格非：《文学在读者中寻求认同》，《文艺报》2014年10月10日第001版，第1页。

③ 余中华、格非：《我也是这样一个冥想者——格非访谈录》，《小说评论》2008年第6期，第47页。

④ 格非：《隐身衣》，《收获》2012年第3期。

后者搬家后已失联一年。话筒里的姐姐直哭，“让我什么都别说，马上回家。她要给我包一顿茴香馅儿的饺子。仿佛她这辈子，就欠我一顿茴香馅儿的饺子”。这里存在着类似创作“转型”的新质，尤其是那温文尔雅、平和节制、不无软弱的语调态度，很惹人眼目。它不仅是人物（小崔）性格的体现，更是叙述的自觉与策略，隶属主体认同与构建的范畴。我以为《隐身衣》的获奖，有一半要归功于这种姿态的魅惑。那是种既时尚现代又舒服愉悦的感觉，先锋书写与读者的紧张关系不复存在。

以对悬念存而不决的处理为例：蒋颂平和姐姐之间究竟发生了什么事？盘龙谷里的女人为什么被毁容，她跟丁采臣又有何瓜葛？小说均未给出答案。空白跳跃的技巧、神秘莫测的格调，让人想到早年的格非，但并未造成理解的隔阂。相反，它们拉近了我们与主体的距离。这仿佛是个绅士写的故事：在不予解答的空白运用里，你能觉察他对个体隐私的尊重，绝不步步紧逼；而悬念的设置，则是他迷人的寒暄。真可谓叙述得体、进退合宜了。

这样的“人”（主体）连同其作品，实在让人难以拒绝。尽管他最终也没给出什么深邃、新鲜的思想——诸如“事若求全何所乐”，“肮脏、平庸的世界上，运气是唯一的宗教”等，都是些尽人皆知、老实实用的生存智慧，却自有一套波澜幽深、知识缭绕的形式——《隐身衣》里遍布的音乐常识着实触目——它已足够吸引人了。这恐怕也是文学“与时俱进”的体现：别以为自己比读者高，不要载道教训启蒙，更勿挑衅生存至上的硬道理。我们只需把一个人之常情的道理讲得玲珑别致即可。

对他人宽大，亦是对自己慈悲。在小崔息事宁人的处事应对里，能体悟到平等糊涂、自我慈悲的主体哲学。格非曾说：“假如作者一定要代表什么人的话，我愿意代表的，或许仅仅是失败者而已……文学原本就是失败者的事业。”[①]这可能就是触发格非在讲述小崔故事时采取第一人称的内在动因？失败的精神体验让他们结成了一体联盟的“我”。整部《隐身衣》看不出任何超越或升华的倾向，刚从“江南三部曲”沉重磨人的乌托邦追溯与破灭中走出的格非，在此来了个漂亮的“软着陆”。历史上“花家舍”式的乌托邦被用以移（怡）情的、既当下物质又流动飘逸的音乐所取代。与之匹配的是那奇妙混合的主体精神状态：疲惫与噱头，委顿与调侃，寡合茫然与知识趣味。它们互为表里，彼此成就。

本来，像小崔那样被人漠视又不善言辞的活生生的“隐身人”，是很可以作为

① 格非：《我愿意代表失败者》，《文艺报》2011年11月14日第002版，第1页。

描述世界的“镜子”来对待和运用的。《隐身衣》全篇基本以小崔的视角展开铺叙，这加大了我们对他系“镜子”角色的预期。格非一再强调自己的写作源于自身与现实之间难以沟通的困境，在对小崔平民身份的认同（第一人称“我”是认同最显在的标记）以及隐身/镜子的设置中，能感觉到主体企图融入社会、把握现实的倾向。此间折射出主体对个体生命的普遍关注与同情。这也许是作者从自身生存困境中竦身而出的一个“豁口”或路径：用建立在人情通达与日常品鉴上的交流和谐，来取代先锋实验中主观冥想的独语？

然而，小崔“镜子”的潜质并未把小说引向客观探究的叙述轨道。仅以人物本身来说，它的真实性就颇可质疑。小崔的平民身份与文绉绉的温雅趣味的“格非腔”并不吻合。有读者说，《隐身衣》的叙述带有“贵族气”，用词虽不尽准确，却点到了要害。这表明，作者与小崔间的“我”之认同与联盟，其实是大打折扣的。它更像叙述的权宜之计：借着小崔的身份外衣来倾吐在世的失败体验及对自我那虚弱又同情的不满……

我们在小崔跟他的客户——某个大学教授的交往中可体会到上述微妙的情绪。小崔一面讨厌教授的夸夸其谈自以为是，一面又要尽心为他们服务。这种态度让人想到在大学任教生活中的格非，似乎带有温和自审的味道。直到作品结尾，小崔才鼓足勇气对教授说：“如果你能学会睁一只眼闭一只眼……其实生活还是他妈的挺美好的。”显然，这不仅是小崔的人生哲学，亦是《隐身衣》中主体的精神旨归。与其说《隐身衣》写了一个小人物的故事，不如说曲折展现了时下知识分子犬儒虚脱的心灵症候。对于弥漫的常人意志，他们的态度是不反抗的清醒、不拒绝的理解、不认同的接受。被小崔厌恶鄙弃的不单是“教授腔”或知识分子的夸夸其谈，还有启蒙的记忆、崇高的冲动以及对天真至性的追慕。它们一并在漫画式的速写中被涂抹玩笑化了。

“没有乌托邦的人总是沉沦于现在之中。”①神学家蒂利希的这句话对书写《隐身衣》的格非来说实在贴切。关于乌托邦的设想虽各有不同，但有一点是共通的：那是个人与人（尤其是人与“我”）和睦共处的世界，绝无欺瞒与压迫。就此而言，实践乌托邦的关键，不是寻找或建构外在的神祇，它奠基在豁达向上的个体生命状态中：何时何地无论遭遇到什么，都能自然秉持联系统一、平等慈悲的在世态度。

---

① ［美］蒂利希：《政治期望》，许钧尧译，四川人民出版社1989年版，第215页。

这无疑需要点空性（尤其是去我执）的智慧与修持。若念兹在兹都是我，如我的感觉我的身体我的利益……乌托邦的祥和与自由永远不会来临，因为自由被“我”障碍住了。如果仍勉力外求，乌托邦则易导致颓唐遁世、玩世不恭或伤害暴力。质言之，乌托邦的关节要害，应在于对“乌”（即“无”与“空”）的体悟与妙用，而这恰恰是当代文学最稀缺的品质。

我们的构思被所谓个性或大写的“我”占满了，以致建立在与他人联系上的、需整体观照的现实与历史都成了难以企及、驾驭的问题。但凡提及乌托邦，作家总要在外界寻个希望的抓手，一种根深蒂固的以“我”为原点核心的实有思维。古典音乐之于小崔，亦是建立在自我快乐感受上的乌托邦。而凡可上手之物，终不长久。于是乌托邦的追求，便成了以有易有、饮鸩驱毒的悲剧循环。我们很少去反思这种思维现实的方式，更遑论改变了。在这个意义上讲，当代文学还未出现真正智性的作品，只有一种深刻的雷同。以此看《隐身衣》，那或许正是文学个人化书写无可救药的标志：要撼动个我的思维管控着实太难了，只得倚靠或模拟仙家传说里的隐身衣。这也应了老子那句话：吾有大患，为吾有身。

就格非来说，从孤独的先锋到亲切无奈的小崔，其间的精神变迁与书写策略颇似当年“新写实”小说家的路数，但外观却迥乎不同。虽然也试图融入现实，缓和文学与大众读者的关系，但《隐身衣》并未坠入婆婆妈妈、锅碗瓢盆的现实汪洋。存而不决的悬疑诱惑、陌生化的音乐知识，让作品保持了某些仿佛前卫的元素与格调。尤其是悬疑的使用，几乎有化腐朽为神奇的功效，它把平庸的现实、唯唯诺诺的小人物变成了传奇探险中的风景。这也是格非的睿智和对自身形象的斟酌雕刻之处，我相信在《隐身衣》的构思中存在着对“新写实”风格的有意规避，它在作者关于“文学与现实”的理论思考中清晰可见。[①]《隐身衣》的叙述最终与“新写实”拉开了距离，但内里的境界却是五十步笑百步。

想起杨绛的散文名篇《隐身衣》，其中几句话可当作格非这部同名小说的补注：“隐身衣的料子是卑微。身处卑微，人家就视而不见，见而无睹。”“世态人情，比明月清风更饶有滋味；可作书读，可当戏看……唯有身处卑微的人，最有机缘看到世态人情的真相。”[②]简单说，“隐身”的实质就是镜子朝外的、不自伤的书写或

① 格非：《文学与现实》，《布老虎青春文学》2006年第1期。

② 杨绛：《将饮茶》，北京三联书店2010年版，第173、176页。

"看"。这也是中国历代文人在不堪世事扰攘时的本能反应。就写作而言，隐身虽然削弱了个性的锋芒，却能收获世情的抚慰和娱乐。后者足以抵偿隐身的代价了。

格非早年作品《褐色鸟群》里有个神秘女人棋，她在出场时抱着一个类似画夹或镜子的东西。作者没讲棋的身份经历，她只是在那里静静地聆听观看，画夹与镜子叠合起来。这很像是无意识中隐身书写/绘画主体的绝妙现身与造型。若果真如此，那是否意味着，早在先锋写作的阶段，格非的内心就已萌生了隐身的意识或"种子"？今天看来的"转型"，其实只是先前的种子成熟了。或者，所谓转型，只是一个企图融入现实、亲和大众的造作表象？

在《中国小说的两个传统》一文中，格非指出中国传统小说特别强调世情、世事与人情。"中国的超越是经由世俗来超越的，'游于世俗，泯然无迹'。也就是说不离世间而超越世间。"[①]小说《隐身衣》应该是在朝这个方向努力，只是超越的感觉未免暧昧了点。

三、如何"丈量"现实与世界？

《从正午开始的黄昏》[②]（以下简称《正午》）并非胡学文最出色的作品，却有特殊的意义。在作家的创作史上，《正午》实为"另类"。较之以往朴实沉重酷烈的风格，《正午》透出罕见的空灵现代婉伤色彩。显然，胡学文是在尝试一种"自我的突围"。他曾说，他的小说一直写实了些，希望以后能够实现一种飞翔。在此，主体的现实态度被内里求新变异的压力主宰，这也是本文考察的一个维度。我们发现，很多时候，现实态度的转变并非来自思想的新见或成熟，也基本与外在的变动无涉，它主要是迫于职业化写作的意识形态：写作若想持续下去，个体必须不断提供可见的变化因子。《正午》便是一例。

小说讲述了乔丁的两极生活：在日常空间，乔丁经营一家小店，虽非巨富却也衣食无忧。乔丁有个让人羡慕的家庭：妻子温顺女儿伶俐，岳父岳母善解人意。逢到假日，岳母还会给全家包三种馅的水饺。温暖温馨，是家庭给乔丁的感觉。而在另一重空间，乔丁却和一个女贼同进同出，后者是他的精神导师。在乔丁因贫困从

① 格非：《中国小说的两个传统——格非自述》，《小说评论》2008年第6期。

② 胡学文：《从正午开始的黄昏》，《钟山》2011年第2期。

大学辍学的时候，是她帮了他，并把他训练成一个身手矫健的贼。他们溜门撬锁盗取财物，每隔一段时间，乔丁便会编个理由离开家，与她相伴外出行窃。那是种奇特的感觉："他不缺啥，他不贪婪……唯一缺的，不，唯一不能放弃的是往昔的仪式。"一个晚上，乔丁鬼使神差地进入一个房间，却意外发现这里竟是岳母偷情的地方。他（她）们彼此窥见了对方的秘密，乔丁的世界至此被彻底掀开。他恨岳母，因为她毁了自己的仪式，吓走了"她"。

我们后来才知道，那个"她"已经意外死去。所谓结伴行窃，都是乔丁想象出来的。他这么做就是为了纪念她！自始至终乔丁都不知她的真名身份。她喜欢收藏与凤凰有关的东西，我们姑且叫她凤凰吧。在凤凰的遗物中，乔丁发现，原来她是从孤儿院里逃出来的叛逆少女。于是乔丁到孤儿院打义工，没准儿能打探到关于她父母的消息。然而随着李护工的去世，这最后一线希望也破灭了，李是唯一见过凤凰父母的人。乔丁逐渐意识到："秘密是生命的一部分。"他必须学会尊重秘密，包括岳母的秘密。

这听上去又像"隐身衣"的味道了。如果说在格非那里，隐身衣强调的是不自伤的看，那么《正午》中与隐身衣类似的"秘密"，则更多指向人与人、人与外界之间那无法被克服的距离隔阂。二者的构思建立在同一个问题基座上：即个体如何去把握世界、现实及历史？虽然它们的意义侧重与表述风格各异，但就上述问题的应对态度却是一致的：不去把握，回避解答。格非自不必多说，他的把握止于"糊涂"。凭借着难得糊涂的心理，《隐身衣》的主体在世界的隐秘中潇洒滑行，抛几个悬念的气球，就看哪个认真的呆子接球了。文学的趣味与交流，在抛接之间转换完成。至于《正午》，就内容层面看，主体倒是一直提着劲试图揭示秘密，乔丁的打探便是这种努力的显现。然而，这种打探从一开始就注定了失败。《正午》的兴奋点在于打探秘密过程中的情绪宣泄：那叛逆的迷惘的忧伤的好奇的……它们才是《正午》的主角。至于秘密究竟为何，倒是无关紧要。胡学文以往作品中反复出现的寻找结构，亦可佐证。像《命案高悬》《麦子的盖头》《像水一样柔软》《失耳》《土炕与野草》等，哪篇不是在找在问，又哪篇落得个眉目清楚的了局呢？就此而言，《正午》依旧是在自我重复。这恐怕不是胡学文个人的问题，它直指当代文学的痼疾：在认知现实世界、领悟存在时的勇气溃散与理性沉默。"抒情"，成为当下文学的主调。这是一种跟自我理性软弱相互妥协媾和的主体生存形态。所谓文学的意义或功用，或许就是情绪的一次性鼓荡、充实与释放？

我们发现，本届鲁奖中篇不约而同地注重了故事的营构：滕肖澜的《美丽的日子》，故事叙述得实在漂亮；《正午》的故事，好看离奇得略嫌做作。这些都流露出文学走向人间、大众的强烈意愿。但如果上述痼疾不予解决或理会，仅在故事或叙述的层面翻新用力，这可能是个不妙的讯号。它意味着文学在图像时代边缘地位的自我放逐与铭刻。因为就故事的呈现来看，以文字为载体的文学，“天资”实不及图像。

《正午》不是典型的底层小说，这点很惹人眼目。作品里最能瓜葛到底层的，应该是凤凰的身份：一个被父母遗弃的、从孤儿院里逃出的少女。乔丁作为一个曾经辍学的农村青年，也沾点边，但这些都未发展成让人揪心难熬的苦难叙事，像胡学文以往所写的那样。当代中国底层文学给人的总体印象是创作远不及评论丰富闹忙，底层成为各种理论驰骋的场域。其间的核心问题有两个：一、底层能否发声，它的表述与被表述的权力机制如何？二、底层中是否蕴含着类似左翼文学的政治反拨潜能？若有的话，又该怎样把这种潜能发挥出来？在底层文学创作中，胡学文是不能绕过的作者。看来，他并未受到太多关于底层议论的干扰。对底层的处理，胡学文的策略相当单纯：即单刀直入、贴身叙述。叙述人活在底层每个主人公身上，道其所言，发其所想。一种直截响亮的底层发声方式，它不啻为对“底层能否发声”之类设问的鄙夷与回击。胡学文以人性的开掘和对人物遭际的直陈来显示底层的怨诉与反抗，这固然爽气，但也导致了单调老派的印象：仿佛是在读某个文学化的纪实作品。由于贴身叙述几乎取消了观察的距离，供主体自我建构游刃的空间相应变得逼仄了，有些方面很难涉及或展开叙述。我一直很好奇，那些层出不穷的底层故事跟作为主体的胡学文之间最初是怎样发生关联的？对于底层的出路或拯救，他又是如何思考的？这些疑问终于在《正午》中得到了解答。

在我看来，这是篇堪称典范的关于底层书写本身的寓言。在关于的《正午》的创作谈中，胡学文写道：“我过去住的地方与福利院相邻，相距不过十米吧，常听到对面的精神病患者唱歌……窗户这边的我与对面的他们对望，我很想知道对方在想什么？”于是，“一个女孩迈着她独有的步伐向我走来，野气，蛮横，倔强，自卑。了解她，也并不了解她。目光漫过去，是她周围的世界，想追寻她，但更想探究她与世界、世界与世界的通道、切口”[①]。这话透露了作者对底层世界之于自我世界的距离意识，以及他试图克服这种距离的愿望。于是在《正午》中出现了“世界与世

① 胡学文：《创作谈：我们和他们》，《北京文学（中篇小说月报）》2011年第4期。

界的通道”：它经由吴江与凤凰的奇特“爱情”铺设而成。

胡学文曾说：“生活永远是有距离的，这正是我们关注它的理由。我认为，小说家的任务之一就是丈量这种距离。丈量不是简单的记录，而是有限地缩短或无限延伸。”[①]较之以往对底层人物的贴身叙述，《正午》的最大变化，就是观察的焦距出现了伸缩变化；主人公凤凰在忽远忽近的镜头设置里，流露出朦胧氤氲的韵致与美感。

主体与底层的关联，尽由吴江与凤凰的关系折射出来。换种说法，凤凰给人的感觉，直指作者心中的底层印象。正是这种错综的印象，激发了《正午》的构思。它跟胡学文以往作品中显示的相对单纯的底层态度构成了耐人寻味的补充。凤凰的形象奇特而另类，她既自卑又自傲；既让人同情又无可救药。我们由此可以感觉到文学丈量、把握底层现实（或曰“底层文学化”）的大致路径与逻辑：如奇观化的效应，扭曲复杂的人性，救赎的消解，等等。无论如何，底层总是与日常相对的。它是日常的裂隙或理性的反面，诚若吴江对凤凰的回忆，充满了跳跃动荡、混乱迷离。这不仅是现代风格或人物情绪的呈现，其中还潜藏着作者对底层的基本定位以及他测量底层的重心与倾向。很少有人在作品中去探讨底层形成的历史脉络，一上来它已是个既成事实了。于是痛苦愤怒反叛，诸多情绪在具体事件的营构中迅速发酵升温，给人强烈的刺激与冲击。但随着故事讲述的结束，冲击的效力亦随之隐去。

文学化的底层很难在读者中引发普遍持久、“与己有关”的触动和影响，因为它是特殊特例景观化的，罕见智性的启迪与救赎升华的建构。而后者却是把底层与普通人链接起来的不可或缺的环节，这建立在人类共通的离苦趋乐的心理上。一旦取消了该环节，底层文学给人的感觉，就像看了场沉重的纪实电影，或者买了一个跟预想中的底层概念相符的物化商品。

把底层呈现为人性的深渊（凤凰即是一例），是文学的最大能事。我们可以心安理得地待在没有救赎希望的世界里，却无法直视或忍受人性的荒芜——又一个对无恐惧、显示空性智慧匮乏的例子！或许就是为了涂抹希望取消后的黑窟窿，避免直接的救赎追问，才会不厌其烦地制造层出不穷的人性皱褶与传奇？这也是文学底层带给现代人的充实、抚慰与调剂吧，就像乔丁隔三岔五总要跟他的底层女神凤凰出去流浪厮混一番。他惊讶地发现，“原来世界竟有这样的活法，原来他不齿的勾当竟这样迷人”。当然，乔丁还是要回到他的日常世界的，他不认为自己跟凤凰在一起

① 胡学文：《小说的丈量》，《文艺理论与批评》2007年第3期。

是对家庭的背叛，“他只是在心上开了一小扇门，通向另一个世界的一小扇门。他去那里走一遭，最终要返回这里”。

透过乔丁在家人与凤凰间的逡巡、徘徊，能感受到底层文学作家的身份分裂。乔丁来自底层，胡学文同样如此，这也是作者对底层念念不忘并能一度对人物采取贴身叙述的原因—— 一种天然亲切的认同。书写底层就胡学文来说，那是种过去的记忆与仪式，他试图抓住它、葆有它。乔丁对于岳母出轨行为的耿耿于怀——此系《正午》中最造作的部分——便是一个刻意葆有过去的文学行动，它显示了底层经验与记忆在遭遇日常或现代逻辑时的不适与排斥。然而，一旦真的进入记忆的仪式，作者变得跟乔丁一样失控了。原因既有写作的，也有自身的。赫拉克利特说：“人不能两次踏进同一条河流。”因为河水不断在流逝，人也在时时变化着，如身份情绪感悟方式等。把“河流”一词换成“底层”，我们便能理解胡学文的处境了。简单说，在写作中，底层几无例外地成了对待与描写之物。

如何才能改变这种对待的格局？将“底层”从文学对个性思维迷恋、贪执的陷阱中拔脱出来，也许势在必行。创作的着力点不是放在“我”的底层，而是“我们”的底层上；不是为了展示“我”所写的底层多么独特，多么有文学性，多么能吸引眼球；而是要让这个底层击中、切入公共的心灵。进而言之，底层的文学化不能拘于表象的观赏性，同情的理解与抒情也不够，它必须嵌入到对人类根本问题的探索之中。前文提到的生存反思与底层救赎，是其中的核心内容。（倘真体悟到底层系自我生存的部分，又怎会纯粹技术情感地“文学”下去而不去寻觅解脱呢？）这不仅是为了构建意义分享与理解的公众语境，还能有效抵制猎奇消遣的观赏诱惑，让底层内化于心的自审挣扎当中，使其切实成为“我们”生存困境的显现与寻找救赎的契机。

目下的文学工作者有种狭隘的想法，即认为文学不是用来教育大众的，它的本分在于抒写个体的困惑及情感；文学只需提出问题，却无须解释或拯救世界——那是哲学家、社会学家的事情。但果真如此么？这又回到文学与“众”的关系上了：是启蒙之、随顺之还是顾自叙说？上述想法的提出，跟现代社会日益细密的分工与科层化设置不无干系。文学的功能被设定为个体情绪的抒写与鉴别，这几乎成了公理。在我看来，创作主体与“众”之间必须保持某种对峙的张力。这并非鼓动要故作训诫启蒙的导师姿态，它实为激发文学活力、避免重复窠臼的必要驱动。

所谓启蒙，说到底是自我启蒙，这在格非对理想读者的虚设与寻找、胡学文在《正午》里对自我风格的反拨中能体会到。作为启蒙对象的“众”，不仅是大众、读者，它更多地指向自身，一种平稳怠惰人云亦云的主体状态、思维与“发声”。你是否愿意提高自己？是否想叩问世界的隐秘，探寻合理和谐的人际关系与存身方式？如果答案是肯定的，那么文学走向启蒙，走向对人类根本问题的反思及探索世界救赎的途径，便是本能自然的行为。当创作者如是行动表达的时候，他给予大众的主体感觉就是一个不折不扣的启蒙者形象，亦可称之为时代的先行者、文化的先倡者。反之，假若创作者满足于在当下流行的文学功能中活动，那无异于拒绝文学的成长，其重复、枯竭和造作可以想见（对《隐身衣》中犬儒主体形象的感知，亦由此而来）。文学在这种单向功能的片面追求与畸形发展中，它的商品化前途不难预料。

然而，一旦涉及对人类根本问题的思考，文学的稚嫩贫弱立马显现出来。就此而言，《正午》让凤凰在意外中死去，不失为机智的“藏拙”，如此即可避免对底层救赎的探讨了。让“凤凰=底层”置于忧伤的凭吊中，这便是文学对于底层的最终态度或贡献吧。把此忧伤跟胡学文以往小说里那凝重的痛楚与执着记述故事的客观调子相比，虽然它们的外观浓度迥然不同，但都建立在生存的迷惘上。相对讲，忧伤的情愫在当代文学中要更普遍时尚些，《白杨木的春天》与《漫水》里亦能感觉到类似的忧伤触动。这是种对人对己都温情脉脉又不显肤浅的调门，尽管没有直接的救赎指向，但无论怎样，忧伤总是让人受用的。

在《正午》里，胡学文兜底亮出了他对底层救赎的悲观与放弃态度，外界所有的开导均不济事，这在拥有了正常生活的乔丁试图劝说凤凰“金盆洗手”却屡遭嘲笑的情节中能体会出来。在作者那里，底层系自成一体的他者世界。文学所能做的，只是眼睁睁地看着其中的人物自行沉溺坠落，这跟鲁镇人对祥林嫂眼泪的好奇围观、叹息满足颇为相似。当然，我们的文学主体是同情慈悲的，绝无鲁镇群众的冷漠与低级趣味。但不得不说的是，在眼球经济与娱乐盛行的市场语境中，如果文学一直缺失对底层历史、救赎等根本问题的反思回应，那么它的同情慈悲恐怕很难跟普通看客的情绪心理区分开来。从渴求自由解放的人性本能讲，文学远未尽到自己的责任与天职。这也算是种深刻的集体无意识的文学“媚众”或“媚俗”了。

把底层嵌入到对人类根本问题的探索中，不是说一定要给出明确的答案，但必须要有这方面的趋向和努力，一种对世界“应然”“应该”或“是”的文学构想。以鲁迅为例，他的所有作品都建立在对世界“无”之本相的体悟上。文学的抒情与对世界的认知在鲁迅这里并行不悖，用他的话说：“我”不相信唯黑暗与虚无方为实有。一种深入骨髓的乌托邦式的不甘与搅动。提到无，多数人想到的是顽空、否定与消极，殊不知若当真体悟到佛家所讲的空（无）有不二的境界，实是人生根本的平等慈悲与解脱救赎。能真正如之解行者，堪称人间大雄猛士是也！鲁迅做得虽不完美，却已臻于文学的极致。在对无的感知与运用中，鲁迅弥合了启蒙者与庸众的界限：没有纯粹的启蒙者，亦无本质化的大众或庸众；“看”与“被看”不断转化。这跟隐身的看与忧伤苦痛的丈量咏叹形成了鲜明对比。（前文提到的对底层的历史考察，亦可纳入无的眼光：没有固化平面的底层，这是个由历史累积、各方因缘汇聚的合相。）无在鲁迅那里化为一种悲智双运的力量，它既是批判自审，又是平等慈悲。鲁迅由此跟生活着阿Q们的底层未庄——他的中国世界融合起来，而当代作家和底层的关系却大致是各归各的，就像乔丁与凤凰。

《正午》里有个貌似救赎的设置，即凤凰本人。她不仅“自食其力”，还帮助乔丁从贫困自卑的阴影中走出，俨然是后者的“救世主”。这种底层的“自立”，便是作者构想的底层内部的自我救赎吧？其构想框架带有市场语境中常见的个人奋斗的模板痕迹，并综合反串了民间侠盗、英雄救美的原型书写，但效果与走向上却是破坏与毁灭性的。在价值层面，它显得扭曲、造作而紊乱。与其说是救赎的建构，不如说是拼贴反讽、贫乏绝望的出演，一个煞有介事华丽虚弱的救赎编织。

凤凰的形象让人想到西德尼·谢尔顿的《假如明天来临》中的女主人公翠西，却远不及后者明亮。翠西被诬陷坐牢，出狱后变为江洋大盗，报仇雪恨。她被称作美国的“女基度山伯爵”，但凤凰没有这种惩恶扬善的感召力，这是个暧昧复杂、晦暗创伤的“所在”（“底层”的表征）。也正由此，《正午》从《假如明天来临》这类通俗小说中脱颖而出了。前者系“纯文学”派路的严肃沉重深刻的底层描绘，但在救赎的想象力及深度上，二者其实不相伯仲。

四、重返“风景”与“乡土”

如果说《正午》是试图丈量“底层”的话，那么吕新的小说《白杨木的春天》[①]（以下简称《春天》）则旨在丈量历史。《春天》描述了知识分子曾怀林在“文革”中的遭际与心路历程。曾携家带口被发配到一座偏远的小城，妻子不堪重负自尽了，留下一对儿女与曾相依为命。他们在城北开阔的原野上安顿下来：两间被白杨木栅

① 吕新：《白杨木的春天》，《十月》2010年第6期。

栏三方包围的旧房子成了他们的新“家”。白杨木栅栏是养马的老宋帮忙建的，它象征性地将他们与外界隔开，使他们觉得这个家也有点家园的模样了。

《春天》里，“文革”的感觉并不十分突出，这也是吕新创作的一贯特点。很难把他的作品嵌入到某个固有的历史逻辑当中。那诗性迷离的语感句式，任性松散的叙述结构，注定要揉碎时空消解故事，将所有模式化的历史反应机制溶解在自然随机的情绪涌动里。在这个意义上，所谓先锋，似乎隶属吕新本色的一部分。它贯彻始终，并未出现格非式的“世情转型”。当然，吕新也在“变”。通过比较二者不同的变数理路，我们大体可预见先锋在中国的现实立场与未来去向。

《春天》称得上是部老实成熟的先锋之作，在经年累月的写作探索与实践后。吕新是个语言内倾性极强的作家，这跟他的诗人素养有关。在1986年正式发表作品之前，吕新已有一两年诗歌创作的经历。那是一段在雁北度过的青春时光，激发写作欲望的，不是为了改变命运，而是胸中集结翻涌的无数莫名的生命冲动和风雨阴霾，几乎张口就要吐出闪电。从诗歌到小说，不单是文体的转变，还存在一个主体发声及定位的问题。这可是桩复杂艰巨的活计，只要回想下顾城的《英儿》写得多么勉强零落散乱，便可明白此中道理。一般说来，诗歌系个体的发声与抒情方式，而小说则是“众”的艺术。除了顾城、吕新外，兼治诗歌、小说的当代两栖作者还有不少，如林白、陈染、韩东、鲁羊、海男等，他们后来基本都放弃诗歌而专事小说了。从字面或语源学的角度看，“先锋”本是超群前卫的个体探索，跟“众”、群之间较劲抵抗的紧张关系，是保持判别先锋的重要标识。在这个意义上，上述从诗歌转向小说的作家的创作实践，大体可视为文学先锋转型的具象切片。

我们发现，涉足小说的诗人多会感到某种不适和焦虑，而他们的表现也惊人地一致：语言成了小说书写中最用力的部分。一旦失去语言的着力点，他们会显得不知所措或破罐破摔（如林白小说的部分章节）。结构一直是个问题，但这种难堪被信誓旦旦的随性追求冲淡掩饰了。其作品不乏独特魅人的腔调，却难以树立起世界、历史的感觉。这几乎是对文学的苛求、奢望了！历史永远飘零模糊，除了叙述者外，大部分人物都影影绰绰。把这些归咎于诗歌书写的惯性——长于抒情却弱于知人论世——当然不错，但真正的障碍恐怕还是建立在“个”[①]与“众”对立冲突上的文学

① 此处的“个”，语出伊藤虎丸的《鲁迅与日本人：亚洲的近代与“个”的思想》（李冬木译，河北教育出版社2000年版）。其含义是“一种真正的个人主义”，包括自我发现、主体建构及自由等。

思维与心结。对语言的考究即是对“个”的珍视。至于世界、历史或结构，那其实是一个层面的问题：它们都是关于“众”的想象、把握或压抑。纵观吕新的小说，历史实为伴随始终的关键词，但总的叙述效果却显示：历史为主体身外之物。这种“异在”感在《春天》里终于得到了相对圆满的解决。一个直接显明的证据，就是被放逐的知识分子曾怀林对“人民”的理解、趋近与回归；孤独的白杨木总算在错杂混生的“集体”风景——树林中找到了自己的“春天”。

我相信，吕新构思《春天》并非出自通常所谓的历史反思，而是先锋书写对自我孜孜以求、追寻雕刻的必然结果。“个”的极境并非古怪奇崛（这些绝不会长久），而是归宿信仰。通俗地说，就是给自己找个“家”。“我”属于它，本来就是这样的，也只能、只是这样了……

很长一段时间，吕新给人的印象俨然一个在语言内部虔诚聆听、祈祷的修士，这是他被划归为先锋派的重要因素；另外，他被当作山西作家的“异类”，根由恐怕也在于此。那文绉绉的梦幻粘连的语言，实在很难让人把它跟诞生“山药蛋派”的山西联系起来。朱寿桐主编的《中国现代主义文学史》里这样写道：“山西这块土地，有着悠久而沉重的现实主义传统，‘土’文化的凝固与沉稳似乎与变幻莫测的现代主义传统相距很远”，“吕新来自晋北山区，他的出道无论怎么说都给人意外的感觉。”[①]某种程度上，我们可以把先锋派视为当代个人化书写的一个支脉或缩影。在对“个”的高标及发展走向上，二者有不少重合之处。先锋派对语言近乎对待神祇般的倚重与孤注一掷，正是个人化书写力图伸张自我全面突围又孤立无援无可措手的写照。从根本上讲，所有的个人化书写，其命运都是“个”的扩展、漫化与溶解。换言之，“众”的结局是不可避免的，但在对“众”的理解和择取上却不尽相同：格非的“世情”是一例，新写实的“日常”是一例，吕新对历史、“风景”的奔赴，又是一途。

历史的魅惑在吕新而言也许是命中注定的。借用朱寿桐的话讲，这个晋北山区的写作“异类”自出道以来以其对历史（“众”的想象）的异样执着，不期然地绽露了他对山西“土”文化或现实主义传统的忠诚与眷顾，一种冥冥里文化吸引、铅坠的结果。然而就表面看，这很像是语言自主的探寻，或曰语言“自道”似的历史澄明与涌集；吕新以其虔诚的修士姿态充当了语言“自道”的活动载体。由于吕新的“根”扎在隶属农耕文明的山西“土”文化中，他对历史的痴迷及个性化书写，无意

① 朱寿桐编：《中国现代主义文学史》，江苏教育出版社1998年版，第1015页。

间带上了东方式“寻根”或“回家”尝试的典范意味。究竟如何“回家”？怎样才能全身心地融入历史/“众”而不是满足于抓住其中的一鳞半爪残垣片段？这不单是先锋作家吕新个人的问题，也是日益向原子化社会滑落的当代中国普遍的精神问题。

吕新曾说：“好的小说应该用语言牵着你的鼻子，甚至你的裤带，将你带进那个世界里去。”①这种感觉在《春天》依旧存在，但主体的沉溺程度不如从前。显然他加强了语言之于外界的及物性与把握力，试图发掘从自我内部（语言）通往世界的“林中路”（海德格尔语）。这在曾怀林的沉思独语与交往行动的旋绕往复中体现出来。与其说《春天》写的是一个特定的历史时段——“文革”，毋宁说是知识分子对以“文革”命名、代表的“大历史”之变革变动的存在感悟与生命哲学。

《春天》中最惹人瞩目的，当属其中的风景描写。较之“文革”，风景在文中的地位更具本体性。事实上，风景的把捉与铺陈已成为主体极度仰仗、近乎条件反射的言说方式了。它能从任何一个叙述缝隙中探出头并迅速弥漫开来。这在下面一个细节里表现尤著：当曾怀林遭到侮辱性的脱衣搜身时，他却被院里的海棠吸引住了：“又看见那几棵美丽得让人有些不敢相信的海棠树了，曾怀林揉了一下眼睛，眼前好像有一场薄薄的轻纱般的雾。”历史在此出现了涣散与延宕，吕新特有的深沉迷离的抒情声调也同时响起。他似乎对风景别有情结，不惜让作为风景标志之一的海棠把发生搜身的难堪定格的时空涨满，淆乱其中的历史次序与逻辑：“在似乎是无边的虚浮和寂静中，在混合着海棠花的芳香和从旧党校的食堂里飘出的阵阵熬白菜的气味的四月的空气里，曾怀林像是要准备沐浴一样脱去了贴身的一件衬衫。”就字面来看，曾怀林的脱衣事件一点不像是个人在接受“文革”/历史逻辑的羞辱与改造，毋宁说它跟海棠花或白菜一样，化作了寂静风景的一部分。

类似的风景在《春天》里俯拾皆是。它们绝非简单的“移情”，其间涌动着主体全部的精神能量。风景本身，即是对历史的咏叹疏辨、反思救赎。譬如，经过无数次地注视荒草后，曾怀林对“折腰”一词有了更深刻的理解；在跟下放的县委书记车耀吉聊天时，后者“在砖垒之间的那些灼热的灰烬中埋了两个土豆和一把黑豆……受热的黑豆不时地崩响，仿佛过去年代暗夜里的零星而寥落的枪声。”这究竟是关于土豆黑豆的风景，还是车耀吉难以放下的灼热记忆？又如，“百丈河从这片寂静的旷野上流过，没有人关心它最终流到了哪里，应该是进了海里，还能去哪儿呢？不然就是流

① 吕新：《面壁而坐》，《山西文学》1991年第8期。

着流着就没有了，没有通向任何地方就消失了。”“狭窄的忽高忽低的街道多少年只供人们行走，却从来不知道也不过问你是谁，你从哪里来，你要奔向哪里，是在这里常住，还是停停就走。”——明明是景语，却道出了命运和历史的沧桑。

可以说，在《春天》里，把历史化为风景，跟从风景中识辨出历史，是一而二二而一的。它们彼此镶嵌，就像下面这幅燕子猫鼠图。几多风景，几许“文革”：“燕子在城外的原野和河流上低飞……它们越过宣传队的那片不断地更换着行头和面部表情的咿咿呀呀的歌舞之地，到相对安静的直属粮库的屋檐下安家落户。在那里，它们最常听到的声音是粮库保管员手中的钥匙声和老鼠们单独行动时的吱吱声。猫是粮库豢养的编外职工，它们不参与翻晒粮食和每周三次的政治学习……只负责蹑手蹑脚地巡逻和守候，屏声静气地抓捕老鼠，把抓到的俘虏咬死后丢弃在值班室的门外。”

风景在吕新的创作中是个老话题了。不难发觉，每当吕新沉浸于语言的“自道”时，他的笔下流出的往往就是风景，这点很耐人寻味。只是跟《春天》相比，吕新早期的风景书写，其效果仅算得支离零落的时空，远未达到浑然的历史形态。把风景和历史终于融为一道，是《春天》的作为，也是从语言切入的先锋书写积蓄已久的“进步”与归宿。

吕新为什么屡屡陷落于风景？后者究竟有何魔力？我以为，风景中显露的乡土记忆是关键所在。《春天》中的景语涉及的都是农业景观：如猫狗燕子白菜土豆粮库荒草河流原野，等等。曾怀林和以老宋为代表的“人民”真正达成理解认同，亦要归功于结尾处那象征着“大同”“家族”的农场风景的启示：一片白杨树与山杨树混合生成的树林，瞬间消除了曾怀林心中的芥蒂（这里读来着实有些突兀）。他仿佛来到了深山老林，“黑绿色的苔原，相互攀连的灌木，像是一个人口稠密，彼此都沾亲带故的大家族”。这是曾怀林名字的真正内涵吗：一种曾几何时的对由“树林”牵带、借喻的风景之刻骨铭心的怀恋？

吕新曾说：“我的写作对象是留下了无数童年记忆的雁北山区，以及长城以北、内蒙古一带的汉人居住区……什么是故乡？这个问题我想过好几年。我认为一个人的童年，才是他真正的唯一的故乡。”[①]以此来看吕新的风景描写，很像变相曲折的文学“返乡”行动。风景唤回了童年的记忆。那与“人民”陡然和解的心理细节，亦可在潜伏的返乡执着中得到解释：“人民”在此成为乡村大家族政治理想化的现代

① 林舟：《“靠小说来呈现”——对吕新的书面访谈》，《花城》2001年第6期，第180页。

改妆与象征。

在吕新早期小说《空旷之年》里有段意味深长的话：“这就是那天的一部分背景，它包含着一种无法传达的乡村情绪。在那些安静的村庄里，有多少年，农业的环境却一直被排除在有关的故事之外，绿色的枝叶被砍落树下。”[①]这大体可视为吕新的“风景观”。至末一句“绿色的枝叶被砍落树下”，是在慨叹风景在现代文学中逐渐衰颓的命运吗？也许就是从那时起，吕新开始了他有意无意的风景主体化、历史化的探索。

一边是对语言膜拜的先锋书写，一边是对乡土风景现实化历史化的抵达，看去抵牾吊诡的两端在吕新身上汇聚。较之鲁迅为首的启蒙乡土和以沈从文为代表的牧歌乡土，这称得上是乡土中国表达的又一种现代方式。对语言的虔诚聆听，一面自可视为经验匮乏的主体对自我发声的斟酌打磨以及主动体历世界的渴望，一面亦显示出恋土、克己、重家的乡土传统在现代文学语境里维系传达的尴尬与困窘。必须借助极端个人化的语言膜拜，乡土才勉强得以在现代存留，一种入时无奈辗转憋屈的现身。其实，在先锋最初选择从语言切入世界的文学行动中，已能嗅出一种隐约的乡土态度：说它是“不屑”可能夸张了，但至少是不够信任或底气不足的。当然，乡土并不会就此消失。在语言自道、鬼使神差的风景建构中，活动主宰的正是主体无意识中那关于乡土的顽强记忆。一个乡土中国的幽灵，悄悄蠕动挣扎显形。它不仅通过先锋主体对语言的梦呓祈请卷土重来，还要把现代、历史纳入自身的“风景”。

吕新在他的创作谈里说：“孤独感、沉重感、压抑感已一直随我许久了……在家乡，有一带荒芜的山冈使我终身难以忘怀。我们家族的成员回来出去都要走过这道山冈。而我的黑色的初恋也是在这里萌芽、生长，直至后来的死亡……在这片初恋死亡的废墟上，我开始精心雕刻一尊完美的雕像。什么时候完成我不知道。”[②]与此情境相类，曾怀林一到小城，撞入眼帘的便是颓败的城墙与荒草萋萋的原野，苍茫寂寥的气息笼罩了全篇。这不仅是通常的氛围晕染，其中还蕴含着对生命原点或历史基座的试探抚摸、呼唤眺望。原野城墙跟作家内心念兹在兹的山冈叠合起来，小城的历史（亦即“文革”那段日子）成为“废墟上的雕刻”，一种荒芜寂寥的涵括。经由曾怀林的下放，主体启动了蓄意已久的“返乡”。

---

① 吕新：《空旷之年》，《作家》1990年第11期。

② 转引自李锐：《拒绝合唱》，上海人民出版社1996年版，第80页。

但哪里才是家园呢？举目四望，处处是历史，处处是记忆里的风景，却怎么也寻不见本来的故乡了。它成了一团萦绕的气息，一个无法捕捉的“无”。这虽然让人难过，却不失为“明智”长久的与故乡厮守的写作方式。正因为抓不住，才要一次次地奔赴体尝。这里回避了对故乡、传统之来路及现代去向的理性认知；源源不绝的抒情咏唱，建立在（传统的）消逝衰亡上。一个荒芜的乌托邦。

跟《春天》相比，王跃文《漫水》[①]的乡土定位及特征要明晰许多。它在很多方面都让人想到沈从文的《边城》。从官场到乡土的“换档”，王跃文显得轻松裕如。此间不难感受到中国文人传统里入世出世之思的余波回响。乡土，成为出世想象与救济的本能载体。

《漫水》中，最大的谜团是慧娘娘的出身来历。据说她曾是城里的妓女，因走投无路被男人有慧带到了漫水村。如果真是这样，她一生的善行便带有自我清洗的赎罪意味。这是现代人对传统歉疚负罪忏悔心理的折射么？我们很难把慧娘娘的一生融和起来，她的人生以漫水为界，斩成前后两段。我们看到的仅是美丽温柔聪颖的慧娘娘，她为漫水人无偿接生妆尸，“漫水人不论来到这世上，还是离开这世上，都从慧娘娘手里经过”。这里，文化恋母的意味再明晰不过。为了唤出这样一个慧娘娘，文学不惜语无伦次肝脑涂地……

慧娘娘曾说：“我也不晓得自己到底是哪里人。我很小就流落在外，就像水上的浮萍，不晓得哪股风把我吹到漫水来了。”她的无根性和作者的游子心态彼此映照。无独有偶，曾怀林也是没来由地被抛向了小城，一个“乡土”的历史借代。两部作品共通的省略或空白并非偶然。一方面，这是对乡土天然依恋的流露；另一方面，它触到了想象的边界与底线：主体无法为自己的返乡抉择举出一个足够现代、妥帖的理由。在注重物质与功利的社会语境中，任何回归传统或故乡的举动，很容易被视为冲动浪漫、感情用事的结果。空白的构思里，即隐含着对上述大众理解的顾忌或“共识”。慧娘娘人生的断裂及缺失表明，当下文学的审美、接受逻辑里已容不下她了。她就像虚构梦呓的彼岸神话。给她分派一个幽暗的出身，或许能冲淡些理想梦呓的色彩而多点现代人气？

这在余公公的身份设置里体现得更分明。余公公是慧公公的堂兄，他与慧娘娘

---

① 王跃文：《漫水》，《湖南文学》2012年第1期。

“发乎情，止乎礼义”的交往及生存形态，无疑是传统乡土“人性美”“人情美”在当下的典型象征。余公公在村里的声望除了其自身手艺德性义举的支持外，很大程度上要归功于经济基础。他家境殷实，三个儿女读书成才并移居海外。“逢年过节儿女回不来，县里坐小车的会到漫水来，都说是他儿女的朋友。”这让余公公挣足了面子。在作者的内心，也许只有这样的人才有资格、有能力做慧娘娘的“保护伞”吧？换言之，乡土人性、传统价值的伸张，离不开经济、物质的支持。这种认知及态度当系《漫水》与《边城》的最大分野。《边城》里，以碾坊为代表的经济势力一直被视为乡土人性人情的破坏因素。而余公公的形象及身份构造，则是作者在传统乡土理念与现代实利观间调和的产物。出息的儿女为古老“乡土”的代表（余公公）平添了文化资本的优越感及可见的事功性魅力，一个成功转型的“乡绅+手艺人”，并连带出一个相对不受打扰的世外桃源似的叙述空间。这是为了提高“乡土”美好人性的可信度与说服力吗？不管怎样，终于可以静静地诉说慧娘娘和余公公的“爱情”故事了。

《漫水》中出现了不少以现代白话注解方言俚语的句子，实有烦冗拖沓之感，但作者却浑然不觉。如果说方言的使用显示了主体把捉、拉近和固定乡土的努力，一个把乡土“在地化”的文学举动，那么白话与方言的对举翻译，则呈现出相反的推拒效应。它表明：乡土乃是一种少数边缘、逐渐消逝的频率与声音。这让人想起弗洛伊德讲的孩子玩线团的游戏。当母亲上班时，孩子开始玩线团。他通过滚线收线的形式把母亲“离去一归来”的过程复制出来，并以此充实和娱乐自身。这种无意识的幽微逻辑，可用来照亮《漫水》里“方言一白话”对举的叙述方式与乡土的关系。吕新笔下“语言一风景”的循环，亦能如是观之。

通过《漫水》与《春天》，我们领略了文学主体对乡土那欲罢不能的复杂情绪。虽然不能把二者的乡土书写尽归于游戏，但若想从中寻得救赎与解脱，恐怕要落空了。此间充溢的是耗散生命、自我延宕耽溺的抒情，不无逃避与自欺。这大概也是文学之本性吧。

类似乡土书写的抒情立场及思维，构成了当代文学主体与历史、现实发生关联的重要方式。尽管乡土本身存在诸多问题，但从释放心灵、自我救赎的角度看，这似乎已是当代文学所能出具的最高形态了。乡愁繁衍的尽头，赫然是意义的黑洞，它成了文学主体怯于直视担当、把握穿透的存在之痛。抒情由是启动——此情绵绵无绝期。

（本文是《70后批评家文丛　李丹梦卷》上编第一篇）

当前网络小说的问题与特点

耿建华

内容摘要：网络小说是我国文学创作中的不可或缺的组成部分。随着手机自媒体的发展，网络小说日益走进青年大众之中。网络写手的组成以青年为主，其中，“80后”是主力军，而“85后”“90后”也开始崭露头角。“80后”与日新月异的高科技并肩成长。娱乐和感官的刺激成为网络小说追求的首要目标。各网络小说虽然存在许多问题，但是其基于网络的写作方式也使其呈现出诸多与传统小说的不同。作者与读者的即时互动、网络上浩如烟海的百科知识，都可以成为小说的素材。小说的时空结构更为多样，现实时空与虚幻时空相交织。

关键词：网络小说　网络写手　即时互动　全能写手　套叠时空

网络小说是我国文学创作中的不可或缺的组成部分。随着手机自媒体的发展，网络小说日益走进青年大众之中。与传统的文学网站阅读方式相比，手机及移动终端阅读优势主要体现在：一是随时随地，渗透人们的碎片化时间。手机以其便携、智能的特性，成为诸多网络文学读者打发乘坐公共交通、排队等待等生活中碎片化事件的极佳选择。二是结合移动社交功能，潜力巨大。诸多手机阅读软件开发了将作品分享给好友或分享到微博、微信等社交平台的功能，将阅读事件作为社交话题，满足了人们社会交往和自我实现的需要。三是多媒体集成，表现形式丰富。手机阅读突破了传统的网页浏览文字的功能，可以结合图片、音乐、视频等多种媒体，提升读者的阅读体验。由此可见无线网络阅读作为新的产业增长点，将成为未来网络

作者简介：耿建华，山东大学文学院教授、博士生导师，研究方向为中国当代诗歌。

文学网站的发展方向。网络写手的组成以青年为主，其中，“80后”是主力军，而“85后”“90后”也开始崭露头角。“80后”与日新月异的高科技并肩成长，多元文化的土壤使其思想开放、观念活跃，具有强烈的社会参与意识，彰显个性，具有很自我的风格。网络写手多半伴随着武侠小说、侦探小说、动漫以及网络游戏而成长。网络小说的内容与其写作者表现出了极其相称的青年特征，具体言之，可以概括为如下几点：才子佳人式的“后宫”模式；落魄才子的“现代逆袭”；无所不能的全才；个人强则国家强的个人英雄主义；独生子女式的社会关系；唯我独真的价值判断；乐观的传统文化的现代复兴；非敌即友的“二分观”。这几个方面单就每一个方面而言，都有着明显的青年化倾向。① 与此同时娱乐和感官的刺激成为网络小说追求的首要目标。各大网络小说网站的首页都有一些热门标签，这些标签赤裸裸地展示着感官的诱惑。如，笔下文学网就分为：玄幻、武侠、都会、历史、恐怖、鬼怪等，而在言情标签之下的高居点击率榜首的小说如：《我的火爆女友》《公主无心，请君和离》《美女博士闯情关》《国民影帝，轻点亲》可谓不胜枚举。肉欲、情人、一夜情、强暴、冷暴力、金钱、权利是构成这些小说的关键词。此外还有修身、穿越、武侠、玄幻、灵异等等。这些题材划出了严肃文学与网络文学的分野。许多文学网站将读者分为男生和女生两大阵营，这两大阵营中阅读的小说主要类型是玄幻和言情，从情节上看可谓千篇一律，少有新意。比如玄幻小说通常是男主角开始渺小卑微，任人欺负，后来机缘巧合得到某某秘籍或某高人指点之后，一系列的奇遇接踵而至，最后名动天下抱得美人归。动辄数百万字的小说全本，枝叶繁多，有些甚至“不堪卒读”。以金钱为动力的写作，一味迎合读者，所以网络写手不能不在媚俗、悬疑、惊悚、刺激、逗乐、好看上下大力气。

网络小说以字数和点击率收费，刺激了小说作者的写作热情，一部网络小说往往以几百万字计，这也是在传统小说中难以见到的。现在的网络小说成功地引入了商业运行模式，起点网站首先推行VIP阅读制度，读者只需要2分钱就可以阅读到千字的内容，包月读者每月15元，这一做法几乎成为后来的行业标准，为各大收费阅读网站所仿效。新作品每章收费一毛钱，所获得的收入全部给作者。这一方式的推行让很多的网络写手在短时间内就能取得明显的经济效益，这就更刺激了他们的写作的热情。政府主导的网络文学大赛的举办，也促进了网络小说的生产。由中国

① 时世平：《网络文学：批评的迷茫与清醒》，《中国社会科学报》2015年9月14日。

文联、北京市委宣传部指导，北京网络媒体协会携手北京市文学艺术界联合会共同主办了“首届网络小说创作大赛”，从4万余部参赛作品中脱颖而出的有19部佳作，获奖作品涉及军事、历史、情感、传奇、童话等多个题材。这些优秀的网络作品在浩如烟海的网络作品中是很少的。

网络小说虽然存在许多问题，但是其基于网络的写作方式也使其呈现出诸多与传统小说的不同。

一是作者与读者的即时互动。作者每天发表的章节，读者可以随时评论，提出建议。作者可以加以修改。作者可以用读者的名字给小说中的人物命名。这就增加了读者的参与感。这在传统的小说写作中是没有的。

二是网络上浩如烟海的百科知识，都可以成为小说的素材。作者也因此成了无所不知的全能写手，小说中的人物也就成了神通广大的全能英才。如《绝品毒医》中的主人公萧逸飞，本是省医大的天才学生，却遭人陷害被学校开除，意外得到毒修传承，开始修炼无上毒功，自创毒医术，成就一代绝品毒医。痛经？没关系。给哥扎一针，一血就见效。贫乳？没关系。只需按一按，酒盅变海碗。严重失眠？没关系。送你一只瞌睡虫，包你晚上睡得香。严重绝食？没关系。送你一只贪食蛊，吃饭撑到肚子圆。癌症晚期？没关系……看他驭毒炼蛊惩恶徒，毒医神术救苍生。待到功成名就时，美女如云许芳心。书中中医典籍、巫术、蛊术、化学毒物、玩蛇世家、商业竞争、赏石赌石、炼丹炼器，包罗万象。诸多素材均是从网络搜寻在一起。在医药类小说中，主人公或是黄帝之师岐伯附身（如《风流医圣》），或是身具古医术传承（如《特种神医》），更有甚者在主人公的脑海中寄生着一个古代超级医师。他们在现代，面对各种病症，以针灸、中药等处理各种现代医学（更多的是指西医）解决不了的癌症、风湿病、心脏病等疾病，同时，也以医术扬名世界。在网络小说中，作为传统文化精华的传统中医的复兴，是否也代表着青年对于传统文化复兴的期盼？但这种期盼更多的是乌托邦似的幻想，与现实相比附，巨大的落差更增加了对于现实的不满。

三是小说的时空结构更为多样。现实时空与虚幻时空相交织。穿越小说是网络小说最热门题材的一种。其基本要点是，主人公由于某种原因从其原本生活的年代离开，穿越时空，到了另一个时代，在这个时空展开了一系列的活动，情爱多为主线。时空穿越成为一时之盛。比如2011年火爆的网络穿越小说三大经典：《梦回大清》，一个生活在21世纪的女孩子，因在故宫里的一次迷路，竟穿越时空回到了清朝，并身不由己地进进入危机四伏的皇宫内院。热情如火的十三阿哥、深沉内敛的四阿哥、命运多舛的小姐妹、威严的康熙皇帝……无数在史书中读过的人物，带着各自的喜怒哀乐，纷至沓来。历史与现实扑朔迷离，相爱与相伤难以取舍。《步步惊心》中的女主角原本是繁华都市的一名白领，却因一脚踏空而穿越了时空的隧道。她带着对清史的洞悉进入风云诡变的宫廷。《瑶华》亦是一个现代女子穿越回到大清的故事。这几部小说虽说都是在2011年之前就完本在网上流传了，可在这一年通过影视的改编直接进入公众的视野，引起了一股穿越热潮，“穿越”成为路人皆知的热门话题，2011年因此被称为“穿越年”。穿越小说是从现实时空穿越到历史时空。是返回式的时空结构。另一种是套叠式时空结构。即在现实时空中，通过物件藏进一个特异的小时空。如《傲娇房东爱上我》中的翡翠珠子，就是一个与现实时空并存的特异时空，也是一个无所不能的小世界。这样的时空结构在传统小说中是没有的。这种结构使小说中的主人具有了超现实的自由，也揭示了当代青年对自由时空的向往。

商业传奇背后的现实逻辑

——评《商藏》

刘虹利

内容摘要：中国网络文学历经20年的写作实践，已经来到从量变到质变的新节点，庹政的《商藏》是其中的重要收获之一。小说叙写改革开放时代中国企业家的商业传奇，既有丰富的现实细节，又遵循了事件发展内在的现实逻辑，充分体现出网络文学在把握现实主义精神时所能达到的高度。作品既是对作者此前生活经历和创作历程的一次阶段性总结，也显示出经过引导和培育，网络文学也可以肩负起现实题材表达的重任。

关键词：《商藏》　网络文学　现实逻辑　商业传奇

改革开放40年来，社会主义计划经济向社会主义市场经济的转型带来了社会生态尤其是商业运行和资本运作环境的根本性变化。在以农耕为主的中国古代社会里，“士农工商”的排序几千年来牢不可破，如今，几乎是一夕之间，居于末位的商人群体开始引人注目，商业活动的空前活跃也使得社会文化与精神生活随之嬗变。当这种种情形反映到文学创作中以后，我们看到，通俗小说讲述商业时代的成功故事，严肃文学拷问个体精神世界的困顿与迷思，前者容易因追捧成功而丧失立场，后者则时常因单向度批判立场而制造新的遮蔽。显而易见的事实是，即便伴随着经济全

作者简介：刘虹利，西南民族大学文新学院讲师，阿来工作室签约编剧，从事方向为中国现当代文学研究及影视编剧。

球化带来的“脱序”眩晕，发展经济的好处却是不容忽视的。百姓物质生活条件有了绝对改善，大众文化勃兴带来文化的普惠效应，社会伦理与精神向度改易的同时，也提供了草根民主的营养基。面对如此生机勃勃、周流不息的时代，任何问题的提出和解决既需要具备总体性方法和视野，更需要贴近言说对象的运行轨迹进行观察和分析，文学的表达同样如此。因此，庹政的《商藏》可以说是应时而生、应运而生。这部网络小说如此野心勃勃地迎难而上，要为商海浮沉的时代之子立传，要为日益壮大的民营经济寻路，更要为奔涌激荡的改革浪潮记写旋律。对庹政本人而言，《商藏》意义重大，因为这是对他此前生活经历和创作历程的一次阶段性总结；对于网络文学的发展而言，《商藏》也显示出网络文学可以当之无愧地肩负起现实题材表达的重任，它既具备“好看”的叙事优势，又坐拥网文粉丝群的数据优势和未来IP转化的潜力，其意义不容忽视。

一

《商藏》几乎完整地讲述了主人公叶山河大学毕业后从下岗创业到跻身西川顶级商圈的奋斗历程。《商藏》150多万字的篇幅，对于纸质文学而言已然是皇皇巨著，但这个体量置于网文界，即便不算短小，也堪称精悍。小说之“大”在于庹政以宏大而又稳固的架构，通过叶山河一人的经历将商界、政界与黑道串联起来，将20世纪90年代以来极具代表性的行业以及发生在西川（即四川）的典型商业案例讲述得精彩纷呈，也将经济社会不同阶段的商业氛围、文化气息和世道人心都熔于一炉地加以呈现。庹政接受橙瓜专访时将《商藏》概括为“一个男人的商业传奇，一些关于商业的思考，一部西川改革开发的商业史诗。……作为一个70后，跟着国家一起经历诸多波折变迁，伴随着改革开放一起成长，国家发展的历史也是个人的成长史，最后反映在小说中，就是三十年西川商界的风云激荡史。选择这样一个时代背景，几乎是一种必然。”[①]小说从一人着笔，却实现了小中见大、为巨变时代“立此存照”的文学野心。

小说主人公叶山河出生于西川商贾世家，毕业于重点大学，既有才华心性，外表

① 庹政：《我是一怒之下决定写主旋律官场小说的》，2019年9月20日，http://dy.163.com/v2/article/detail/DQ09N23R05149LTR.html。

还帅得不像话，这些要素基本符合霸道总裁的人设，小说行文尽可以在霸道、腹黑、甜宠、虐的思路上纵马狂奔。然而，也仅仅是开篇部分和徐朵朵的办公室地下情有这个苗头，很快，作者便悬崖勒马，认认真真讲故事、扎扎实实上“硬菜”。没有“开挂人生”的“YY”模式，只有一条“路漫漫其修远兮，吾将上下而求索”的道路，主人公只能在一次次进取和摔打中获取“战力”，最后符合逻辑地走上人生巅峰。

小说一开始就将叶山河置于内忧外患之中：内部有高层管理团队的异动，外部有“惊险一跳”的巨大压力，更不用提强劲竞争对手的窥伺，而此时的叶山河早已跻身成功人士之列。至于他早期的创业之路，更是曲折跌宕令人叹服：他从白石印染厂的一线工人，经历企业破产，到与人合办校服厂，再到承包扬子江宾馆，赚到人生第一桶金。此后经营书吧，生意创新高，荣誉接踵而至，可谓一度风光无限。但随后他投资夜总会、燃气公司、塑料厂，涉足汽车美容行业、开网吧，在一番广泛撒网的操作之后，创业生涯再度归零，揣着512元人民币回老家。很快，重整旗鼓的他进军省城，进入装修、纺织、地产行业，最后参与西川最大的城南地产项目，实现了“与伟大同行”的人生目标。

小说笔锋所指跨越如此迥异的行业领域，得益于庹政本人的真实经历，叶山河前半段的经历是作者的真实写照，他写来得心应手，将各个行当之中的关窍与用心、得失与甘苦写得流畅自如。后半段的地产案例，也可见出庹政研究得深、了解得透，既能做实商业细节，又能充分制造悬念，并通过合理的想象使人物和故事立起来。所以，《商藏》并非投机取巧地玩概念，或是浮光掠影地玩花巧，相反，小说经得起推敲，说它是非常好看的创业者的商战教科书也不为过。

比如叶山河初次创业与朋友合办校服厂的经历：小说生动地叙写了大家如何雄心勃勃地投入其中，头脑发热地幻想着大发其财，如何虚张声势手段拙劣地开展业务，最后又如何“花式”碰壁，人仰马翻地铩羽而归。随后，叶山河审视了他们业务中的真实细节，发现“看来一个学校都落不了实，倘若不带情感冷静分析，至少目前，这些学校都不会考虑打校服。又回忆他见过的几个校长，白校长是个厉害人物，太极推手使得如封似闭，不仅避而不谈校服，反过来把王洪明套住，要他帮忙弄钱，不知道是不是受他哥哥影响；元山校长的套路也是一样；李家的校长根本就不想理睬他们；数来还是元山校长是对他们最好的，泡了茶喝。”[①]这让人啼笑皆非

① 庹政：《商藏》，2019年9月20日，http://www.migu.cn/read.html。

的故事，若没有相应的生活体验很难写得如此细致生动。

庹政叙事时非常有层次感，能充分考虑到不同人物的不同行为逻辑。初出茅庐的叶山河能够得出对目标客户的观察印象，更有经验的“女业务员”则提供更富实战经验的评点：“跑业务第一次接触很重要，不仅是给客户一个好的印象，更重要的是，你要对客户有一个基本的认识和判断。通过他们的语言，表情，态度等等，进行基本判断：这个学校有没有打的可能？如果有，应该通过什么手段攻关？有没有可能攻下？如果攻关的成本投入太高，是不是值得？这些问题都要事先有一个判断。一旦得出结论不行，或者暂时不行，就先放一边，而把那些有可能的学校列为重点，进行努力。像这种广泛撒网，其实效率不高，接触一下就走了，再次接触也摸不到真实情况，无法对症下药。……对校长们来说，打不打校服，其实并不重要，按照安县目前的情况，都是可打可不打。如果必须打，教委肯定早下文件硬性规定，说不定还自己办厂，用不着他们这些外人来赚这个钱，如果说不用打，也不是，打校服是一种趋势，将来肯定所有的学校都会打校服的。所以说，像叶山河他们这种校服厂，生存的时间只有这么两三年，最多三五年。”[①]至于客户心理，也是各有考虑、各不相同的，“有些想出风头，标新立异，就要抢在所有人前面打，比如杨校长；有些抱着多一事不如少一事，所以他们一问，他就简单拒绝，但是这种校长，你纠缠下去，多方挖掘他的爱好，欲求，也有希望说服他打；有些是坚决不打的，跟他的做事风格有关，一切没有明朗之前，他不敢做，怕被人揪小辫子，是政治上的保守派；有的校长倒是想通过这个生意占点便宜，只是跟他们初次见面，不敢相信他们，这时候就需要有一个彼此都信任的中间人；有的校长唯上是令，如果能够找到他们的上级领导出面就好了；有些校长刚愎自用，这种人你得顺着他的话说，恭维得让他觉得打校服是他自己做的决定，没有别人能够影响他……”[②]如果说叶山河只具有初步的感性认知，业务员则有基于实践的理性归纳，甚至可以说这已经是在对人性做分析了。这是叶山河第一次感觉到生意的复杂与奥妙，相信很大程度上这也是庹政当年的切身体会。

女业务员就事论事的分析能够指导具体实践，为叶山河在商业晋级之路上提供脑力刺激，身为西川商界名宿的爷爷叶盛高则从经商之道的层面对他进行境界的

① 庹政：《商藏》，2019年9月20日，http://www.migu.cn/read.html。

② 庹政：《商藏》，2019年9月20日，http://www.migu.cn/read.html。

提升，“做一门生意就要嚼烂……做生意，其实就是做人。做自己也做别人。这个‘做’，在这里可以理解为‘琢磨’，把自己琢磨透了，把别人琢磨透了，生意也算琢磨透了。……生意是肮脏的交易，但需要有堂皇的做派，你不是抢劫者，而是拯救者。当然，这里面有一个度，过与不及都不恰当。如同兵法一样，运用之妙，存乎一心。”①

这是作者为叶山河的进阶之路做的“顶层设计”。一是实践出真知，亲自扑腾、摸爬滚打。二是“三人行必有我师”，不同阶段有不同的朋友和不同的格局。三是资质出众外加高人指点。学武之人讲求骨骼清奇，叶山河则先天具备商业世家的血统传承，再加上爷爷叶盛高洞悉商道，叔叔陆承轩亲自做推手，如此一来，叶山河在一番因缘际会中成就商业传奇在逻辑上就充分地成立了。由此观之，庹政在处理现实题材时具备真正的现实主义精神，所以，叶山河总是在具体处境中解决具体难题。众所周知，“见招拆招”是网文阅读最基本的快感模式，而《商藏》主人公“升级通关”不靠巧合靠实力，“三分天注定、七分靠打拼”，这就大大地脱离了网络小说惯常的传奇式写法。当然，这也比天马行空的蹈空叙事更需要作者具备深厚的生活积累和活跃的想象力。比如，在对蜀都饭店项目的竞争中，叶山河受到了来自黑道钟守信的威胁，徐朵朵因此受伤。叶山河如何在法律许可的范围内解决这个难题，一定会令粉丝和读者悬着一颗心。此时，庹政的黑道书写经验完全排上了用场，叶山河派出“卧底”从内部分化瓦解对手的阵营，又因势利导、借力打力，最终四两拨千斤地摧毁了强敌。这其中自然也有“偶然”“巧合”的因素——所谓“天时地利人和”，前两项都与“偶然”或“巧合”有关——但能在看似铁板一块的对手中间寻找到内在诉求的差异性，从而实现各个击破、招招制敌，这也是作者深入研究人性之后才能得到的方案。

城南项目作为“惊险的一跳”，整个过程也是曲折起伏，首先是在紧张的拍卖中打败了对手章义，声东击西地拿下37号地块进军城南；随后，在王进、章义的追打和掣肘中站稳脚跟；当王进受到官场地震的牵连，云山国际陷入停滞状态时，叶山河咬牙撑持，以递进式开发、饥饿营销等一系列的打法最终熬过了漫漫长夜。这些经典案例几乎都可以写入商学院的教科书，庹政将之集中在叶山河身上，写得柳暗花明、风生水起。尤其是叶山河事先得到凌明山关于“水”的暗示进而布局关键

① 庹政：《商藏》，2019年9月20日，http://www.migu.cn/read.html。

占要点，明修栈道、暗度陈仓，从不起眼的37号地块入手，可谓棋妙一招、满盘皆活，最后以小博大，化被动为主动，其情节设计令人叫绝。

二

当然，即便是在不断上升的人生态势中，通往成功的道路上也并非总是喜悦，这同样得益于作者的现实主义精神指引，服从的是事物发展的现实逻辑。在叶山河的奋斗之路上，办校服厂的失败教训并非绝无仅有，相反，大大小小的失败接踵而至，读者能够真正体味到主人公所经历的甘苦辛酸：印染厂的磨炼，校服厂的煎熬，江州创业归零的苦涩……“人生好像一个巨大无比的莫比乌斯环，他就像那只可怜的小蚂蚁，永远也爬不到头，看不到头。”① “我是谁”“我从哪里来”“要到哪里去”，庹政在作品中发出古老的灵魂三问，将消费时代的消遣式“浅阅读”引向深入。

北大学者邵燕君将网络小说归入“拟宏大叙事”的类型，认为网络小说在中国兴起的时候正值社会转型期，“对于北、上、广、深等大城市而言，可以说正发生着从现代社会向后现代社会的转型，从整体社会的价值结构而言，正发生着从启蒙时代向‘后启蒙时代’的转型。网络文学的‘第一世代’以‘70后’‘80后’为主，他们是启蒙文化哺育长大的，或许在具体的价值观上与父兄辈有代沟，但价值模式和心理结构上仍然具有延续性。‘第一世代’是‘传统网文’的主要创作和阅读群体，所谓‘屌丝的逆袭’就是一种‘拟宏大叙事’的变体——以升级模式代替了深度模式，以成功模式代替了成长模式。”②

网络文学的“拟宏大叙事”为自己的供养人提供精神代餐，让他们品尝到生活中或许永远缺份的欣悦和满足，但网文的功能却不应该永远沉陷在贩卖精神麻醉剂的泥沼之中。对于笔力雄厚的作者来说，现实主义精神可以从根本上提升网文的品相，为它注入更多的高级感。庹政很清醒自己的商业写作者身份，他恪守职业道德，勤写勤更，从不讳言自己对名利的喜好，但重要的是他不降低自己的写作品质，去屈从于那些尚未成熟的味蕾的偏好，因此，他才能以现实主义精神和手法真正地在

① 庹政：《商藏》，2019年9月20日，http://www.migu.cn/read.html。

② 邵燕君：《网络文学是否可以谈经论典》，《中国文化报》2019年2月27日第3期。

网文中肩起书写现实题材的重任。

也因此，我们可以看到《商藏》对网文“成功模式”的突破、对真正意义上的“成长小说”的建构。固然，叶山河的人生起点并不差，但他的实力、眼界、心胸、格局却是逐渐提升的，这其中包含他外在社会身份符号的变更，更意味着他内在心性气度的养成——当然，他的“有底线”“不作恶”的基本道德准绳和核心品质是始终如一的。种种挫折与失败，一次次尝试与归零，每一个重大决策的惊险与刺激，都给叶山河提供了充分的时间、空间来揣摩为人之道、体悟经商之道，想必追更的读者也能在其中共享到这些经验和成长。“年轻时豪气干云，以为聪明，世界尽在掌握，当真是按剑当世，雄视千古。后来陡遇挫折，被打回原地，才知道‘运去英雄不自由’，开始按照一个正经商人的路子，步步为营，成为一个经验主义者和现实主义者。当他跻身西南顶级的商圈，窥伺这座城市有数的项目时，他突然觉得，世界开始变化，充满了神秘，变得不可捉摸。”[①]当然，他的境界也已经截然不同，“他的企业价值数十亿人民币，肩负着数千名员工的重责，更进一步，他在这座城市成长，壮大，也应该对这座城市有所贡献，有所担当，再进一步，他还有个人的追求，家族的寄托，一个商人的信仰和理想。”[②]同时，人物内在情感的层次也是丰富的，以成功的喜悦而言，当叶山河在城南开发中成功拍下37号地块900亩土地时，那一瞬间他的感受是“既不欣喜，也非沉重。他只是像经过一场艰苦的马拉松，终于抵达终点，一种释然的放松，也有一些像那一次八台山徒步，在竭尽全力的努力后，终于看到了峡谷口的灯光”[③]。应该说，庹政的创作不虚浮，能够沉潜到人物的境况之中去揭示他们内心的真实状貌，所以能写出《商藏》这样厚重的大作品。

当然，这个“大”还体现在作品不仅仅局限于个人史的撰写。从川棉一厂、晶体管厂到蜀都饭店、东郊记忆和城南项目，都是当地足以载入史册的重大项目，也是西南地区城市化进程中颇具代表性和影响力的商业案例，《商藏》也可以说是一部城市商业进化史的全记录，同时还见微知著地带出了对中国改革开放以来不同历史时期商业风貌的实录，也就是说，所有与个人有关的情节也始终深嵌在中国改革开放的历程之中。比如第一次创业时跟两个好友合办校服厂的经历，这个行为本身就

---

① 庹政：《商藏》，2019年9月20日，http://www.migu.cn/read.html。

② 庹政：《商藏》，2019年9月20日，http://www.migu.cn/read.html。

③ 庹政：《商藏》，2019年9月20日，http://www.migu.cn/read.html。

是改革初期“下海潮”所激起的浪花一朵，“很多人，三教九流，包括像邓鹏这样的政府工作人员，带着致富的梦想，义无反顾投身商海，渴望体现自己的能力和价值，也渴望获得公平的回报，成为财富英雄。他们毫无例外地相信，一旦下定决心，再加上努力，就一定会成功，而几乎不考虑万一失败怎么办，或者考虑到也自动忽略。这很自然。当你天天听见媒体报道各种商人的成功事迹，当你身边到处传播着赚钱的讯息，耳濡目染的都是一夜暴富的实例，似乎满天都是馅饼，这种环境下，你会无动于衷，按部就班地生活？会心安理得，麻木不仁地坐在办公室里，每天一杯茶一张报纸地打发日子？这种惊涛拍岸的商业大潮，仿佛召唤的集结令，冲锋的号角，尤其对于那些拥有能力和野心的年轻人来说，充满诱惑，不可抗拒，下海，经商，他们带着热望汇集加入，然后奋力前进，向着黄金海岸冲锋，直到他们中的大多数人，被不可预期的风暴打沉，或者，在礁石上撞得粉身碎骨。”①时代的风貌和节奏，就这样在具体人物的人生抉择中得以体现。

不同阶段特有的经济现象，也引发着庹政的思考。如山河集团兼并川棉一厂后，纺织品公司的工会主席代表国有持股，成为职工董事进入董事会。股份制企业中工会主席担任企业董事，这是国企改制刚刚铺开后的一个富有争议的现象，是制度摸索阶段的案例。庹政从《公司法》到国务院国资委的《职工董事管理办法》，从全总制定的《工会工作条例》到国务院国资委颁发的《董事会试点中央企业职工董事履行职责管理办法》都做了研究。

三

庹政在《商藏》这部集多年写作经验之大成的作品中，也展开了对商业与权力之关系的思考，如晶体管厂一波三折的收购过程，就是一场与权力缠斗、博弈的过程。这得益于庹政写官场小说的经历，它与黑道内容一起构成了《商藏》商业史版图中不可或缺的部分。叶山河接手晶体管厂是为了配合市委书记陈哲光主持的国有企业改制，但一次简单的摊派任务“拉郎配”，却远比从媒妁之言到洞房花烛的距离更为遥远：陈哲光得知省委书记即将离任，提前推动改制，意在树立政治姿态，为自己求进步做铺垫；原厂长鲁伯雄不甘退场，借助组织部的关系，意图把持权柄；

① 庹政：《商藏》，2019年9月20日，http://www.migu.cn/read.html。

叶山河为了避免换汤不换药的局面，想出一招员工持股的妙棋；务实的副市长凌明山却把这个方案往前再推进一步，使山河集团的角色彻底弱化；此后，兄长叶山豪率实力雄厚的台湾叶氏集团再插一脚，强势介入……一幕幕始料未及的变化，将权力、资本、欲望三方缠斗的复杂局面呈现得淋漓尽致。

小说中，庹政塑造了几个性格鲜明的官员形象，特别是市委书记陈哲光。“矮胖身材，微胖的脸上架着宽大的无框眼镜，眼镜后面一双眼珠凸出，盯人的时候配上沉肃的表情，会产生一种巨大的威压。……讲话很少套话，空话，废话，也没有什么开场白，没有多余的语气助词，没有重复的废话，甚至没有病句，简洁，明了，很多官员都准备了录音笔，记录陈哲光的讲话，以备没有听清或者有所忽略，这是蜀都官场一个亮点。……陈哲光记忆力惊人的好，开会的时候经常不看讲稿，数字张口就来，叶山河不清楚这些数字有多少真实性，他只知道有一点是肯定的：今天到场接受这些表扬的民营企业代表，已经和都将为这些数字买单。……酸奶，哈尔滨啤酒，风水和篮球，都是陈哲光的爱好——这些爱好，曾经被邓总写在他办公室的墙上。”①这是一个颇有性格和手腕的官僚，能力足够，也独断专行，有头脑，也有执念，善于自我造势宣传亮点，却也无法摆脱权力投下的阴影。

对高官的近距离书写，一方面取材于当地官场地震中的真实事件，给读者带来索隐、考证和窥视的乐趣，另一方面，作者也不断从叶山河的角度来思考商业与权力的关系。晶体管厂改制因为陈哲光的推动最终完成，而因为陈哲光另有所想，叶山河就必须放弃势在必得的蜀都饭店；叶山河能够参与城南开发，则受益于陈哲光的秘书杨陌投桃报李地提前向他通气。在信贷员覃翎身上，叶山河意识到“原来所有的一切都是表象，他以前一直认为覃翎成熟稳重，有头脑，其实不过是因为他手中握有权力，心里有底气，一旦失去权力的支撑，也不过是普通人”②。可以说在权力刺眼的光芒之下，要看清真相是不易的。更进一步，在中国古代社会的皇权专制结构与官本位文化土壤中，权力与商业之间更是存在犹如本与木、血与肉的系连。时至今日，“土地在政府手中、资金在银行手中，政府的执行人是官员，银行的执行人……最近都改成经理，可是没有陈哲光的支持，36号地能够让云山国际代管？没有像晏行长这些银行家的支持，小小的山河房产，能够走到今天？再往前面回头一

① 庹政：《商藏》，2019年9月20日，http://www.migu.cn/read.html。

② 庹政：《商藏》，2019年9月20日，http://www.migu.cn/read.html。

些，他一路走来的几次飞跃，哪一次离开了权力的加持？过街地下商场，他是搭了一个顺风车——那时候段万年意气风发，属于第一批富起来的人中难得的儒商，所以官员都喜欢跟他交往，觉得放心。后来收购川棉一厂，如果没有张红卫在其中运作，省委书记眼中哪里会有他叶山河这样一个小生意人？甚至更早在江州，他不总是依靠覃翎解决大多数麻烦吗？是的，他也拒绝了彭丁丁，这一路走来也有意识地跟很多官员和金融机构保持了距离，但是从根本上来说，他的成长过程，还是离不开隐藏在商业背后的权力”[①]。

毕竟有利可图，叶山河也曾动念试图寻求权力的庇护，但却被友人点醒：“从吕不韦开始，任何商人都知道做官员的生意一本万利，但有的官员是黑洞，过于接近会被其吞噬。”[②]叶山河由此反思自己对于权力的亲近和媚态，“是什么让他表现异常？每临大事有静气，一个市委书记就让他动心了，他到底还是没有真正做到我自岿然不动啊！”[③]面对权力居高临下的威压，是否能泰然处之？面对权力调配资源的巨大势能，能否抑制住过于强烈的渴念？面对如杨公子之流的狐假虎威者利用权力进行的胁迫勒索，是否敢于断然向狐甚至虎说不？这是叶山河面临的考验，也是中国商人面对的“灵魂三问”。当然，叶山河通过了考验，时代支持了他的选择。新时代“把权力关进笼子”，官场在一系列整饬行动中泾渭分流、是非立判，政府转变职能和角色之后，商人群体的自我身份和价值进一步得到确认，他们不必再走韩愈笔下钻营者的那条老路，“伺候于公卿之门，奔走于形势之途，足将进而趑趄，口将言而嗫嚅，处污秽而不羞，触刑辟而诛戮，侥幸于万一，老死而后止”[④]。从叶山河的选择中，我们感受到一种敢于与权力保持距离的信心，应该说这的确是时代的赋能，作品恰如其分地描摹出了今天商人的精气神。

四

《商藏》之所以能够摆脱“成功模式”，走向“深度模式”，还在于在作者写

① 庹政：《商藏》，2019年9月20日，http://www.migu.cn/read.html。

② 庹政：《商藏》，2019年9月20日，http://www.migu.cn/read.html。

③ 庹政：《商藏》，2019年9月20日，http://www.migu.cn/read.html。

④ 韩愈：《送李愿归盘谷序》，牛宝彤选注：《唐宋八大家文选》，甘肃人民出版社1984年版，第48页。

作中鲜明的“问题意识”。古代社会几千年的农耕文化、农业立国，资本与市场未能得到充分的培育生长，20世纪现代西方社会的资本全球扩张和血腥殖民，给古老的前现代中国带来的伤痛记忆至今犹在，以至于在新中国成立后的前30年，资产阶级、资本主义被视为必须克服的顽固病症。因此，可以说改革开放40年间，中国人试图完全理解市场规律和运用资本手段，在摸索中走过了西方人工业革命后200年的道路。40年大浪淘沙，从改革初期破冰之难的暗潮汹涌、计划经济向市场经济转变的历史阵痛，到摸着石头过河的探索之苦，从掘金时代创业者与投机者同台竞技，到经济全球化时代在国际竞争中与狼共舞，再到如今简政放权的轻装上阵，大时代中商人为何？经商何为？是时候为40年的发展做一个阶段性的总结了，也是时候展望未来、考虑中国经济如何延续辉煌的问题了，这是“革命胜利第二天”的问题，是“打江山”后“守江山”的问题，也是仅有40年改革经验的中国企业家亟须思考的新问题。

小说中，作者对此给出了准确的数据：“中国民营企业的平均寿命是多少？统计数字说是3.7年，中小企业平均寿命更是只有2.5年，而在美国和日本，中小企业的平均寿命分别是8.2年，12.5年。中国大公司的平均寿命是7到9年，欧美大企业平均寿命长达40年，日本大企业平均寿命有58年。58年啊，几乎就是一个人一生的时间了。……所以我很喜欢日本人一般会在茶室中悬挂的一幅字：一期一会。意思是，每一次喝茶，都要用虔诚敬畏的心情去面对，就像好一生中只有这么一次喝茶。……做企业是不是也应该如此呢？……为什么我们的企业这么短命？大环境不说，我们内部，我们每个人是不是也有很大的责任呢？”[①]经商不是挣快钱，不是打一枪换一个地方，企业的长久是商业环境成熟的标志，也是企业社会责任感日益增长的标志。

当外部具备稳定的、良性的经济环境时，现代企业的生存与发展就是一个商业伦理的问题了，也即，如何处理“利”与“义”的问题。山河集团终于做大做强后，接踵而至的是江林的摊牌、张德超的离心、杨迁的分家，是“独乐乐”或“众乐乐”，是逐“利”还是取“义”，是垄断还是共享，这就不是单单依靠契约精神能解决的问题了。正如叶山河自问，“山河集团说起来是股份公司，实际上从股份拥有到项目决策，人事安排都是自己一个人独裁，我为什么不愿意把山河集团跟他们分享

① 庹政：《商藏》，2019年9月20日，http://www.migu.cn/read.html。

呢？……爷爷以前教导自己，什么时候你把能够独占的财富与人分享而不难受，你就是真正的大生意人了。刚刚登上富豪榜首的大陆首富也说，千万别把一个企业看作是自己家里的，不然你绝对做不大。……在前进的过程中，真正对公司做出重要贡献的人，还是那些一起前进的老朋友。……马云认为，成长中的企业，最好不要轻易聘用外人来做决策的管理者，而是团结一心，保持管理层的现状。”①叶山河面临着商业追求的根本性问题，归根结底是如何处理人与人的利益关系，以及人与自我欲望的关系问题。孔子早就说过，“富与贵，是人之所欲也。”（《论语·里仁》）“富而可求也，虽执鞭之士，吾亦为之。”（论语·述而》）同时他也提出“义以生利”（《左传·鲁成公二年》）。强调二者不仅不会冲突，反而“义”会对“利”产生促进作用，也就是说，遵循合理的道德规范，有利于利益的获取或增长。叶山河最终把握住了取舍予夺之度，克服了个人欲望的膨胀，厘清了个人与企业及合作者的关系。这也是他与史晓可最终分道扬镳的根本原因。史晓可的掠夺式发展、丛林法则式竞争，与叶山河内心深处的古典商业理想和商业伦理是背离的。

五

如果说叶山河深谙韬光养晦之道，藏器待时，最终开辟出豁然开朗的人生新境界，中国的网络文学也经历了藏器待时的20年，同样来到了一个新的历史节点。20年前，网络释放出无边无际的文学表意空间，为启蒙传统培育出来的大批文学青年提供了理想的飞地，让他们在印刷文学包含的严肃创作和通俗读物之外，体验到了自由的狂想，网文作者偏安一隅、自甘边缘的身份也由此确认。然而，当一代网文作者生活阅历更为丰富，所承担的社会身份和社会角色更为多元，对时代的体认更为深刻的时候，他们必定会回应时代的召唤，承担起进行主流表达的责任。在商业时代，这个转换意味着挑战，但并非不可能完成的任务。

今天网络文学十分发达，需要很多写手。我们说网络文学很新，它只是介质新，就是通过网络来发表作品。内容新不新呢？从某种程度上说，网络文学是很旧的，比“五四”以来的文学还要旧。它的题材、它的处理方式在明清时期、民国时期的传统文学就已经出现，有的甚至是被当时的主流忽略的。阿来指出：

---

① 庹政：《商藏》，2019年9月20日，http://www.migu.cn/read.html。

现在出现了这样一个现象：很新的介质上出现了很旧的东西。但中国人从“五四”以来，不敢说新的东西不好，网络文学用新的介质来标榜自己的新。我并不是说反对网络文学，而是今天的年轻人缺乏在审美系统中用新的语言和观念来处理当下生活的能力。所以我们只好回到熟路上去，最熟的路就是语言。表面上看是新的东西，内在却很旧。为什么？我们的教育没有向他们提供一种面对新世界、新问题，寻找新方法的可能和勇气。在文学史、艺术史上，每一个真正在时代潮流上作出巨大贡献的艺术家、文学家往往不是这样的情况。创新伴随新生和勇气。[①]

作家阿来的判断应该说很大程度上揭示了网络文学的真相和未来的可能性。的确，从渊源上梳理，中国网络小说与明清白话小说、现代通俗小说有着一脉相承的亲缘关系，后者植根于市民生活的勃兴和大众传播媒介的革新，而网络小说则主要借助信息革命之“好风”扶摇入青云。网络对网文而言最初是纯然介质性的存在，但随着相应的运营机制走向成熟，网络也成为网文写作的一种方法论默认设定，也就是说网文写作与纸质作品的写作，具有两套不同的话语生产机制，但这并不是限制网文从量变到质变的绝对戒律。

今天的网络作家绝大多数接受了20世纪八九十年代大众文化尤其是影视文化的喂养和熏陶，而这背后包含了西方文化产业对“把退稿信变成支票簿的路径”的探索，对写出好故事/畅销故事的方法的探索，以及对更深处的阅读/观赏快感机制的探索。“如何写作、如何设计情节、如何塑造人物、如何诱导读者以及如何熟练地使用上百种工具。这本书将告诉你这些基本的技巧和诀窍。”[②]这是俄克拉荷马大学职业写作教练德怀特·V.斯温在20世纪就在倾囊相授的秘诀。因此，八九十年代大众文化的表意方式、叙事策略潜在地影响了“70后”“80后”的网文写手（至于“90后”“00后”，根本就是读图/影像的代际），他们也会更本能地在人物设定、情节驱动、叙事节奏、情感类型等方面开展实践，使之与市场需求和阅读需求相契合。因此，不管是写“旧”的内容，还是写“新”的话题，他们都有更大可能性把作品写得更“好看”，甚至更“好”。现代通俗叙事大家张恨水在抗战时期也写过许多现实题材，但不管是写正面战

① 阿来：《我的写作道路与创意写作教学》，《写作》2019年第2期，第7页。

② 德怀特·V.斯温：《畅销书写作技巧》，唐奇、上官敏慧译，中国人民大学出版社2012年版，第3页。

场的《虎贲万岁》，还是写大后方生活的《巴山夜雨》，都未能将通俗的形式与主流的内容完美结合，这与写作技艺与理论尚未充分发展起来有很大的关系。而今天的网文作者则将享受时代的利好，即在不脱离网络的介质和方法论的前提下，将阅读消费的快感机制移植进主流题材和价值观的表达之中，创作出真正“叫好又叫座”的作品。

从阅读者的角度来看，“随着‘入网’门槛的降低，大量农民工和中小学生的涌入，造成‘阅读下沉’‘小白当道’；但另一方面，‘70后’以上的‘传统读者’也越来越多地加入网文阅读，随着‘媒介革命’的深入，‘精英圈’的实力也会逐渐增强。”①因此，在既有的快感机制基础上探索主流表达的途径，与读写两方面都存在着需求的内在一致性。

恰逢此种因缘际会，便可以把《商藏》看作一个标志性的作品，它代表网文在叙事技巧、细节呈现、思想深度、历史叙述和社会责任上可以达到的高度，是网文写手从“大神”向“大师”迈进的典型案例。这当然取决于作者的个人实力，同时也意味着网文现实主义写作的新风口。当然，《商藏》中的传奇性人造景观也是存在的，如西川商界传奇人物叶盛高的人设，他的暗中安排，对叶山河的成长至关重要；至于陆承轩则更是布局了好大一盘棋，从楔子部分偶遇体育产业大亨开始，到叶山河介入蜀都地产，都有他的助推。但这条神秘又神奇的伏线埋得过长，虽逻辑上成立，却总不免有几分刻意，而到最后包袱抖开的时候，这个安排已经失去了内在张力和戏剧性，似乎也没什么必要了——毕竟这个时代也不需要捏造一个神。

文里文外，庹政都喜爱的那副集句对联是“十万狂花如梦寐，一片冰心在玉壶”，小说中叶山河也有一段自况：“我个人觉得，生意做到一定地步，需要把实的问题虚化，把虚的问题实化，要看得更远，也看得更近，既要看到夜空的月亮，也要看到脚下的沟渠，同时，也是对自己以前的行为，情感，思想做一个总结，如同一个著名的作家，不应该总是量的重复，是该留下一些东西的时候了。从大的方面来说，是回报社会，从个人角度，是留得身前身后名……”②不妨将此看作作者的剖白，商业写作并非天生与经典绝缘，大众文化产品中已有无数经典之作被后人津津乐道，《商藏》也会以自身证明其存在的价值，而不管流俗如何呼啸扑面，网文大神们若能继续坚持对写作品质的追求，在网络文学新风口上，有实力的写作者一定会飞得更高。

① 邵燕君：《网络文学时代中国“主流文学”的重建》，《艺术评论》2014年第12期，第72页。

② 庹政：《商藏》，2019年9月20日，http://www.migu.cn/read.html。

《中国小说论坛》稿约

《中国小说论坛》是山东大学文学院主办的学术刊物，主要发表中国小说研究的相关成果，每年四期，由山东人民出版社发行。现将来稿要求奉告如下：

1. 稿件采用简体汉字，现代汉语标点。来稿内容包含标题、作者姓名及单位、摘要、关键词、正文。基金项目请在首页下插入脚注，注明项目名称及编号。

2. 文稿引文要准确，注释要详尽规范。注释采用脚注（即页下注），注号用"①②③"标示，每页重新编号，不设参考文献。其格式如下：

①期刊　洪子诚：《关于五十至七十年代的中国文学》，《文学评论》1996年第2期。（注：如文章有三个以上的作者，仅列前三个，后加"等"）

②专著　［元］陶宗仪：《南村辍耕录》，中华书局1959年版，第181页。

③译著　［古罗马］玛克斯·奥勒留：《沉思录》，梁实秋译，译林出版社2012年版，第10页。

④析出文献　林穗芳：《美国出版业概况》，见陆本瑞：《世界出版概观》，中国书籍出版社1991年版，第40页。

⑤报纸　丁文祥：《数字革命与竞争国际化》，《中国青年报》2000年11月20日。

3. 作者须另纸注明工作或学习单位、通信地址、电子邮箱、手机号码等联系方式。

4. 本刊坚决反对学术不端行为，请勿一稿多投。本刊实行专家匿名审稿制度，基本审稿周期为两个月。无论采用与否，都将以电子邮件的方式通知作者。

5. 本刊不收取任何费用，来稿一经采用，即付稿酬，每千字200元，并赠送样刊两册。

6. 凡教师推荐学生稿件，需在文末注明教师身份为"特约审稿人"（即推荐人）。并付给审稿费每篇200元，赠送样刊1份，以示尊重。

7. 本刊已加入"中国知网""万方数据"等文献数据库，作者文章使用权著作费与本刊稿酬一次性给付，不再另付。若作者不同意文章被以上第三方收录，请在投稿时预先声明，本刊将作适当处理。

8. 本刊对已选用稿件有删减改动的权利，若作者不同意，请在投稿时声明。

9. 本刊推荐使用电子文档投稿，请将稿件发送至zgxsltbjb@163.com。纸本投稿请寄送至：山东省济南市山大南路27号山东大学文学院《中国小说论坛》编辑部收，邮编：250100。

竭诚欢迎专家学者惠赐大作，同时，尤其欢迎青年同志包括在读本科生、研究生赐稿。本刊以质论稿，不讲身份，对于确有见地的论文，我们将给予特别的鼓励和扶持。

《中国小说论坛》编辑部

2020年元月